k.

RENATE KAMPMANN

Fremdkörper

Ein Leonie-Simon-Roman

KINDLER

1. Auflage Juli 2005

Satz Aldus PostScript, InDesign
bei Pinkuin Satz und Datentechnik, Berlin
Druck und Bindung
GGP Media GmbH, Pößneck
Printed in Germany
ISBN 3 463 40483 4

FREMDKÖRPER

DER SOMMER WAR ungewöhnlich heiß in jenem Jahr. Die Presse, die Superlative liebte, erklärte ihn zum Jahrhundertsommer, kaum dass das neue Jahrhundert angefangen hatte.

In einer süddeutschen Kleinstadt zeigte das Thermometer schon um zehn Uhr morgens 28 Grad im Schatten. Der Labradorwelpe, der angebunden neben der Eingangstür des Supermarkts kauerte, hechelte zum Erbarmen. Eine ältere Angestellte, kenntlich durch Kittel und Namensschild, kam mit einer Wasserschale aus dem Laden und stellte sie dem kleinen Hund hin. Gierig begann er, das Wasser zu schlabbern. «Ja, das tut gut, mein Süßer, was?», flötete die Frau und streichelte den mageren Körper des Tieres.

Eine junge Frau bugsierte mühsam einen vollen Einkaufswagen durch die sich nicht automatisch öffnende Ausgangstür des Supermarktes. Im Kindersitz vor ihr schwankte ein etwa zehn Monate altes Baby, das ein Milchbrötchen mit beiden Händen umklammert hielt. Sie steuerte auf die Supermarktangestellte zu. «Was machen Sie mit meinem Hund?»

Auf dem großen und noch halb leeren Parkplatz stand ein grauer Nissan Geländewagen. Das geschlossene Innere durchzogen Rauchschwaden, eine Hand drückte eine Zigarette im bereits überquellenden Aschenbecher aus. Auf dem Beifahrersitz lag ein Gewehr. Keines von der gängigen Art, ungewöhnlich, und ungewöhnlich gut gepflegt.

«Ich hab ihm nur etwas Wasser gegeben. Bei der Hitze sollten Sie den Kleinen nicht in der prallen Sonne warten lassen.»

«Er wird's überleben.» Die junge Frau sah die ältere spöttisch an. «Aber danke für das Wasser.»

«Wie goldig. Ist das ein Junge oder ein Mädchen?» Eine Hochschwangere stoppte ihren Einkaufswagen und streckte entzückt ihre Hand nach dem Baby der anderen aus. Noch bevor ihre Fingerspitzen das weiche Haar des Kindes berühren konnten, fiel ein Schuss.

Die junge Mutter brach lautlos zusammen. Hirn und Knochensplitter spritzten nach allen Seiten. Ihr Baby ließ das Milchbrötchen fallen und fing an zu schreien.

Der graue Nissan rollte gemächlich vom Parkplatz.

In Hamburg brütete die Hitze zwischen den Mauern der Innenstadt und verwandelte den Asphalt in Knetgummi. Wer konnte, saß in einem der Straßencafés und verhalf den Getränkeproduzenten zu einer satten Umsatzsteigerung.

Auf dem Dachboden eines Eimsbütteler Mietshauses lag eine Frau, die schon lange nichts mehr getrunken hatte. Drei Jahre, vier Monate und neun Tage, um genau zu sein. Die heiße, trockene Luft vibrierte, und der Lichtstrahl, der über den eingesunkenen Brustkorb der Frau kroch, zitterte, als ob er sich vor ihr fürchtete. Eine Fliege taumelte über sie hinweg. Vielleicht eine Nachfahrin der Generation, die aus den wenigen Puppen geschlüpft war, die wie kleine Lockenwickler in ihren ausgebreiteten Haaren saßen. Es war sehr still auf dem Dachboden, still und friedlich. Die Frau lag da und wartete. Sie würde noch ein weiteres Jahr warten müssen, aber das war ihr egal. Sie war nicht ungeduldig. Sie hatte alle Zeit der Welt.

1.

IM SCHLAFZIMMER war es warm und stickig. Leonie Simon erwachte, weil sie schwitzte. Und weil es zu hell war. Sie war erst spät zu Bett gegangen und hatte, todmüde, wie sie war, die Vorhänge nicht vollständig zugezogen. Ihr Kopf schmerzte leicht, der Sekt hatte sich wohl nicht mit dem Rotwein vertragen, und es dauerte einen Moment, bis ein Gedanke sich den Weg in ihr Bewusstsein bahnen konnte. Wieso hatte der Wecker nicht geklingelt? Die Sonne erreichte ihr Schlafzimmerfenster zu dieser Jahreszeit nicht vor halb acht. Ächzend drehte sie sich um und öffnete ein Auge. Die Digitalanzeige ihres Radioweckers war erloschen. Hatten die Batterien schlappgemacht? Unsinn. Der Wecker war ans Netz angeschlossen. Das war wieder typisch. Noch keine drei Jahre alt und schon kaputt. Heutzutage war alles auf Verschleiß produziert.

Leonie nahm alle Kraft zusammen und sprang aus dem Bett. Wenn sie verschlafen hatte, wurde es höchste Zeit. Den ersten Termin des Tages hatte sie wahrscheinlich schon verpasst. Sie zog die Vorhänge auf und blinzelte in die grelle Morgensonne. Dieser Sommer versprach so lang und tropisch zu werden wie der letzte. Irgendetwas störte sie plötzlich. Ein Geräusch. Ein unregelmäßiges Tröpfeln. Sie ging zur Schlafzimmertür und öffnete sie. Das Bild, das sich ihr bot, traf auf ihre Netzhäute und sauste den Sehnerv entlang in ihr Gehirn. Leonie schloss die Augen. Das konnte nur ein verspäteter Albtraum sein. Sie versuchte es erneut. Es hatte sich nichts geändert. Sie blickte in eine Badelandschaft. Wasser tropfte von den Decken, lief in feinen Strömen die Wände entlang und bedeckte knöcheltief die Fußböden ihrer Wohnung. Mit Ausnahme des Schlafzimmers, was an der schlampigen Arbeit der Polnisch sprechenden Schwarzarbeiter, die das Haus gebaut hatten, liegen musste. Es gab in keiner Wohnung gerade Fußböden.

Irgendwo inmitten des Seengebietes klingelte Leonies Handy. Sie beachtete es nicht. Paralysiert stand sie eine Ewigkeit auf der Schwelle ihres trocken gebliebenen Schlafzimmers, dann watete sie los. Das Handy hatte inzwischen aufgehört zu klingeln.

Fassungslos registrierte sie die Schäden, die das Wasser angerichtet hatte. Teppiche und Bilder hatten am schwersten gelitten. Der Parkettboden kam an einigen Stellen bereits hoch. Im Eingangsflur funkte es aus dem Sicherungskasten. Eine ungeheure Wut stieg in Leonie hoch. Sie riss die Wohnungstür auf und rannte im Schlafanzug und immer drei Stufen auf einmal nehmend ins Stockwerk über ihr. Mit beiden Fäusten trommelte sie an die Tür der Nachbarn, die über ihr wohnten. Ein erschrocken aussehender junger Mann öffnete die Tür.

Er hielt einen Wischlappen in der Hand.

«Alles klar, Frau Simon. Wir haben's schon gemerkt. Der Waschmaschinenschlauch. Ist aber alles wieder in Ordnung.»

«Was reden Sie für ein Blech?», brüllte Leonie. «Gar nichts ist in Ordnung. Meine Wohnung ist ein Aquarium. Kommen Sie sofort runter.»

Sie stürmte wieder nach unten. Ihr Nachbar und seine Freundin folgten mit betretenen Gesichtern. «O Gott», sagten beide wie aus einem Mund, als sie die Katastrophe sahen.

Immer noch kochend vor Zorn, raffte Leonie Jeans und T-Shirt zusammen, verschwand kurz im Bad und zog sich an. Ihr Handy klingelte wieder. Sie fischte es von einer Kommode herunter.

«Simon», bellte sie ins Telefon. «Ich weiß, dass ich zu spät bin. Und ich habe einen sehr guten Grund dafür.» Sie funkelte ihre Nachbarn böse an. «Auch das noch. Wo muss ich hin? Natürlich kenne ich die Roonstraße. Ist ja praktisch bei mir um die Ecke.»

Leonie patschte barfüßig ins Arbeitszimmer, fischte ihre Zweitschlüssel aus einer Schublade und drückte sie den immer noch hilflos mitten im Wohnzimmer stehenden Nachbarn in die Hand.

«Während ich das tue, wofür ich bezahlt werde, rufen Sie erstens den Notdienst der HEW an. Die sollen sofort jemanden schicken, der meiner Wohnung den Saft abdreht, damit es nicht noch einen Brand gibt. Zweitens wischen Sie diese Schweinerei auf. Drittens informieren Sie Ihre Versicherung und den Hausmeister. Und viertens und letztens buchen Sie mir ein hübsches Hotelzimmer, auf Ihre Kosten natürlich. Diese Bude hier ist nämlich für mindestens ein oder zwei Wochen unbewohnbar.»

Leonie angelte im Flur ein Paar Sandalen aus der Brühe, ihre Handtasche von der Garderobe und verließ die Wohnung, ohne sich noch einmal umzudrehen.

Trotz der frühen Morgenstunde war es auf dem Dachboden des Altbaus glühend heiß. Kriminalhauptkommissar Kaminski, sein Kollege Stein und die Frauen und Männer von der LKA-Spurensicherung arbeiteten mit hochroten Köpfen. Als Leonie von einem Uniformierten in die Dachstube geleitet wurde, zerrte Kaminski gerade am Reißverschluss seines weißen Spezialanzugs, was ihm einen tadelnden Blick eines Kriminaltechnikers eintrug. Leonie stellte ihren Tatortkoffer auf eine wackelige Kommode neben dem Eingang. Ihr Blick wurde sofort von der Leiche angezogen, die halb liegend, halb sitzend an einem Ledersessel lehnte.

«Ihre Hosenbeine sind nass», stellte Kaminski fest.

«Was Sie nicht sagen.» Leonie trat neben die reglose Gestalt. Obwohl die Frau vollständig mumifiziert war und aussah, als wäre sie gerade einer altägyptischen Grabkammer entstiegen, waren die Spuren ihrer einstigen Schönheit noch kenntlich.

«Hallo, meine Schöne», murmelte Leonie und ließ sich auf ein Knie nieder. Sie wandte den Blick nicht von der Toten, während sie ihre Latexhandschuhe überstreifte. «Was ist denn mit dir passiert?»

«Das wüsste ich auch gern», sagte Kaminski. «Und vor allem wann? In welchem Jahrhundert?»

Leonie antwortete nicht. Vorsichtig begann sie mit der Untersuchung der Mumie.

Die Tote war barfüßig, aber mit einer schwarzen Jogginghose und einer ehemals hellen Leinenbluse bekleidet, die, wie Leonie nebenbei registrierte, falsch geknöpft war. Zu Lebzeiten war die Frau vermutlich gertenschlank und etwa mittelgroß gewesen. Ihr langes, dunkelbraunes Haar lag zum Teil ausgebreitet auf der Sitzfläche des Sessels. In den Haaren klebte eine Hand voll Puppen von Schmeißfliegen, die kurz nach Todeseintritt ihre Eier in Augen- und Mundwinkeln der Verstorbenen ablegten. Die natürliche Mumifikation der Leiche war aber offensichtlich so schnell erfolgt, dass kaum Madenfraß stattgefunden hatte. Leonie riss sich vom Anblick der perfekt geformten Gesichtsknochen los und suchte nach Zeichen für einen gewaltsamen Tod. Die braune, ledrig-harte Haut machte ihre Suche schwierig, Verfärbungen und Hautdefekte waren nicht leicht zu erkennen oder zu bewerten. Weder Kopf noch Hals zeigten offensichtliche Verletzungen. Für weitere Untersuchungen musste der Leiche die Kleidung heruntergeschnitten werden, was im Institut besser zu bewerkstelligen war.

Leonie erhob sich und begegnete Kaminskis Blick, der geduldig abgewartet hatte.

«Ich habe nicht die geringste Ahnung, woran sie gestorben sein könnte. Noch nicht, jedenfalls.»

Sie trat zur Seite, um dem Polizeifotografen Gelegenheit zu geben, die Leiche von allen Seiten abzulichten.

«Und um Ihre erste Frage zu beantworten: Es ist möglich, dass sie zur Jahrhundertwende bereits hier oben lag.»

Eine Kriminaltechnikerin, die neben der Leiche hockte, griff unter den Sessel und holte ein Fünfmarkstück hervor, danach mit äußerster Vorsicht ein zusammengeknülltes Papiertaschentuch, das zwischen einem Sesselbein und der Toten eingeklemmt war. Sie verstaute beides in Tüten.

Kaminski sah ihr dabei zu, dann wandte er sich wieder an Leonie. «Könnte die Kühn den Zeitraum eingrenzen?»

Dr. Kühn war eine forensische Entomologin, mit der Leonie gelegentlich zusammenarbeitete.

«Kaum. Es hat so gut wie kein Madenfraß stattgefunden, nur in einer Generation. Man könnte beinahe von primärer Mumifikation sprechen.»

Bei primärer Mumifikation erfolgt die Austrocknung einer Leiche so schnell, dass Fäulnisprozesse und Madenfraß unterbleiben. Eine so gut erhaltene Mumie bekam Leonie nicht oft zu Gesicht. Sie sah sich um. Der Dachboden war eine Holzkonstruktion. Zwei kleine, schlecht schließende Dachluken ließen Zugluft herein. Auch der Boden bestand aus Holzdielen, die für Belüftung von unten sorgten. Die Luft war extrem trocken, und ein Kamin, wenig mehr als einen halben Meter von der Leiche entfernt, sorgte auch im Winter für Wärme. «Ideales Klima», sprach Leonie ihre Gedanken aus. Dann betrachtete sie wieder die Leiche. «Was hat sie wohl hier oben gewollt?»

Kaminski zuckte mit den Schultern. «Wir überprüfen gerade die Mietparteien. Sieht aber nicht so aus, als ob einer sie kennt. Der Hausmeister hat die Leiche zufällig gefunden.»

«Wem gehören denn die Sachen hier?» Leonie klopfte auf einen Servierwagen, der seinen letzten Auftritt in den frühen Sechzigern gehabt haben konnte.

«Wusste der Hausmeister nicht. Die Mieter haben keine Schlüssel für den Bodenraum. Der ganze Krempel dürfte eigentlich gar nicht da sein.»

«Die Leiche auch nicht», sagte Leonie und griff nach ihrem Koffer.

Bevor sie ins Institut fuhr, wollte Leonie in ihrer Wohnung nach dem Rechten sehen. In der Tiefgarage lief ihr der Mann von den Hamburger Elektrizitätswerken über den Weg. Er kam aus dem Raum mit den Stromzählern für jede der dreizehn Wohnungen des Gebäudes, wo er die Zufuhr zu Leonies Wohnung unterbrochen hatte. Solange der Schaltkasten in ihrer Wohnung nicht völlig abgetrocknet war, konnte der Strom nicht wieder angestellt werden.

«Zwei bis drei Tage müssen Sie schon rechnen, junge Frau. Und immer schön lüften.»

Leonie ging zum Fahrstuhl und dachte, im Rückblick werde dieser Wasserschaden vermutlich irgendwann das Zeug zu einer hübschen kleinen Anekdote haben. Im Moment war ihr allerdings nicht nach Lachen zumute. Die Tür zu ihrer Wohnung stand sperrangelweit offen, als sie den Aufzug im vierten Stock verließ. Sie blieb auf der Schwelle stehen und zog ihre Sandalen aus, eine unnötige Vorsichtsmaßnahme, wie sich herausstellte. Ihre Nachbarn hatten das Wasser bis auf den letzten Tropfen von Boden und Möbeln gewischt. Trotzdem herrschte ein Klima wie im tropischen Regenwald.

Mitten im Wohnzimmer stand der Hausmeister, wie immer mit seinem üblichen langärmeligen grauen Arbeitskittel bekleidet. Er klopfte mit der Spitze seiner Birkenstock-Sandale auf ein Parkettholz, das einen hohlen Ton von sich gab.

«Alles locker», sagte der Hausmeister und sah Leonie betrübt an. «Schade um den schönen Holzboden und um den Teppich.»

Er meinte Leonies chinesische Seidenbrücke, die als formloser Klumpen in einer Zimmerecke lag und langsam die Farbe wechselte. Leonies Wut stieg wieder hoch.

«Ist der Vermieter schon informiert?», wollte sie vom Hausmeister wissen und bemühte sich, freundlich zu bleiben. Der Mann konnte schließlich nichts dafür, dass ihre Nachbarn Idioten waren.

«Natürlich. Die schicken morgen einen Fachmann für Gebäudeschäden vorbei. Der guckt sich das hier genau an und macht einen Kostenvoranschlag für die Versicherung.»

«Ist das alles?»

«Nein, nein. Heute Nachmittag kriegen Sie eine Trocknungsanlage in die Wohnung. Da werden überall Löcher in den Fußboden gebohrt und Schläuche unter dem Parkett verlegt. In jedes Zimmer kommt so eine Art Turbine, die heiße Luft in die Schläuche bläst. In spätestens drei Wochen ist das Holz wieder trocken. Vorher kann der Maler sowieso nichts machen. Die Wände müssen ja auch abtrocknen.» Er deutete auf den Fenstersturz über der Balkontür. «Da bröckelt's schon. Da muss vorher noch der Maurer ran. Und zum Schluss der Parkettleger. In zwei Monaten haben Sie's hinter sich.»

Zwei Monate. Leonie hätte jetzt gern einen kräftigen Schluck aus der Grappaflasche genommen, die noch von ihrem letzten Geburtstag übrig war.

«Wer bezahlt das alles?»

«Die Gebäudeversicherung. Wegen Ihrer privaten Sachen müssen Sie sich natürlich an die Versicherung Ihrer Nachbarn wenden.» Er seufzte. «Sie glauben nicht, wie oft ich solche Fälle schon erlebt habe. Die Waschmaschinen-Nummer ist sozusagen

Standard. Ach, ehe ich's vergesse: Ihre Schlüssel soll ich Ihnen von Ihren Nachbarn zurückgeben.»

Leonie blieb allein in ihrer Tropfsteinhöhle zurück und sah sich ein wenig hilflos um. Es gab nicht viel, was sie tun konnte. Sie nahm die Bilder von den Wänden und teilte sie auf in gar nicht, kaum oder total beschädigt. Dann packte sie ein paar Sachen in eine Reisetasche. Die nächsten Tage würde sie in einem Hotel verbringen müssen, auf wessen Kosten auch immer.

Im Institut für Rechtsmedizin der Universitätsklinik Hamburg-Eppendorf herrschte sommerliche Schläfrigkeit. Viele der Institutsmitarbeiter machten Urlaub, ebenso die Studenten. Auch Professor Cordes, der Direktor, sah nur gelegentlich zwischen zwei Golfpartien herein. Der kleine Parkplatz war dementsprechend leer, als Dr. Leonie Simon die Einfahrt passierte. Sie parkte zwischen der Familienkutsche, die Dr. Gabriel seiner inzwischen vier Kinder wegen fuhr, und Hauptkommissar Kaminskis Motorrad. Leonie entstieg einem fast neuen Golf, dem Nachfolger eines sehr betagten Wagens gleicher Marke, den sie vor einigen Monaten zu Schrott gefahren hatte. Ihre Kollegen fanden ihre Wahl ein wenig phantasielos und hatten sie, je nach persönlichem Geschmack, zu BMW, Volvo oder Citroën überreden wollen. Aber für Leonie waren Autos weder Statussymbole noch Ausdruck einer Lebensphilosophie, sondern reine Gebrauchsgegenstände. Der Golf ließ sich gut fahren und war ein sehr praktisches Auto mit großem Stauraum. Mehr verlangte sie nicht.

Frau Thiele fütterte gerade Othello, Leonies kleinen schwarzen Kater, als sie ihr Vorzimmer betrat. Ein Blick ihrer Sekretärin genügte, um Leonie klar zu machen, dass eine Entschuldigung von ihr erwartet wurde. Sie stellte ihre Reisetasche auf einen Stuhl.

«Tut mir Leid, dass ich heute Morgen am Telefon so gereizt war. Als Sie anriefen, stand ich gerade knöcheltief im Wasser.»

Versöhnt lauschte Frau Thiele ihrem Bericht und erbot sich, ihr ein Hotel für die nächsten Tage zu besorgen. Leonie nahm dankend an und ging auf die Suche nach Kaminski. Sie fand ihn im Büro ihres Kollegen Hinrichs, mit dem er hin und wieder über Motorräder fachsimpelte und Schallplatten aus der Zeit austauschte, als Musik noch mit der Hand gemacht wurde.

«Haben die Herren Lust auf die Obduktion einer mumifizierten Leiche, oder soll ich schon mal allein anfangen?»

Hinrichs machte keine Anstalten, sich zu erheben. «Das wäre doch eine schöne Aufgabe für einen unserer unverbrauchten, ehrgeizigen Assis.»

Kaminski klopfte ihm auf die schmale Schulter. «Du solltest öfter mal mit mir in meine Muckibude kommen, ein paar Gewichte stemmen, ein bisschen Squash, dann klappt's auch mit den Mumien.»

«Ich trainiere meine grauen Zellen. Das solltest du mal versuchen.» Hinrichs wandte sich seinem Computermonitor zu und rief eine Datei auf. Kaminski folgte Leonie auf den Gang. Zusammen gingen sie zum Eingang des Sektionstraktes.

Im Röntgenraum fanden Leonie und Kaminski die mumifizierte Tote. Heidi Zenker, die ältere von neuerdings zwei weiblichen Präparatoren, hatte die Leiche in Empfang genommen und die Aufnahmen bereits angefertigt. Jetzt schob sie die Leiche in den mittleren der drei Obduktionsräume, während Leonie aufmerksam die Röntgenbilder betrachtete. Kaminski versuchte, ihr über die Schulter zu sehen, wozu er sich auf die Zehenspitzen stellen musste.

«Ich sehe nichts.»

«Tja, ich auch nicht. Jedenfalls nichts Entscheidendes.» Leonie tippte auf eine Aufnahme, die Unterschenkel und Füße zeigte. «Die Frau hat sich mal zwei Zehen gebrochen. Längst verheilt.»

«Wie alt mag sie sein?», fragte Kaminski.

«Das kann ich Ihnen sogar ziemlich genau sagen.» Leonies rechter Zeigefinger fuhr über eine sehr schöne Aufnahme des Brustkorbs. «Die fünf Knochenkerne des Brustbeins sind vollständig miteinander verschmolzen und verknöchert. Das passiert etwa bis zum 22. Lebensjahr, kann auch mal ein oder zwei Jahre länger dauern. Die Verschmelzung der Knochenkerne der Rippenköpfchenepiphysen beginnt circa ab dem 17. Lebensjahr, und zwar zuerst bei den oberen und unteren Rippen, zuletzt bei der vierten bis neunten Rippe. Mit dem 24. oder 25. Lebensjahr ist die Verknöcherung meist abgeschlossen. Das ist hier noch nicht der Fall. Schauen Sie.»

«Das heißt, die Frau ist nicht jünger als 22 und nicht älter als 24?»

«Na, sagen wir mal, nicht jünger als 20 und nicht älter als 27.»

Kaminski starrte auf die Röntgenaufnahmen. «Sonst noch was?»

«Kein Hinweis auf Einwirkung von Gewalt.»

«Kann man nichts machen.»

Auf dem Weg in den größten der drei neuen Obduktionsräume sah Kaminski Leonie von der Seite an und schien etwas sagen zu wollen, räusperte sich aber nur.

«Also fragen Sie schon», forderte Leonie ihn auf. «Ihre Neugierde bringt Sie doch sonst um.»

Kaminski räusperte sich ein zweites Mal. «Ich hab mich bloß gefragt, wieso Sie vorhin klatschnasse Hosenbeine hatten.»

Leonie drückte auf den automatischen Türöffner des Sektionssaals und erzählte ein zweites Mal an diesem Morgen die Geschichte ihrer häuslichen Sintflut. Heidi Zenker, die vorsichtig die Kleidung der Mumie aufschnitt und in einer Papiertüte der Spurensicherung verstaute, die Kaminski ihr zureichte, zog ein mitfühlendes Gesicht. Kaminski nahm die Sache von der heiteren Seite.

«Sauber ist es jedenfalls jetzt bei Ihnen.»

Leonie ignorierte seine Bemerkung und trat an den Stahltisch. Heidi Zenker legte, einer OP-Schwester gleich, das Sezierbesteck griffbereit, diesmal zwei unterschiedlich große Sägen. Die Tür öffnete sich wieder, und Dr. Arne Matschoss, einer der frisch gebackenen Fachärzte des Instituts, betrat den Raum.

«Ach du meine Güte», sagte Matschoss. «Das sieht nach Arbeit aus.»

Die Haut vollständig mumifizierter Leichen ist so hart, dass man ihr nicht mehr mit Messern, sondern nur noch mit Sägen beikommen kann.

Leonie begann die äußere Leichenschau in ihr Diktiergerät zu sprechen. Während sie diktierte, untersuchte sie die entkleidete Tote gründlich. Ein forensischer Vorteil bei Mumifikation besteht darin, dass äußere Veränderungen ebenso gründlich konserviert werden wie die Leiche. Aber Leonie konnte keine Hinweise auf ein Tötungsdelikt wie zum Beispiel Strangfurchen am Hals oder Stichverletzungen finden. Eventuelle Unterblutungen wären der Braunfärbung der Haut zum Opfer gefallen. Matschoss griff nach der großen Säge und arbeitete verbissen an der Freilegung der Brust- und Bauchhöhle. Leonie betrachtete das Gesicht der Toten und die gut erhaltene, noch am Schädel festsitzende üppige dunkle Haarpracht.

«Nofretete, wahrscheinlich Nafteta gerufen. Altägyptisch für *die Schöne die da kommt.*»

«Wie bitte?» Kaminski hatte nur mit halbem Ohr zugehört.

«Ich dachte gerade an Nofretete, die schöne mitannische

Prinzessin, die mit dem Pharao Amenophis IV. alias Echnaton verheiratet war.»

Kaminskis Blick wanderte von Leonie zur Mumie und zurück. «Sie haben ja eine blühende Phantasie. Das kommt vom vielen Lesen.»

«Schauen Sie sich das Gesicht doch mal richtig an. Sie hat wunderbar geformte Gesichtsknochen, sie muss eine Schönheit gewesen sein.»

Die Obduktion brachte zum Bedauern von Kaminski keine Todesursache zutage. Die inneren Organe der Bauch- und Brusthöhle waren teils zundrig zerfallen, teils nur noch als dunkelgrau-blaue Gewebsreste vorhanden. Im Schädel fanden sich einige Larven von Speckkäfern, die durch die von Maden zerfressenen Augenhöhlen eingedrungen sein mussten, und schwärzlich-grünliche, stark autolytische Hirnreste, die nicht mehr sezierfähig waren.

«Also können wir von einem natürlichen Tod ausgehen.» Kaminski griff nach seiner noch sehr dünnen Fall-Aktenmappe.

«Sagen wir's so», korrigierte ihn Leonie. «Im Moment können wir nicht beweisen, dass es sich um einen nichtnatürlichen Tod handelt.»

«Eben. Und deswegen ist die Sache für mich erledigt. Wissen Sie, wie viele Fälle ich gerade auf dem Tisch liegen habe?»

Leonie zuckte mit den Schultern. Das Klagelied von der chronischen Überlastung kannte sie auch aus der Staatsanwaltschaft. Alle waren überarbeitet, sie auch. Aber das war kein Grund, schlampig zu arbeiten.

«Für einen natürlichen Tod wie Schlaganfall oder Herzinfarkt ist sie ein bisschen zu jung», gab Matschoss zu bedenken.

«Kommt aber vor», mischte sich Heidi Zenker ein.

Kaminski zwinkerte ihr zu. «Damit steht's zwei zu zwei.»

Leonie zog die Latexhandschuhe aus und warf sie in einen

Abfalleimer. «Die Leiche trug weder Schuhe noch Strümpfe. Und es lag auch nichts neben ihr, jedenfalls nicht, als ich dazukam.»

Kaminski wusste, worauf sie hinauswollte. «Soweit ich bis jetzt weiß, gehört sie zu keiner Mietpartei im Haus. Aber wir sind mit den Befragungen noch nicht fertig. Und natürlich gehen wir die Vermisstenfälle der letzten Jahre durch. Ein Hinweis auf den ungefähren Todeszeitpunkt wäre allerdings eine echte Hilfe.»

Leonie hatte vor, eine Kollegin aus der Anthropologie um ihre Einschätzung zu bitten. Aber so schnell würde sie kein Ergebnis bekommen. Sie überließ die Leiche den beiden Kollegen und begleitete Kaminski zum Ausgang. Hinter der Glastür des Flures, an dem Leonies Büro lag, hockte Othello und gab klagende Töne von sich. Seit die Türen codegesichert und stets verschlossen waren, hatte er es nicht mehr so leicht, frei im Haus herumzustromern, was ihm überhaupt nicht gefiel. Leonie öffnete die Tür für ihn. Zum Dank rieb er seinen Kopf an ihrer Wade und begrüßte danach Kaminski, indem er ihm mit einem gewaltigen Satz auf die Schulter sprang und an seinem Ohr knabberte. Kaminski war der Einzige, der gelegentlich in den Genuss dieses akrobatischen Kunststücks kam. Laut Leonie lag das ausschließlich an seiner geringen Körpergröße, was Kaminski als Ausdruck von schierem Neid abtat und Eifersucht auf alle, die Othello öfter mit seiner Gunst beehrte als seine Herrin.

Kaminski pflückte sich den kleinen schwarzen Kater von der Schulter. «Soll ich ihn mit rausnehmen?»

«Lieber nicht. Wer weiß, wie lange er wegbleibt.»

Leonies Sekretärin hatte jedes Mal schlaflose Nächte, wenn Othello auf Wanderschaft ging.

«Und wegen Ihrer Wohnung …» Kaminski machte eine Pause. «Also, falls Sie nicht wissen, wo Sie bleiben sollen in den nächsten Tagen ... Wenn Sie wollen, können Sie fürs Erste bei mir unterschlüpfen. Ich bin im Moment sowieso wenig zu Hause.»

Leonie wusste, warum. Kaminski war mal wieder frisch verliebt. Sein neuer Freund behauptete, Philosophie zu studieren, und verdiente anscheinend ziemlich viel Geld als Model für Unterwäsche. Kennen gelernt hatte Leonie ihn, als er zusammen mit Kaminski in dem Fitness-Club auftauchte, wo auch sie sich so oft wie möglich in Form brachte. Wer Jung-Siegfried-Typen mochte, würde Tim attraktiv finden. Er war höflich, freundlich und gebildet und gab sich alle Mühe, auf Leonie einen guten Eindruck zu machen. Trotzdem mochte sie ihn nicht. Natürlich hatte sie Kaminski das nicht gesagt. Sein Privatleben ging sie nichts an, sie waren schließlich nicht befreundet. Umso mehr wunderte sie sich über sein Angebot.

«Danke, Kaminski, das ist sehr freundlich von Ihnen. Aber ich glaube, ich ziehe lieber in ein Hotel, solange bei mir Regenwaldklima herrscht.»

Eine halbe Stunde später bekam sie dasselbe Angebot von Dr. Paul Unruh, dem DNA-Experten des Institutes. Sie traf ihn in der Bibliothek der Universitätsklinik und stellte fest, dass sich ihr häusliches Missgeschick bereits herumgesprochen hatte.

«Was hast du erwartet?», fragte Unruh und lächelte sie an.

Sie erwiderte sein Lächeln und wusste, dass er dasselbe dachte wie sie. Nur äußerster Vorsicht und Diskretion war es zu verdanken, dass ihrer beider Liebesverhältnis, das sie seit einigen Monaten unterhielten, noch nicht Stadtgespräch war. Es gab mindestens zwei Gründe für ihre Umsicht. Erstens war Paul verheiratet. Seine Frau hatte nach dem Tod des gemeinsamen Kindes einen Selbstmordversuch unternommen und nur knapp überlebt. Danach war sie zum Pflegefall geworden, und Paul war schließlich gezwungen, sie in ein Heim zu geben. Seine Schuldgefühle waren eine große Belastung für die Beziehung mit Leonie. Zweitens war Leonie nicht sicher, ob sie diese Beziehung überhaupt wollte. Die Umstände waren einfach so kompliziert.

«Paul, du weißt, dass ich nicht zu dir ziehen kann.»

Er sah sie prüfend an, nickte dann und wechselte das Thema. So war es fast immer. Über das, was sie am meisten bewegte, konnten sie nicht miteinander sprechen.

Zurück in ihrem Büro, servierte ihr Frau Thiele die schlechte Nachricht, dass es wegen diverser Kongresse und Messen nicht so leicht war, ein Hotel zu finden, das mehr als ein oder zwei Nächte frei war.

«Da ist zuerst Home & Garden vom 17. bis 20., dann die Hochschulkontaktmesse am 28. und 29., gleichzeitig läuft mehrere Tage der Internationale Kongress der Welttierärztegesellschaft, Sektion Schwein …»

«Schon gut, Frau Thiele, ich glaube Ihnen», unterbrach Leonie die Aufzählung.

«Natürlich werde ich's weiter versuchen. Aber falls nötig … ich meine, wenn Sie wollen, könnte ich Ihnen mein Gästezimmer anbieten.»

Leonie lehnte den heroischen Vorschlag ihrer Sekretärin mit freundlichen Dankesworten ab, ebenso wie die anderen mehr oder weniger ehrlich gemeinten Angebote, die sie im Laufe des Tages noch bekam. Zur allerletzten Not würde sie ihr Nachtlager in ihrem Büro aufschlagen. Zu den Überbleibseln ihrer Studienzeit gehörte auch ein Thermoschlafsack, jedenfalls konnte sie sich nicht erinnern, ihn weggeworfen zu haben. Aber als sie am Nachmittag kurz zu ihrer Wohnung fuhr, um sich davon zu überzeugen, dass der Hausmeister den Mund nicht zu voll genommen hatte, als er den Einbau einer Trocknungsanlage noch am selben Tag versprach, traf sie außer den Handwerkern auch ihren zerknirschten Nachbarn an, der ihr gerade einen Zettel an die Tür heften wollte. In den nächsten Tagen werde sich jemand von seiner Haftpflichtversicherung bei ihr melden, um eine Aufstellung der beschädigten Gegenstände vorzunehmen. Und wenn sie wolle, habe er auch ein Hotel für sie. Wie Leonie bei dieser Gelegenheit erfuhr, war ihr Nachbar beim NDR-Hörfunk angestellt und hatte beste Beziehungen zu einem Hotel am Mittelweg, wo man ab sofort ein Zimmer für sie bereithielt. Die Rechnung würde ebenfalls seine Versicherung übernehmen. Zu diesem Angebot sagte Leonie sofort ja. Eine Nacht im Schlafsack war so verlockend auch wieder nicht.

Während sie sich mit ihrem Nachbarn unterhielt, schleppten die Trocknungsexperten drei große Maschinen in ihre Wohnung und begannen, überall Löcher ins Parkett zu bohren. Dieser Anblick war so deprimierend, dass Leonie froh war, die Leute in der Obhut des Hausmeisters zurücklassen zu können, der ihnen auch die Tür mit seinem Generalschlüssel geöffnet hatte.

Den Rest des Tages verbrachte sie mit dem Diktat von Gutachten und einer Besprechung mit einer Doktorandin. Zwischendurch hatte Kaminski vergeblich versucht, sie zu erreichen. Erst als sie ihr Büro verlassen wollte, fiel ihr ein, dass er um Rückruf gebeten hatte. Sie stellte ihre Reisetasche wieder ab und wollte zum Telefonhörer greifen, als es an ihrer Tür klopfte. Ohne ihre Antwort abzuwarten, betrat eine attraktive brünette Frau von Mitte fünfzig ihr Büro. Leonie kannte die Frau. Oberstaatsanwältin Dr. Sonja Gerhardt-Böttcher arbeitete als Hauptabteilungsleiterin bei der Hamburger Staatsanwaltschaft. Mit ihr und den ihr unterstellten Staatsanwälten hatten Leonie Simon und ihre Kollegen häufig zu tun. Dr. Gerhardt-Böttcher verzichtete auf die üblichen Begrüßungs- und Höflichkeitsfloskeln.

«Ich möchte meine Tochter sehen.»

Leonie sah sie verständnislos an. «Ihre Tochter?»

Das Telefon klingelte. Leonie griff automatisch zum Hörer. «Entschuldigen Sie bitte. Ja?»

Es war Kaminski. «Doc, wir wissen jetzt, wer die Tote ist. Sie werden's mir nicht glauben, aber …»

Leonie unterbrach ihn. «Ich rufe Sie gleich zurück.»

Sie legte den Hörer auf und sah die Oberstaatsanwältin an. Selbst am Ende dieses fürchterlichen Tages zuckte im makellos geschminkten Gesicht der Frau kein Muskel.

2.

ES WAR SCHON nach zehn am Abend, als Leonie das kleine Hotel gleichen Namens am Mittelweg betrat. Die Rezeption war entgegen ihrer Befürchtung noch besetzt, und sie nahm erleichtert ihren Schlüssel entgegen. Alles, was sie jetzt wollte, war ein Bett. Das Hotel war von der gemütlich-plüschigen Sorte mit dicken Teppichen und geblümten Tapeten. Ihr Zimmer war klein, aber sie würde ohnehin nur zum Schlafen und Duschen herkommen. Sie entkleidete sich rasch und ließ ihre Sachen achtlos auf den Boden fallen. Im Bad betrachtete sie ihr blasses Gesicht. Sonja Gerhardt-Böttchers Gesicht hatte nicht einmal seine Farbe verloren, als sie auf die Mumie hinabsah, die einmal ihre Tochter gewesen war. So ruhig und kompetent, wie sie auch vor Gericht auftrat, stellte sie ihre Fragen, die Leonie, so gut sie konnte, beantwortete. Das hieß nicht zur Zufriedenheit der Oberstaatsanwältin.

«Sie wollte ein klares Ja oder Nein hören, nicht ein Vielleicht. Ich kann das schon verstehen.»

Leonie hatte sich danach im Fasan, einer Kneipe in der Nähe ihrer Wohnung, mit Kaminski auf ein Bier getroffen.

«Wie sind Sie auf Marlene Böttcher gekommen? Durch einen Nachbarn?»

«Sie steht seit über vier Jahren in der Vermisstenkartei, mit Adresse. Sie wohnte in einer Wohnung im obersten Stock. Außerdem haben wir einen Zettel in der Brusttasche ihrer Bluse gefunden.» Er zog ein Blatt Papier aus der Tasche. «Das ist natürlich eine Kopie.»

«Hallo, Marlene, denk an den Reiseführer. Wir sehen uns

morgen Abend. Love N.», las Leonie halblaut vor. «Wer ist N.?»

«Wir arbeiten daran.»

Leonie winkte der Bedienung und bestellte ein Chili con carne, sie hatte den ganzen Tag kaum etwas gegessen und brauchte für ihr zweites Bier dringend eine Grundlage.

«Wie kann jemand in seinem eigenen Haus verloren gehen?»

«Ganz einfach. Niemand wusste, dass sie sich einen Schlüssel für den Dachboden verschafft hatte. Es ist den Mietern verboten, dort Möbel und dergleichen abzustellen. Nur der Hausmeister und der Vermieter haben deshalb Schlüssel. Glaubten sie jedenfalls. Deshalb hat man damals nicht auf dem Dachboden nach ihr gesucht.»

Leonie nahm ihr Chili entgegen und tunkte ihren Löffel ein. Kaminski leckte sich unwillkürlich über die Lippen.

«Soll ich Ihnen auch was bestellen?»

Er schüttelte bedauernd den Kopf. «Nee danke. Ich muss mich mal für eine Weile ein bisschen am Riemen reißen.»

Wenn Kaminski Diät hielt, musste er wirklich schwer verliebt sein.

«Und wie geht's jetzt weiter?»

«Gar nicht, schätze ich.» Kaminski zuckte mit den Schultern. «Sie haben keine Anzeichen für einen nichtnatürlichen Tod gefunden. Und das war's. Basta.»

«Basta», wiederholte Leonie leise vor ihrem Hotel-Badezimmerspiegel. Irgendwas am Auftreten der Oberstaatsanwältin Gerhardt-Böttcher sagte ihr, dass die Leichensache Marlene Böttcher noch lange nicht abgeschlossen war.

Die Akte landete auf dem Schreibtisch von Ilka Sevenich, einer jungen Staatsanwältin in der Abteilung von Dr. Voss, wegen seiner Körpergröße auch «der Berg» genannt. Ilka Sevenich hatte bereits 75 unerledigte Strafsachen auf ihrem Schreibtisch und keinerlei Interesse an der 76. Sie entschied nach Aktenlage, was bedeutete, dass sie die Ermittlungen einstellte und die Leiche zur Bestattung freigab. Anstelle des Bestatters erschien Sonja Gerhardt-Böttcher ein zweites Mal bei Leonie im Büro. Und wiederum kam sie ohne Umschweife zur Sache.

«Ich glaube nicht an einen natürlichen Tod meiner Tochter. Ich möchte, dass ihre Leiche ein zweites Mal untersucht wird.»

Leonie spürte den Stachel, der sich hinter den förmlichen Worten ihrer Besucherin verbarg.

«Sie möchten einen Zweitgutachter hinzuziehen?»

«Ich habe bereits mit Professor Cordes telefoniert. Das heißt nicht, dass ich Ihre Qualifikation in Zweifel ziehe, Doktor Simon.» Sie machte eine unmerkliche Pause. «Und natürlich müssen die Ermittlungen wieder aufgenommen werden.»

Da wird sich die Sevenich aber freuen, dachte Leonie. Laut sagte sie: «Darf ich fragen, was Sie so sicher macht, dass Ihre Tochter auf nichtnatürlichem Wege zu Tode gekommen ist?»

Sonja Gerhardt-Böttcher antwortete mit einer Gegenfrage. «Waren Sie dabei, als meine Tochter gefunden wurde?»

Leonie nickte.

«Dann ist Ihnen vielleicht aufgefallen, dass ihre Bluse falsch geknöpft war?»

«Ja.» Offenbar hatte sie die Polizeifotos gesehen.

«Und dass sie eine Jill-Sander-Leinenbluse zu einer billigen Jogginghose trug.»

«Ich verstehe nichts von Designerkleidung.» Leonie hatte keine Ahnung, worauf die Staatsanwältin hinauswollte.

«Aber meine Tochter. Sie war in allem, was ihr Äußeres betraf, unglaublich perfekt und anspruchsvoll. Sie hätte niemals in diesem Aufzug, noch dazu ohne Schuhe, die Wohnung verlassen.»

Leonies skeptische Haltung war offensichtlich, Gerhardt-Böttcher legte nach.

«Außerdem war meine Tochter niemals krank. Sie war der gesündeste Mensch, den ich kenne. Und sie war erst 22 Jahre alt, als sie verschwand. Es ist vollkommen absurd, anzunehmen, sie sei an einer Herzkrankheit oder so etwas gestorben.»

«Ich stimme Ihnen zu, dass eine junge und, wie Sie sagen, gesunde Frau nicht so einfach stirbt. Tatsache aber ist, dass mein Kollege Matschoss und ich keine Anzeichen von Gewalteinwirkung am oder im Körper Ihrer Tochter gefunden haben.»

«Dann haben Sie eben nicht gründlich genug gesucht.»

Mit etwas bemühter Höflichkeit verabschiedete Leonie ihre Besucherin und rief danach Voss, Kaminski und ihren Chef an. Voss verhielt sich auffallend vorsichtig. Die Gerhardt-Böttcher war als Hauptabteilungsleiterin seine unmittelbare Vorgesetzte, dennoch war es ihr nicht möglich, auf direktem Weg Einfluss auf seine Entscheidungen zu nehmen, genauso wenig wie er der ihm untergeordneten Staatsanwältin in ihre Fälle hineinregieren konnte. So weit die Theorie. Der Karriere war allzu unabhängiges Verhalten in Hierarchien selten zuträglich. Voss äußerte also Verständnis, wenn Leonie auch den Eindruck hatte, dass er persönlich nicht hinter dem Wunsch der Oberstaatsanwältin stand. Kaminski, der inzwischen auf dem Dienstweg von seinem Vorgesetzten den Fall wieder auf den Tisch bekommen hatte, wurde deutlicher. «Sie nutzt ihre Position aus. Aber von GeBe kann man nichts anderes erwarten. Es ist ein verdammtes Pech, dass wir ausgerechnet ihre Tochter am Hals haben.»

Sonja Gerhardt-Böttcher war bei niemandem besonders beliebt. Ihre juristische Qualifikation wurde nicht bezweifelt, aber die kalte, unpersönliche Effizienz, mit der sie auftrat, hatten ihr Spitznamen wie «die Schneekönigin» eingebracht.

«Was ist eigentlich passiert?»

«Ihre Tochter ist vor mehr als vier Jahren spurlos verschwunden. Mehr weiß ich auch noch nicht. Ich lass mir die Akte gerade kommen. Verdammich, so was hat mir gerade noch gefehlt.»

Auch ihr Chef, Professor Cordes, war nicht amüsiert, versprach aber, noch am selben Tag ins Institut zu kommen. Als er eintraf, besichtigte Leonie gerade zusammen mit Pfeiffer, dem dienstältesten Präparator, den Seziertisch im kleinen Obduktionsraum. Nachdem innerhalb von vierzehn Tagen die dritte extrem fettleibige Leiche darauf seziert worden war, musste der Tisch außer Betrieb genommen werden, weil die Beine an einem Ende unter dem ungeheuren Gewicht nachgegeben hatten.

Cordes schüttelte den Kopf. «Unglaublich. Kann man das reparieren?»

«Wollen wir versuchen», antwortete Pfeiffer. «Sonst wird ein neuer Tisch fällig. Einer, der mehr aushält. Das war bestimmt nicht der letzte Fettsack, den die Feuerwehr mit dem Kran aus der Wohnung gehievt hat.»

Leonie und der Professor ließen Pfeiffer mit dem Problem allein und sahen gemeinsam noch einmal die Röntgenaufnahmen der Mumie und das Sektionsgutachten durch.

«Tja, ich fürchte, ich kann auch nicht mehr entdecken als Sie und Matschoss.» Cordes schob seine Brille auf die Nasenspitze und betrachtete die Aufnahmen ein zweites Mal. «Sekunde. Ist da was?»

Cordes wies auf eine Aufnahme, die den angewinkelten rechten Arm der Mumie zeigte.

«Das Ellbogengelenk. Hier zwischen Ulna und Trochlea.»

Leonie kniff die Augen zusammen. «Ja, ich sehe, was Sie meinen.»

Cordes bemühte sich, nicht allzu selbstzufrieden auszusehen.

Zusammen mit Pfeiffer zog Leonie Marlene Böttchers sterbliche Hülle aus dem Kühlfach und brachte sie in den großen Seziersaal. Mit einer Lupe inspizierte sie das Ellbogengelenk. In einer Hautfalte, die sich durch den Trocknungsprozess gebildet hatte, fand sich ein Schnitt, den man nur sehen konnte, wenn man danach suchte. Mit Pfeiffers Hilfe brach sie den Ellbogen auf und entfernte mit einer Pinzette ein winziges Stückchen Glas, das sich in den schmalen Zwischenraum zweier Knochen gebohrt hatte.

«Für was halten Sie das?», fragte sie ihren Chef und hielt das Stück ins Licht.

«Da bin ich überfragt», meinte Cordes. «Fensterglas vielleicht. Schicken Sie's Kaminski. Gestorben ist sie daran jedenfalls nicht.»

Am nächsten Morgen brachte Leonie das Glasstück persönlich ins Polizeipräsidium. Kaminski saß in einer Vernehmung, und sie überlegte, ob sie ihr kostbares Fundstück direkt bei der kriminaltechnischen Abteilung abgeben sollte. Sie setzte sich an Kaminskis Schreibtisch und suchte nach einem leeren Blatt Papier, als er hereinstürmte. Die Vernehmung war kurz unterbrochen worden, weil der Beschuldigte sich mit seinem Anwalt beraten wollte.

«Was machen Sie an meinem Schreibtisch?»

«Am liebsten gar nichts. Sie sollten mal aufräumen.» Sie legte das Plastikröhrchen, in dem sie das Glasstück verstaut hatte, oben auf einen Aktenstapel. «Cordes und ich haben die Leiche von Marlene Böttcher noch einmal gründlich untersucht. Ich sag's ungern, aber ich habe etwas übersehen. Dieser Glassplitter steckte in ihrem Ellbogengelenk.»

«Ein Glassplitter. Jetzt sagen Sie nicht, der hat sie umgebracht.»

«Seien Sie nicht albern, Kaminski. GeBe wollte eine zweite Meinung hören, und die kriegt sie jetzt. Cordes wird ihr ein neues Gutachten zukommen lassen. Das Glas ändert nichts an der Tatsache, dass wir nicht wissen, woran sie gestorben ist.»

«Na, super. Dann sind wir ja ein Riesenstück weiter.»

Leonie spielte mit einem Radiergummi. «Haben Sie auf dem Dachboden auch Glassplitter gefunden?»

«Nein.» Kaminski sah sie misstrauisch an. «Wollen Sie jetzt wieder anfangen, sich einen Fall zurechtzubasteln?»

«Ich frage mich nur, wie das Glas in ihren Ellbogen gekommen ist. Sie muss es sich mit großer Wucht reingerammt haben. Das tut an der Stelle wirklich höllisch weh.»

Kaminski zuckte mit den Schultern. «Na und?»

«Ich würde anschließend zum Arzt gehen. Sie nicht?»

«Vielleicht war sie ja beim Arzt. Und der Kollege hatte Tomaten auf den Augen. So wie Sie.»

Leonie runzelte verärgert die Stirn. «Glas ist auf Röntgenaufnahmen nicht so leicht zu sehen. Nicht, wenn es zwischen zwei Knochen steckt. Bei einem CT wäre es mir natürlich sofort aufgefallen.»

«Klar», sagte Kaminski versöhnlich. «Ist ja auch nicht so wichtig. Vielen Dank, dass Sie deswegen extra vorbeigekommen sind. Ich muss dann wieder.»

«Geben Sie's unbedingt ins Labor. Vielleicht ist es ja doch wichtig.»

«Ja, ja», rief Kaminski und war schon aus der Tür.

Eigentlich hatte sie ihn fragen wollen, was in der Vermisstenakte seinerzeit festgehalten worden war. Aber dann beschloss sie, den Fall für sich abzuhaken. Sie hatte genug andere Probleme am Hals.

Statt gen Westen zum Institut fuhr Leonie Simon vom Polizeipräsidium aus nach Osten, vorbei an der so genannten City Nord, geschaffen von einem Architekten, der offenbar zu viel Science-Fiction-Filme gesehen und ein Konglomerat baulicher Albträume an den nördlichen Rand des Stadtparks geklotzt hatte. In den letzten Jahren wuchs der Leerstand hinter den Fassaden aus Glas, Stahl und Beton, und die Bürostadt wurde vor allem am Abend langsam zur gigantischen Geisterstadt. Leonie bog in die Steilshooper Allee ein und fuhr Richtung Rahlstedt, wo sie mit Max Lifka verabredet war. Sie war noch ein wenig früh dran und hatte sich auf eine Wartezeit eingestellt, aber als sie vor seinem Gymnasium einparkte, sah sie ihn bereits auf der Straße stehen. Sie stieg aus und winkte ihm. Langsam, seinen Rucksack lässig über eine Schulter geworfen, kam er auf sie zu. Leonie fand, dass er sich in dem schwierigen Jahr, das hinter ihm lag, äußerlich kaum verändert hatte. Für einen Dreizehnjährigen war er viel zu klein, und er besaß noch das rundliche Gesicht eines Kindes. Aber sie wusste, dass dieses Bild täuschte. Die Ereignisse der letzten Monate hatten nicht nur sein Leben verändert, sondern auch einen frühen Reifeprozess in Gang gesetzt.

«Hallo.» Max sah sie nicht an und ließ sich neben sie auf den Beifahrersitz fallen.

«Einen schönen guten Tag, mein lieber Max», sagte Leonie betont freundlich. Max warf ihr einen schrägen Blick zu, und für einen Moment zeigte sich ein Grübchen in seiner Wange.

«Du bist früh dran.»

«Die letzte Stunde ist ausgefallen», sagte Max. «Können wir jetzt endlich fahren?»

Leonie gefiel sein Ton ganz und gar nicht, aber sie schwieg. Auf der langen Fahrt zur Justizvollzugsanstalt Hahnöfersand sprachen sie kaum ein Wort miteinander. Max lauschte dem monotonen Gewummer aus den Kopfhörern, die er sich übergestülpt hatte, und Leonie dachte an die erste Begegnung mit ihm zurück. Max war der Sohn ihrer alten Freundin Erika Lifka, der sie nach mehr als 25 Jahren wieder begegnet war, als sie den Mord an ihrer Mutter recherchierte. Am Ende einer Reihe verhängnisvoller Geschehnisse hatte Erika Lifka ihre Schwester getötet, eine Tat, an der sich Leonie mitschuldig fühlte. Die Hartnäckigkeit, mit der sie Spuren verfolgte, hatte zur Aufdeckung eines Familiengeheimnisses geführt, das vielleicht besser unentdeckt geblieben wäre. Erika Lifka war zu vier Jahren und acht Monaten ohne Bewährung verurteilt worden. Mit einer Aussetzung der Reststrafe zur Bewährung war frühestens nach der Hälfte der Haftzeit zu rechnen. Erika hatte mindestens noch anderthalb Jahre vor sich. Der damals elf Jahre alte Max war zu Pflegeeltern gekommen, aber auch Leonie kümmerte sich um ihn, sooft sie konnte. Sie schrieb es ihrem schlechten Gewissen und dem daraus resultierenden Pflichtgefühl zu, aber sie tat es vor allem, weil sie den Jungen gern hatte. Er war ein intelligenter Junge, der früh eine viel zu große Verantwortung für seine Mutter übernehmen musste. Erika Lifka war eine einfache Frau, die die Schule so verlassen hatte, wie sie hineingekommen war, was bedeutete, dass sie funktionale Analphabetin war. Ein misshandelnder Vater und zwei ebensolche Lebensgefährten, die sich jeder Verantwortung entzogen, waren auch nicht geeignet gewesen, ihr Selbstwertgefühl zu stärken. Während ihr die Tochter völlig entglitt, hatte Erika an Max ein Wunder vollbracht. Und ein paar gute Gene, war Leonies Ansicht, hatten wohl auch eine Rolle gespielt. Seine Freundlichkeit und Gutmütigkeit hatte er zweifellos von seiner Mutter geerbt, und zur Intelligenz hatte wohl irgendein Vorfahr ein paar Punkte beigetragen. Leonie hatte keinen Zweifel, dass Max bei ausreichender Förderung und Ermutigung das Abitur schaffen würde. An

Energie würde er es nicht fehlen lassen, denn sein leidenschaftlicher Wunsch war es, Informatik zu studieren und ein zweiter Bill Gates zu werden.

In den letzten Wochen allerdings fand Leonie einiges an ihm auszusetzen. Seine kindliche Offenheit und Lebensfreude hatten sich fast ins Gegenteil verkehrt. Er war maulfaul und muffelig bis zur Unhöflichkeit, verbarrikadierte sich häufig ganze Tage in seinem Zimmer und kümmerte sich auch nicht mehr so hingebungsvoll um Moritz, den kleinen schwarzen Kater, der einer verbotenen Liaison Othellos mit einer Rassekatze entsprungen war. Leonie vermutete, dass die beginnende Pubertät der Auslöser für seine Stimmungsschwankungen war, nahm sich aber vor, bei Gelegenheit mit seiner Pflegemutter darüber zu reden. Besonders missfiel ihr, dass er neuerdings nur noch ungern seine Mutter besuchte. Sie musste ihn jedes Mal dazu drängen, und wenn der Besuchstag näher rückte, suchte er nach einer Ausrede.

Die Justizvollzugsanstalt Hahnöfersand lag auf der gleichnamigen Elbinsel Blankenese gegenüber vor der anderen, niedersächsischen Elbseite. Ein Teil der Anstalt beherbergte jugendliche Straftäter, ein anderer Teil weibliche Strafgefangene. Max hatte von Anfang an den Sicherheitscheck, den jeder Besucher durchlaufen musste, gleichmütig über sich ergehen lassen. Auch schien es ihm nichts auszumachen, dass er mit seiner Mutter nicht allein sein konnte, sondern sich das Besuchszimmer mit anderen Familienangehörigen teilen musste. Er begriff, dass seine Besuche der einzige Lichtblick im Gefängnisalltag seiner Mutter waren, und er bemühte sich, ihr dabei Freude zu bereiten. Leonie hatte seine Loyalität zur Mutter immer besonders geschätzt, weswegen es sie unangenehm berührte, dass sich sein Verhalten auch in dieser Beziehung verändert hatte. Diesmal zeigte es sich in der Ungeduld, mit der er auf Erikas Fragen nach der Schule und seinen Freunden reagierte. Überhaupt präsentierte er sich geistesabwesend und zeigte auch kein besonderes Interesse an den Fortschritten, die seine Mutter beim Lesen und Schreiben machte. Erst im Gefängnis hatte Erika Lifka den Mut gefunden, einen Alphabetisierungskurs zu belegen. Dort war sie nicht die Einzige mit diesem speziellen Problem, was ihre Scham minderte und ihren Ehrgeiz anfachte.

Beim Abschied spürte Leonie Erikas Enttäuschung. Im Auto nahm sie sich den Jungen vor.

«Was ist mit dir los, Max?»

«Was soll mit mir los sein?»

«Antworte mir gefälligst nicht mit einer Gegenfrage. Dein Verhalten deiner Mutter gegenüber war alles andere als in Ordnung. Also, was ist dein Problem?»

Max sah angelegentlich aus dem Fenster. «Ich hab kein Problem. Sie geht mir auf die Nerven.»

«Was genau geht dir auf die Nerven? Dass sie sich bis zu ihrer Verhaftung die Finger für dich blutig gearbeitet hat, damit du eine bessere Ausbildung bekommst als sie? Oder dass sie geradezu absurd stolz auf dich ist und sich für dich umbringen lassen würde?»

«Sie hat sich aber nicht für mich umgebracht. Hätte sie's mal getan.»

Leonie packte unwillkürlich das Steuer fester. Sie verspürte den Wunsch, ihn zu schlagen.

«So ist das also.» Sie machte eine kleine Pause, um ihre Wut in den Griff zu bekommen. «Weißt du, dass ich dich immer bewundert habe?»

Das hatte er nicht erwartet. Er sah sie mit offenem Mund an.

«Ja, doch. Es gibt nicht viele Kinder deines Alters, die deine Loyalität und dein Verantwortungsbewusstsein haben. Die meisten anderen hätten sich für eine Mutter geschämt, die nicht lesen und schreiben kann, sich vom Exmann verprügeln lässt und auch noch so dumm ist, ein Verbrechen zu begehen und ins Gefängnis zu wandern.»

Max errötete und wandte den Kopf ab. Er ahnte, was jetzt kam.

«Es sieht ganz so aus, als hätte ich keinen Grund mehr für Bewunderung.»

Max schwieg. Sie sah, dass er schluckte, und sofort tat er ihr wieder Leid.

«Du hast es nicht leicht, das weiß ich. Wahrscheinlich gibt es irgendwelche Idioten, die dich wegen deiner Mutter verspotten oder links liegen lassen. Hab ich Recht?»

Max schüttelte langsam den Kopf. Er wollte sie offensichtlich nicht ins Vertrauen ziehen.

Eine lange Pause entstand, schließlich sagte Leonie: «Falls du deine Meinung änderst und mit mir reden willst, weißt du, wo du mich findest.»

Das Schweigen lastete auf ihnen, bis sie ihn bei seiner Pflegemutter ablieferte. Frau Kuntner telefonierte gerade und winkte Leonie nur einen Gruß zu. Also kehrte Leonie zu ihrem Auto zurück, nahm sich aber vor, bei nächster Gelegenheit mit ihr über Max zu sprechen.

Inzwischen war es früher Abend, und Leonie hatte keine Lust mehr, ins Institut zu fahren. Stattdessen wollte sie in ihrer Wohnung die Lage prüfen. Schon in der Eingangshalle hörte sie das Dröhnen der Trocknungsgeräte, die Hausbewohner waren wirklich nicht zu beneiden. In ihrer Post fand sich das erwartete Schreiben der Haftpflichtversicherung ihres Nachbarn. Ein Gutachter kündigte seinen Besuch zur Schadensermittlung an. Sie sollte eine Liste der beschädigten und zerstörten Gegenstände aufstellen und, falls noch vorhanden, die dazugehörigen Rechnungen bereithalten. Ohne große Hoffnung und mit mäßigem Erfolg wühlte sich Leonie durch Schubladen und Akten. Es würde wohl auf eine Schätzung hinauslaufen. Völlig entnervt vom Lärm der Maschinen, packte sie noch ein paar frische Sachen zum Anziehen und verließ die Wohnung, nicht ohne vorher die Höllengeräte abzuschalten. Wenigstens nachts musste sie den Nachbarn Ruhe gönnen.

Auf dem Weg zum Auto klingelte ihr Handy. Paul Unruh wollte wissen, wie es ihr gehe.

«Den Umständen entsprechend. Also mäßig.»

«Dagegen sollten wir etwas unternehmen. Darfst du in deinem Hotel Herrenbesuch empfangen?»

Eine halbe Stunde später klopfte er an ihre Zimmertür. Er brachte Wein, Brot und italienische Antipasti mit. Sie war nicht sicher gewesen, ob sie ihn sehen wollte. Aber als er ihr lächelnd gegenübersaß und Wein in Gläser goss, an die er ebenfalls gedacht hatte, war sie froh, den Abend nicht allein verbringen zu müssen. Sie beobachtete ihn über den Rand ihres Glases hinweg. Wenn es jemanden gab, auf den die Theorie zutraf, dass die beiden Gesichtshälften unterschiedliche Charaktereigenschaften eines Menschen widerspiegelten, dann war es Paul Unruh. Seine rechte, scharf konturierte Gesichtshälfte wies ihn als introvertierten Melancholiker aus. Der Mundwinkel schien selbst beim Lächeln nach unten zu zeigen, und über das graugrüne Auge legte sich oft ein Schatten. Ein leuchtend blaues Auge dominierte die linke Seite, ausgeprägte Lachfältchen und eine stärker gerundete Wange ließen ahnen, dass Humor und Lebensfreude Paul Unruh nicht völlig fremd waren. Leonie dachte an ihre erste sexuelle Begegnung zurück, die für beide überraschend und im Grunde ein Akt der Verzweiflung gewesen war. Der Molekularbiologe war physisch und psychisch von der Pflege seiner schwer kranken Ehefrau überfordert gewesen, und sie von der emotionalen Achterbahnfahrt ihrer privaten

Recherchen um den Tod ihrer Mutter. Nie hatte sie vorher in dieser Weise an ihn gedacht. Anfangs war es eine rein körperliche Affäre gewesen, und nach jedem Treffen nahm sie sich vor, einen Schlussstrich zu ziehen. Erst langsam entstand Freundschaft zwischen ihnen. Und was war es jetzt? Wollte sie überhaupt mehr als das?

«Bist du noch anwesend?» Paul sah sie lächelnd an.

«Entschuldige. Ich dachte an Max Lifka.» Leonie hatte vor kurzem in der Zeitung gelesen, dass jeder Mensch bis zu zweihundert Mal am Tag log. «Er hat sich verändert, und nicht zum Besseren.»

«Welcher Teenager tut das?»

«Ich glaube, es steckt mehr dahinter als tobende Hormone. Aber vielleicht irre ich mich auch.»

«Apropos tobende Hormone.» Paul räumte die abgegessenen Teller an die Seite und nahm ihr das halb volle Glas aus der Hand.

Als sie später neben ihm im Bett lag und ihre Gedanken langsam in Richtung Schlaf abdrifteten, erschien unerwartet Nofretete, die echte Nofretete, in ihrem Wachtraum. Sie ähnelte stark ihrer Büste im Ägyptischen Museum in Berlin, und sie blickte Leonie streng an. Mit ausgestrecktem Arm wies sie auf einen geöffneten Sarkophag. Als Leonie näher trat, sah sie, dass Max, ein schon stark mumifizierter Max, darin lag. Er hielt die Arme nach Pharaonenart über der Brust gekreuzt. Nofretete fing an zu weinen, große Tropfen rannen über ihre Wangen und fielen auf den Boden. Im Fallen wurden die Tränen zu Blut und bildeten einen rote Pfütze auf dem Boden. Aus der Pfütze wurde ein Rinnsal, das auf Leonies Füße zulief, die, wie sie jetzt sah, nackt waren. Nofretete weinte, und Leonie stand in einem See von Blut.

3.

LEONIES FOLGENDER TAG war mit Terminen voll gestopft, und sie kam erst am frühen Abend dazu, die Telefonzettel durchzusehen, die ihre Sekretärin ihr auf den Schreibtisch gelegt hatte. Zu ihrer Überraschung fand sich darunter auch eine Notiz über einen Anruf von Sonja Gerhardt-Böttcher, die Leonie bat, sie am Abend privat in ihrer Wohnung zu treffen. Eine Telefonnummer hatte sie nicht hinterlassen, mit einer Absage rechnete sie wohl nicht. Leonie schluckte ihren plötzlichen Ärger über solche Anmaßung hinunter. Außerdem war sie viel zu neugierig auf das, was GeBe ihr zu sagen wünschte, als dass sie den Termin hätte platzen lassen.

Die Gerhardt-Böttchers wohnten in einem Stadthaus am Innocentiapark im feinen Harvestehude, höchstens zehn Autominuten vom Rechtsmedizinischen Institut entfernt. Am Nachmittag war ein Sommergewitter mit kräftigem Regenschauer niedergegangen. Als Leonie aus ihrem Wagen stieg, liefen letzte Regentropfen, in denen sich das Licht der Abendsonne brach, von den Blättern der Bäume. Die Feuchtigkeit intensivierte die Düfte der Sommerblumen in den kleinen Vorgärten. Leonie hätte einen Marsch um die Außenalster einem Gespräch mit der Staatsanwältin vorgezogen. Das schmale, gelb-weiß gestrichene Jugendstilhaus, vor dem Leonie stand, war nach ihrer Schätzung mindestens eine Million Euro wert. Auf ihr Klingeln öffnete die Hausherrin persönlich. Sonja Gerhardt-Böttcher trug ein graues Kostüm und eine weiße Seidenbluse mit Schalkragen. Sie sah aus, als wäre sie gerade erst aus dem Büro gekommen. Leonie wurde in einen großen Raum mit Blick in den

Garten geführt. Die Möblierung entsprach ihren Erwartungen. Sehr gediegen, sehr teuer, sehr konventionell. Über dem Sekretär hing das Foto eines gut aussehenden älteren Mannes, der zwischen Angela Merkel und Ole von Beust stand. Der Mann auf dem Foto war der Hausherr, Dietrich Böttcher, Fraktionschef der Hamburger CDU. Ein Foto der Tochter konnte Leonie nirgendwo entdecken.

Sie bekam ein grünes Plüschsofa zugewiesen. Sonja Gerhardt-Böttcher nahm in einem ebensolchen Sessel Platz. «Danke, dass Sie gekommen sind.» Die Floskel wurde mit kühler Stimme vorgetragen. «Darf ich Ihnen etwas zu trinken anbieten?»

Leonie lehnte ab.

«Sie fragen sich sicher, warum ich Sie gebeten habe, mich aufzusuchen?» Die Frage war rein rhetorisch. Die Staatsanwältin sah an Leonie vorbei. «Ich möchte von Ihnen wissen, ob Sie auch nur den leisesten Zweifel am natürlichen Tod meiner Tochter haben.» Ihre blassblauen Augen hefteten sich auf Leonies Gesicht.

«Ich habe keinen Grund zu der Annahme, Ihre Tochter könnte auf eine nichtnatürliche Weise zu Tode gekommen sein.»

«Das beantwortet nicht meine Frage.»

Leonie dachte einen Moment nach, entschied sich dann für die Wahrheit. «Ich habe nach Ihrem Besuch im Institut zusammen mit Professor Cordes eine zweite gründliche Leichenschau vorgenommen. Dabei haben wir ein winziges Stück Glas im Ellbogengelenk gefunden.»

«Professor Cordes hat mir davon berichtet.»

«Ich habe keine Erklärung dafür, wie es dahin gekommen sein könnte.»

«Aber es hat Ihr Misstrauen geweckt.» Sonja Gerhardt-Böttcher atmete tief aus und lehnte sich in ihrem Sessel zurück. Erst jetzt begriff Leonie, unter welcher Anspannung die Frau stand. Ihr Kälte und Beherrschtheit waren zumindest teilweise eine professionelle Maske.

«Ich versuche nur, Antworten auf Fragen zu finden», sagte Leonie. «Hatte Ihre Tochter kurz vor ihrem Verschwinden einen Unfall? Oder hat sie eine Verletzung erwähnt?»

Sonja Gerhardt-Böttcher schüttelte den Kopf. «Nein», sie zögerte einen Moment, bevor sie weitersprach. «Allerdings hatte ich meine Tochter eine Weile weder gesehen noch gesprochen.» Dieses Geständnis war ihr nicht leicht gefallen.

«Und trotzdem wussten Sie, dass sie verschwunden war?»

«Mein Sohn, ihr Zwillingsbruder, hatte regelmäßig Kontakt zu ihr. Er hat darauf bestanden, die Vermisstenanzeige aufzugeben.»

So ist das also, dachte Leonie. Familienprobleme, wo man hinschaute. «Was hat die Polizei unternommen?»

Die Staatsanwältin verzog verächtlich den Mund. «Nicht viel mehr als nichts. In der Wohnung meiner Tochter fehlten Pass und persönliche Papiere. Man nahm an, dass sie verreist sei.»

Leonie hielt ihre Darstellung für subjektiv. Wenn die Tochter einer Oberstaatsanwältin und eines wichtigen Politikers verschwand, wurde das von der Polizei mit Sicherheit sehr ernst genommen.

«Als im Jahr darauf Ole von Beust Bürgermeister wurde, gab es eine Neuaufnahme des Falles.»

Kein Wunder, dachte Leonie. Als Mitglied des neuen Mitte-Rechts-Bündnisses von CDU, FDP und Schill-Partei, das im Oktober 2001 an die Macht gekommen war, und der inzwischen allein regierenden CDU, konnte Dietrich Böttcher sicher mehr bewegen als zu Zeiten von Rot-Grün.

«Das Ergebnis war allerdings dasselbe.»

Leonie blickte aus dem Fenster in einen gepflegten Garten,

wo blühende Stauden und Blumen im Wechsel mit kleinen Gehölzen eine Rasenfläche einrahmten, deren kräftiges Grün beinahe unecht wirkte. Ein mit Unkraut gefüllter Korb neben einem Rosenbeet durchbrach auf durchaus angenehme Art die Perfektion des Gesamtbildes.

«Ich muss Ihnen ja nicht erklären, dass ich wenig Möglichkeiten habe, Ihnen zu helfen. Was auch immer ich persönlich von dem Fall halten mag: Ich habe die Leiche Ihrer Tochter seziert und mein Gutachten geschrieben. Ein zweites von Professor Cordes liegt Ihnen vor, das nichts enthält, was die Fakten wesentlich korrigiert. Alles Weitere liegt nicht in meinen Händen.»

Sonja Gerhardt-Böttcher beugte sich ein wenig vor, als wollte sie sicher sein, dass Leonie sie verstehen konnte. «Wir wissen doch beide, dass auch Sie und Ihre Kollegen nicht immun sind gegen Wünsche und Vorurteile der ermittelnden Beamten.»

Leonie wusste sehr wohl, worauf die Staatsanwältin hinauswollte. Vorgefasste Meinungen und Theorien über den Ablauf eines Geschehens konnten bis zu einem gewissen Grad das Ergebnis einer Untersuchung beeinflussen.

«Niemand ist perfekt. Aber Sie werden feststellen, dass bewusste Einflussnahme jedweder Art und von wem auch immer bei mir keinerlei Chancen hat.»

Deutlicher wollte Leonie nicht werden, aber sie sah, dass sie verstanden worden war. Sonja Gerhardt-Böttcher lächelte schmallippig. Irgendwo im Haus setzte Klavierspiel ein. Leonie erkannte eine Etüde von Chopin, ein Stück, das nicht von Anfängern bewältigt werden konnte.

«Mein Sohn.» Die Hausherrin hatte Leonies Blick richtig gedeutet. «Er studiert Klavier.» Sie erhob sich. «Ich darf Sie nicht länger aufhalten.»

Leonie folgte ihr zur Tür. Das Klavierspiel brach plötzlich ab.

«Warum glauben Sie, dass Ihre Tochter ermordet wurde? Das ist es doch, was Sie vermuten?»

Sonja Gerhardt-Böttcher antwortete nicht sofort. «Finden Sie heraus, wie meine Tochter gestorben ist. Das ist alles, worum ich Sie bitte.»

Leonie dachte, dass es nicht das war, was sie eigentlich hatte sagen wollen. Das Klavierspiel setzte wieder ein, und die Tür schloss sich hinter ihr.

Trotz der leichten Abkühlung, die das Gewitter gebracht hatte, war es ein warmer Abend. In den Restaurants, die keine Möglichkeit hatten, draußen zu servieren, waren die Kellner unter sich. Leonie war mit Vera Kilian im Tiefenthal an der Isestraße verabredet. Vera hatte es geschafft, einen Tisch im Vorgarten zu erwischen, und winkte heftig, als sie Leonie näher kommen sah. Leonie blieb vor dem Tisch stehen und sah auf Vera hinab.

«Du siehst umwerfend aus.»

«Danke.» Vera strahlte sie an.

Die Polizeipsychologin, mit der Leonie nicht nur eine Arbeitsbeziehung, sondern inzwischen auch eine Freundschaft pflegte, war gerade von einer vierwöchigen Ayurveda-Kur auf Sri Lanka zurückgekehrt.

Leonie setzte sich. «Scheint ja doch was dran zu sein an dieser indischen Ölpanscherei.»

«Und ob. Es geht ja auch nicht nur um Ölbäder. Du bekommst eine auf deinen Typ abgestimmte Diät, wirst massiert, meditierst, ruhst, kommst endlich wieder zu dir selbst. Versuch's mal. Danach bist du ein neuer Mensch.»

«Einverstanden. Wenn du Cordes überredest, dass er mir vier Wochen Urlaub bewilligt.»

Die beiden Frauen bestellten zur Feier des Tages Prosecco. Vera Kilian ließ genießerisch den ersten Schluck über ihre Zunge rollen. «Der erste Alkohol seit Wochen. Alkohol ist während der Kur strengstens verboten.»

«Das ist wirklich hart.»

«Dafür hab ich aber auch mehr als zehn Pfund abgenommen», sagte Vera stolz und klopfte auf eine immer noch wohlgerundete, aber deutlich abgespeckte Hüfte. «Einen sehr netten Mann habe ich übrigens kennen gelernt.»

Vera Kilians Scheidung von Peter Walter war kurz vor ihrem Urlaubsantritt ausgesprochen worden. Der Universitätsprofessor lebte schon seit einem Jahr mit einer ehemaligen Studentin zusammen und war inzwischen Vater eines Sohnes geworden. Vera hatte den gemeinsamen Töchtern Melanie und Rebecca zuliebe in die Teilung des Sorgerechts eingewilligt. Sie hatte ihren Ehemann verloren und war wütend und verletzt gewesen. Es war ihr nicht leicht gefallen, ihren Töchtern zu erklären, dass sie deshalb nicht auch ihren Vater verlieren müssten.

«Du tröstest dich schnell. Bravo.»

«Unsinn. Es war einfach nur schön, mal wieder mit jemandem reden zu können, ohne sich nach drei Sätzen in die Haare zu kriegen.»

Bei ihrer Urlaubsbekanntschaft handelte es sich um einen ebenfalls geschiedenen Münchener, der eine kleine Buchhandlung besaß und neun Jahre jünger war als Vera.

«Schon daran siehst du, dass es nichts Ernstes ist.»

Leonie wunderte sich. «Du meinst, du darfst dich nicht in einen Mann verlieben, der jünger ist als du? Findest du das nicht ein wenig altmodisch?»

«Ich meine, es ist eher unwahrscheinlich, dass sich ein Mann von Mitte dreißig eine Frau mit zwei halberwachsenen Töchtern aussucht. Außerdem bin ich nicht verliebt. Basta. Und jetzt erzähl, was ich hier verpasst habe.»

Leonie erstattete wie gewünscht Bericht, dabei erwähnte sie

auch den Fund der Leiche Marlene Böttchers. Vera Kilian erinnerte sich sofort an den damaligen Vermisstenfall.

«Und? Was denkst du?»

«Ich denke, dass die Sache völlig offen ist. Für mich ist sie jedenfalls erledigt.»

Vera stocherte gedankenverloren auf ihrem Teller herum. Ihrer neuen Schlankheit zuliebe hatte sie Salat mit Putenbrust bestellt, obwohl sie weder Salat noch Putenfleisch besonders gern aß.

«Ich halte die Argumentation der Mutter für bedenkenswert.»

Leonie war überrascht. «Wirklich?»

«Du etwa nicht?»

«Na ja, zur Konstruktion eines Verbrechens reicht es mir nicht. Wer etwas auf einem staubigen Dachboden sucht, zieht dafür ja kein Chanel-Kostüm an.»

Vera lächelte. «Du sicher nicht. Weißt du, es gibt den Typ, der den ganzen Tag mit einer falsch geknöpften Bluse rumlaufen könnte, ohne es zu merken.»

«Ist mir auch schon passiert.»

«Das ist genau, was ich meine. Dem Typ, dem Marlene Böttcher offenbar angehörte, würde das niemals passieren. Egal, ob sie nur schnell auf den Dachboden oder zu einer Party will. Außerdem war sie barfuß. Und ich kann mir nicht vorstellen, dass sie außer in einer blitzsauberen Wohnung barfuß laufen würde.»

«Du meinst, dass sie getragen wurde?»

Vera nickte. «Könnte doch sein.»

Leonie schob ihren abgegessenen Teller zur Seite. «Vielleicht sollte ich nochmal mit Kaminski reden.»

«Ich kann mich natürlich irren», schränkte Vera ein.

«Klar. Du bist schließlich Psychologin.»

Sie traf Kaminski auf einem Flur im Strafjustizgebäude, wo sie beide auf ihre Zeugenauftritte warteten, allerdings in unterschiedlichen Prozessen. Bei ihm ging es um einen Todesfall im Drogenmilieu.

«Und Sie? Wieder eine misshandelte Ehefrau?»

Der vor Jahren von ihr gegründete Hilfsverein, bei dem sich Opfer von Gewalt untersuchen lassen und ein gerichtsverwertbares Gutachten bekommen konnten, kostenlos und ohne Verpflichtung zur Anzeige der Straftat, war im Laufe der Zeit immer bekannter geworden. Die Zahl der Opferuntersuchungen stieg weiter an, und Leonie verwandte einen großen Teil ihrer Zeit darauf, vor allem auch für die Einwerbung von Spenden und Senatszuschüssen, über die sich der gemeinnützige Verein finanzierte.

«Zwanzig Jahre alt, drei Kinder, seit ihrer Heirat kaum aus der Wohnung herausgekommen, und wenn, dann tief verschleiert. Ach ja, sie spricht natürlich auch kein Wort Deutsch.»

«Wen haben Sie als vorsitzenden Richter?»

«Wohlfahrt.»

«Pech für die Frau. Bei Wohlfahrt fällt das Prügeln von moslemischen Frauen unter Religionsfreiheit.»

«Ich weiß, ich hatte schon einmal das Vergnügen», seufzte Leonie. «Haben Sie den Splitter ins Labor gegeben?»

«Welchen Splitter?»

«Den Glassplitter, den ich Ihnen gebracht habe.»

«Natürlich. Aber die haben im Moment Besseres zu tun.»

«Hören Sie, Kaminski, ich bin nicht sicher, ob wir in dem Fall nichts übersehen haben.»

Kaminski sah sie an und grinste. «Hat GeBe Sie auch schon unter Druck gesetzt? So was kann sie prima.»

«Blödsinn.» Leonie ärgerte sich, weil er Recht hatte. «Ich lasse mich nicht unter Druck setzen. Aber es beunruhigt mich, dass ich nicht weiß, woran ihre Tochter gestorben ist. Die toxikologischen Untersuchungen von Haaren und Lebergeweberesten haben leider auch nichts erbracht.»

«Da kann man eben nichts machen.»

«Was ist mit dem Taschentuch, das neben der Leiche lag?»

«Hat nicht ihr gehört. Die DNA stammt von einem Mann. Außerdem haben wir Birkenpollen darin gefunden.»

Leonie sah ihn aufmerksam an. «Die Birkenpollenzeit geht etwa von Anfang April bis Mitte Mai. Ende April wurde sie vermisst gemeldet.»

Kaminski nickte. «Das ist richtig. Aber wer sagt uns, dass das Taschentuch nicht schon seit Jahren auf dem Dachboden lag?»

«Schon. Aber es könnte eben auch bedeuten, dass es zu einem Mann gehört, der zusammen mit Marlene auf dem Dachboden war.»

«Klar. Aber selbst wenn, muss er nichts mit ihrem Tod zu tun haben.»

«Sie sollten ihn trotzdem suchen.»

«Superidee. Sagen Sie mir wo, und die Sache ist geritzt.»

Immerhin hatte Kaminski herausgefunden, von wem der Zettel stammte, der bei der Toten gelegen hatte. Nachdem alle Familienmitglieder unabhängig voneinander erklärten, es sei nicht Marlenes Handschrift, fiel der Mutter ein, dass eine ehemalige Schulfreundin ihrer Tochter mit Vornamen Nicola hieß. Danach war es für Kaminski nicht schwer gewesen, ihren Familiennamen, Goerne, und die Adresse zu recherchieren. Die Frau hatte bestätigt, dass der Zettel ihre Handschrift trug, auch wenn sie sich nicht mehr erinnern konnte, ihn geschrieben zu haben. Zum Verschwinden ihrer Freundin hatte sie nichts Wesentliches beitragen können. Auch die Vermisstenakte hatte nicht viel hergegeben. Nach ihrem Verschwinden waren sämtliche Freunde, Bekannten, Verwandten, Lehrer, Nachbarn und so weiter ergebnislos befragt worden. Eine Leiche konnte trotz mehrmaliger Suchaktionen nicht gefunden werden. Die Akte enthielt ein Foto der Gesuchten, das Leonie zusammen mit zahnärztlichen Unterlagen für die förmliche Identifizierung der Leiche zur Verfügung gestellt wurde. Die Portraitaufnahme zeigte eine ungewöhnlich schöne junge Frau. Sehr dunkles, fast schwarzes Haar, grüne Augen, herzförmiges Gesicht. Als Leonie sie bewundernd betrachtete, fielen ihr ein paar Zeilen aus dem Hohelied Salomos ein. «Du bist wunderbar schön, meine Freundin, und kein Makel ist an dir.» Und: «Du hast mir das Herz genommen, meine Schwester, liebe Braut, du hast mir das Herz genommen mit einem einzigen Blick deiner Augen.» Wessen Herz, fragte sich Leonie, hatte wohl Marlene Böttcher genommen?

4.

ES WAR REINER Zufall gewesen, der ihn zu dem kleinen Campingplatz am Alsterwanderweg in Duvenstedt geführt hatte. Auf einem Villengrundstück am gegenüberliegenden Ufer der Alster, an dieser Stelle noch ein schmales Flüsschen, hatte er den Rasen gemäht und bei der Gelegenheit einen Blick auf die vordere Reihe der Campingwagen werfen können, die dort ihren festen Standplatz hatten. Das Geld, das er sich zurzeit mit Gelegenheitsarbeiten verdiente, reichte nicht für ein Zimmer in einer Pension. Er brauchte dringend eine billige Bleibe.

Der Zugang zum Campingplatz war nicht leicht zu finden. Er verfuhr sich ein paar Mal und landete in Sackgassen, ehe er den Weg fand, der vom Haselknick zum Alsterlauf und in die Nähe des Platzes hinabführte. Er parkte seinen Geländewagen vor einem kleinen Ausflugslokal und ging das letzte Stück zu Fuß. Trotz des sommerlichen Wetters waren nur wenige Wagen bewohnt. Wahrscheinlich kamen die anderen Camper erst am Wochenende. Der etwa fußballfeldgroße Platz war schnell abgeschritten. Ungefähr dreißig Wagen und Zelte lagen versteckt zwischen Bäumen und Gebüschen. In der hintersten Ecke fand er einen ziemlich heruntergekommenen Trailer, der anscheinend schon lange nicht mehr benutzt worden war. Als er versuchte, durch eine verdreckte Scheibe ins Innere zu spähen, spürte er plötzlich eine Hand auf seiner Schulter. Er wirbelte herum und konnte sich nur mit Mühe davon abhalten zuzuschlagen. Vor ihm stand ein älterer Mann in fleckigen Shorts und aufgeknöpftem Hawaiihemd, das eine grau behaarte Brust und einen gewaltigen Bierbauch sehen ließ.

«Was wollen Sie denn hier?»

«Sind Sie der Platzwart?»

«So was haben wir hier nicht. Aber wir Camper kümmern uns umeinander. Da vorne steht mein Wagen.» Er deutete auf einen Trailer, vor dem gerade eine füllige Blondine das Plastikgeschirr für das Abendessen bereitstellte.

Der Mann zündete sich eine Zigarette an. «Hübsch hier. Könnte mir auch gefallen.»

Der Alte wurde eine Spur zugänglicher. «Ja, ist ein richtiges kleines Paradies. Aber wie Sie sehen, alle Plätze sind besetzt.»

«Ich dachte auch eher an mieten.» Er ließ einen Versuchsballon steigen. «Der hier braucht seinen Trailer ja im Moment sowieso nicht.»

Der Alte schluckte den Köder. «Stimmt. Seit seinem Schlaganfall ist Fiete kaum noch draußen gewesen. Seine Frau würde am liebsten verkaufen.»

Der Mann schnippte die Asche von seiner Zigarette. «Mal sehen. Vielleicht werden wir uns ja einig über den Preis. Schönen Tag noch.»

Er spürte den Blick des Alten zwischen seinen Schulterblättern, als er den Platz verließ.

Zwei Tage ließ er noch vergehen, dann räumte er seine Sachen aus dem Gartenhaus, das ihm einer seiner Kunden vorübergehend überlassen hatte, und fuhr zum Campingplatz zurück. Das Hawaiihemd blieb unsichtbar, als er sein Werkzeug aus dem Auto holte und die Tür des Trailers öffnete. Abgesehen von einer dicken Staubschicht war drinnen alles in bestem Zustand. Die Scheiben würde er so dreckig lassen, wie sie waren. Dann konnte wenigstens keiner reinsehen. Mit einer Zigarette zwischen den Lippen schleppte er seine Habseligkeiten und ein paar Lebensmittel in zwei Touren vom Auto zum Trailer. Das war der einzige Nachteil seiner neuen Behausung. Er kam mit dem Wagen nicht nahe genug heran. Jeder konnte sehen, was er aus- und einlud. Aber da war nichts zu machen. Er würde eben sehr vorsichtig sein müssen.

Nachdem er sich eingerichtet und das Gas angeschlossen hatte, machte er eine Büchse Gulaschsuppe heiß und zählte seine Barschaft. Er brauchte einen neuen Job, etwas Lukrativeres als Rasenmähen. Und vor allen Dingen juckte es ihn in den Fingern, mal wieder eine Runde zu drehen.

5.

MORGENS UM SIEBEN Uhr war der Frühstücksraum des Hotels am Mittelweg noch ziemlich schwach besetzt, was Leonie Simon sehr recht war. Einsam löffelte sie ihr Müsli und verbarrikadierte sich dabei hinter einer Zeitung. Als typischer Morgenmuffel begnügte sie sich nach dem Aufstehen normalerweise mit zwei Tassen Kaffee. Aber seit sie im Hotel wohnte, gönnte sie sich den Luxus eines richtigen Frühstücks.

«Frau Doktor Simon?»

Ungehalten tauchte Leonie aus einem Artikel über die Situation im Irak auf und blickte in ein Gesicht, das ihr vage bekannt vorkam. Ein gut aussehender junger Mann stand vor ihr und sah sie aus grünen Augen an. Leonie faltete langsam ihre Zeitung zusammen.

«Sie sind Marlenes Bruder, nicht wahr?»

«Ihr Zwillingsbruder. Darf ich mich setzen?»

Ohne ihre Erlaubnis abzuwarten, nahm er ihr gegenüber Platz.

«Ich mag es nicht, beim Frühstück gestört zu werden. Überhaupt dürften Sie gar nicht wissen, wo ich wohne.»

Er lächelte leicht. «Ich heiße übrigens Tobias.»

Leonie seufzte. «Da Sie schon einmal hier sind: Was wollen Sie von mir?»

Die Ähnlichkeit mit Marlene war wirklich verblüffend. Das Grün seiner Augen war blasser, und sein Haar war heller, eher dunkelbraun als schwarz. Auch sein Gesicht war männlich-kantiger, und dennoch schien es Leonie, als blickte sie in ein nur leicht verzerrtes Spiegelbild. Der größte Unterschied lag in der persönlichen Ausstrahlung. Während noch das Foto des Mädchens Vitalität und Selbstbewusstsein ausstrahlte, saß ihr mit ihrem Bruder ein junger Mann gegenüber, der unsicher und kraftlos wirkte.

«Meine Mutter glaubt, dass meine Schwester ermordet wurde. Damals.»

«Glauben Sie das auch?»

«Ich weiß nicht.» Er spielte nervös mit dem Salzstreuer. «Meine Schwester und ich standen uns sehr nahe.»

Sie glaubte Tränen in seinen Augen zu sehen, aber vielleicht war es nur ein Lichtreflex von der Kerze, die auf dem Tisch stand.

«Dann müssten Sie doch wissen, ob es einen Grund gibt, von einem Verbrechen auszugehen.»

«Wie meinen Sie das?»

Wollte er Zeit für eine Antwort gewinnen?

«Das ist doch offensichtlich. Gab es jemanden im Freundeskreis Ihrer Schwester, der sie hasste?»

«Das bin ich damals auch gefragt worden.» Der Salzstreuer rotierte in seinen Händen.

«Und was haben Sie geantwortet?»

«Marlene konnte man nicht hassen. Sie war unglaublich.»

«Sie haben die Vermisstenmeldung aufgegeben. Sie hatten also eine Vermutung?»

Er ließ sich Zeit mit seiner Antwort. «Ich wusste die ganze Zeit, dass sie tot ist. Und trotzdem habe ich immer gehofft, dass sie eines Tages zurückkommt.»

«Sie ist zurückgekommen», sagte Leonie leise.

«Ja.» Wieder eine lange Pause. «Ich wünschte, sie wäre nicht gefunden worden. Dann hätte ich weiter auf sie warten können.»

Leonie beugte sich vor. «Haben Sie mir etwas mitzuteilen?»

Nach kurzem Zögern schüttelte er den Kopf. «Nein. Es tut mir Leid, dass ich Sie gestört habe.»

Nach seinem hastigen Abgang blieb Leonie noch einen Moment nachdenklich sitzen. Die Familie begann allmählich, sie zu interessieren.

Der Vormittag verlief ruhig. Erst gegen Mittag kam die Leiche eines jungen Mannes herein, der bei überhöhter Geschwindigkeit gleichzeitig telefoniert und in einer unübersichtlichen Kurve einen LKW überholt hatte. Zusammen mit dem Kollegen Silber, der gerade braun gebrannt aus einem Wanderurlaub in Kärnten zurückgekehrt war, nahm Leonie die Obduktion vor.

«Er soll einen Achtzigtausend-Euro-Ferrari zu Schrott gefahren haben», sagte Andresen, der bei der Sektion assistierte. «So ein Idiot.»

Andresen war ein Autonarr und hatte nicht das geringste Verständnis für Leute, die ihre Autos nicht mindestens mit der gleichen Zärtlichkeit behandelten wie ihre Kinder. Er legte die Stryker-Säge weg, mit der er den Schädel geöffnet hatte, und hob die Kalotte ab.

«Wohl wahr.» Silber sah aufmerksam zu, wie der Präparator das Gehirn herauslöste und vor ihn auf das Organbrett legte. «Seltsamer Zufall, dass alle die Menschen, deren Schädel man geöffnet hat, ein Gehirn hatten.»

Andresen grinste.

«Aber das ist jetzt nicht von Ihnen, oder?», meinte Leonie.

«Leider nicht. Ludwig Wittgenstein.»

«So was Schweres lesen Sie?»

«Nur wenn gerade nichts Besseres zur Hand ist.»

Gegen Ende der Obduktion schaute Pfeiffer herein.

«Es hat eine Schießerei gegeben. Zwei Tote. Sind schon unterwegs.»

«Ich gehe trotzdem erst was essen», knurrte Silber.

«Was ist mit Fuchs?», wandte sich Leonie an Pfeiffer. Fuchs hatte sich unter anderem auf Schusswunden spezialisiert.

«Der hat eine Außensektion in Bremerhaven.»

«Tut mir Leid, Silber.»

Eine halbe Stunde später wurden von dem Bestattungsunternehmen, das sämtliche Leichentransporte ins Institut für Rechtsmedizin erledigte, die Leiche einer Frau und die eines Mannes angeliefert. Hauptkommissar Dittberner, ein früherer Kollege von Kaminski, der sich trotz seiner Jugend schon zum Leiter einer Mordbereitschaft hochintrigiert hatte, folgte wenig später den Opfern. Leonie war gerade an der Aufnahme und trug die beiden Neuzugänge ins Sektionsbuch ein, als er das Haus betrat. Pfeiffer betätigte den Türöffner, und Dittberner schlüpfte herein. Er war ein gut aussehender Mann, wenn man den Typ mochte, aber Leonie wahrte Distanz. Sie hielt ihn für einen gefährlichen Schleimer und Ehrgeizling.

«Was ist denn passiert?»

«So ganz genau wissen wir das noch nicht.» Dittberner folgte ihr die Treppe hinab. «Jemand hat, vermutlich aus einem Auto heraus, auf den Mann und die Frau geschossen. Sie saßen nebeneinander auf dem Fähranleger an der Schönen Aussicht.»

Die Straße Schöne Aussicht verlief an der Ostseite der Außenalster und war fast immer ziemlich belebt.

Leonie und Dittberner betraten den Gang, der zu den Sektionsräumen führte. Die beiden Mordopfer lagen auf Rollbahren und waren noch bekleidet.

«Du meine Güte», sagte Leonie. «Was war das denn?»

Die Schädel beider Leichen waren stark zerstört, wie von innen aufgesprengt.

«Ein Kleinkalibergewehr war das jedenfalls nicht.» Dittberner schien der Anblick nichts auszumachen.

«Ist auch eine recht anständige Entfernung von der Straße zum Anleger. Falls Sie Recht haben mit dem Auto.»

Dittberner zuckte mit den Schultern. «Wir suchen noch Zeugen.»

Silber kam dazu, als Leonie zusammen mit Andresen die Leichen entkleidete und zur Obduktion vorbereitete.

«Nach der Todesursache brauchen wir hier wohl nicht zu suchen», meinte er trocken. Dittberner erklärte ein weiteres Mal, was sich vermutlich abgespielt hatte.

«Ich bin kein Experte», sagte Silber, «aber das muss eine Jagdwaffe gewesen sein. Schade, dass die Projektile futsch sind.»

Da die Schüsse Richtung Wasser abgegeben worden waren, gab es praktisch keine Aussicht, sie wiederzufinden.

Trotz der furchtbaren Verletzungen gelang es Leonie und Silber, die Eintrittswunden zu lokalisieren. Beide Opfer waren in den Hinterkopf geschossen worden, getroffen von nur je einer Kugel. Beim Austritt der Kugeln waren die großen Zerstörungen entstanden. Leonie führte einen Metallstab in das Einschussloch ein, um Dittberner zu zeigen, in welchem Winkel das Projektil auf das Opfer getroffen sein musste. Da die Position der Leichen auf dem Steg bekannt war, konnte man in Verlängerung der Linie des Schusskanals den ungefähren Standpunkt des Schützen ermitteln. Silber wollte wissen, wer die Opfer waren.

«Die Frau arbeitete als Sekretärin in einem Spracheninstitut, der Mann war Rechtsanwalt. Robert Schulte-Meier.»

«*Der* Schulte-Meier? Der Anwalt der Reichen und Verderbten?»

«Genau der.»

Leonie schälte sich aus ihrem Kittel. «Dann darf man wohl annehmen, dass vor allem er gemeint war. Die Frau war nur zur falschen Zeit am falschen Ort.»

Dittberner nickte. «Könnte durchaus sein. Wenn sein Tod

morgen in der Zeitung steht, werden sicher ein paar Champagnerkorken knallen.»

Er wartete das Ende der Sektion nicht ab und nahm die Kleidung der beiden Toten mit. Leonie und Silber diktierten noch ihre Gutachten, als sich der Kollege Fuchs zu ihnen gesellte. Er hatte von Pfeiffer gehört, was passiert war, und wollte sich die Leichen interessehalber ansehen.

«Wow. So was habe ich schon lange nicht mehr gesehen.»

«Und wofür halten Sie's?», fragte Leonie.

Fuchs überlegte nicht lange. «Jagdwaffe.»

«Hab ich auch gesagt», meldete sich Silber.

«Vollmantelgeschoss mit Weichkern. Hat bis fünfhundert Meter eine verheerende Stauchwirkung. Deshalb der riesige Wundaustritt. Der Täter wollte seine Opfer wirklich schlecht aussehen lassen.»

Silber berichtete, was sie von Dittberner über die Toten erfahren hatten.

«Moment mal», unterbrach ihn Leonie. «Da gab es doch vor etwa drei Monaten in Frankfurt einen ähnlichen Fall, oder.»

«In Berlin», korrigierte Fuchs. «Rainer hat mir davon erzählt. War sein Fall. Auch ein Anwalt. Wurde erschossen, als er vor seiner Wohnung ins Auto steigen wollte.»

«Das sollte Dittberner wissen», meinte Leonie. «Vielleicht gibt es da einen Zusammenhang.»

Silber und Fuchs blickten einander vielsagend an. Der Blick entging Leonie nicht.

«Ich weiß genau, was Sie jetzt denken. Aber ich reite hier nicht mein Steckenpferd.»

Genau das glaubte wohl auch Dittberner, als sie ihm von dem Berliner Fall berichtete und anbot, sich mit dem dortigen Obduzenten in Verbindung zu setzen. Er bedankte sich höflich für die Information, bat sie aber, sich nicht weiter zu bemühen.

Die mimische Anspielung der Kollegen bezog sich auf Leonies Engagement in der so genannten OFA-Gruppe. Die Abkürzung OFA stand für Operative Fallanalyse, gemeint war damit ein Zusammenschluss von Experten aus Hamburg und Schleswig-Holstein, die ungeklärte Fälle, häufig auch von Serientätern, ermittelten. Die Gruppe bestand aus drei Kripobeamten, einer davon Hauptkommissar Kaminski, zwei Rechtsmedizinern, Leonie Simon und ein Kollege aus Kiel, und einem Psychologen, alternierend Dr. Vera Kilian oder der Kieler Kollege. Es waren in der Regel so genannte *cold cases*, die der OFA-Gruppe übergeben wurden, das heißt Fälle, in denen die ermittelnden Beamten nicht weiterkamen. Anders als die OFA-Gruppen in anderen Bundesländern und beim BKA arbeiteten Leonie und ihre Kollegen in der Regel nicht mit den ursprünglichen Bearbeitern des Falles zusammen, um nicht von subjektiven Meinungen beeinflusst zu werden. Aus dem gleichen Grund berücksichtigten sie bei ihren Beratungen ausschließlich objektive Fakten, also Tatortfotos und -spuren, das Obduktionsprotokoll, Laborergebnisse und dergleichen, niemals aber Zeugenaussagen. Durch diese Arbeit war Leonie sensibler geworden für die möglichen Anzeichen dafür, dass es sich nicht um eine Einzeltat handelte. Sie sprach deshalb bei nächster Gelegenheit Kaminski auf den Fall des erschossenen Anwalts an.

«Sie sollten die Berliner Kollegen kontaktieren. Vielleicht gibt es Zusammenhänge. Die Männer könnten sich gekannt haben.»

Kaminski hakte vorsichtig die Stange mit den Gewichten in die Halterung, tauchte unter ihr durch und erhob sich von der Bank, auf der er gelegen hatte. Leonie registrierte neidisch, dass er fünfzig Kilos gestemmt hatte.

«Wie stellen Sie sich das vor?» Er wischte sich mit einem

Handtuch den Schweiß aus Gesicht und Nacken. «Ich kann Dittberner nicht in seine Ermittlungen reinpfuschen.»

«Aber reden könnten Sie mit ihm.»

Zusammen gingen sie in Richtung der Umkleideräume. Leonie war ebenfalls fertig mit ihrem Programm. Trotz oder besser gerade wegen ihrer beruflichen Belastung trainierte sie mindestens einmal in der Woche in dem Club in Eimsbüttel, den auch Kaminski regelmäßig aufsuchte.

«Wir sind nicht gerade die besten Freunde. Lassen Sie mich da raus.»

Nachdem sie geduscht hatte, traf Leonie Kaminski an der Bar auf ein Bier.

«Gibt's was Neues im Mumien-Fall?»

«Wie man's nimmt.» Kaminski wischte sich den Schaum von der Oberlippe. «Ich hatte ein Gespräch mit Dietrich Böttcher. Er hat durchblicken lassen, dass er die Ideen seiner Frau nicht ernst nimmt. Sie hat auf das Verschwinden der Tochter damals wohl auch schon ziemlich irrational reagiert.»

«Mit anderen Worten: Der Mann hat kein Interesse daran herauszufinden, was mit seiner Tochter passiert ist. Und haut so nebenbei auch noch seine Frau in die Pfanne.»

Kaminski grinste. «Ich wusste, dass Ihnen das nicht gefallen würde.» Dann wurde er wieder ernst. «Der Kollege, der damals mit der Vermisstensache beschäftigt war, hat mir etwas erzählt, was nicht in der Akte steht.»

Leonie bedeutete dem Barkeeper, dass sie zahlen wollte. «Ja, und?»

«Etwa zwei Jahre vor ihrem Verschwinden wurde ihr Freund ermordet. Von einem Obdachlosen. Er sitzt im Knast. Hat die Tat bis heute nicht gestanden.»

Leonie betrachtete Kaminski aufmerksam. «Und warum erzählen Sie mir das?»

Er starrte ausdruckslos in sein Bier. «Ich dachte, es würde Sie interessieren.»

«Sie nicht?»

«Haben Sie eine Ahnung, wie viele Überstunden ich vor mir herschiebe?»

«Das ist der Unterschied zwischen uns beiden.» Leonie rutschte vom Barhocker. «Sie zählen Ihre Überstunden.»

Obwohl sie sich körperlich verausgabt hatte, schlief Leonie schlecht. Um sechs Uhr gab sie es auf, duschte und verließ das Hotel, wo die Tür zum Frühstücksraum noch geschlossen war. Auf dem Weg zum Institut hielt sie an einer Bäckerei, die schon geöffnet hatte, und genehmigte sich zum Kaffee ein Croissant. Als sie in der Nacht wach lag, hatten sich ihre Gedanken immer im Kreis um die Frage bewegt, was sie noch tun konnte, um den Tod von Marlene Böttcher aufzuklären. Angesichts des Zustands der Leiche hatte sie getan, was möglich war. Viele Fragezeichen waren geblieben.

Im Institut, in dem so früh noch wenig Betrieb herrschte, stieg sie als Erstes in den Leichenkeller hinab und zog das Kühlfach auf, in dem noch immer Marlene Böttchers sterbliche Überreste aufbewahrt wurden.

«Guten Morgen, meine Schöne», murmelte Leonie und ließ den Blick vom Gesicht der Toten den Körper entlangwandern, hin zu den schmalen Füßen und wieder zurück zum Kopf mit den dichten, dunklen Haaren. «Wie kann ich dich zum Reden bringen? Hm?»

Die Naht, die sich normalerweise von Ohr zu Ohr über den Kopf zog, fehlte bei Marlene. Die Kopfhaut der Mumie war zu hart, um bei der Sektion aufgeschnitten und vom Schädel geschält zu werden. Der Präparator hatte die Schädelkalotte mitsamt der Haut aufsägen müssen und anschließend mit Stiften wieder festgesteckt. Es war deshalb auch unmöglich gewesen, festzustellen, ob eine Stelle der Kopfhaut eventuell unterblutet war. Zum Beispiel durch einen Schlag auf den Kopf. Leonie schob die Leiche wieder zurück ins Fach und verschloss die Tür. Sie musste unbedingt noch einmal einen Blick auf die Röntgenaufnahmen werfen.

Das Zentralsekretariat war noch unbesetzt. Sie suchte sich die Akte selbst heraus und ging damit in ihr Büro. Sie las alles noch einmal gründlich durch und betrachtete aufmerksam die Röntgenaufnahmen. Der Schädelknochen zeigte weder Risse noch Brüche. Othello kam hereinspaziert, strich kurz zur Begrüßung um ihre Beine, streckte sich ausgiebig und kuschelte sich in sein Körbchen. Er hatte wohl wieder eine lange Nacht gehabt. Leonie klappte die Akte zu. Etwas konnte sie noch tun. Sie würde den Kopf von Marlene Böttcher noch einmal öffnen und die Hirnreste in Gänze entnehmen und in Formalin einlegen, um die breiige Masse auszuhärten. Das würde etwa zwei Wochen dauern. Erst dann waren makroskopische und histologische Untersuchungen möglich. Wenn auch dieses Untersuchungsergebnis negativ ausfiel, war sie mit ihrem Latein am Ende. Das Telefon klingelte in ihre Gedanken hinein. Automatisch sah sie auf die Uhr. Es war noch nicht einmal acht Uhr. Sie griff nach dem Hörer und meldete sich.

«Leonie?»

«Tante Charlotte? Ist etwas passiert?»

Charlotte Reichert, die Schwester ihrer verstorbenen Mutter, hatte nicht die Angewohnheit, in aller Frühe herumzutelefonieren.

«Ich bin im Hubertus-Krankenhaus. Ach, ich hab was furchtbar Dummes angestellt.» Ihre Tante machte eine Pause und stöhnte, offenbar vor Schmerzen. Leonies Magen krampfte sich zusammen. Ihre Tante hatte sie nach dem Tod der Mutter aufgenommen und großgezogen. Ihre Beziehung war zwar nicht besonders innig, dennoch standen sie sich nahe.

«Was ist los? Hast du Schmerzen?»

«Das kann man wohl sagen.» Die Stimme ihrer Tante war ungewöhnlich klein und dünn. «Ich bin heute früh in der Badewanne ausgerutscht und hab mir den Oberschenkelhals gebrochen. Gleich werde ich operiert.»

«Na, das ist ja großartig.» Das hatte ihr noch gefehlt.

«Die haben mich gefragt, wen sie benachrichtigen sollen. Aber ich wollte es dir selbst sagen. Noch bin ich schließlich nicht tot.»

Leonie lächelte. Wenigstens hatte ihre Tante den Humor nicht verloren.

«Gib ihnen bitte meine Telefonnummer, auch die Handynummer. Nach der Operation soll mich der operierende Arzt anrufen. Hast du mich verstanden, Tante Charlotte? Ach, und erwähne unbedingt, dass ich Rechtsmedizinerin bin.»

Das würde Konzentration und Sorgfalt des Kollegen um hundert Prozent erhöhen. Leonie versicherte der Tante, dass sie so schnell wie möglich nach Berlin fahren würde. Dann drängte eine Stimme im Hintergrund, das Gespräch zu beenden. Nachdem sie aufgelegt hatte, schlug Leonie ihren Kalender auf und schaute nach, welche Termine der nächsten Tage gestrichen oder einem Kollegen aufgehalst werden konnten. Als ihre Sekretärin um Punkt acht Uhr das Büro betrat, hatte sie schon eine Liste gemacht. Frau Thiele war voller Verständnis und Mitgefühl. Zuerst das Unglück mit dem Wasserschaden und nun das. Bevor sie sich Gedanken über die für Leonie derzeit ungünstige astrologische Konstellation machen konnte, flüchtete Leonie und ging auf die Suche nach Dr. Silber. Der Kollege war zwar nicht begeistert von ihrer Idee der erneuten Leichenöffnung, versprach aber, sich in ihrer Abwesenheit darum zu kümmern. Den Rest des Tages verbrachte sie damit, abzuarbeiten, was nicht warten konnte, und ein paar Leute über ihren Spontanurlaub zu informieren. Beim Mittagessen sagte sie es auch Paul Unruh, und er bot sich an, sie zum Bahnhof zu bringen. Aber sie hatte vor, mit dem Auto zu fahren, weil sie damit in Berlin beweglicher war. Sicher musste sie einiges für ihre Tante erledigen. Später, als sie gehofft hatte, aber noch früh genug, um für den größten Teil der Strecke Tageslicht zu haben, fuhr sie auf die A24 nach Berlin. Ihr kam der Gedanke, und sie schämte sich ein bisschen dafür, dass sie sich bei der Gelegenheit nicht nur um ihre Tante kümmern, sondern sich auch noch bei den Berliner Kollegen nach dem dort erschossenen Anwalt erkundigen konnte.

6.

OBWOHL ES SCHON nach zehn war, als sie in Berlin eintraf, fuhr sie als Erstes ins Krankenhaus. Der telefonische Bericht des Chirurgen war zwar beruhigend gewesen, aber sie wollte sicherheitshalber nach dem Rechten sehen, bevor sie sich im Haus ihrer Tante einrichtete. Ihre Tante schlief schon, und Leonie warf nur einen kurzen Blick in das Zweibettzimmer, in dem sie lag. Der Stationsarzt wurde gerufen und erstattete Bericht. Die Operation war gut verlaufen, postoperative Schwierigkeiten waren bisher nicht aufgetreten. Man hatte Charlotte Reichert an einen Schmerzmitteltropf gehängt, den sie nach Bedarf bedienen konnte.

Das Haus der Tante stand in Dahlem, unweit des Botanischen Gartens und der Freien Universität Berlin. Leonie war nie allein dort gewesen, und sie empfand ein seltsames Gefühl der Fremdheit, als sie das stille Haus betrat. Als Erstes machte sie einen Kontrollgang durch alle Räume. Im Badezimmer stand noch das Wasser in der Wanne. Leonie öffnete den Abfluss und hängte das Handtuch auf, das über dem Wannenrand halb draußen und halb ins Wasser hing. Den Badezimmerputz verschob sie auf den nächsten Tag. Der Fußboden war mit schmutzigen Schuhabdrücken übersät. Sie stammten von den Sanitätern, die ihre Tante aufgelesen hatten. Leonie wagte nicht, daran zu denken, was passiert wäre, hätte ihre Tante nicht die Angewohnheit, ihr tragbares Telefon überallhin mitzunehmen. Leonie würde nie mehr ein Wort über die schwatzhaften Damen verlieren, mit denen ihre Tante befreundet war.

Am nächsten Morgen fuhr Leonie ins Institut für Rechtsmedizin. Sie parkte direkt vor der alten Dahlemer Villa in einer idyllischen kleinen Straße, in der niemand ein Haus des Todes erwarten würde. Lediglich das Institutsschild an der Gartenpforte machte deutlich, dass es sich nicht um ein Privathaus handelte. Die Eingangstür des Hauptgebäudes – es gab außerdem den modernen Anbau im Garten und eine zweite Villa in einer Seitenstraße schräg gegenüber – stand sperrangelweit offen. Kein Pförtner, keine Sicherheitstüren, keine Zugangscodes. Die Berliner Kollegen lebten anscheinend noch immer im Paradies.

Leonie hatte ihr Kommen nicht angekündigt, deshalb wäre Dr. Wilfried Lottermoser, dem sie auf der Treppe zum ersten Stock begegnete, auch blick- und grußlos an ihr vorbeigelaufen.

«Oje, ich muss wohl unsichtbar geworden sein», sagte Leonie laut.

Lottermoser drehte sich um. Sein mürrischer Gesichtsausdruck hellte sich eine Spur auf.

«Die Leonie aus Hamburg. Was machst denn du schon wieder da?»

«Ihr Österreicher seid wirklich ein Ausbund an Charme.»

Leonie kannte und schätzte den Kollegen, seitdem sie als junge Assistenzärztin im Berliner Institut angefangen hatte. Lottermoser stammte aus Wien und pflegte sein Heimweh, obwohl er seit über dreißig Jahren in Deutschland lebte.

«Willst du zum König?»

Damit war nicht etwa ein Blaublütiger gemeint, sondern der Direktor des Instituts, Professor Ludwig König.

«Nein, warum?»

Lottermoser machte sein Pokerface. «Nur so. Und? Geht's da gut?»

«Reden wir nicht drüber. Im Moment kommt's mal wieder ganz dick. Meine Tante liegt seit gestern im Krankenhaus. Mediale Schenkelhalsfraktur.»

«Der Klassiker. Na servus. Bist deswegen in Berlin?»

Leonie lächelte ein wenig verlegen. «Hauptsächlich schon. Aber nicht nur.»

Der Kollege grinste. «Des hab ich ma doch gedacht, dass d' uns net nur an Freundschaftsbesuch machst. Also?»

«Es geht um einen Anwalt, der vor einiger Zeit hier in Berlin vor seinem Haus erschossen wurde. Weißt du, wen ich meine?»

«Freilich. Der Funke hat ihn obduziert, zusammen mit dem Chef. Die san awer heut alle zwei net da.»

«Könntest du vielleicht ...?» Leonie sprach den Satz nicht zu Ende und sah Lottermoser bittend an. Der sah auf seine Uhr.

«Ich hab gleich einen Termin in der Invalidenstraße. Also, gehst halt mit.»

Lottermoser ging voraus in die Registratur des Instituts, wo sämtliche Obduktionsprotokolle aufbewahrt wurden.

«Ist die Leiche schon freigegeben worden?», wollte Leonie wissen.

«Ja eh. Schon vor a paar Wochen.»

Leonie schlug die Akte auf. Die Fotos zeigten eine männliche Leiche mit teilweise zerstörtem Schädel.

«Soll a fescher Kerl g'wesen sein. Ja, so kann's gehen», sinnierte Leonies Kollege. «Und arm war er auch net. Sein Vater is a G'schäftsmann. Italiener. Soll Beziehungen zur Mafia ham. Na ja, was d' Leit so red'n.»

Leonie blätterte das Protokoll durch und nickte dabei immer wieder. «Kommt mir alles ziemlich bekannt vor.»

«Habt's ihr bei euch an ähnlichen Fall?»

Leonie schloss die Akte. «Wir haben zwei Tote. Eine Frau und einen Mann. Beiden wurde der halbe Kopf weggepustet. Der Mann ist Anwalt. Einer von der Sorte, die eine Waffe in der obersten Schreibtischschublade griffbereit haben sollte.»

Lottermoser nickte. «Und du glaubst net an einen Zufall?»

«Natürlich kann es Zufall sein. Ist es wahrscheinlich auch.» Leonie stand von Lottermosers abgeschabtem Schreibtischsessel auf. «Aber ich denke, es müsste wenigstens überprüft werden, ob es Zusammenhänge gibt.»

Sie verabredete sich mit dem Kollegen für den nächsten Abend zum Schnitzelessen ins Ottenthal und fuhr zu ihrer Tante ins Krankenhaus. Charlotte Reichert hatte die Operation gut überstanden, dennoch hatte sie äußerst schlechte Laune.

«Ich hasse es, wie ein Maikäfer auf dem Rücken zu liegen. Und auf die Bettpfanne gehe ich nicht.»

Leonie packte die Sachen aus, die sie der Tante mitgebracht hatte: Nachthemden, Waschzeug und dergleichen. «Es wird dir kaum etwas anderes übrig bleiben, solange du noch nicht aufstehen darfst.»

Ihre Tante sah sie vorwurfsvoll an. «Du bist eine schrecklich mitleidlose Person, Leonie Simon.»

Leonie setzte sich ans Bett der Tante, beugte sich vor und gab ihr einen Kuss auf die Wange.

«Du hast völlig Recht. Ich bedauere dich kein bisschen.» Dann zauberte sie eine Schachtel mit belgischen Pralinen hervor, die ihre Tante besonders liebte. «Als kleines Trostpflaster.»

Nach einer halben Stunde merkte Leonie, dass ihre Tante erschöpft war, und verabschiedete sich. Sie versprach, am Abend wiederzukommen. In den folgenden zwei Tagen organisierte Leonie eine Rundumbetreuung durch den Freundes- und Bekanntenkreis ihrer Tante für die Zeit nach ihrer Abreise. Länger als drei Tage konnte sie nicht bleiben. Erst zur Entlassung ihrer Tante wollte sie wiederkommen.

Obwohl sie zweimal am Tag ins Krankenhaus fuhr, hatte sie noch genug Zeit, um sich mit alten Freunden und Kollegen zu treffen und bei bestem Sommerwetter über die Pfaueninsel zu spazieren, von jeher einer ihrer Lieblingsplätze in Berlin. An ihrem letzten Tag ging sie am frühen Nachmittag in die *Galeries Lafayette*, den Ableger des berühmten Pariser Kaufhauses in Berlin-Mitte, um in der Lebensmittelabteilung eine Fischsuppe zu essen. Die Fischsuppe im Lafayette und eine Currywurst mit extra scharfer Soße vom Imbiss am Kurfürstendamm 195 gehörten für Leonie zu den absoluten *must* eines Berlinbesuchs.

Sie balancierte mit der Suppe vom Fischstand zur Weinabteilung, holte sich an der Bar ein Glas Weißwein und nahm an einem gerade frei gewordenen Bistrotisch Platz. Dort saß sie etwas abseits vom Einkaufstrubel, den sie gleichwohl durch eine Sprossenwand hindurch beobachten konnte. Nachher hätte sie nicht sagen können, was sie bewog, sich umzudrehen. Möglicherweise war es die Stimme gewesen, eine Stimme, die ihr vertraut vorkam. Gerade noch konnte sie einen Blick auf einen hoch gewachsenen Mann mit dunklen Haaren werfen, bevor er in der Menge verschwand.

«Michael», sagte sie so laut, dass das Paar am Nebentisch sie irritiert ansah. Sie sprang auf und lief der dunklen Gestalt hinterher. Die ganze Lebensmittelabteilung suchte sie ab. Vergebens. Als sie zu ihrem Tisch zurückkehrte, überlegte eine Bedienung gerade, ob sie ihr halb geleertes Glas abräumen sollte.

«Ganz schön leichtsinnig», sagte die Frau vorwurfsvoll und wies auf Leonies Handtasche, die sie an der Stuhllehne hatte hängen lassen.

Leonie setzte sich mit wild klopfendem Herzen und nahm einen großen Schluck Wein. War er das wirklich gewesen? Oder hatte ihre Phantasie ihr einen Streich gespielt? Deutschland war noch immer ein viel zu heißes Pflaster für ihn. Er würde es nicht wagen. Oder doch?

Auf der Fahrt zurück nach Hamburg versuchte sie, nicht mehr an den Mann im Lafayette zu denken. Er war Teil einer Vergangenheit, die sie bewältigt hatte. Jedenfalls wollte sie das glauben. Unerwünschte Gedanken verdrängte man nach Leonies Erfahrung am erfolgreichsten, indem man intensiv über etwas anderes nachdachte. Das Bild ihrer renovierungsbedürftigen Wohnung verbannte sie ebenfalls rasch aus ihrem Kopf. Zu unerfreulich. Mit dem pubertierenden Knaben Max und ihren Gefühlen für Paul Unruh mochte sie sich ebenfalls nicht beschäftigen. Zu beunruhigend. Das Foto der lebenden Marlene Böttcher tauchte vor ihrem inneren Auge auf, bevor sich das Bild der Mumie darüber schob. Wer war diese schöne junge Frau gewesen? Von Beginn an umgab diese Tote der Hauch eines Geheimnisses, so jedenfalls hatte sie auf Leonie gewirkt. Ihr kam in den Sinn, was sie von Kaminski erfahren hatte. Der Freund, der einem Mord zum Opfer gefallen war. Ein verurteilter Täter, der die Tat leugnete. Es konnte nicht schaden, einen Blick in ein Zeitungsarchiv zu tun.

Am nächsten Tag im Institut erfuhr Leonie, dass Marlene Böttchers Leiche zur Bestattung freigegeben und unmittelbar darauf abgeholt worden war. Silber hatte glücklicherweise noch die Gelegenheit gehabt, die Hirnmasse zu entnehmen. Am liebsten hätte Leonie sich sofort an den Computer gesetzt und die Recherche zum Tod von Marlenes Freund vor über sechs Jahren begonnen, aber es wartete viel Arbeit auf sie, und Professor Cordes war für ein paar Stunden im Haus, was sie unbedingt für ein Gespräch nutzen musste. Also delegierte sie die Aufgabe an eine Sekretärin, die sich ohnehin mit den Finessen der Internetrecherche besser auskannte als Leonie.

Am Abend fand Leonie in ihrem Büro einen Stapel Computerausdrucke auf ihrem Schreibtisch. Zeitungsartikel über den Mord, die Suche nach dem Täter bis hin zu den Berichten zum

Prozess gegen den Verdächtigen. Danach wurde Sven Johannsen, 24 Jahre, Jurastudent, frühmorgens in einem Gebüsch an der Simon-von-Utrecht-Straße auf St. Pauli tot aufgefunden. Er war schwer verprügelt und erstochen worden. Die Ermittlungen der Polizei ergaben, dass er in der Nacht zuvor mit seiner Freundin Marlene Böttcher, ihrem Bruder und mehreren anderen jungen Leuten aus ihrer Klasse deren bestandenes Abitur gefeiert hatte. Die jungen Leute waren durch mehrere Clubs und Lokale gezogen und hatten sich gegen Morgen getrennt. Sven hatte sich von seiner Freundin verabschiedet und zu Fuß allein entfernt. Er wohnte im Nachbarstadtteil Altona. Marlene war müde und nahm sich ein Taxi nach Hause, während ihr Bruder und einige der anderen noch weiterziehen wollten. Keiner von ihnen wollte Sven mehr gesehen haben, nachdem er sich von der Gruppe getrennt hatte. Leonie schrieb sich die Namen der jungen Leute auf. Außer Marlene und Tobias Böttcher waren das Pascal Bertram, Johannes Wagner, Florian Schmücker, Julia Winkelmann und Nicola Goerne. Letztere war Marlenes beste Freundin, erinnerte sich Leonie. Sie unterstrich deren Namen deshalb zweimal. Die Polizei hatte mehr als zwei Wochen nach der Tat einen Tipp bekommen und in einem von der Stadt angemieteten Hotel am Hamburger Berg in St. Pauli den obdachlosen Sozialhilfeempfänger Rüdiger Stoll festgenommen. Bei ihm fanden sich die Armbanduhr des Toten, seine Brieftasche und seine Wohnungsschlüssel. Stoll hatte im Suff mehreren Leuten von einem toten Jungen erzählt und die Uhr herumgezeigt. Von Anfang an bestritt er vehement, Johannsen getötet zu haben. Er wollte ihn im Vollrausch lediglich bestohlen haben. Damit erklärte er auch die Blutflecken an seiner Kleidung. Offenbar hatte ihm niemand geglaubt. Gegen ihn sprachen außer den Fakten auch die vielen Vorstrafen, darunter mehrere wegen gefährlicher Körperverletzung, Nötigung und Raub. Rüdiger Stoll schien ein ausgesprochen unangenehmer Mensch zu sein. Das Gericht kam am Ende zu der Ansicht, dass er auch ein Mörder sei, und verurteilte ihn zu lebenslanger Haft. Gestanden hatte er nie.

Während Leonie sich durch den Stapel Archivmaterial las, war Othello hereingekommen und auf ihren Schreibtisch gesprungen. An sich war ihm das streng verboten, aber sein Mensch schien diesmal Milde walten zu lassen. Also drapierte der Kater sich elegant auf einer Akte und beobachtete Leonie aus halb geschlossenen Augen. Die lehnte sich nach Lektüre der letzten Seite in ihrem Schreibtischsessel zurück und sah aus dem Fenster.

Mal angenommen, dachte Leonie, dieser Stoll war tatsächlich nicht der Täter und einer oder mehrere der jungen Leute hatten gelogen. Und weiter angenommen, Marlene war misstrauisch geworden oder hatte eine Ahnung, wer es gewesen sein könnte. Vielleicht hatte es in der Nacht Krach gegeben. Alle waren sicher mehr oder weniger betrunken gewesen.

«Blödsinn», sagte Leonie so laut, dass Othello zusammenzuckte. Sie fing an, haltlos zu spekulieren. Immerhin konnte es nicht schaden, die Akte Sven Johannsen rauszusuchen. Sektionsprotokolle wurden dreißig Jahre aufbewahrt, Organe und Organproben leider nur fünf Jahre, toxikologische Asservate sogar nur sechs Monate, falls die Staatsanwaltschaft nichts Gegenteiliges anordnete. Und natürlich musste sie mit Kaminski über ihre Idee reden. Wahrscheinlich würde er sie als Spinnerei vom Tisch wischen. Unentschlossen starrte sie das Telefon an, das plötzlich und unerwartet in die Stille hinein schrillte. Othello fauchte beleidigt und sprang vom Schreibtisch. Leonie griff nach dem Hörer. Da sie gerade intensiv an ihn gedacht hatte, war sie fast sicher, Kaminskis Stimme zu hören. Aber es war Frau Kuntner, die Pflegemutter von Max Lifka.

«Ich hoffe, ich störe Sie nicht bei der Arbeit?», fragte sie höflich.

«Nein, nein, ich wollte sowieso gerade Schluss machen», erwiderte Leonie ebenso höflich. «Was gibt's denn?»

«Ich weiß, ich überfalle Sie jetzt wahrscheinlich. Aber ich muss unbedingt mit Ihnen sprechen.»

Leonie schwante Übles. «Es geht um Max, nehme ich an.»

«Ja. Mein Mann meinte, ich solle Sie nicht belästigen. Wir sind ja schließlich für die Kinder verantwortlich.»

Außer Max hatten die Kuntners noch ein kleines Mädchen in Pflege, neun Jahre jünger als der Junge und recht umgänglich, soweit Leonie wusste.

«Sie belästigen mich nicht.»

Sie verabredeten sich für den nächsten Morgen. Die Kinder würden im Kindergarten beziehungsweise in der Schule sein und Herr Kuntner in seinem Büro. Als Leonie den Hörer auflegte, war sie beunruhigt. Max' Pflegemutter war zwar nicht die Intelligenteste, aber eine ruhige, ausgeglichene Person mit beneidenswert guten Nerven. Wenn sie Rat und Hilfe brauchte, musste Max wirklich etwas angestellt haben.

Nach einer ziemlich unruhigen Nacht, in der hauptsächlich Marlene und Max durch ihre Träume geisterten, fuhr Leonie gleich nach dem Frühstück zum Haus der Kuntners in Rahlstedt. Es war ein Reihenhaus mit einem kleinen Garten, dem man ansah, dass dort Kinder wohnten. Überall lag Spielzeug herum, und eine Schaukel und ein Sandkasten dominierten die Rasenfläche vor der Terrasse. In der Nacht hatte es angefangen zu regnen, und die Temperatur war deutlich gesunken. Das war's dann wohl schon wieder mit dem Sommer, dachte Leonie pessimistisch, als sie aus dem Auto stieg und zur Haustür sprintete. Sie schüttelte die Regentropfen aus dem Haar und klingelte. Frau Kuntner öffnete so prompt, dass Leonie annahm, sie habe schon hinter der Haustür gestanden. Sie begrüßte Leonie mit mattem Lächeln und bat sie herein. Auf der untersten Stufe der Treppe, die in das obere Stockwerk führte, saß Moritz, bis auf einen weißen Fleck auf der kleinen Schnauze das Ebenbild seines Erzeugers. Auch Othellos Eigenwilligkeit hatte er geerbt und sprang behände die Treppe hinauf, als Leonie sich zu ihm beugte, um ihn zu streicheln.

Sie folgte Frau Kuntner ins Wohnzimmer, dessen billige und spärliche Möblierung Leonies Vermutung nährte, dass die Aufnahme von Pflegekindern auch finanzielle Gründe hatte.

«Sie sind mir mit Ihrem Anruf zuvorgekommen», begann Leonie und ließ sich vorsichtig auf einem durchgesessenen Sofa nieder. «Als ich neulich mit Max bei seiner Mutter war, hatte ich mir vorgenommen, mal mit Ihnen zu sprechen. Er hat sich verändert, finde ich.»

Frau Kuntners blühende Gesichtsfarbe wurde noch eine Spur rosiger. «Und dabei tun wir für den Jungen, was wir können.»

«Davon bin ich überzeugt», beruhigte Leonie die Frau. Diese Reaktion erlebte Leonie häufig bei Eltern. Schon der Verdacht einer Kritik löste eine vehemente Selbstrechtfertigung aus.

«Möchten Sie vielleicht eine Tasse Kaffee?» Frau Kuntner besann sich auf ihre Rolle als Gastgeberin.

«Nein danke. Ich trinke sowieso immer viel zu viel von dem Zeug», lehnte Leonie ab. «Was hat er denn nun angestellt?»

Frau Kuntner rückte auf die Stuhlkante vor und straffte unbewusst den Rücken. Die Hände lagen gefaltet in ihrem Schoß.

«Er hat hundertzwanzig Euro aus der Haushaltskasse gestohlen.»

Es dauerte einen Augenblick, bis Leonie diese Information verdaut hatte.

«Sind Sie ganz sicher, dass das Geld gestohlen wurde? Und dass es Max genommen hat?»

«Glauben Sie, ich würde es sagen, wenn es nicht stimmte? Außerdem war es nicht das erste Mal, dass er gestohlen hat. Meistens kleine Summen. Fünf Euro hier, zehn Euro da. Manchmal dachte ich, ich hätte mich geirrt. Aber diesmal weiß ich's genau.»

Leonie nickte. «Das ist schlimm. Haben Sie ihn damit konfrontiert?»

Frau Kuntner verschränkte die Hände in ihrem Schoß so fest, dass die Knöchel weiß hervortraten.

«Ja, er hat mich beschimpft. Eine blöde Spießerin hat er mich genannt. Ich würde gut an ihm verdienen und er hätte sich nur genommen, was ihm zusteht.»

Leonie sah, dass die Frau zutiefst verletzt war. Und mit Recht, falls sie bei ihrer Darstellung der Situation nicht übertrieben hatte. Was war nur in Max gefahren? «Wozu braucht er das Geld? Hat er Schulden?»

«Ich weiß es nicht. Bis vor ein paar Wochen hatte ich ein gutes Verhältnis zu dem Jungen. Mein Mann auch. Aber dann hat er sich immer mehr zurückgezogen, hat kaum noch den Mund aufgekriegt. Und wenn wir ihn ansprechen, gibt er nur patzige Antworten. Mein Mann sagt, das ist die Pubertät.»

Leonie fand, das klang nach etwas sehr viel Ernsthafterem.

«Richtig sauer ist mein Mann geworden, als der Junge erst seine Lederjacke verkauft hat und dann das Handy, das wir ihm zu Weihnachten geschenkt haben. Er kann mit seinen Sachen machen, was er will, hat er gesagt. Da ist meinem Mann die Hand ausgerutscht.» Die Frau sah Leonie herausfordernd an. «Irgendwann reißt jedem mal der Geduldsfaden.»

Leonie überging die Bemerkung. «Ich werde mit Max reden.»

Es war offensichtlich, dass die Kuntners mit der Situation überfordert waren. Und sie selbst war auch nicht sicher, ob sie damit umgehen konnte.

«Sagen Sie ihm, ich lade ihn am Wochenende zu einem Ausflug ein. Er soll mich im Büro anrufen.»

Frau Kuntner ging zu einem Schrank und holte eine Mappe, der sie ein Papier entnahm.

«Das ist sein letztes Zeugnis.»

Max hatte sich fast in allen Fächern um ein oder zwei Noten verschlechtert. «Einen Ausflug hat er eigentlich nicht verdient.»

«Richten Sie's ihm trotzdem aus.» Leonie erhob sich. «Es war richtig, dass Sie mich informiert haben.»

Es regnete noch immer, als Leonie zu ihrem Wagen lief, und die Temperatur war weiter gesunken. Das Wetter passte ausgezeichnet zu der Stimmung, in die sie das Gespräch mit Max' Pflegemutter versetzt hatte. Für einen Halbwüchsigen in Schwierigkeiten war sie nicht die optimale Ratgeberin, wie sie in ehrlicher Selbsteinschätzung zugeben musste. Aber sie wusste, dass Max sie respektierte, und das war nicht die schlechteste Basis für ein Gespräch.

Auf dem Weg ins Institut machte Leonie beim Polizeipräsidium in Alsterdorf Station. Die Tonart des Tages war Moll, da konnte ein Besuch bei Kaminski keinen weiteren Schaden anrichten. Aber im Gegensatz zu ihr war er verhältnismäßig gut gelaunt. Tim sei Dank, dachte Leonie und erklärte, worum es ihr ging.

«Doc, ich bewundere Ihre Hartnäckigkeit. Und jetzt verrate ich Ihnen ein Geheimnis: Ich bin ganz Ihrer Meinung.»

«Wie bitte?» Leonie schaute ihn verdattert an.

Kaminski grinste. «Jetzt sind Sie platt, was? Ich hab mir die Akte Johannsen kommen lassen. Die Lektüre ist vielleicht ein bisschen langweiliger als Ihre Sensationsartikel, aber sehr informativ.»

«Das heißt, Sie glauben auch nicht, dass dieser Obdachlose,

dieser … na, den Namen habe ich jetzt vergessen, den Mord begangen hat?»

«Das habe ich nicht gesagt. Stoll heißt der Mann übrigens. Nein, die Fakten sprechen eindeutig gegen ihn. Natürlich wäre ein Geständnis das i-Tüpfelchen gewesen, aber man kann nicht alles haben.»

«Und in welchem Punkt sind Sie dann meiner Meinung?», wollte Leonie wissen.

«Dass ein Zusammenhang zwischen dem Mord an Johannsen und dem Tod von Marlene Böttcher bestehen könnte.» Er machte eine Pause und wickelte einen zuckerfreien Kaugummi aus. Wenn schon nicht der Magen, sollte wenigstens seine Kiefermuskulatur etwas zu tun bekommen.

«Johannsen und die Böttcher waren ein Paar, ganz große Liebe. Der Junge stirbt elendig durch Mord. Das hat sie nicht verwunden. Sie war danach nicht mehr dieselbe.»

«Wer hat das gesagt?»

«Zum Beispiel ihre Freundin Nicola Goerne. Die Böttcher hat danach keinen festen Freund mehr gehabt.»

«Wollen Sie etwa auf Tod durch Liebeskummer hinaus?» Leonie sah ihn zweifelnd an.

«So ungefähr.»

«Selbstmord auf dem Dachboden? Und womit?»

«Ich dachte eher an das sprichwörtliche gebrochene Herz. Eine Herzschwäche als Todesursache haben Sie ja nicht ausgeschlossen, oder?»

«Nein», gab Leonie zu. «Aber ich glaube nicht daran.»

«Und ich glaube nicht an Mord.»

Leonie gab noch nicht auf. «Ich dachte, Sie könnten vielleicht die DNA aus dem Taschentuch mit DNA-Proben von Marlenes Schulfreunden, mit denen sie in der Tatnacht zusammen war, vergleichen.»

«Klar. Wir könnten bei der Gelegenheit auch gleich ihre anderen Freunde und Bekannten, ihre Lehrer, die Nachbarn und so weiter testen.»

Leonie hasste es, ironisch behandelt zu werden. «Gute Idee, Kaminski.»

«Das Dumme ist nur, dass der Richter, der das genehmigen müsste, die Idee ganz schlecht finden würde. Ich fürchte sogar, er würde mir die netten Herren mit der weißen Weste vorbeischicken, weil er mich für übergeschnappt hält.»

Leonie wusste, dass sie das verdient hatte. Es gab keinen halbwegs begründbaren Tatverdacht gegen irgendeinen dieser Leute.

«Ich wette, Marlenes Vater mit seinen politischen Verbindungen könnte da was ausrichten.»

Natürlich war die Justiz politisch unabhängig. Laut Verfassung jedenfalls.

«Vergessen Sie Dietrich Böttcher. Der Mann will Ruhe im Karton haben. Das ist doch offensichtlich.»

Das Telefon klingelte. Kaminski nahm ab und hörte einen Moment schweigend zu. Dann gab er ein paar Anweisungen und legte auf. Irgendetwas war passiert. Leonie sah ihn fragend an.

«Es ist wieder jemand erschossen worden.»

7·

AM WOCHENENDE war es auf dem Campingplatz nicht auszuhalten. Selbst bei schlechtem Wetter waren viele Wagen und Zelte bewohnt. Bei gutem Wetter war der Teufel los. Es kamen zusätzlich Ausflügler an die Alster, um dort ihre Kanus ins Wasser zu lassen oder auf der nahe gelegenen Wiese zu grillen. Der Mann hatte sich deshalb angewöhnt, Samstag und Sonntag in seinem Auto unterwegs zu sein und erst spät in der Nacht und nur zum Schlafen zurückzukehren. An solchen Tagen fuhr er kreuz und quer durch Hamburg oder machte Abstecher ins Umland. Er fühlte sich gut, wenn er mit seinem Geländewagen anscheinend ziellos graue Straßen entlangrollte. Beinahe glücklich fühlte er sich dann, frei und sorglos, ohne Vergangenheit und Zukunft. In einsamen Gegenden gelang es ihm manchmal sogar, sich vorzustellen, dass er nach einer schrecklichen Katastrophe der einzige noch lebende Mensch auf der Erde sei. Der König vom Niemandsland. Eine Vorstellung, die ihn euphorisieren konnte.

Meistens war er allerdings nicht besonders gut gelaunt. Und manchmal, wenn er richtig mies drauf war, fing er an zu grübeln, so lange, bis er den Druck nicht mehr aushielt. Anschließend konnte er 24 Stunden durchschlafen, ohne auch nur einmal aufzuwachen.

Natürlich fuhr er nicht einfach sinnlos in der Gegend umher. Er verschaffte sich einen Überblick, prägte sich Informationen ein über Orte und Menschen. Außerdem war er immer auf der Suche nach neuen Übungsplätzen, die nicht so schnell verbrannten, weil jemand auf ihn aufmerksam wurde.

Aktuell suchte er mal wieder einen Job. Für jemanden wie ihn kamen reguläre Arbeitsverhältnisse nicht in Frage, aber das war selten ein Problem. Am liebsten arbeitete er aushilfsweise als Fahrer, er konnte alles fahren, was Räder hatte. Aber er war nicht wählerisch. Für einen halbwegs anständigen Stundenlohn ackerte er auch auf dem Bau, als Fensterputzer, Gärtner oder Packer.

Die Frau sah er zum ersten Mal, als er am späten Sonntagabend, es wurde schon dämmrig, vor einer Baustelle hielt, um sich die Telefonnummer des Bauunternehmers aufzuschreiben. Er wollte gerade zum Wagen zurückgehen, als er eine Bewegung im Rohbau des Gebäudes wahrnahm. Wahrscheinlich ausländische Schwarzarbeiter, die dort übernachten, dachte er. Aber dann trat die Frau im obersten Stockwerk aus dem Schatten eines Gerüsts und setzte einen Fuß auf einen der T-Träger, die das Gerippe des Rohbaus bildeten. Die Frau zog den zweiten Fuß nach und begann Schritt für Schritt wie eine Seiltänzerin über den Abgrund zu balancieren. Der Mann hielt unwillkürlich den Atem an, den er keuchend ausstieß, als sie nach wenigen Schritten schwankend mit den Armen ruderte. Aber sie fing sich wieder und schaffte die ganze Strecke bis zum anderen Ende, wo sie wieder festen Boden unter den Füßen hatte. Sie stieß einen Schrei des Triumphes aus. Dann verschwand sie aus seinem Blickfeld. Sie musste die Baustelle auf der anderen Seite verlassen haben, und er dachte, er habe sie verloren. Aber dann sah er ihre dunkel gekleidete Gestalt in der Seitenstraße um die Ecke biegen und zu einem Auto laufen. Rasch setzte er sich hinter das Steuer seines Wagens und startete. In dem Moment bog sie auch schon um die Ecke und fuhr an ihm vorbei. Er setzte sich hinter sie und merkte sich automatisch das Kennzeichen ihres Honda. Während er darauf achtete, nicht zu dicht aufzufahren, und gelegentlich einen anderen Wagen zwischen sich und den Honda ließ, dachte er über das nach, was er da eben gesehen hatte. Die Frau hatte ihr Leben riskiert, und ihm schien, sie habe es genossen. Sie hatte gegen sich selbst gekämpft und gewonnen. Frauen taten so etwas nicht. Jedenfalls nicht die, denen er bisher begegnet war. Plötzlich kamen ihm Zweifel, ob es wirklich eine Frau war, der er folgte. Aber ihre Figur und ihre Bewegungen waren weiblich gewesen. Bei so etwas konnte er sich doch nicht irren. Er folgte ihr in ein Gewirr von kleinen Straßen in einem Stadtviertel, in dem er noch nicht gewesen war. Als sie langsamer wurde, verlangsamte auch er seine Fahrt und blieb schließlich in einer Einfahrt stehen, wenige Meter von der Stelle entfernt, wo sie einparkte. Zu Fuß folgte er ihr bis zu ihrer Haustür. Im Licht einer Straßenlaterne zeigten sich ihm für eine Sekunde eindeutig weibliche Gesichtszüge, dann verschwand sie im Hausflur, und die Tür schnappte hinter ihr ins Schloss. Der Mann merkte sich Straßennamen und Hausnummer. Die vielen Namen auf dem Klingelschild nützten ihm nichts. Auf dem weiten Weg quer durch die Stadt zurück zum Campingplatz stellte er sich die Frage, warum er ihr nachgefahren war. Eine Frau hatte etwas Verrücktes getan, hatte leichtfertig ihr Leben aufs Spiel gesetzt. Na und? Sie hatte seine Neugierde geweckt. Zugegeben. Aber das war kein Grund, weiter an sie zu denken. Oder sie treffen zu wollen. Er würde sich nicht ein zweites Mal zum Narren machen.

8.

DAS WOCHENENDE war für Leonie nicht besonders positiv verlaufen. Max hatte sie angerufen und den verabredeten Sonntagsausflug abgesagt, weil er sich erkältet habe. Sein Husten am Telefon war recht eindrucksvoll gewesen. Paul hatte den Tag bei seiner Frau im Heim verbracht und war am Abend verschlossen und deprimiert zurückgekehrt. Er tat ihr Leid, aber gleichzeitig machte sie die Aussichtslosigkeit ihrer Beziehung wütend. Sie hatte Dinge gesagt, die besser nicht ausgesprochen worden wären. Ohne etwas zu erwidern, hatte er ihr Hotelzimmer verlassen. Nicht einmal streiten konnte man mit ihm, und das machte sie noch wütender. Auf ihn, aber vor allem auf sich selbst.

Müde und frustriert betrat sie am Montagmorgen das Institut, wo trotz der frühen Stunde ein Betrieb wie auf dem Jahrmarkt herrschte. Ärzte verschiedener Fachrichtungen und Studenten, die die Semesterferien zum Arbeiten nutzten, drängten ins Haus und warteten darauf, in die Sektionsräume geführt zu werden. Der Kollege Silber, mit dem sie an der Tür des Zentralsekretariats beinahe zusammenstieß, klärte sie über den ungewöhnlichen Ansturm auf. Er hatte am Wochenende Bereitschaftsdienst gehabt und einen so extraordinären Fall angeliefert bekommen, dass er sofort einen Rundruf gestartet hatte. Silber schob Leonie in sein Büro und angelte einige Röntgenaufnahmen von seinem überquellenden Schreibtisch. Leonie betrachtete die Bilder lange, dann schüttelte sie den Kopf.

«Das kann doch nicht wahr sein! Ist es etwa das, was ich denke?»

Silber grinste und nickte. Leonie betrachtete noch einmal die Aufnahme des Femurs. Das Weichteilgewebe zwischen Oberschenkelknochen und Beckenbereich war milchig durchzogen.

«Myositis ossificans progressiva?»

«Genau. Da ist uns ausnahmsweise mal ein Zebra durchs Institut galoppiert.»

Silber spielte auf einen Medizinerscherz an. Studenten der höheren Semester scheiterten oft an der Diagnose einfachster Erkrankungen, weil sie sich für die Prüfungen auf die abgelegensten und seltensten Fälle vorbereiteten. Deshalb lautete der Rat erfahrener Kollegen, wenn man Hufschlag höre, solle man zuerst an ein Pferd und nicht an ein Zebra denken. Aber dies war ein Zebra, Silber hatte völlig Recht. Die Krankheit, auch Münchmeyer-Syndrom genannt, befiel etwa einen unter zwei Millionen Menschen. Die wenigsten Ärzte, auch Rechtsmediziner, bekommen einen solchen Fall im Laufe ihres Berufslebens zu Gesicht.

Als Leonie vor der jungen Frau stand, die auf einer Bahre vor ihr lag, dachte sie an die altgriechische Legende von der schlangenhaarigen Medusa, deren Blick alles Sterbliche in Stein verwandelte. Der Schöpfer dieses Mythos hatte möglicherweise unter dem Einfluss einer realen Erfahrung gestanden und einen Menschen gekannt, der unter Myositis ossificans progressiva litt. Bei dieser grausamen Erbkrankheit fängt die Skelettmuskulatur meist im Alter von circa fünf Jahren an zu verknöchern, in der Regel beginnend im Schultergürtel und Nackenbereich oder an der Halswirbelsäule. Im jungen Erwachsenenalter können sich die Erkrankten kaum noch bewegen. Die Muskulatur ist nicht nur völlig versteift, sondern bildet knöcherne Auswüchse unter der Haut. Die siebenundzwanzigjährige Tote, die das Interesse der Wissenschaft so sehr erregte, wirkte auf Leonie wie eine steinerne Skulptur, an deren Vollendung der Bildhauer gehindert worden war. Die Krankheit war nicht die unmittelbare Todesursache gewesen. Die Frau hatte trotz fast vollständiger Bewegungsunfähigkeit allein gelebt und war in ihrer Wohnung bei dem Versuch gestürzt, sich mit winzigen Schritten seitlich zu bewegen. Da sie sich nicht mit den Armen, die wie bei einer Schaufensterpuppe in leicht angewinkelter Haltung erstarrt waren, abstützen konnte, war sie mit voller Wucht auf den Hinterkopf gefallen. Sie starb an einem erhöhten Hirndruck als Folge des subduralen Hämatoms, das sich durch den Sturz gebildet hatte. Letztlich ein gnädiger Tod im Vergleich zu dem, was die Frau in absehbarer Zeit zu erwarten gehabt hätte. Silber zeigte Leonie das kraniale Computertomogramm des Schädels, auf dem eine riesige Blutung unter der harten Hirnhaut zu sehen war.

«Bei der Gelegenheit, interessiert Sie der Befund von Marlene Böttchers Hirngewebe?», fragte Silber.

«Sie können Fragen stellen!»

Sie folgte ihm in sein Büro, in dem eine geradezu beängstigende Ordnung herrschte. Er schlug eine Mappe auf, die mitten auf seinem Schreibtisch lag.

«Ich habe sicherheitshalber einen Neuropathologen hinzugezogen.»

Leonie nickte zustimmend. Bei Hirngewebe in diesem Zustand war die Konsultation eines darauf spezialisierten Kollegen sinnvoll. Silber begann, aus dem Gutachten vorzulesen.

«Autolytisch stark zersetztes Gehirn. Nach gehöriger Formalinfixierung fällt bei Inspektion der Hirnbasis ein mehrere Millimeter dickes Blutkoagul über der Brücke und dem Kleinhirnwurm auf, das diese Strukturen nahezu vollständig einmauert. Nach vorsichtiger Präparation lässt sich in dem Koagul ein fünf Zentimeter durchmessendes rupturiertes Aneurysma im Basilariskopf darstellen. Bei histologischer Untersuchung der Gefäßwände ergibt sich kein Anhalt für ältere Einblutungen in der Berliner-Blau-Reaktion. Als unmittelbare Todesursache ist demnach eine akute subarachnoidale Blutung bei Ruptur eines Basilariskopfaneurysmas anzusehen.»

«Ein Aneurysma also.» Leonie versuchte, äußerlich ruhig zu wirken, während ihr Magen sich durch ein nicht unangenehmes Prickeln und Ziehen bemerkbar machte. Sie wusste, dass sie auf etwas sehr Wichtiges gestoßen war.

Ein Aneurysma ist die sackartige Erweiterung eines arteriellen Blutgefäßes. Dadurch wird die Gefäßwand immer dünner, bis schließlich ein Riss entsteht und die Einblutung ins Gewebe beginnt. Aneurysmata können sich an jeder Stelle des Körpers bilden und werden meist nur durch Zufall entdeckt. Der Ausgang ist häufig tödlich, sofern nicht kurz nach Beginn der Blutung ärztliche Hilfe erfolgt.

«Die Frage ist jetzt das Wie. Der Schädelknochen ist unverletzt, aber ein geplatztes Aneurysma bekommt man nicht durch heftiges Nachdenken.»

«Da gibt es natürlich viele Möglichkeiten. Plötzlicher Blutdruckanstieg. Körperliche Anstrengung. Stress», überlegte Silber laut. «Ein Sturz vielleicht.»

«Oder jemand hat sie auf den Kopf geschlagen. Zweite Frage: Wo ist es passiert? Auf dem Dachboden?» Leonie antwortete gleich selbst. «Ich glaube nicht. Nachdem das Aneurysma geplatzt ist, ging es ihr noch eine Weile gut. Vielleicht eine, vielleicht zwei Stunden. Erst dann bekam sie Kopfschmerzen, Übelkeit. Wahrscheinlich hat sie sich übergeben. Sie würde also nicht weiter auf dem Dachboden herumräumen oder jetzt erst hinaufsteigen, um dann dort ins Koma zu fallen.»

«Klingt vernünftig», stimmte Silber zu.

«Und das ist es, was ich mich überhaupt die ganze Zeit frage. Was hatte sie da zu suchen? Barfuß und nachlässig gekleidet. Da stehen nur ein paar alte Möbel herum. Ich glaube, jemand hat sie dorthin getragen und so drapiert, als hätte sie sich gesetzt, weil ihr schlecht wurde. Vielleicht lebte sie sogar noch, war aber in tiefer Bewusstlosigkeit und im Sterbeprozess.»

«So könnte es gewesen sein», sagte Silber. «Oder auch ganz anders.»

So ähnlich äußerte sich auch Kaminski, als sie ihn anrief und ihm in groben Zügen erklärte, was er demnächst per Post auf den Schreibtisch bekommen würde.

«Immerhin haben wir es jetzt also mit einer natürlichen Todesursache zu tun. Oder habe ich da etwas missverstanden?»

«Nicht unbedingt. Die Frage ist jetzt, was dazu geführt hat. Äußere Gewalteinwirkung ist eine Möglichkeit, die wir nicht mehr ausschließen dürfen.»

«Okay. Aber vielleicht hat sie sich bloß den Kopf am Dachbalken gestoßen.»

«Dann lassen Sie die Dachbalken untersuchen. Und alles, was auf dem verdammten Dachboden herumsteht. Und wenn Sie da nichts finden, gehen Sie in die ehemalige Wohnung von dem Mädchen. Unfall oder Tötungsdelikt, es müssten Spuren zurückgeblieben sein.»

«Nach mehr als vier Jahren? Doc, das wird doch keine fixe Idee von Ihnen? Ich hab weiß Gott andere Sorgen.»

«Ich weiß, Kaminski. Wir alle haben immer auch andere Sorgen.»

Leonie teilte Kaminskis Sorgen, sie hatte ihn zum Tatort begleitet, nachdem ihm gemeldet worden war, dass es wieder ein Schussopfer gab. Diesmal war es ein Familienrichter, den es in seinem eigenen Garten traf.

Was für ein idyllischer Platz zum Sterben, war absurderweise das Erste, was Leonie in den Sinn kam, als sie sich an Kaminskis Seite dem Fundort der Leiche näherte. Das Haus, im Stadtteil

Iserbrook gelegen, war ein durchschnittliches Einfamilienhaus und machte von der Straße aus gesehen keinen spektakulären Eindruck. Aber das große Grundstück war von einem Liebhaber gestaltet worden. Nur in einem Buch über berühmte englische Gärten hatte Leonie bisher Ähnliches gesehen. In kunstvollen Arrangements waren Stauden und Gehölze, einjährige Blumen und Bäume angepflanzt, als hätte die Natur sie so wachsen lassen. Dazwischen überall Sitzgelegenheiten an stillen Plätzen und Spazierwege unter berankten Pergolen und solche, die an einem kleinen Teich oder einem romantischen Pavillon endeten. Der Tote hing in einem Teakholzsessel, ein blutbesudeltes Buch neben sich auf dem Boden, das ihm aus der Hand geglitten war, als der Schuss ihm den Schädel weggesprengt hatte. Blut, Knochensplitter und Hirnmasse waren über eine große Fläche verteilt und hingen in Gebüschen und Bäumen. Der Tod war ins Paradies eingedrungen, dachte Leonie.

«Glaubt Ihr Kollege Dittberner immer noch, dass es sich nicht lohnt, mal bei den Kollegen in Berlin nachzufragen?»

«Der Idiot.»

Kaminski war an sich nicht ehrgeizig, aber Dittberners Aufstieg zum Leiter einer Mordbereitschaft hatte ihn schwer gekränkt. Seiner Meinung nach wäre er an der Reihe gewesen, und natürlich hielt er sich für den besseren Polizisten. Leonie wusste, dass er insgeheim befürchtete, dass seine Homosexualität der Grund dafür gewesen war, dass man ihn übergangen hatte. Offiziell wusste niemand davon, was aber nichts besagte. Und natürlich würde niemand zugeben, dass sexuelle Präferenzen dieser Art bei der Vergabe von Posten eine Rolle spielten. Leonie glaubte, dass Dittberner sich einfach besser darauf verstand, Vorgesetzten um den Bart zu gehen. Es stellte sich heraus, dass ihm das erneut gelungen war.

«Dittberner wird stellvertretender Leiter der Soko ‹Sniper›.»

«Ausgerechnet. Aber wenigstens passiert endlich was.»

Kaminski war ebenfalls zur Soko «Sniper» eingeteilt worden. *Sniper* war das englische Wort für Hecken- oder Scharfschütze und wegen der Tatausführung gewählt worden. Denn eines stand inzwischen fest: Sie hatten es nicht mit einem Anfänger zu tun, der zum ersten Mal eine Waffe in der Hand hatte.

Die Spurensicherungsgruppe hatte nach stundenlanger Suche die Hoffnung aufgegeben, das Projektil zu finden. Dafür hatte Kaminski den Standort des Schützen ermitteln können. Aufgrund des Einschusswinkels war klar, dass er von einem erhöhten Standpunkt aus geschossen haben musste, und zwar aus der Richtung des Hauses, dessen Garten an den des Richters stieß. Die Familie, die dort wohnte, war zur Zeit des Mordes in Urlaub. Kaminski hatte sofort das Gebäude durchsuchen lassen. Im ersten Stock fanden sie das Fenster, von dem aus der Täter geschossen haben musste.

«Die Spurenlage ist leider beschissen. Der Kerl hat nichts für uns zurückgelassen, nicht mal ein Haar. Er hat die Stelle, an der er gestanden hat, gründlich gesäubert. Abgesehen von unseren Messungen haben wir daran den Abschussplatz erkannt. Kein anderes Fensterbrett war so sauber und staubfrei.»

«Haben die Nachbarn nichts bemerkt?»

«Sollte man meinen. Das Ganze muss vorbereitet gewesen sein. Der Täter war nicht zum ersten Mal in der Gegend. Er wusste zum Beispiel, dass die Hausbesitzer in Urlaub waren.»

«Das heißt auch, der Richter war kein Zufallsopfer.»

«Vielleicht. Aber es kann genauso gut sein, dass ihn der Ort gereizt hat und ihm das Opfer egal war.»

«Ist das ein Fall für die OFA-Gruppe?»

In seltenen Fällen wurde die OFA auch bei einer frischen Ermittlung hinzugezogen. Leonie hatte schon früher ihre Vermutung geäußert, dass sie es beim Sniper mit einem Serientäter zu tun haben könnten.

«Doc, wir haben keinen Tatort. Was wollen Sie analysieren?»

Leonie wusste, worauf er abzielte. Sie hatten drei Tote mit zerplatzten Schädeln und sonst nichts. Der Sniper tötete und verschwand danach wie ein Geist. Sie kannten nicht einmal die Waffe und das Kaliber.

«Sie haben leider Recht, Kaminski. Das sind ziemlich deprimierende Aussichten.»

Leonie nahm sich vor, bei Gelegenheit mit Vera über die Sache zu sprechen. In den USA hatte es schon mehrere Fälle gegeben, in denen wahllos auf Menschen geschossen wurde. Falls Erkenntnisse über die Psyche dieser Täter vorlagen, müsste Vera davon wissen.

Der Tag verlief so turbulent, dass Leonie erst am Abend dazu kam, Paul Unruh in seinem Büro aufzusuchen. Es wurde höchste Zeit, sich zu versöhnen. Er war schon fort, und so beschloss sie, zu ihm zu fahren. Normalerweise trafen sie sich in ihrer Wohnung, eine ihrer stillen Übereinkünfte. Seine Nachbarn kannten ihn und seine Frau und wussten um die Verhältnisse, Leonie lebte in ihrem Mietshaus weitgehend anonym. Sie parkte direkt vor seinem Haus und war froh, seinen Wagen in der Einfahrt stehen zu sehen. Er war also daheim. Es dauerte lange, bis er kam und die Tür öffnete. Die Art, wie er sie ansah, war nicht ermutigend.

«Darf ich hereinkommen?»

Sein kurzes Zögern war noch entmutigender als sein Blick. Schließlich bat er sie hinein.

«Willst du was trinken? Ich hab einen Riesling offen.»

Leonie bevorzugte Rotwein, aber im Moment war ihr alles recht, was Mut machte.

Paul Unruh schenkte zwei Gläser großzügig ein und reichte eines Leonie, die sich auf der Kante eines ziemlich unbequemen Holzstuhls mit geflochtener Sitzfläche niederließ. Sie sah ihn an und überlegte, was sie sagen sollte. Eine große Taktikerin war sie nie gewesen, also ging sie geradeaus auf ihr Ziel zu.

«Ich entschuldige mich bei dir. Was ich gestern gesagt habe, war nicht in Ordnung.»

Paul sah sie an, nahm einen Schluck Wein und nickte dann.

«Ich weiß, dass es dir Leid tut.»

Er sprach das große Aber nicht aus, sie tat es an seiner Stelle.

«Aber es reicht nicht.»

Paul beugte sich vor, das Glas in seiner Hand schwebte zwischen seinen gespreizten Beinen. Er betrachtete es, als stünden darin die Worte geschrieben, die er sich mühsam abrang.

«Darum geht es nicht. Im Grunde hast du Recht. Ich belaste dich mit einer Situation, die für uns beide nur quälend ist. Aber ich kann es nicht ändern.»

Sie wollte ihm widersprechen, aber er redete schon weiter.

«Ich habe meine Frau sehr geliebt. Und ich tue es noch. Ich kann nicht einfach damit aufhören, und ich kann sie nicht im Stich lassen. Solange sie lebt, werde ich mich um sie kümmern, so gut ich kann.»

«Glaubst du im Ernst, ich würde von dir verlangen, dass du meinetwegen eine schwer kranke Frau verlässt?»

Paul richtete sich auf und sah sie an. «Nein, das würdest du nicht tun.» Er machte eine Pause. «Vielleicht bin ich nicht stark genug für uns beide. Vielleicht bedeuten wir einander auch nicht genug.»

Leonie stellte sich diese Frage seit längerem. Ihre Beziehung zu Paul war völlig verschieden von allen Beziehungen, die sie vor ihm gehabt hatte. Sie war nicht verliebt gewesen, als sie das erste Mal miteinander schliefen. Es war ein wirklich chaotischer Anfang gewesen. Aber was war es jetzt?

«Du bedeutest mir mehr, als gut für mich ist. Und ich hasse es, dass ich dich mit einer Ehefrau teilen muss, mit der ich nicht einmal in einen fairen Wettbewerb treten kann. Ich hasse deine Schuldgefühle, aber ich würde *dich* hassen, wenn du sie nicht hättest. Wahrscheinlich wäre es vernünftig, die Beziehung zu beenden. Aber nicht mal ich halte es aus, immer vernünftig zu sein.»

Sie holte tief Luft. Sie hatte schon mehr gesagt, als sie wollte. Aber während sie die Worte aussprach, wusste sie, dass sie die Wahrheit waren.

Paul schwieg lange, ohne sie anzusehen. Dann stellte er sein Glas ab, erhob sich und zog sie an sich. So hielt er sie einen Moment. Dann lachte er leise.

«Dein letzter Satz hat mir besonders gut gefallen.»

Er knabberte an ihrem rechten Ohrläppchen. Leonie mochte das nicht besonders. Aber dann tat er etwas, das sie sogar sehr mochte, und sie verzieh großzügig die Sache mit dem Ohrläppchen.

In den folgenden Tagen erhielt Leonie zwei erstaunliche Mitteilungen. Die erste befand sich in ihrer Privatpost, die sie jeden Abend aus dem heimischen Briefkasten holte, bevor sie in ihr Hotel fuhr. Der Brief trug keinen Absender, und sie hätte ihn beinahe weggeworfen, weil sie ihn für eine Reklamesendung hielt. Der Inhalt bestand aus nur zwei Sätzen: «Die Fischsuppe im Lafayette ist nicht übel, für meinen Geschmack allerdings zu salzig. Mittwoch, 19.30 Uhr, Unendliche Weiten. M.»

Sie hatte sich also nicht geirrt. Der Mann, den sie gesehen hatte, war Michael gewesen. Und es sah so aus, als wollte er sich mit ihr treffen. Aber was meinte er mit *Unendliche Wei-*

ten? Als Erstes schlug sie im Telefonbuch nach, fand aber kein Restaurant, keinen Club oder irgendetwas, das sich so nannte. Im Institut schüttelten etliche Kollegen ratlos den Kopf. Silber meinte, das sei der Titel eines Westerns mit Gregory Peck.

«Nee, das ist *Weites Land*», korrigierte ihn Hinrichs. «Aber irgendwie kommt mir *Unendliche Weiten* bekannt vor, ich weiß nur nicht mehr, woher.»

Bei Andresen landete Leonie endlich einen Treffer.

«Der Weltraum – unendliche Weiten. Wir schreiben das Jahr 2200. Dies sind die Abenteuer des Raumschiffs Enterprise, das mit seiner vierhundert Mann starken Besatzung fünf Jahre lang unterwegs ist, um neue Welten zu erforschen, neues Leben und neue Zivilisationen. Viele Lichtjahre von der Erde entfernt, dringt die Enterprise in Galaxien vor, die nie ein Mensch zuvor gesehen hat. Daaa daaa da da da daaa ...»

Leonie unterbrach seine Darbietung. «Du meine Güte, Andresen, ich wusste gar nicht, dass Sie ein Trekkie sind.»

«Bin ich auch nicht. Aber ich hab damals fast jede Folge gesehen.»

Leonie erinnerte sich schwach an Plastikkulissen und alberne Dialoge. Ihre Lieblingsserie aus dieser Zeit war *Mit Schirm, Charme und Melone* gewesen.

«Und wo würden Sie hingehen, wenn Ihnen jemand die unendlichen Weiten als Treffpunkt vorschlagen würde?»

«Ins Planetarium», antwortete Andresen prompt. «Es gibt dort ein Programm, das so heißt. Große Klasse übrigens. Unbedingt ansehen.»

«Danke, Andresen, Sie waren mir, wie immer, eine große Hilfe.»

Leonie hatte keine Ahnung, dass Michael sich für den Weltraum interessierte. Aber was wusste sie schon vom ihm?

Die zweite überraschende Mitteilung, die Leonie über Kaminski erreichte, war die Aufforderung der Generalstaatsanwaltschaft an die Staatsanwaltschaft, die Ermittlungen in der Sache Marlene Böttcher unverzüglich einzustellen. Die Generalstaatsanwaltschaft als Kontrollinstanz konnte die Aufnahme oder die Einstellung eines Ermittlungsverfahrens anordnen, wenn dafür Gründe vorlagen, die ihr schwerwiegend genug erschienen. Die neuen Erkenntnisse des histologischen Gutachtens zur wahrscheinlichen Todesursache sprachen eher gegen die Einstellung des Verfahrens.

«Mir scheint, da hatte Vater Böttcher die Finger im Spiel», meinte Kaminski. «An den wichtigsten Strippen zieht er höchstpersönlich. Und gerade in den Bereichen Inneres und Justiz gibt es einige Leute, die ihm einen Gefallen schuldig sind.»

Leonie versuchte, die Logik des Ganzen zu verstehen. «Kaminski, es geht um den Tod seiner eigenen Tochter. Seine Frau will auf Teufel komm raus, dass die Ermittlungen fortgesetzt werden, was ich nachvollziehbar finde. Und der Vater soll derjenige sein, der Sand ins Getriebe streut? Das kann ich nicht glauben.»

«Vergessen Sie nicht, der Mann ist Politiker. Die stehen höchst ungern mit privaten Angelegenheiten in der Presse.»

«Mag ja sein.»

«Doc, Sie glauben doch wohl nicht im Ernst, dass Böttcher die Ermittlung abwürgen lässt, weil er die Aufklärung einer möglichen Straftat verhindern will.»

Genau das dachte Leonie. Weitere Vermutungen verbot sie sich selbst als zu hanebüchen. Um einen klaren Kopf zu kriegen, fuhr sie an die Ostsee. Sie stellte ihren Wagen auf einen Parkplatz im Zentrum von Travemünde und ging zur Strandpromenade. Um diese Jahreszeit war dort Hochbetrieb, und jeder Strandkorb war belegt. Aber daran hatte Leonie ohnehin kein Interesse. Am nördlichen Ende der Strandpromenade stieg sie zu ihrem Lieblingsweg empor, der an der Steilküste in Richtung Niendorf entlangführte. Der Wind war kräftig und kühl, und der Himmel bewölkte sich immer wieder. Leonie schlug einen flotten Trab an und genoss den Blick über das Meer und die Gerüche, die der wechselnde Wind mal von der See, mal vom Land mitbrachte. Im Sommer kam sie mindestens einmal im Monat her, wenn es ihre Zeit erlaubte. Es war einer von vielleicht einem halben Dutzend Orten, die sie besonders mochte. Darin war sie ihrem Kater Othello ähnlich, der auch immer dieselben Wege entlangpatrouillierte. In Niendorf ging sie bis zum Ende des Dorfes und setzte sich dort in ein Café mit Blick auf den pittoresken kleinen Hafen. Sie bestellte Kuchen und Kaffee und dachte über Marlene Böttcher nach. Ihr Misstrauen war so weit geweckt, dass sie sich nicht verbieten konnte, weiter über den Fall nachzudenken. Außerdem, und das würde sie niemals irgendjemandem anvertrauen, hatte sie dort auf dem Dachboden, wo sie Marlenes Mumie zum ersten Mal sah, für den Bruchteil einer Sekunde die Empfindung gehabt, dass diese Frau auf sie gewartet hatte. Das Gefühl war so stark gewesen, dass die Erinnerung es mühelos abrufen konnte. Seitdem spürte sie die Verpflichtung, Marlene Böttchers Schicksal aufzuklären. Das mochte verrückt sein, aber sie konnte nichts daran ändern. Und im Gegensatz zu Kaminski war sie nicht an die Weisungen der Staatsanwaltschaft gebunden. Wenn sie in ihrer Freizeit alte Freunde der Toten aufsuchte, konnte ihr das niemand verbieten. Auch nicht den Besuch eines im Gefängnis einsitzenden verurteilten Totschlägers. Und die Einsichtnahme alter Obduktionsgutachten schon gar nicht. Leonie bestellte ein zweites Stück Apfelkuchen. Der Wind legte sich für einen Moment, und Leonie hielt ihr Gesicht der Sonne entgegen.

9.

LEONIE SIMON STAND im Wohnzimmer ihrer Wohnung und betrachtete verdrossen die Löcher im Eichenparkett. Die Trocknungsmaschinen waren entfernt worden, geblieben waren die Zerstörungen, die das Wasser an Böden, Wänden und Decken angerichtet hatte. Parkettleger, Maurer und Maler würden diese Schäden in den nächsten Wochen beheben, Leonie stand noch einiges an Schmutz und Unordnung bevor. Aber sie hatte keine Lust, weiter im Hotel zu wohnen. Die Wohnung war trocken und hatte Strom, und sie wollte endlich wieder in ihrem eigenen Bett schlafen und morgens mit ungekämmten Haaren ihre erste Tasse Kaffee trinken können. Sie räumte die Lebensmittel in den Kühlschrank, die sie auf dem Weg vom Polizeipräsidium nach Hause eingekauft hatte.

Sie öffnete eine Flasche Bier und ließ sich auf das Sofa fallen. Ohne Umstände trank sie direkt aus der Flasche. Sie war müde, physisch und mental. Es gab Tage, da fühlte sie sich wie Sisyphos, der von den Göttern dazu verurteilt wurde, einen schweren Steinbrocken einen Berg hinaufzurollen. Kurz bevor er es geschafft hatte, rollte der Stein wieder herunter, und Sisyphos musste von neuem beginnen. In Zeiten leerer Kassen hatte die Rechtsmedizin einen immer schwerer werdenden Stand und kämpfte an vielen Standorten buchstäblich ums Überleben. Einige Institute waren bereits geschlossen worden, anderen stand die Schließung bevor oder die Verschmelzung mit anderen wie in Berlin. Vakante Lehrstühle wurden nicht mehr besetzt.

Nicht nur die Sparwut der Politiker war dafür verantwortlich, auch der medizinische Wissenschaftsbetrieb an den Universitäten glaubte, auf das Fach verzichten zu können. Da die Rechtsmedizin anwendungsorientiert arbeitet und sich rechtsmedizinische Forschung in erster Linie an den Bedürfnissen von Polizei und Justiz orientieren muss, Grundlagenforschung im Vergleich nur sehr eingeschränkt möglich ist, haben die Universitäten wenig Verständnis für ein Fach, das weder Renommee noch Geld erwirtschaftet. Und wie immer, wenn es um Geld geht, zählt das Gemeinwohl wenig. Die Klientel der Rechtsmediziner, schwer traumatisierte oder tote Opfer von Gewalttaten, hat leider keine Lobby. Ein nicht als Mord erkannter Todesfall belastet niemanden, auch nicht die Statistik. Häusliche Gewalt gegen Frauen, Kinder und alte Menschen ist nach wie vor ein ungeliebtes Thema und interessiert in der Ärzteschaft vor allem die Rechtsmediziner. Wenn der Abbau bei der Rechtsmedizin so weiterging, befürchtete Leonie, würde sich das Dunkelfeld der nicht aufgeklärten schweren Gewalttaten, das bei Tötungsdelikten bereits jetzt bei geschätzten fünfzig Prozent lag, weiter vergrößern. Natürlich durfte man den Kampf nicht aufgeben, musste immer wieder Überzeugungsarbeit leisten und versuchen, Öffentlichkeit herzustellen. Aber manchmal hatte sie das alles herzlich satt. Wenn eine Gesellschaft sich nur noch aufs Geldverdienen konzentrierte und das Leid der Schwächsten ignorierte, musste sie mit den Folgen leben.

Zwischen den Sitzungsterminen hatte Leonie Zeit gefunden, sich mit der Akte Sven Johannsen zu beschäftigen, die Frau Thiele für sie herausgesucht hatte. Was sie dort gesehen und gelesen hatte, machte ihr nicht geringes Kopfzerbrechen. Den Tod des jungen Mannes hatte ein Stich ins Herz verursacht. Die Wunde ließ auf eine Waffe mit zweischneidiger Klinge schließen. Zuvor jedoch war er brutal verprügelt worden. Einige der Faustschläge mussten ihm ebenso wie der letale Stich ins Herz zugefügt worden sein, als er bereits am Boden lag. Widerlagerverletzungen an Hinterkopf und Schultern wiesen darauf hin. Was Leonie irritierte, waren die Schuhabdrücke, die sowohl auf einer Hand als auch an den Füßen des Opfers festgestellt worden waren. Position wie auch Tiefe der Abdrücke legten die Vermutung nahe, dass jemand auf den Füßen des liegenden Opfers gestanden hatte, während gleichzeitig auf den Mann eingeschlagen wurde. Leonie hatte die Situation kurz entschlossen mit Hilfe von Hinrichs und Fuchs nachgestellt. Es hatte sich gezeigt, dass es einem Mann allein unmöglich gewesen wäre, das Opfer gleichzeitig zu fixieren und zu schlagen. Leonie hatte daraus den Schluss gezogen, dass mindestens zwei Personen an der Tat beteiligt gewesen sein mussten. Sie machte sich daraufhin eine Notiz in ihren Kalender: Stolls Anwalt und Marlenes Freundin. Wer Rüdiger Stoll vor Gericht vertreten hatte, musste sie noch herausfinden. Aber im Aufwärmen alter Fälle hatte sie inzwischen Erfahrung.

Leonie war auf dem Sofa eingeschlafen, als das Klingeln des Telefons sich in ihre Träume drängte. Automatisch sah sie auf ihre Armbanduhr, es war schon nach zehn.

«Lasst mich doch alle in Ruhe», murmelte sie und tappte zum Telefon in ihrem Arbeitszimmer. Sie meldete sich mit einem knappen «Ja».

«Gerhardt-Böttcher. Ich störe doch nicht? Haben Sie die Einstellung der Ermittlung befürwortet?»

Langsam wurde Leonie wach. «Nein. Wie Sie wissen sollten, interessiert meine Meinung sowieso niemanden.»

«Sie sind zu bescheiden, Doktor Simon. Ihre Gutachten und die Ihrer Kollegen werden immer sehr genau geprüft.»

Leonie hatte keine Lust, die Unterhaltung fortzusetzen. «Offenbar nicht in diesem Fall. Das Ergebnis der Untersuchung des Hirngewebes scheint auf Ihre Behörde und die Generalstaatsanwaltschaft keinen Eindruck gemacht zu haben.»

Einen Moment war Stille am anderen Ende des Telefons. «Was für ein Untersuchungsergebnis?»

Hoppla, dachte Leonie, GeBe wird in ihrer eigenen Bude gemobbt. Ihrem Abteilungsleiter Voss musste das Gutachten ebenso vorliegen wie der zuständigen Staatsanwältin Sevenich. Sie erklärte kurz, worum es ging und welche Schlüsse man daraus ziehen konnte. Diesmal dauerte die Gesprächspause noch länger.

«Ich danke Ihnen für die Information, Frau Doktor Simon.»

Leonie legte den Hörer auf. In der Haut von GeBes Mitarbeitern mochte sie jetzt nicht stecken. Und in der ihres Mannes auch nicht, falls der wirklich hinter allem steckte.

Am folgenden Vormittag wurde sie von Sonja Gerhardt-Böttcher aus einer Institutsbesprechung herausgeholt. Leonie nahm das Gespräch im Vorzimmer von Professor Cordes entgegen. Frau Ohngemach, seine Sekretärin, hielt ihr den Hörer hin und verdrehte dabei genervt die Augen.

«Frau Doktor Simon? Sie haben eine Besprechung, ich bitte um Verzeihung. Ich möchte nur klarstellen, dass mein Anruf von gestern Abend keinerlei Bedeutung hat. Die Einstellung der Ermittlung ist in meinem Sinn. Eine andere Entscheidung konnte gar nicht getroffen werden. Meine Tochter ist ganz offensichtlich eines natürlichen Todes gestorben. Ich muss das akzeptieren. Aber natürlich danke ich Ihnen für Ihre aufopferungsvolle Arbeit und Ihr Verständnis.»

Als Leonie den Hörer an Frau Ohngemach zurückreichte, musste sie wohl schafsdämlich ausgesehen haben. Die Sekretärin war jedenfalls sichtlich erheitert.

«Haben Sie im Lotto gewonnen oder einen Heiratsantrag bekommen?»

Leonie schüttelte den Kopf. «Haben Sie mal einen Keks für mich? Ich brauche eine Stärkung.»

Frau Ohngemach hatte immer einen Vorrat an Keksen, Schokolade und dergleichen im Schrank. Damit fütterte sie die Institutsmitarbeiter, die mal wieder keine Zeit zum Essen gehabt oder Krisen zu bewältigen hatten. Ohne Frau Ohngemachs Neugierde zu befriedigen, verließ Leonie das Sekretariat und kehrte in den Sitzungsraum zurück. Es fiel ihr schwer, sich auf die Themen zu konzentrieren, und sie war froh, als die Besprechung vorüber war. Sie ging in ihr Büro und schloss die Tür hinter sich zum Zeichen, dass sie ungestört sein wollte.

Es sah so aus, als wäre sie jetzt die Einzige, die sich noch für Marlene Böttchers Schicksal interessierte. Irgendetwas war seit gestern Abend mit Sonja Gerhardt-Böttcher passiert. Leonie schaltete ihren Computer an und suchte im Internet nach Nicola Goerne. Es gab nur eine Frau dieses Namens im Hamburger Telefonverzeichnis. Leonie wählte die angegebene Nummer. Ein Anrufbeantworter schaltete sich ein, und eine angenehme, leicht angeraute Frauenstimme erklärte, sie sei wie meist nicht zu Hause und wer es eilig habe, solle ihre Handynummer wählen. Leonie notierte die Nummer, erreichte aber wiederum nur eine Mailbox. Sie hinterließ eine kurze Nachricht und legte auf. Als Nächstes wandte sie sich dem Problem zu, welcher Strafverteidiger seinerzeit Rüdiger Stoll vor Gericht vertreten hatte. Die Sache lag etwa sechs Jahre zurück, da sollte die Recherche noch relativ simpel sein. In der Geschäftsstelle des Strafgerichts meldete sich eine Sachbearbeiterin, der Leonie schon einmal begegnet war. Sie erklärte ihr, um welche Strafsache es ging, und fragte höflich an, ob die Rolle wohl archiviert worden sei. Mit der Rolle war die öffentliche Mitteilung gemeint, die bei jedem Prozess am Eingang des Sitzungssaals angebracht wurde und die Namen der Beteiligten nannte. Die Sachbearbeiterin versprach, sich darum zu kümmern. Mehr konnte Leonie zunächst nicht tun.

Viel zu früh machte Leonie sich auf den Weg zum Planetarium. Sie war so nervös wie ein junges Mädchen vor dem ersten Rendezvous. Offenbar hatte sie das auch schlecht verbergen können, denn Paul hatte ihr die Ausrede, mit der sie einen gemeinsamen Kinobesuch ablehnte, nicht abgekauft. Natürlich hatte er nichts dergleichen ausgesprochen, aber in seinem Blick hatte sie Misstrauen gelesen.

Das Planetarium stand im westlichen Teil des Stadtparks. Da sie noch nie dort gewesen war, hatte sie sich von Andresen erklären lassen, wo sie parken konnte. Am Linnering gab es noch reichlich Parkraum, als sie eine halbe Stunde vor Beginn der Vorstellung von der Ohlsdorfer Straße aus einbog. An einem Sportplatz vorbei führte ein kurzer Spazierweg zum Planetarium. Von der Seite ging sie auf das imposante Gebäude, einen denkmalgeschützten ehemaligen Wasserturm, zu und umrundete einen künstlichen See, der sich vor der Vorderfront erstreckte und Teil der Blickachse zur Hindenburgstraße war. Als Leonie den Kassenraum betrat, stellte sie fest, dass sie das Interesse der Hamburger am Universum unterschätzt hatte. Der Andrang war groß, und die meisten holten Karten ab, die sie telefonisch oder per Internet bestellt hatten. Als Leonie an der Reihe war, hieß es, die Vorstellung sei ausverkauft. Da einige ihre Karten noch nicht abgeholt hatten, gab es allerdings noch eine Chance. Ungeduldig wartete sie bis fünf Minuten vor Beginn der Vorstellung, dabei musterte sie jeden der Vorbeikommenden. Michael war nicht dabei. Sie hatte Glück und bekam eine der wenigen nicht abgeholten Karten. Die Türen zu der Treppe, die in den Kuppelsaal führte, waren weit geöffnet, und die meisten Leute hatten bereits ihre Plätze eingenommen. Leonie sah sich um, konnte Michael aber nirgendwo entdecken. Er betrat den Raum erst, als es schon dunkel wurde und die Vorstellung begann. Erleichtert lehnte sich Leonie in ihren Sitz zurück und hatte, entgegen ihren Erwartungen, keine Schwierigkeiten, sich auf das Gezeigte zu konzentrieren.

Wie sie aus der Zeitung wusste, hatte das Planetarium einige Monate zuvor einen Umbau abgeschlossen, der es zu einem der modernsten Europas machte. Ein Kosmos-Simulator war sogar weltweit einzigartig und ermöglichte zusammen mit einer neuen Computertechnik zur Ganzkuppelprojektion livegesteuerte Reisen in den virtuellen Kosmos. Was Leonie sah, war eine atemberaubende Reise durch Raum und Zeit vom Urknall zur heutigen Erde. Den Kopf noch voller leuchtender Sternennebel und Spiralgalaxien, ließ sie sich nach dem Ende der Vorstellung mit der Menge hinaustreiben. Erst auf den Stufen, die vom Eingang des Planetariums nach unten führten, dachte sie wieder an Michael. Sie wandte sich um und sah ihn hinter sich gehen. Er zwinkerte ihr zu und lächelte, sprach sie aber nicht an. Leonie ging den Weg zurück, den sie gekommen war. Ohne sich umzudrehen, wusste sie, dass er ihr folgte. Als sie bei ihrem Auto angekommen war, setzte sie sich ans Steuer und entriegelte die Beifahrertür. Nach einigen Minuten – die Wagen um sie herum waren schon fast alle fort – öffnete sich die Tür, und Michael ließ sich auf den Sitz neben ihr gleiten.

«Fahr los.»

Gehorsam startete sie den Wagen. «Wohin willst du?»

«Fahr einmal um den Stadtpark und stell dich auf den Parkplatz an der Saarlandstraße in der Nähe der Freilichtbühne.»

Leonie wusste, welche Stelle er meinte. Dort hatte sie einmal die Leiche eines erschlagenen Penners untersucht. Während sie fuhr, beobachtete sie den Mann neben sich aus den Augenwinkeln. Seit sie ihn zuletzt gesehen hatte, war kaum ein Tag vergangen, an dem sie nicht an ihn gedacht und versucht hatte, sich sein Gesicht zu vergegenwärtigen. Und nun saß er leibhaftig neben ihr: ein elegant gekleideter Mann in mittleren Jahren, hoch gewachsen und gut aussehend, die grauen Augen zu kalt, um wirklich sympathisch zu wirken. Michael Mohr, unehelicher Sohn und Mörder ihrer Mutter, ihr Halbbruder und Profikiller, von jedem anzuheuern, der das Geld dazu hatte. Als sie den Täter suchte, der vor über 25 Jahren ihre Mutter erstach, hatte sie ihn gefunden. Vielmehr hatte er sich finden lassen. Für sie war es eine Entdeckung im doppelten Sinn gewesen, denn sie hatte nicht die geringste Ahnung von seiner Existenz gehabt. Die Situation hatte sie völlig unvorbereitet getroffen. Überwältigend und überfordernd. Ihr Ziel, den Mörder ihrer Mutter mit neuen Faktenbeweisen der Justiz zu überantworten und damit ihren Vater zu rehabilitieren, war unerreichbar geworden. Im entscheidenden Moment hatte sie Michael, der wegen eines Auftragsmords gesucht wurde, die Gelegenheit zur Flucht gegeben, hatte gegenüber der Polizei gelogen und die Ahnungslose gespielt. Dabei war sie sich die ganze Zeit selbst ein Rätsel gewesen.

Leonie fuhr auf den fast leeren Parkplatz, stellte den Motor ab und wandte sich dem schweigsamen Mann an ihrer Seite zu.

«Ich hätte nicht gedacht, dass du dich noch einmal melden würdest.»

«Ich tue immer das, was man am wenigsten von mir erwartet. Du hattest hoffentlich meinetwegen keine Schwierigkeiten?»

«Nicht mehr als sonst auch.» Sie betrachtete ihn stirnrunzelnd. «Ich nehme nicht an, dass du nach Hamburg gekommen bist, um mit mir zu plaudern.»

«Nein, das ist nicht der Grund», gab er zu. «Jedenfalls nicht der einzige. Ich suche einen Mann.»

Leonie hob die Hand wie zur Abwehr eines Schlages. «Darf ich dich daran erinnern, dass ich Rechtsmedizinerin bin. Ich gehöre zu den Guten. Also erzähl mir besser nichts.»

Er lächelte. «Ich bin nicht beruflich in Hamburg. Nicht im

engeren Sinn. Tatsächlich privatisiere ich seit der Vandenberg-Sache.»

Vandenberg war sein letztes Opfer gewesen. Ein Hamburger Geschäftsmann, der in dubiose finanzielle und politische Affären verstrickt gewesen war.

«Wie meinst du das?»

«Genau, wie ich es sage. Ich bin nicht mehr aktiv.»

Leonie spürte die Erleichterung wie eine Welle durch ihren Körper laufen. Seine nächsten Worte boten allerdings sofort wieder Anlass zur Sorge.

«Ein alter Freund, dem ich noch einen Gefallen schulde, hat mich nach Deutschland gerufen. Sein Sohn wurde ermordet. Er hat mich gebeten, den Täter zu finden.»

Und zu töten, vervollständigte Leonie für sich den Satz. «Und wieso überlässt er das nicht der Polizei?»

Michael sah sie an wie ein Erwachsener ein Kind, das gerade etwas besonders Dummes gesagt hat. «Das hat er. Inzwischen hält er es für unwahrscheinlich, dass sie Erfolg haben werden. Und, offen gestanden, gehört er Kreisen an, die es gewohnt sind, dergleichen Angelegenheiten selbst zu regeln.»

Leonie fiel etwas ein, was ihr Berliner Kollege über den Vater des toten Anwalts gesagt hatte.

«Dein alter Freund ist nicht zufällig Italiener und der Sohn Anwalt gewesen?»

«Du bist also informiert. Das dachte ich mir. Ihr habt inzwischen in Hamburg ja auch ähnliche Fälle.»

Sie horchte auf. «Du glaubst, die Fälle gehören zusammen?»

«Ihr etwa nicht?»

«Ich weiß nicht, was die Polizei denkt. Immerhin wurde eine Soko ‹Sniper› gegründet.»

Michael nickte. «Kann nicht schaden. Aber sie werden ihn, wenn überhaupt, nur durch Zufall kriegen.»

«Und du glaubst, du bist allein erfolgreicher als ein riesiger Polizeiapparat mit all seinen Möglichkeiten?»

Eine Gruppe von vier Jugendlichen im Alter zwischen etwa fünfzehn und siebzehn schlenderte über den Parkplatz. In Kleidung und Benehmen imitierten sie afroamerikanische Gangsta-Rapper. Schon von weitem sahen sie nach Ärger aus. Sie kamen auf Leonies Wagen zu, als sie sahen, dass zwei Leute darin saßen. Herumalbernd und grölend umringten sie den Wagen, machten obszöne Gesten und pressten ihre Gesichter an die Scheiben. Einer sprang auf die Kühlerhaube und tanzte darauf herum.

«Fuck», sagte Michael und öffnete die Beifahrertür.

«Bleib um Himmels willen sitzen», bat Leonie eindringlich. Aber da war er schon ausgestiegen. Zwei der Jugendlichen traten drohend auf ihn zu.

«Na, Arschloch? Bock auf Ärger?»

Michael sagte gar nichts und schlug das Jackett zur Seite. In einem Schulterholster steckte eine Pistole. Der Junge auf der Kühlerhaube fluchte und wollte in die Tasche seiner lächerlich weiten Hose fassen. Ehe er die Waffe greifen konnte, die er dort zweifellos trug, hatte Michael schon seine Pistole gezogen. Leonie hörte das Knacken des Abzugshebels.

«Geht nach Hause und sagt euren Eltern, sie sollen euch Respekt vor anderen Menschen beibringen.»

Die vier Jungen zogen sich langsam von Leonies Wagen zurück. In ihren Gesichtern mischten sich Wut, Hass und Überraschung. Als sie außer Sichtweite waren, steckte Michael seine Waffe weg und stieg wieder ein.

Leonie atmete erleichtert aus. «Du hättest aber nicht geschossen, oder?»

«Natürlich», sagte Michael. In seiner Stimme schwang eine Spur von Erstaunen mit. «Man darf niemals dem Gegner die erste Chance lassen.»

«Aber das waren halbe Kinder.»

«Es macht keinen Unterschied, ob man von einem Dreißigjährigen oder von einem Fünfzehnjährigen getötet wird. Was ist los mit euch Deutschen? Ihr zieht junge Wölfe groß und wehrt euch nicht, wenn sie über euch herfallen.»

«Darf ich daran erinnern, dass auch du Deutscher bist oder jedenfalls warst? Und deine Erziehung scheint auch nicht optimal verlaufen zu sein.»

«Deshalb weiß ich, wovon ich rede. Lass uns von hier verschwinden. Vielleicht kommen diese kleinen Idioten gleich mit ein paar Freunden zurück, und ich kann kein Aufsehen gebrauchen.»

Leonie startete den Wagen. «Und wohin soll's jetzt gehen?»

«Fahr mich zur nächsten U-Bahn-Station.»

Die Station Saarlandstraße war nicht weit entfernt. Leonie hielt verbotenerweise am Straßenrand.

«Du hast mir noch nicht gesagt, warum du mich treffen wolltest.»

Michael runzelte die Stirn. «Ich glaube, dass der Mann, der den Sohn meines Freundes erschossen hat, derselbe ist, der jetzt in Hamburg angefangen hat zu morden.»

«Ein Profikiller?»

«Nein, ich glaube, er ist ein Amateur. Ein Mann, der eine Mission hat. Er wird weitermachen.»

«Das ist ein furchtbarer Gedanke.» Leonie sah ihn an und stellte plötzlich fest, dass er ihr wie ein Hoffnungsträger erschien. Der Einzige, der mit dem Sniper fertig werden konnte.

«Er hat als Waffe das Gewehr gewählt. Ich weiß, wie Männer denken, die mit Waffen umgehen können und auf Menschenjagd gehen.»

Leonies Hände wurden feucht, sie wischte sie an der Hose ab.

«Er hat schon vor Berlin angefangen zu töten. Ich will wissen, wo, wen und wie. Und ich brauche die Zwischenergebnisse der Soko. Dafür sage ich dir, was ich herausfinde.»

Leonie war fassungslos. «Weißt du, was du mir da vorschlägst?»

Michael sah sie aus kalten Augen an. «Ein erfolgreiches Konzept zur Erledigung eines Mannes, der vermutlich gerade den nächsten Hit vorbereitet. Oder demnächst völlig ausrastet und ein voll besetztes Restaurant oder einen Kindergarten leer schießt.»

«Wie viel bekommst du dafür?» Leonies Frage war nur ein Flüstern.

«Freundschaftsdienste lasse ich mir nicht bezahlen. Deine Frage ist eine Beleidigung.»

Sie ließ den Motor wieder an. «Steig aus.»

«Ich melde mich wieder.» Er öffnete die Tür. «Mach's gut, Zuckerschnute.»

Das war der Kosename, den Leonies Mutter ihr manchmal gegeben hatte, wenn sie besonders guter Laune war. Er musste es zufällig aufgeschnappt haben, als er bei ihnen zu Besuch war. Das angebliche Waisenkind, um das ihre Mutter sich eine Zeit lang gekümmert hatte, bis sie die Lust verlor.

Leonie sah ihm nach, bis er in der U-Bahn-Station verschwunden war.

Zu Hause wartete eine Wohnung auf sie, die so unwohnlich und chaotisch war wie ihr Leben. Und sie konnte nicht einmal jemanden um Rat fragen. Sie schob eine Tiefkühl-Lasagne in den Backofen und öffnete eine Flasche toskanischen Rotwein, der ein besseres Essen verdient gehabt hätte. Während sie aß, dachte sie über ihr Problem nach. Michaels Vorschlag war vollkommen inakzeptabel. Die Weitergabe von Informationen war ihr nicht erlaubt. Außerdem würde sie von Kaminski sowieso keine Soko-Interna erfahren. Jedenfalls nicht alle. Andererseits war es durchaus denkbar, dass Michael etwas herausfand, was für die Ermittlungen der Kriminalpolizei hilfreich sein konnte. Und umgekehrt. Die Zusammenarbeit mit einem Verbrecher, und nichts anderes war ihr Bruder, war moralisch nicht zu rechtfertigen und verstieß gegen jede denkbare Regel. Nüchtern betrachtet, hätte sie Kaminski anrufen und ihm von Michael erzählen müssen. Hätte ihm sagen müssen, wer er war und was er vorhatte.

Leonie warf die Hälfte der Lasagne in den Abfall und goss den Rest Wein ein. Mit dem Glas in der Hand trat sie ans Wohnzimmerfenster und sah auf den Eppendorfer Weg hinab. Sie dachte an Michaels Worte und daran, wie viele Menschen der Sniper vielleicht töten würde, bevor er gefasst werden konnte. Falls er keine Beziehung zu seinen Opfern hatte, über die man ihn ausfindig machen konnte, war es mehr oder weniger bloßer Zufall, ob und wann man ihm auf die Spur kam. Vielleicht konnte sie ihn stoppen, wenn sie auf Michaels Vorschlag einging. Der Preis war der Verstoß gegen Recht und Moral. War ethisches Verhalten ein paar Menschenleben wert? Leonie erinnerte sich an eine Debatte, die sie auf dem Gymnasium mit ihrer Religionslehrerin geführt hatte. Die Lehrerin hatte der Klasse ein fiktives Dilemma geschildert. Ein Krankenhaus hat nur eine eiserne Lunge, an die ein achtzigjähriger Greis, der sehr wahrscheinlich nur noch wenige Wochen zu leben hat, angeschlossen ist. In dieses Krankenhaus wird ein junger Mann von zwanzig Jahren eingeliefert, dessen Aussicht zu überleben sehr gut wäre, wenn er für ein paar Stunden an die eiserne Lunge käme. In diesen Stunden würde aber der Alte sterben. Was ist in der Situation ethisches und damit richtiges Verhalten? Leonie hatte, ohne lange zu überlegen, dafür plädiert, den alten Mann von der künstlichen Lunge zu nehmen und den Jungen anzuschließen, denn der habe sein Leben noch vor sich und auch die bessere Überlebenschance. Sie wurde belehrt, dass diese Entscheidung vielleicht nach rationalen Gesichtspunkten die richtige sei, aber nicht nach religiösen und ethischen. Und nicht einmal juristisch gerechtfertigt. Den alten Mann von der eisernen Lunge zu nehmen sei ein aktiver Akt des Tötens. Den jungen Mann mit den zur Verfügung stehenden Mitteln zu versorgen und den Kampf zu verlieren sei das nicht. Die Entscheidung, ob das eine Leben wertvoller sei als das andere, stehe keinem Menschen zu. Leonie erinnerte sich, dass sie heftig widersprochen hatte. Die Entscheidung, dem jungen Mann die einzig lebensrettende eiserne Lunge vorzuenthalten, hatte schließlich Konsequenzen und war nach ihrer Ansicht deshalb ebenfalls ein aktiver Tötungsakt. Sie hielt der Lehrerin vor, wer sich hinter Nichtstun verstecke, sei feige und heuchlerisch. Kurz zuvor hatte sie über die so genannte Triage gelesen, die im Kriegs- oder Katastrophenfall von Medizinern auf dem Schlachtfeld respektive an der Unfallstelle vorgenommen wurde. Das bedeutete, wenn man nicht alle Verletzten gleichzeitig und gleich effektiv behandeln konnte, mussten diejenigen zuerst ärztlich versorgt werden, die die größten Überlebenschancen hatten. Leonie wurde fortan von ihrer Lehrerin nicht mehr beachtet. Das hatte ihr nichts ausgemacht, ihr Verhältnis zur Religion war ohnehin schon vorher stark getrübt gewesen.

Im Laufe des Erwachsenwerdens und ihrer Ausbildung zur Medizinerin hatte Leonie erkannt, dass sie nicht jedem Problem mit der früheren jugendlichen Rigorosität gerecht werden konnte. Aber im Grundsatz war ihr Denken immer noch von der Haltung geprägt, dass sich ethisches Handeln nicht zwischen die Buchdeckel juristischer oder religiöser Gesetzestexte pressen ließ und es nicht für jede Frage eine richtige und eine falsche Antwort gab. Manchmal waren alle Antworten gleich falsch.

Noch vor Mitternacht lag Leonie im Bett, schlaflos, obwohl sie todmüde war. Ein weiteres Problem hielt ihr Gedankenkarussell in Gang: Max Lifka. Bevor sie zum Treffen mit ihrem Bruder gefahren war, hatte sie Frau Kuntner angerufen und sich nach Max' Befinden erkundigt. Frau Kuntner zeigte sich irritiert und gab die Frage an Leonie zurück. Max hatte gelogen. Er war nicht erkältet gewesen und hatte gegenüber seiner Pflegemutter eine angebliche Erkrankung Leonies als Grund für den abgesagten Ausflug angegeben. Leonie verzichtete auf eine Richtigstellung und beendete nach ein paar höflichen Floskeln das Gespräch. Es war offensichtlich, dass Max ihre Absicht durchschaut hatte, den Ausflug zu einer Aussprache zu nutzen. Er wollte nicht mit ihr reden. Das konnte sie nicht akzeptieren, ebenso wenig wie das Spielchen, das er mit ihr veranstaltete. Vielleicht sollte sie sich einen Rat einholen. Bei jemandem, der mehr von Kindern verstand als sie. Mit diesem Entschluss schlief sie endlich ein.

10.

SCHON ZWEI TAGE nachdem er die junge Frau auf der Baustelle gesehen hatte, fuhr er im Morgengrauen zu ihrem Haus und wartete auf sie. Um kurz vor zehn wollte er aufgeben. Alle anderen Hausbewohner hatten spätestens um neun das Haus verlassen, um zur Schule, zur Arbeit oder zum Einkaufen zu gehen. Sie erschien, als er gerade den Wagen startete. Diesmal dauerte die Verfolgung nicht lange. Sie fuhr zur Elbe hinunter, nach Neumühlen zum Museumshafen. Sie stellte ihren Wagen am Straßenrand ab, der um diese morgendliche Uhrzeit noch nicht restlos zugeparkt war. Mit gehörigem Sicherheitsabstand ging er ihr nach und sah sie in einem Restaurant verschwinden, das anscheinend gerade geöffnet hatte. Zwei Tische auf einer Terrasse mit Elbblick waren schon besetzt, und eine junge Kellnerin schlenderte darauf zu, um die Bestellung aufzunehmen. Der Mann dachte, das Objekt seines Interesses wolle frühstücken, aber als er das Restaurant betrat, war sie nirgendwo zu sehen. Eine zweite Kellnerin sah ihn fragend an, aber er mochte nicht nach ihr fragen. Stattdessen setzte er sich draußen an einen Tisch und bestellte ein Frühstück mit Ei und Marmelade. Er blieb fast zwei Stunden, aber die junge Frau erschien nicht wieder. Das bedeutete wohl, dass sie dort arbeitete. Da er nicht wusste, wie lange ihre Schicht dauerte, ging er wieder und erkundete den Rest des Tages die Hafengebiete südlich der Elbe – Kleiner Grasbrook, Steinwerder, Waltershof und Finkenwerder. Erst spät kehrte er zum Museumshafen zurück und rechnete damit, sie verpasst zu haben. Aber ihr Wagen stand noch an derselben Stelle. Kurz vor 23 Uhr verließ sie das

Restaurant. Er folgte ihr wieder zu ihrer Wohnung und wartete, bis im dritten Stock des Hauses Licht anging. Da in jedem Stockwerk zwei Parteien wohnten, musste er sich auch nur zwei Namen merken, die in Frage kamen.

In den folgenden Tagen setzte er die Observation fort und gewann nach und nach einen guten Überblick über ihren Lebensrhythmus. Den größten Teil des Tages verbrachte sie in dem Restaurant, in dem sie arbeitete. Nachmittags hatte sie einige Stunden frei, in denen sie Einkäufe machte, spazieren ging oder sich bei schönem Wetter mit einem Buch an die Elbe setzte. Zweimal war sie morgens vor Arbeitsbeginn in ein Fitness-Studio gegangen, er nahm an, dass sie das regelmäßig tat. An ihrem freien Tag fuhr sie zu einem Reiterhof am Stadtrand, wo sie ein Pferd mietete und davongaloppierte. Er konnte nicht reiten und musste darauf verzichten, ihr zu folgen. Nach zwei Stunden kam sie zurück, ein nass geschwitztes Pferd zwischen den Schenkeln. Sie führte das Pferd in den Stall, rieb es trocken, säuberte mit einem Hufkratzer die Hufe und sorgte für Futter und Wasser. Dann stieg sie in ihren Honda und fuhr davon, ohne etwas in der kleinen Gaststätte des Reiterhofs zu trinken oder mit jemandem mehr als nötig zu reden. Seit er mit der Beobachtung begonnen hatte, war sie mit niemandem zusammengetroffen, hatte nie in Begleitung von Kollegen oder Kolleginnen das Restaurant verlassen, und er war absolut sicher, dass sie auch allein lebte. Sie schien, genau wie er selbst, ein völlig isoliertes Leben zu führen, wobei er natürlich nicht wusste, ob das ihrem Wunsch entsprach. Aber er vermutete es.

Er fühlte, dass der Zeitpunkt gekommen war, die Observation zu beenden. Sie schien bemerkt zu haben, dass jemand ihr ständig folgte. Und er musste eine Entscheidung treffen, was er von ihr wollte. Ob er überhaupt etwas von ihr wollte. Die Entscheidung wurde ihm schließlich abgenommen. An einem Sonntagabend fuhr sie nach der Arbeit nicht nach Hause, sondern die Elbchaussee entlang bis Teufelsbrück, wo sie auf den kleinen Parkplatz fuhr, der um diese späte Stunde fast völlig leer war. Um nicht von ihr bemerkt zu werden, bog er dem Parkplatz gegenüber in die Baron-Voght-Straße ein. Als er zu Fuß zur Elbchaussee zurückkehrte, sah er gerade noch, wie sie die Straße überquerte und in den Jenisch-Park lief. Er hatte vermutet, sie wolle noch ein Stück am Elbufer entlangspazieren. Es war inzwischen dämmerig geworden, und er hatte keine Vorstellung, was sie im Park wollte. Vielleicht hatte sie dort eine Verabredung. Vorsichtig folgte er ihr, verlor sie aber fast sofort aus den Augen. An einer Weggabelung blieb er stehen und überlegte, welchen der beiden Wege sie gewählt haben mochte. Beide Pfade führten weiter in den dunklen Park hinein. Verdammt, was hat sie vor?, dachte der Mann. Erst im letzten Moment hörte er ein Geräusch hinter seinem Rücken, dann traf etwas seinen Kopf. Etwas sehr Schweres, sehr Hartes und sehr Schmerzhaftes.

11.

IN EINER Gemeinschaftskanzlei in bester Citylage saß Leonie einer Frau von etwa Mitte dreißig gegenüber, die für eine Anwältin recht leger in einen völlig zerknitterten hellen Leinenanzug gekleidet war, dessen Jackenaufschlag ein grüner Fleck zierte.

«Spinat», sagte die junge Frau, die Leonies Blick bemerkt hatte. «Meine Tochter ist gerade ein Jahr alt geworden. Über den gesundheitlichen Nutzen von Gemüse sind wir uns mit Ausnahme von Möhren bis jetzt nicht einig.»

Ann-Kathrin Hönicke war in der Hauptverhandlung des Falles Sven Johannsen die Pflichtverteidigerin von Rüdiger Stoll gewesen. Es war ihr erster großer Strafprozess. Inzwischen hatte sie an Erfahrung gewonnen und den Einstieg in eine renommierte Kanzlei geschafft. Die Übernahme von Pflichtverteidigungen hatte sie sicher nicht mehr nötig.

«Ich hoffe, Sie können sich noch an Ihren früheren Mandanten Rüdiger Stoll erinnern?», begann Leonie.

«O ja, das kann ich. Ich war damals, um ehrlich zu sein, mit einem solchen Fall ziemlich überfordert. Aber ich glaube, ich habe mein Bestes getan, um ihm zu helfen. Leider ist es mir nicht gelungen, den Mordvorwurf zu widerlegen.»

Die Anwältin war Leonie nicht unsympathisch. Sie bezweifelte nicht, dass sie ihr Bestes gegeben hatte, aber möglicherweise war sie nicht die Beste für den Job gewesen.

«Was dachten Sie damals über Ihren Mandanten? Hielten Sie ihn selbst für einen Mörder?»

«Das zu beurteilen ist nicht meine Aufgabe. Ich muss dafür

sorgen, dass alle entlastenden Momente im Prozess zur Sprache kommen und berücksichtigt werden.»

«Das ist mir bekannt, aber ich nehme an, Sie hatten eine persönliche Meinung zu dem Fall.»

Ann-Kathrin Hönicke schwieg einen Moment. Ihre Antwort war äußerst vorsichtig formuliert. «Ich hielt es nicht für ausgeschlossen, dass er den Mann getötet hat. Stoll war Alkoholiker, und auch seinem Temperament nach lag die Tat im Bereich des Möglichen. Aber meine persönliche Meinung hat meine Arbeit in keiner Weise beeinflusst.»

Leonie war anderer Ansicht, behielt das aber für sich. «Es gab keine Zeugen für die Tat, jedenfalls hat die Polizei keine ermittelt, und Stoll stritt alles ab. Haben Sie versucht, entlastendes Material aufzutreiben?»

«Ich habe mit einigen Leuten, die ihn in der Nacht gesehen haben, gesprochen. Kneipenwirte und Saufkumpane in erster Linie. Er hatte tatsächlich ziemlich viel getrunken, aber ob er volltrunken war, als er Sven Johannsen traf, konnte ich nicht beweisen.»

Alkoholiker überschritten die Grenze zum völligen Kontrollverlust erheblich später als Menschen mit geringer Alkoholtoleranz. Selbst Werte jenseits der zwei Promille merkte man ihnen oft nicht an.

«Es will mir nicht in den Kopf, dass an einem belebten Ort wie der Simon-von-Utrecht-Straße niemand etwas gesehen haben soll.»

Leonies Gegenüber zuckte mit den Schultern und sah diskret auf ihre Uhr.

«Um die Zeit ist dort nicht mehr viel los. Außerdem geschah die Tat auf einem Stück, wo einige Büsche standen.»

Sie hatte also keine Anstrengungen unternommen, Zeugen zu finden.

«Und das Messer? Trug Stoll üblicherweise eines bei sich?»

«Er bestritt das. Es gab auch Zeugen, die bestätigen konnten, dass sie nie ein Messer bei ihm gesehen haben. Aber die erschienen dem Gericht nicht als glaubwürdig. Außerdem hätte er die Tatwaffe ja auch am selben Abend an sich genommen haben können.»

Was blieb, war die Tatzeit. Stoll hatte behauptet, er habe den Toten gegen vier Uhr gefunden. Svens Freunde wollten sich um kurz vor drei von ihm getrennt haben, wenige Straßen und Gehminuten vom Tatort entfernt.

«Auf diese Diskrepanz hatte ich damals meine größten Hoffnungen gesetzt. Aber niemand konnte mir bestätigen, bis kurz vor vier mit Stoll zusammen gewesen zu sein. Und leider konnte der Rechtsmediziner die Todeszeit auch nicht auf die Minute genau eingrenzen. Sven Johannsen konnte genauso gut um drei wie um vier Uhr gestorben sein.»

Leonie ging der Anwältin noch eine Weile weiter auf die Nerven, konnte aber nichts Wesentliches herausbekommen. Nichts außer der Bestätigung dafür, dass ihr Misstrauen gegenüber Stolls Täterschaft gerechtfertigt war. Immerhin versprach Ann-Kathrin Hönicke, ihr eine Besuchserlaubnis in der JVA Fuhlsbüttel zu besorgen.

«Obwohl ich sagen muss, dass ich Ihr Engagement in der Sache nicht nachvollziehen kann. Stoll hat einen fairen Prozess bekommen. Und ich halte es für absolut unwahrscheinlich, dass der damalige Fall irgendetwas mit dem Tod von Marlene Böttcher zu tun hat.»

Etwas Ähnliches äußerte auch Nicola Goerne am folgenden Nachmittag. Leonie traf sie auf einer Parkbank auf dem Altonaer Balkon, einer Grünfläche, von der aus man einen prächtigen Blick auf den Fischereihafen und den Kreuzfahrtterminal hatte.

Soweit sie am Telefon verstanden hatte, arbeitete Nicola Goerne in der Nähe und nutzte eine Pause zu ihrem Treffen.

Ohne großes Nachdenken hätte Leonie die junge Frau als attraktiv bezeichnet. Bei einiger Überlegung hätte sie allerdings einschränkend anmerken müssen, dass sie zu klein und stämmig war, ihre Nase zu groß und ihr Mund zu schmal, um als wirklich hübsch zu gelten. Ihre intensiv blauen Augen waren allerdings sehr beeindruckend, und den Klang ihrer warmen, ein wenig rauen Stimme fand Leonie aufregend. Sie bat Nicola, ihr von Marlene Böttcher zu erzählen.

«Interessieren sich alle Rechtsmediziner so für die Leichen, die sie obduzieren?»

Nicola Goerne blickte Leonie unter zusammengezogenen Augenbrauen an, die so dunkel waren wie ihr Haar, das zu einer kunstvoll zotteligen Kurzhaarfrisur zurechtgestutzt war.

«Nur in seltenen Fällen. Ich bin besonders hartnäckig, wenn ich bei meiner Arbeit nicht zu einem befriedigenden Ergebnis kommen konnte. Sie waren Marlenes beste Freundin, als die Sache mit Sven Johannsen passierte?»

Nicola Goerne wandte sich ab und schien sich auf das Hafenpanorama zu konzentrieren.

«Ich war ihre einzige Freundin. Soweit ich mich erinnere, gehörten ansonsten nur Jungen zu ihrem engeren Freundeskreis.»

«Besonders gut aussehende Frauen tun sich häufig schwer mit ihrem eigenen Geschlecht. War sie bei ihren Klassenkameraden beliebt?»

«Mädchen wie Marlene sind nie beliebt. Sie werden entweder beneidet oder bewundert.»

«Und Sie? Welcher Gruppe gehörten Sie an?»

«Sie kam zu mir, wenn sie ein Problem hatte, das sie nicht einmal mit ihrem Zwillingsbruder besprechen konnte.»

Leonie glaubte, einen Unterton von Bitterkeit in Nicola Goernes Stimme zu hören.

«Wie eng war ihre Beziehung zu Sven Johannsen? War sie in ihn verliebt?»

«Ja. Soweit ich das beurteilen konnte.» Goernes Ton war wieder sachlich-distanziert. «Sie verbrachte jedenfalls viel Zeit mit ihm in den Wochen, bevor er starb.»

«Gab es andere Verehrer?»

Nicola Goerne lächelte müde. «Sie stochern an derselben Stelle herum wie die Polizei damals auch. Ich bin das ein Dutzend Mal gefragt worden. Und die anderen ebenso. Die Antwort ist: Na klar hatte sie andere Verehrer. Aber ich hab keinem zugetraut, dass er deswegen Sven umbringt. Die meisten hätten gar nicht den Mut gehabt.»

«Wie verhielt sich Marlene nach seinem Tod?»

Nicola Goerne schien irritiert. «Wie meinen Sie das?»

«Hat sie Interesse an den polizeilichen Ermittlungen bekundet, vielleicht einen Verdacht geäußert? Oder hat sie sich völlig zurückgezogen? Hat sie Beunruhigung oder Angst gezeigt?»

Die Antwort ließ auf sich warten und klang ausweichend.

«Sie war unglücklich, wie jedes Mädchen in ihrer Situation. Mehr kann ich dazu nicht sagen. Nach unserem Abitur haben wir uns sowieso aus den Augen verloren. Ich habe sie dann erst an der Uni wiedergetroffen.»

Leonie hakte sofort nach. «Das verstehe ich nicht. Man sollte meinen, dass Marlene Sie in dieser Situation besonders gebraucht hätte.»

Nicola Goerne zuckte mit den Schultern. «Hat sich eben nicht so ergeben. Sie ist dann auch zusammen mit ihrem Bruder für ein paar Monate ins Ausland gegangen.»

«Sie haben damals den Prozess sicher verfolgt. Glauben Sie, dass Stoll der Täter war?»

«Wer hätte es sonst sein sollen?», stellte Goerne die Gegenfrage. «Er kam als Einziger in Frage.»

«Haben Sie jemals mit Marlene darüber gesprochen? Sie haben Ihre Freundschaft ja wieder aufgenommen, als Sie zusammen studierten.»

«Wir haben nicht zusammen studiert. Nicht im engeren Sinne. Sie war bei den Juristen. Ich hatte Medizin belegt. Und um Ihre Frage zu beantworten: Nein, wir haben darüber nicht gesprochen.»

Leonie glaubte ihr kein Wort. «Waren Sie der letzte Mensch, der Marlene Böttcher lebend gesehen hat?»

Die Frage kam für Nicola Goerne nicht unerwartet, und sie zuckte nicht mit der Wimper. Natürlich hatte auch diese Frage die Polizei schon gestellt. «Das weiß ich nicht. Jedenfalls war ich noch Stunden bevor sie vermisst wurde, bei ihr.»

«Was haben Sie damals gedacht, als sie vermisst gemeldet wurde? Haben Sie damit gerechnet, dass sie tot sein könnte?»

«Zuerst nicht. Marlene war der spontane Typ. Sie verschwand schon mal für ein paar Tage, ohne jemandem Bescheid zu sagen. Irgendwann habe ich mir dann natürlich Sorgen gemacht.»

«Sie wissen, wie und wo wir Marlene gefunden haben. Ihre Mutter hat spontan die Befürchtung geäußert, dass ihre Tochter ermordet wurde.»

Nicola Goerne nickte. «Das hat sie damals auch. Daran haben wir wohl alle gedacht.»

Leonie gab es auf. Marlenes Freundin wusste entweder nichts oder war nicht bereit, ihr Wissen mitzuteilen. Die nutzte die Gesprächspause und erhob sich.

«Tut mir Leid, aber ich habe keine Zeit mehr.»

Leonie erhob sich ebenfalls und sah auf die fast einen Kopf kleinere Frau herab. «Arbeiten Sie im AK Altona?»

«In der Klinik? Nein, ich hab mein Medizinstudium aufgegeben. Ich arbeite als Köchin.»

«Oh», sagte Leonie. Das war eine etwas ungewöhnliche Alternative. «Und vielen Dank, dass Sie Zeit für mich hatten.»

Nicola Goerne blieb unschlüssig vor ihr stehen. «War Marlene …?» Sie sprach nicht weiter.

«Ja?», half Leonie nach.

«Sah sie sehr schlimm aus, als Sie sie gefunden haben?»

«Das ist Ansichtssache. Sie war vollständig mumifiziert. Ich habe sie Nofretete getauft», sagte Leonie.

«Nofretete. Ja, das passt zu ihr. Der Vergleich hätte ihr gefallen.»

Die junge Frau blickte lächelnd an Leonie vorbei in eine Vergangenheit, an der Leonie nicht teilhaben konnte. Dann nickte sie Leonie zu und ging mit raumgreifenden Schritten davon. Sie hatte nicht gefragt, wie ihre Freundin gestorben war.

Leonie hatte sich den Montagvormittag freigenommen, um die Handwerker, die ihre Wohnung wieder in einen akzeptablen Zustand versetzen sollten, in Empfang zu nehmen und einzuweisen. Der Maler, der sich für sieben Uhr angekündigt hatte, erschien erst um neun, nach einem erbosten Anruf bei seiner Firma. Der Maurer, der den Fenstersturz im Arbeitszimmer reparieren sollte, ließ sich überhaupt nicht blicken. Leonie war entsprechend gereizt, als sie mittags im Institut ankam. Auf die Bitte einer Kollegin aus der Toxikologie, sich mit ihrer Schwester in Verbindung zu setzen, die als Kindergärtnerin arbeitete, wollte sie deswegen zunächst ablehnend reagieren. Es ging um einen kleinen Jungen mit einer Beule am Kopf, die sich nach Leonies Meinung ein Kinderarzt ansehen sollte und nicht ein Rechtsmediziner. Da sie es sich mit der Kollegin nicht verderben wollte, ließ sie sich überreden und rief im Kindergarten an.

Es stellte sich heraus, dass es sich um das Kind einer Familie handelte, in der es schon einmal Probleme mit Gewalt gegeben hatte. Und es ging nicht nur um eine kleine Beule. Leonie beschloss, sofort hinzufahren.

Als sie vor dem Kindergartengelände einparkte, verließen gerade zahlreiche Kinder mit ihren Müttern das Gebäude. Es handelte sich offenbar nicht um eine Ganztagseinrichtung. Die Kindergärtnerin, mit der Leonie telefoniert hatte, wartete hinter der Eingangstür auf sie und erklärte ihr, worum es ging. Ein vierjähriger Junge, der mit seiner Mutter und einem Stiefvater zusammenlebte, war morgens mit einer Beule seitlich an der Stirn erschienen. Auf die Frage der Kindergärtnerin, was das denn sei, sagte er, er habe sich an einem Schrank gestoßen. Im Laufe des Vormittags hatte sich das Symptom aber in erschreckendem Maße verschlimmert. Die Kindergärtnerin stieß die Tür zu einem Raum auf, in dem der Kleine ganz allein saß, einen Stofftiger an sich gepresst. Als er angesprochen wurde, hob er den Kopf und wandte sich Leonie und der Kindergärtnerin zu. Der Kopf des Kindes war massiv deformiert. Im Bereich der gesamten Stirn und teilweise auch der Schläfen bestand eine ausgeprägte, schwammige Schwellung, die die Kopfform eckig erscheinen ließ. Ein Auge war komplett zugeschwollen und dunkelblau-violett verfärbt, das andere Auge ebenfalls bis auf einen schmalen Spalt.

«Du meine Güte», entfuhr es Leonie. Sie ging vor dem Kind in die Hocke. «Wie heißt du denn? Heißt du vielleicht Peter?»

«Ich heiße Sebastian», sagte der Junge. «Und wer bist du?»

Leonie nahm seinen Kopf vorsichtig in beide Hände und betrachtete ihn, während sie mit ihm sprach.

«Mein Name ist Leonie Simon, ich bin Ärztin und würde dir gern helfen. Tut das sehr weh?»

Der Kleine sagte gar nichts. Auch auf ihre Frage, was passiert sei, blieb er stumm. Aber Leonie hatte sich ihre Meinung gebildet und erhob sich.

Die Tür wurde aufgestoßen, und eine junge Frau platzte herein. Sie sah abgehetzt aus.

«Tut mir Leid, ich konnte nicht früher kommen», sagte sie zur Kindergärtnerin. «Basti, wie siehst du denn aus? Wer hat das mit dir gemacht?»

Leonie trat auf die Frau zu. «Das würde ich gern von Ihnen wissen. Ich bin Doktor Simon vom Institut für Rechtsmedizin.»

Sebastians Mutter ging zu ihrem Sohn und nahm ihn auf den Arm. «Fragen Sie die doch», sagte sie mit Blick zur Kindergärtnerin. «Als ich ihn heute Morgen gebracht habe, war er noch ganz in Ordnung.»

«Das war er nicht», wehrte die sich. «Er hatte eine Beule am Kopf. Und leider war es nicht das erste Mal, dass der Kleine mit blauen Flecken herkam.»

«Kümmern Sie sich um Ihren eigenen Dreck.» Die junge Mutter wollte zur Tür. Leonie vertrat ihr den Weg.

«Pardon, aber so einfach geht das nicht. Ich werde der Kindergartenleitung empfehlen, die Polizei zu unterrichten, wegen Verdachts auf Kindesmisshandlung. Eine Verletzung, wie sie Ihr Sohn erlitten hat, habe ich nicht zum ersten Mal gesehen. Wir nennen das *Scalping*.»

Damit wird eine Verletzung in Form eines subgalealen Hämatoms beschrieben, die durch ein stumpfes Trauma, auch in Verbindung mit Schädelfrakturen, entstehen kann, aber eben auch durch kräftiges Ziehen an den Haaren. Gelegentlich war das bei Unfällen beobachtet worden, häufiger jedoch bei Kindesmisshandlungen. Durch heftiges Reißen an den Haaren entstehen Blutungen unter der Galea aponeurotica, einer haubenartig auf dem Schädeldach aufsitzenden Sehne, die mit der

Kopfhaut fest zur Kopfschwarte verbunden ist. Bei Kindern ist diese Verbindung noch nicht so ausgeprägt, weshalb sich bei einem erlittenen Trauma größere Mengen Blut ansammeln können. Das angesammelte Blut staut sich an den Schädeldachnähten und kann diese erst langsam überschreiten. Daher rührt das Phänomen mit dem zeitlich verzögerten Erscheinungsbild. Bis das Hämatom voll ausgeprägt ist, können leicht 24 Stunden und mehr vergehen.

«Sie leben nicht mit Sebastians Vater zusammen?»

Die junge Frau schüttelte langsam den Kopf. Sie war immer noch in Abwehrposition.

«Falls Ihr Freund Ihren Sohn misshandelt, sollten Sie ihn nicht verteidigen.»

«Er meint's nicht so. Er ist nur manchmal genervt.»

Leonie hätte nicht sagen können, wie oft sie dieses Lied schon hatte singen hören. «Wenn ein erwachsener Mann sich an einem kleinen Kind vergreift, gibt es dafür keine Entschuldigung. Sie sind Sebastians Mutter, Sie müssen ihn schützen. Und sich selbst auch.»

Leonie gab der jungen Frau eine Karte der rechtsmedizinischen Untersuchungsstelle und erklärte ihr, was darunter zu verstehen war. «Für den Fall, dass Sie Hilfe suchen. Wir haben auch eine sehr nette Psychologin, bei der Sie Rat finden können.»

Sebastians Mutter steckte die Karte ein, presste ihren Sohn an sich und verließ den Raum ohne ein weiteres Wort. Leonie rief ihr noch die Anweisung hinterher, mit ihrem Sohn unbedingt einen Kinderarzt aufzusuchen. Sie wandte sich der Kindergärtnerin zu.

«Sie haben gehört, was ich gesagt habe. Melden Sie die Familie der Polizei oder dem Familiengericht. Dann haben Sie die Gewähr, dass wirklich etwas unternommen wird.»

Bei den Jugendämtern war das nach Leonies Erfahrung leider nicht zuverlässig der Fall.

Den Abend und einen Teil der Nacht verbrachte Leonie mit Paul. Mit ihrem Schlafzimmer hatte sie glücklicherweise einen Raum in ihrer Wohnung, der nicht wie eine Baustelle aussah. Sie hatten sich mit einer Flasche Wein in dieses Refugium zurückgezogen und es sich im Bett gemütlich gemacht. Sie schliefen miteinander, und Leonie gab ihr Bestes, Paul nicht merken zu lassen, dass sie mit ihren Gedanken nicht ganz bei ihm war. Ihr Bruder und auch Nicola Goerne drängten sich in ihren Kopf. Als Paul kurz vor Sonnenaufgang aufstand und im Halbdunkel seine Sachen zusammensuchte, tat sie, als schliefe sie.

Am Rande einer Besprechung im Polizeipräsidium hatte Leonie die Gelegenheit, mit Vera Kilian über Max zu sprechen. Sie schilderte ihr, was vorgefallen war.

«Könnte es sein, dass er in der Pflegefamilie misshandelt wird und sich scheut, mir davon zu erzählen?»

Vera schüttelte den Kopf. «Das glaube ich nicht. In dem Fall würde er sich den Pflegeeltern gegenüber anders verhalten. Und die Frau hätte dich bestimmt nicht kontaktiert.»

Vera riet Leonie aber, sich den Jungen unbedingt vorzuknöpfen. «Es ist ja unübersehbar, dass er ein Problem hat, mit dem er nicht selbst fertig wird. Wenn er Vertrauen zu dir hat, wird er mit dir reden.»

Leonie war inzwischen nicht mehr sicher, ob sie wirklich noch sein Vertrauen hatte. Aber vielleicht schämte er sich nur und brauchte einen kleinen Schubs.

«Und was macht dein Münchner Buchhändler? Hat er sich schon bei dir gemeldet?»

Vera errötete leicht. «Wir haben gelegentlich telefoniert. Über neue Bücher und so.»

«Ja, klar. Wahrscheinlich gibt's in München sonst niemanden, mit dem ein Buchhändler über Bücher reden kann.»

Vera unterdrückte ein Grinsen. «Du sei ganz still. Ich revanchiere mich ansonsten und rede über die Nebelkerzen, die du abbrennst, um deine Affäre zu vertuschen.»

«Du bluffst», sagte Leonie. Sie war absolut sicher, dass niemand von ihr und Paul Unruh etwas ahnte.

«Ach, meine Liebe, den einen oder anderen Kollegen kannst du vielleicht täuschen, aber doch nicht mich. Ich fand schon lange, dass dir ein bisschen Unruh in deinem Leben gut täte.»

Leonie sah Vera verblüfft an, dann fing sie an zu lachen. Als Braun einen Augenblick später den Kopf durch die Tür steckte, um zu verkünden, dass die Pause vorbei sei, fand er zwei Frauen vor, die einen schweren Heiterkeitsanfall durchmachten.

Als die Teilnehmer der Sitzung sich am Ende des Tages trennten, hielt Leonie Kaminski zurück.

«Ich muss mit Ihnen sprechen. Allein.»

Sie begleitete ihn in sein Büro. Er hatte es immer noch nicht geschafft, einen Raum für sich allein zu bekommen. Aber der Kollege Stein, mit dem er sich das Zimmer teilte, war bereits nach Hause gegangen.

«Ich hab Hunger. Machen Sie's kurz», sagte Kaminski und setzte sich hinter seinen Schreibtisch. Er warf einen kurzen Blick auf einen Zettel, den ihm jemand auf den Tisch gelegt hatte, zerknüllte ihn und warf ihn in hohem Bogen in den Papierkorb.

«Es geht um Sven Johannsen», begann Leonie.

«Wer soll das denn sein?»

«Na, Marlenes Freund. Der zwei Jahre vor ihr ermordet wurde.»

«Ach der, den hab ich schon wieder verdrängt. Und nur der

Ordnung halber: Dass Marlene auch ermordet wurde, ist bis jetzt bloß ein Gerücht.»

«Jedenfalls habe ich mir das alte Obduktionsgutachten besorgt. Und ich bin nach Sichtung der Unterlagen zu der Überzeugung gelangt, dass an der Prügelei, die dem Mord vorausging, mindestens zwei Täter teilgenommen haben müssen. Das wiederum bedeutet, dass Rüdiger Stoll entweder nicht allein war oder unschuldig verurteilt wurde.»

«Ich weiß, was das bedeutet», knurrte Kaminski. «Und wieso ist Ihr Kollege damals nicht zu demselben Schluss gekommen?»

Leonie hob die Hände. «Keine Ahnung. Er hat wahrscheinlich die Fakten anders gewichtet.»

Kaminski schüttelte den Kopf. «Doc, Ihr Selbstbewusstsein in allen Ehren, aber wie kommen Sie darauf, dass Sie Recht haben und der damalige Obduzent nicht?»

«Ich habe die Situation nachgestellt. Ein Mann allein kann nicht gleichzeitig auf einen Liegenden einprügeln und ihn am Boden halten und auf seinen Füßen stehen. Ein Alkoholwrack wie Stoll schon gar nicht.»

«Na schön.» Kaminski legte die Füße auf den Tisch und verschränkte die Arme hinter dem Kopf. «Sagen Sie das seinem Anwalt. Sonst noch was?»

«Tun Sie doch nicht so, Kaminski. Sie wissen genau, dass das dem Fall Böttcher einen neuen Drall gibt. Wenn Stoll nicht Johannsens Mörder ist, sondern zum Beispiel jemand aus seinem Bekanntenkreis, kann derjenige zwei Jahre später auch Marlene getötet haben.»

«Warum sollte er das tun? Und warum erst nach zwei Jahren?»

«Was fragen Sie mich? Versuchen Sie's mal selber mit Nachdenken?»

Sie erhob sich und ließ ihre nächste Frage so beiläufig wie möglich klingen. «Wie läuft's denn in der Soko? Irgendwelche Erfolgserlebnisse?»

«Kann man nicht behaupten. Eine Nachbarin hat ein fremdes Auto an zwei Abenden vor dem Haus gesehen, in dem der Schütze auf der Lauer lag. Es war groß und grau, mehr konnte sie nicht sagen.»

«Haben Sie sich wenigstens inzwischen mit den Berliner Kollegen in Verbindung gesetzt?»

«Sicher. Aber die sind auch nicht weiter als wir. Keine Zeugen, keine brauchbaren Spuren. Und keine beweisbare Verbindung zwischen den Opfern. Abgesehen davon, dass drei von ihnen Juristen waren.»

«Das ist doch ein Anhaltspunkt.» Leonie überschritt den Rubikon. «Haben Sie schon mal daran gedacht, dass der Mann eine Mission haben könnte? Der Berliner Mord war vielleicht nicht sein erster. Wenn er schon mehr Menschen getötet hat, wäre es wichtig zu wissen, wo, wen und wie.»

Kaminski sah sie aufmerksam an. «Sie machen sich eine Menge Gedanken zu einem Fall, der Sie definitiv gar nichts angeht.»

Leonie zwang sich zu einem heiteren Lächeln. «Sie wissen doch, dass ich eine notorische Einmischerin bin.»

«Und ob ich das weiß», sagte Kaminski. «Ohne Sie müssten wir den Laden hier dichtmachen. Tatsächlich haben wir aber von Zeit zu Zeit selbst den einen oder anderen Geistesblitz. Wenn der Kerl schon mal woanders herumgeballert hat, werden wir das bald wissen. Zufrieden?»

Leonie fühlte sich nicht besonders gut, als sie das Polizeipräsidium verließ. Vor ihrem inneren Auge sah sie einen alten Mann, den sie von der eisernen Lunge nahm. Seine Gesichtszüge ähnelten denen von Kaminski.

12.

LEONIE STAND vor Max' Schule und wartete auf den Schulschluss. Als sich nach der letzten Stunde die Türen öffneten und die Jugendlichen herausströmten, stellte sie sich ihnen entgegen, um Max nicht zu verpassen. Er wusste nicht, dass sie ihn abholen würde. Sie wollte verhindern, dass er sich ihr mit einer Ausrede wieder entwand. Seine Klassenkameraden liefen an ihr vorbei, einige von ihnen hatte sie kennen gelernt. Max war nicht unter ihnen. Leonie war sicher, dass er geschwänzt hatte.

Langsam fuhr sie die Strecke zum Haus seiner Pflegeeltern ab. Auf halbem Wege sah sie ihn. Seine Schultasche über der Schulter, entstieg er einem Bus, der aus Richtung Wandsbek kam. Sie hielt neben ihm und hupte. Max zuckte zusammen.

Leonie kurbelte die Scheibe herunter. «Steig ein. Wir gehen eine Pizza essen.»

Max überlegte fieberhaft. Sie kam ihm zuvor. «Deine Pflegemutter weiß, dass ich dich von der Schule abholen und zum Essen einladen wollte.»

Es blieb ihm nichts anderes übrig, als sich auf den Beifahrersitz fallen zu lassen. Mürrisch und ein wenig ängstlich sah er sie an. Leonie schwieg. Er sollte ruhig ein wenig im eigenen Saft schmoren. Erst im Restaurant, nachdem sie dem Jungen eine Pizza Salami und sich selbst einen Salat mit gebratener Hühnerbrust bestellt hatte, wandte sie sich ihm zu.

«Ich nehme an, das war heute nicht das erste Mal, dass du die Schule geschwänzt hast. Deine Leistungen befinden sich ja schon im freien Fall, wie ich hörte.»

«Hätte ich mir denken können, dass die blöde Kuh mich bei Ihnen verpetzt.» Max verzog verächtlich das Gesicht.

Leonie ging darauf nicht ein. «Du pfeifst auf die Schule, du stiehlst, lügst wie gedruckt, und deine Umgangsformen lassen neuerdings auch zu wünschen übrig, um es mal freundlich auszudrücken. Da musst du dir die Frage gefallen lassen, was mit dir los ist.»

Max war so unwohl in seiner Haut, als hätte ihm jemand Juckpulver in den Kragen geschüttet. Nervös spielte er mit dem Besteck und rutschte auf seinem Stuhl hin und her.

«Ich hab mir nur genommen, was mir zusteht. Die haben mir schon seit Wochen kein Taschengeld mehr gegeben.»

«Falls das so ist, gibt es dafür vermutlich einen Grund. In keinem Fall hast du das Recht, dir Geld zu nehmen, ohne zu fragen. Und eines wollen wir mal ganz klarstellen: Zustehen tut dir gar nichts.»

Max brauste auf. «Aber ich brauchte die Kohle eben. Ich bin doch kein Kleinkind mehr.»

«Unübersehbar. Und wofür hast du das Geld gebraucht?»

«Nichts Besonderes. Sachen eben.» Er verfiel wieder in mürrisches Schweigen.

Das Essen kam, und beide beschäftigten sich ein paar Minuten ausschließlich damit. Auf Max' Appetit hatte seine miserable Laune keinen Einfluss. Er hatte seine Pizza schon fast zur Hälfte verdrückt, als Leonie noch mit dem Mischen der Salatsauce beschäftigt war.

«Max, ich glaube, dass du in Schwierigkeiten steckst. Ich würde dir gern helfen, aber dazu müsstest du mir sagen, was los ist.»

Er tat, als hätte er nichts gehört.

«Ich war bis jetzt der Meinung, dass du Vertrauen zu mir hast. Sieht so aus, als hätte ich mich geirrt.»

«Ich bin nicht in Schwierigkeiten.»

Leonie sah ihn skeptisch an.

«Und es ist mir egal, ob Sie mir glauben oder nicht», schickte er trotzig hinterher.

Leonie hatte nicht erwartet, dass es so schwierig werden würde. Da ihr keine pädagogischen Tricks zur Verfügung standen, sprach sie das offen aus.

«Ich war nicht darauf vorbereitet, dass du es mir so schwer machen würdest.» Sie bedeutete dem Kellner, dass sie zahlen wollte. «Um ehrlich zu sein, bin ich ziemlich enttäuscht. Außerdem wundere ich mich, dass ein intelligenter Junge wie du sich so absolut unvernünftig verhält. Dir muss doch klar sein, dass du nicht mehr lange so weitermachen kannst.»

Max' Wangen liefen dunkelrot an. Leonie beachtete ihn nicht weiter, als die Rechnung kam. Sie zahlte, griff nach ihrer Jacke und verließ das Restaurant. Max trottete hinter ihr her. Neben ihrem Wagen blieb er unschlüssig stehen. «Danke für das Essen. Sie brauchen mich nicht nach Hause zu fahren.»

«Unsinn», sagte Leonie und öffnete die Beifahrertür. Sie wartete, bis er im Wagen saß, und schlug die Tür zu. Sie war ärgerlich seinetwegen, aber sie würde ihn deswegen nicht auf der Straße stehen lassen.

Erst kurz vor seinem Zuhause fand Max den Mut zu einer Frage. «Werden Sie der Kuntner sagen, dass ich nicht in der Schule war?»

Leonie parkte den Wagen und wandte sich ihm zu. «Hast du Angst vor ihr?»

«Vor der? Nee! Aber sie hat gesagt, sie wirft mich raus, wenn ich nochmal Mist baue.»

Leonie überlegte, welche Antwort pädagogisch sinnvoll wäre. «Ich könnte den heutigen Tag vergessen, wenn du dich ab jetzt wieder zusammenreißt.»

Max nickte. «Okay.»

Er öffnete die Tür und wollte aussteigen. Leonie hielt ihn am Arm fest. «Max. Sei nicht dumm. Versuch nicht, mit allem allein fertig zu werden.»

Was war bloß mit dem freundlichen, offenen Kind passiert, das einmal Max gewesen war? Diese Frage stellte Leonie auch Dr. Mechthild Beitz, der Psychologin, die sich dreimal in der Woche halbtags um die Gewaltopfer kümmerte, die im Institut untersucht wurden. In letzter Zeit waren immer häufiger Kinder und Jugendliche darunter, teils in Begleitung der Eltern oder eines Elternteils.

«Die Frage kann ich Ihnen so einfach nicht beantworten. Ich müsste mit dem Jungen sprechen.»

Die Psychologin warf einen misstrauischen Blick auf Othello, der in Leonies Büro auf dem Fensterbrett hin- und herpatrouillierte. Leonie hatte schon einmal bemerkt, dass die Kollegin Angst vor dem Tier hatte. Sie hob den Kater herunter und schob ihn aus dem Zimmer. Deutlich erleichtert fuhr Dr. Beitz fort. «Natürlich ist der Junge durch die Familienereignisse schwer belastet. Was Sie mir darüber erzählt haben, kommt ja einem totalen Zusammenbruch seiner Lebenswirklichkeit nahe. So etwas kann selbst Erwachsene aus dem Gleis heben.»

Leonie war nicht überzeugt. «Ich fand, dass er das alles sehr gut verkraftet hatte.»

«Manchmal kommt die Reaktion auf erlittene seelische Traumata mit Zeitverzögerung. Vielleicht ist aber auch eine neue Situation eingetreten, die alles noch verschlimmert hat. Sie denken an Misshandlung durch die Pflegefamilie?»

«War nur so eine Idee. Ich habe nicht den geringsten Anhaltspunkt dafür.»

«Kommt ja leider nicht so selten vor. Wenn er mit einem Mal so ungern zur Schule geht, könnte die Ursache auch dort liegen. Haben Sie daran schon gedacht?»

Leonie schüttelte überrascht den Kopf. «Nein. Blöd von mir. Mobbing in der Schule. Sie haben Recht. Das könnte des Rätsels Lösung sein. Er ist sehr klein für sein Alter, neu in der Schule und im Stadtviertel, ein guter Schüler, und seine Mutter sitzt im Gefängnis.»

«Sehen Sie? Lauter gute Gründe, um den Jungen aufs Korn zu nehmen.»

«Aber warum sagt er mir das nicht? Gerade mit mir könnte er darüber reden.»

Dr. Beitz lächelte, eine Spur oberlehrerhaft, fand Leonie.

«Vielleicht möchte er sich aber gerade vor Ihnen keine Blöße geben. Nehmen wir an, er wird verspottet und gedemütigt, verprügelt oder abgezogen, was seine Geldnöte erklären würde, dann schämt er sich natürlich. Sein Selbstbewusstsein ist sicher mächtig angeknackst. Hinzu kommt, dass er damit rechnen muss, dass Sie die Polizei informieren.»

«Und falls er bedroht wird, hat er davor natürlich Angst», setzte Leonie den Gedankengang der Kollegin fort.

Dr. Beitz nickte.

«Und was soll ich jetzt machen? Ich kann ihn nicht dazu zwingen, mit mir zu reden.»

«Reden Sie mit seinen Lehrerinnen und Lehrern und mit seinen Pflegeeltern. Und immer wieder mit ihm selbst. Irgendwann werden Sie eine Bresche in seine Schutzwälle schlagen. So dick können die gar nicht sein.»

Zu nichts hatte Leonie weniger Lust, aber ihr würde nichts anderes übrig bleiben. Solange seine Mutter im Gefängnis saß, musste sie ein Auge auf den Kleinen haben.

Ann-Kathrin Hönicke hatte Leonie bei ihrem ehemaligen Mandanten und bei der Gefängnisleitung für den nächsten Besuchstag angekündigt. Sich selbst hatte sie ebenfalls angemeldet, und es kostete Leonie nicht wenig Mühe, sie von einem gemeinsamen Besuch abzubringen. Da sie nicht wusste, wie das Verhältnis von Mandant und Anwältin aussah, zog sie es vor, allein mit ihm zu sprechen. Auf dem Weg zum Flughafen war Leonie schon unzählige Male an der Justizvollzugsanstalt Fuhlsbüttel, im Volksmund Santa Fu genannt, vorbeigefahren. Betreten hatte sie das Gefängnisgebäude noch nie. Zusammen mit anderen Besuchern, wobei Frauen die größte Gruppe bildeten, wurde sie auf Waffen untersucht und musste ihre Tasche in einem Schließfach deponieren und ihr Handy abgeben. Dank der Intervention der Anwältin musste sie sich nicht den anderen anschließen, sondern bekam einen Raum für Einzelgespräche zur Verfügung gestellt. Rüdiger Stoll wurde kurz nach ihr hereingeführt. Hinter ihm wurde abgeschlossen, und sie war allein mit dem verurteilten Mörder von Sven Johannsen. Stoll setzte sich ihr gegenüber. Er sah besser aus als auf den alten Prozessfotos. Regelmäßige Mahlzeiten und der Alkoholentzug hatten ihn gesundheitlich wieder aufgebaut.

«Guten Tag, Herr Stoll. Meine Name ist Doktor Simon. Ich arbeite am Institut für Rechtsmedizin.»

«Hat die Hönicke mir schon erzählt. Ich bin aber noch nich tot.»

«Was nicht ist, kann ja noch werden.»

Stoll grinste. Leonie stellte fest, dass sie ihn nicht mochte.

«Herr Stoll, ich untersuche einen Todesfall. Darüber bin ich auf den Fall Johannsen gestoßen, an dem mich einiges irritiert hat.»

«Ach ja?» Stoll holte ein Päckchen Zigaretten aus der Tasche seiner Anstaltshose. «Wollen Sie auch eine?»

Leonie schüttelte den Kopf. «Danke, ich rauche nicht.»

«Sachen gibt's.» Er zündete sich eine Zigarette an und blies Kringel in die Luft.

«Sie haben damals behauptet, Sie hätten Johannsens Leiche gegen vier Uhr morgens gefunden.»

«Behaupt ich auch immer noch.»

«Können Sie sich an das Wetter erinnern?»

Stoll vergaß, an der Zigarette zu ziehen, die er gerade zwischen die Lippen geschoben hatte.

«An das Wetter? Ich dachte, Sie fragen mich nach Alibi und so 'n Scheiß.»

«Wozu? Das steht doch alles in den Akten. Oder hätten Sie heute eine andere Version parat?»

«Nee.» Stoll schüttelte den Kopf. «Es war alles so, wie ich's gesagt habe. Ich hab den Jungen beklaut. War nich okay das, aber ich mach keinen alle. Würd ich nie tun.»

«Gut. Also das Wetter. War es eher warm oder eher kalt? Hat es geregnet? Oder war es sehr windig?»

Stoll schüttelte den Kopf. «Mann, ich war ziemlich voll damals. Wie war das Wetter? Also warm jedenfalls nich.» Er dachte nach. «Kein Regen. Nasse Klamotten hatte der nich. Glaub ich.»

«Gut. Sie haben ihn durchsucht. Dabei mussten Sie ihn berühren. Sicher auch seine Haut. Fühlte die sich ganz warm an? Oder etwas kühler?»

«Ist doch egal. Der war tot. Hab erst gedacht, der ist bloß besoffen. Aber der war mausetot.»

«Gut. Also nochmal. Hat er sich eher warm oder eher kalt angefühlt?»

Stoll überlegte wieder. «Eher kalt. Deshalb wusst' ich ja, dasser tot war. Na ja, und dann das viele Blut.»

Jetzt kamen sie der Sache schon näher. «Sie haben also Blut bemerkt. Floss es aus der Wunde heraus?»

«Kann ich nich sagen. Ich hab in was Klebriges reingefasst, als ich nach seiner Brieftasche gefingert hab. Hab mir das Zeug an meiner Hose abgewischt. Ich Doofkopp. Da hattense mich dann am Kanthaken.»

«War das Blut noch warm?»

«Sie haben's aber mit kalt und warm, was? Nee, das war nich warm. Sie glauben mir wohl nich, dasser wirklich tot war. Aber ich sage Ihnen, der war tot. Der war ja schon steif.»

Leonie beugte sich vor. «Steif? Wo?»

Stoll zwinkerte ihr zu. «Nich, was Sie denken. Dem war der Kiefer runtergeklappt. Ich wollte ihn hochschieben, wegen der Jacke, ging aber nich.»

«Hat man Ihnen diese Fragen damals auch gestellt?»

«Kann mich nich erinnern. Was soll das jetzt alles?»

Leonie erhob sich. «Ich danke Ihnen, Herr Stoll. Vielleicht komme ich noch einmal wieder. Ansonsten hält Sie Ihre Anwältin auf dem Laufenden.»

Äußerst befriedigt verließ Leonie die JVA. Es war besser gelaufen, als sie erwartet hatte. Falls Stoll nicht extrem gerissen war und über rechtsmedizinische Kenntnisse verfügte, hatte er gerade den Beweis dafür geliefert, dass seine Zeitangabe stimmte und er nicht Johannsens Mörder war. Tote Körper kühlen nach und nach ab, wobei das Absinken der Temperatur durch Witterung, Bekleidung, Körpergewicht und einige andere Faktoren beeinflusst wird. Wenn Sven Johannsen sich nicht mehr warm anfühlte, konnte er nicht erst wenige Minuten tot sein. Auch das offenbar bereits gerinnende Blut deutete auf einen längst erfolgten Herzstillstand hin. Am wichtigsten aber war Stolls Erinnerung an die im Kiefergelenk einsetzende oder bereits eingetretene Totenstarre. Dies war frühestens nach etwa dreißig Minuten möglich. Das bedeutete, dass Sven Johannsen sehr wahrscheinlich kurz nachdem er sich von seinen Freunden verabschiedet hatte, seinem Mörder in die Arme gelaufen war. Als Stoll ihn fand, musste er tatsächlich längst tot gewesen sein. Seine Leiche wurde erst sehr viel später geborgen und im Institut begutachtet, sodass Stolls Aussage rechtsmedizinisch nicht gestützt werden konnte. Im Gegensatz zu den Rechtsmedizinern im Fernsehen, denen ebenso kühne wie unrealistische Aussagen wie «Der Tod ist zwischen acht und acht Uhr zwanzig eingetreten» in den Mund gelegt werden, können die echten Kollegen nur sehr viel gröbere Schätzungen vornehmen. Dabei gilt, dass die Von-bis-Spanne umso größer wird, je länger der Todeszeitpunkt zurückliegt. Darin lag Leonies Problem, die heute ebenso wenig wie der Kollege damals die Richtigkeit von Stolls Aussage beweisen konnte. Dennoch schrieb sie ein Protokoll ihrer Unterhaltung mit Rüdiger Stoll und die daraus resultierenden medizinischen Rückschlüsse und schickte je eine Kopie an seine ehemalige Anwältin, die Staatsanwaltschaft und Kaminski.

Die Reaktionen erreichten sie erstaunlich prompt. Ann-Kathrin Hönicke und Dr. Voss im Namen der Staatsanwaltschaft teilten ihr schriftlich mit, dass sie ihre Überlegungen durchaus nachvollziehbar fänden, mehr aber auch nicht. Die Anwältin stellte mit Bedauern fest, dass an eine Wiederaufnahme des Verfahrens mit so windigen Argumenten gar nicht zu denken sei. Und Oberstaatsanwalt Voss sah weiterhin keinen Grund, an Stolls Schuld zu zweifeln. Er ließ außerdem durchblicken, dass Dr. Simon gut beraten sei, ihre Besuche in Haftanstalten zu unterlassen. Kaminski traf sie zufällig auf dem Gelände des Universitätskrankenhauses. Sie hatte eine junge Frau, die bei einer Vergewaltigung erheblich verletzt worden war, zusammen mit einer Fachärztin in der Gynäkologie untersucht, wo sie auch weiterbehandelt werden sollte. Kaminski wollte seinen Freund besuchen, der bei einem Autounfall einen komplizierten Beinbruch erlitten hatte.

«Der Idiot hat beim Linksabbiegen einen Lieferwagen übersehen. Er hat unwahrscheinliches Glück gehabt, dass er noch lebt.»

Leonie äußerte sich angemessen mitfühlend und wechselte dann das Thema. «Haben Sie mein Gesprächsprotokoll gelesen?»

«Was blieb mir anderes übrig?»

«Ja und? Was sagen Sie dazu?»

«Wenn's stimmt, was Stoll Ihnen gesagt hat, gibt einem das mächtig zu denken. Wenn es stimmt! Was ich bezweifele.»

«Ich habe ihm nicht gesagt, worauf ich hinauswollte. Ich bin fast sicher, dass er ehrlich geantwortet hat.»

«Doc, ich glaube, Sie haben keine Ahnung, wie das im Knast läuft. Da sitzen Jungens ein, die die Gesetze besser kennen als jeder Winkeladvokat. Und Forensik ist für die auch kein Fremdwort mehr. Woher wollen Sie wissen, dass der Kerl sich seine Antworten nicht genau zurechtgelegt hat?»

«Er wusste doch gar nicht, dass ich kommen und ihn genau das fragen würde.»

«Im Knast kann man sich die Zeit auf verschiedene Art und Weise vertreiben. Mit Rauschgift handeln, an Ausbruchsplänen tüfteln, die Anstaltsleitung mit Beschwerden und Eingaben bombardieren oder an Anträgen für ein Wiederaufnahmeverfahren basteln. In dem Fall muss man sich überlegen, welches neue Entlastungsmaterial man präsentieren kann. Verstehen Sie?»

«Kaminski, Sie sind ein Pessimist.»

«Realist, nicht Pessimist. Nee, Doc, da müssen Sie sich schon was Besseres einfallen lassen. Außerdem kann er sich falsch erinnert haben. Oder er hat sich damals geirrt. Er ist ja wohl kein Experte für Todeszeitbestimmung, oder?»

«Ach, hören Sie schon auf. Sie haben ja Recht. Aber ich bin

trotzdem fast überzeugt, dass er unschuldig ist. Und das macht mir ziemlich zu schaffen.»

Kaminski sah sie ungläubig an. «Wieso? Sie haben doch überhaupt nichts mit der Sache zu tun.»

«Na und? Es besteht die Möglichkeit, dass ein Mensch unschuldig im Gefängnis sitzt. Ich bin zufällig drauf gestoßen und kann jetzt nicht einfach zur Tagesordnung übergehen.»

«Das werden Sie wohl müssen. Sie können nichts für ihn tun.»

«Wir werden sehen», sagte Leonie. Dabei fühlte sie sich nicht halb so zuversichtlich, wie sie vorgab.

Aus Berlin kam die Nachricht, dass Leonies Tante Charlotte aus dem Krankenhaus entlassen werden sollte. Leonie hatte täglich mit ihr und gelegentlich mit dem behandelnden Arzt telefoniert und wusste, dass ihre Tante auf frühzeitiger Entlassung bestand. Sie hatte ihr zu größerer Geduld geraten, war mit ihren Bedenken aber auf taube Ohren gestoßen. Also hatte sie, soweit möglich, alles für die heimische Pflege und Nachsorge vorbereitet. Sie selbst würde die ersten zwei oder drei Tage bei ihrer Tante übernachten, bis sichergestellt war, dass sie zurechtkam.

Am Tag bevor sie nach Berlin fahren wollte, bekam sie einen Anruf aus der Staatsanwaltschaft. Frau Dr. Gerhardt-Böttcher bat um ihren Besuch, am besten sofort. Leonie hatte große Lust, ihr eine Absage zu erteilen, aber dann siegte ihre Neugierde. Im weiten Umkreis des Gorch-Fock-Walls, wo Staatsanwaltschaft und Generalstaatsanwaltschaft residierten, war natürlich kein freier Parkplatz zu finden, und nachdem sie dreimal um den Block gekreist war, fuhr Leonie in das teure Parkhaus gegenüber der Staatsoper. Sie wurde sofort vorgelassen, und Gerhardt-Böttcher erhob sich bei ihrem Eintritt, um sie zu begrüßen. Ihre Freundlichkeit wirkte ein wenig angestrengt, und die Unmutsfalten um Mund und Nase hatten sich vertieft. Die Staatsanwältin begann offensiv, wie das ihre Art war.

«Sie haben Rüdiger Stoll im Gefängnis besucht, wie ich hörte. Was wollen Sie erreichen, Doktor Simon?»

«Sie wissen, was ich will. Dasselbe, was Sie auch mal wollten. Warum haben Sie der Einstellung der Ermittlungen zugestimmt?»

«Weil ich immer das Vernünftige tue», war die sibyllinische Antwort.

«Dann haben wir beide in diesem Fall wohl unterschiedliche Vorstellungen von dem, was vernünftig ist.»

«Das mag sein. Dennoch muss ich Sie bitten, sich meiner Meinung anzuschließen und Ihrer Aufmerksamkeit eine andere Richtung zu geben. Für weitere Recherchen haben Sie kein Mandat und hatten auch nie eines.»

«Ich habe nicht vorgegeben, in offizieller Mission unterwegs zu sein.»

«Sie sind niemals ganz Privatperson, Doktor Simon. Im Übrigen wundert es mich sehr, dass die leitende Oberärztin des Rechtsmedizinischen Instituts über genügend Zeit verfügt, sich um abgeschlossene und abgeurteilte Fälle zu kümmern. Sollten die Stimmen Recht haben, die eine Schließung oder Verkleinerung des Instituts fordern?»

Deutlicher hätte die Drohung nicht formuliert werden können. Leonie hoffte, dass die Staatsanwältin ihr das Erschrecken darüber nicht anmerkte.

«Ich nehme Ihre Verärgerung zur Kenntnis.» Leonie erhob sich. Sie merkte, dass sie wütend wurde, und hielt es für klüger, sich zurückzuziehen. In guter Haltung verließ sie das Büro. Erst als sie auf der Straße stand, begann sie, vor Zorn zu schwitzen. Wie ein Schulmädchen war sie abgekanzelt worden. Im Laufschritt stürmte sie zum Parkhaus, in Gedanken das Gespräch wiederholend. Nur am Rande registrierte sie, dass ihr drei Jungen im Alter von etwa dreizehn oder vierzehn entgegenkamen, die den Bürgersteig in voller Breite einnahmen und sich einen Jux daraus machten, ältere Leute zum Ausweichen zu zwingen oder anzurempeln. Auch bei ihr gingen sie auf Kollisionskurs. Der Frechste der drei blieb vor ihr stehen. Leonie starrte ihn an.

«Was soll das?»

Für einen Moment schüchterte ihre Wut, die sich jetzt auf ihn konzentrierte, den Jungen ein. Aber vor seinen Freunden durfte er sich keine Blöße geben. «Mach Platz, Alte!»

Leonie sah auf den Jungen hinab, der trotz seiner Jugend schon fast so groß war wie sie. Plötzlich spürte sie, wie ihr Zorn verpuffte. Sie fing an zu lachen, so unerwartet und laut, dass die Burschen zusammenzuckten. Dann packte sie den vor ihr stehenden Anführer der Gruppe am Aufschlag seiner Jeansjacke und schüttelte ihn wie einen jungen Hund.

«Seid ihr eigentlich noch zu retten, ihr blöden Bengel? Ihr beleidigt Leute, die eure Eltern oder Großeltern sein könnten.»

Sie schob ihn zur Seite und ging an ihm vorbei. Dann spürte sie einen Faustschlag zwischen ihren Schulterblättern und ein deutlich ausgesprochenes «du blöde Nutte».

Leonie wirbelte herum und griff ihn sich ein zweites Mal.

«Jetzt reicht's. Wie heißt du?»

Die drei grinsten.

«Rate mal», sagte ihr Hauptkontrahent und versuchte, sich aus ihrem Griff zu befreien. Sie packte ihn umso fester. Er trat mit aller Kraft zu und traf ihr Schienbein. Ihr wurde übel von dem scharfen Schmerz, der durch ihr Bein zuckte. Ihre Reaktion war unüberlegt und heftig, sie schlug ihm mit der flachen Hand ins Gesicht. Der Schlag war hart genug, seine linke Wange zum Glühen zu bringen. Erschrocken trat der Junge zurück, dann lächelte er und zog sein Handy aus der Tasche.

«Jetzt bist du dran, Schlampe. Weißt du nicht, dass Kinder zu schlagen verboten ist?»

«Ay, genau, ruf die Bullen», unterstützte ihn seine Clique.

Leonies Bein schmerzte stark, aber was ihr mehr zu schaffen machte, war ihr Ausraster. Sie hatte sich von einem Kind provozieren und zu einem körperlichen Angriff verleiten lassen. Andererseits hatten diese drei Burschen, die mit höhnischem Grinsen vor ihr standen, eine Lektion dringend nötig. Sie angelte eine Visitenkarte aus ihrer Tasche und hielt sie dem Jungen hin, der sich gerade anschickte, die Nummer der Polizei in sein Handy zu tippen.

«Hervorragende Idee. Ich bin Doktor Simon von der Rechtsmedizin und freue mich auf die Gelegenheit, mit der Polizei und euren Eltern über euer Verhalten zu sprechen.»

Der Junge hörte auf, sein Handy zu bearbeiten, und sah sie an. Offenbar versuchte er abzuschätzen, ob sie bluffte oder ernst meinte, was sie sagte. In diesem entscheidenden Augenblick warf ein Kellner des italienischen Restaurants, vor dem sich die Szene abgespielt hatte, seine halb gerauchte Zigarette weg und trat hinzu. Er sprach Leonie an.

«Signora, ich hab alles mit angesehen. Und mit angehört. Lassen Sie die Polizei ruhig kommen.» Und an die Jungen gewandt: «Wenn ihr meine Söhne wärt, könntet ihr was erleben. *Stupidi impertinenti!*»

Leonies Widersacher steckte sein Handy weg und gab seinen Freunden das Zeichen zum Rückzug. Nicht ohne Leonie und ihrem Beistand den Mittelfinger zu zeigen. Dann rannten die drei, so schnell sie konnten, davon.

Der Kellner schüttelte den Kopf. «*Incredibile.* Was die Kinder sich heute erlauben! Alles in Ordnung, Signora?»

Leonie nickte. «Ja, ja, es ist ja nichts passiert. Vielen Dank für Ihre Unterstützung. Das war sehr freundlich von Ihnen.»

«*Non c'è di che!* Das kann man doch nicht dulden. Erwachsene müssen Angst vor Kindern haben. *E pazzo, no?*»

Ja, dachte Leonie auf dem Rückweg ins Institut, das war schon verrückt. Irgendwas lief schief in Deutschland. Ein viel zu großer Teil der Kinder und Jugendlichen war vollkommen aus dem Ruder gelaufen. Und alle schoben sich gegenseitig die Schuld zu. Die Eltern den Lehrern, die Lehrer den Politikern und die Politiker den Lehrern und den Eltern zu gleichen Teilen. Und dank der Unfähigkeit der Erwachsenen, ihnen Regeln, Halt und Perspektiven zu geben, drifteten immer mehr Jugendliche ab in den Kreislauf von Sucht, Gewalt und im schlimmsten Fall Kriminalität.

Zurück an ihrem Schreibtisch, überlegte Leonie, was sie tun sollte. Gerhardt-Böttchers Versuch, sie einzuschüchtern, sprach dafür, dass es etwas gab, was Leonie nicht finden sollte. Und die einzig vernünftige Erklärung, die ihr einfiel, war, dass Marlene Böttcher und/oder ihr Bruder in welcher Weise auch immer involviert waren. Oder dass ihre Eltern das vermuteten. Leonie suchte den Zettel mit den Namen der Freunde, die in der Nacht zusammen gefeiert hatten. Einer von ihnen wusste vielleicht etwas, das ihr weiterhelfen würde. Denn dass sie nicht aufgeben würde, stand für sie schon fest, als sie GeBes Büro verlassen hatte. Rüdiger Stoll war kein angenehmer Zeitgenosse, aber sie konnte nicht wider besseres Wissen jemanden im Gefängnis verrotten lassen, der die Tat nicht begangen hatte, für die er verurteilt worden war. Und solange er hartnäckig seine Unschuld beteuerte, hatte er nicht einmal die Chance, nach fünfzehn Jahren auf Bewährung entlassen zu werden. Eine Bedingung, an die die Aussetzung des Strafrestes von Lebenslänglichen geknüpft ist, besagt, es müsse verantwortbar sein, dass der Verurteilte außerhalb des Strafvollzugs keine Straftaten mehr begehen werde. Dies wird in der Regel verneint, wenn ein Straftäter keine Einsicht in seine Tat zeigt oder sie nach wie vor leugnet. So erzeugte diese Regel das Paradoxon, dass ein Mörder durch tränenreiche Abbitte, wie ernst gemeint sie auch sein mag, nach fünfzehn Jahren die Freiheit erlangen kann, während ein unschuldig Verurteilter, der die ihm zur Last gelegte Tat auch nach anderthalb Jahrzehnten noch bestreitet, wenig Aussichten auf Entlassung hat.

Leonie wählte Nicola Goernes Handynummer. Zu ihrem Erstaunen meldete sich nicht die Mailbox, sondern Nicola selbst. Im Hintergrund waren Stimmen und Topfklappern zu hören.

«Störe ich bei der Arbeit?», fragte Leonie.

«Ist noch nicht viel los. Ein paar Minuten können wir reden. Was gibt's denn?»

Nicola Goernes Stimme schmeichelte sich in Leonies Ohr. Ohne ihren Besuch bei Stoll im Gefängnis und den Auftritt mit Marlenes Mutter zu erwähnen, erklärte Leonie kurz, worum es ihr ging. Nicola hörte aufmerksam zu.

«Ich fürchte, ich werde Ihnen auch diesmal keine große Hilfe sein. Ich hab die Leute aus meiner Abiturklasse total aus den Augen verloren, die meisten jedenfalls.»

«Was immer Ihnen noch einfällt, würde mir weiterhelfen. Es geht mir ja nur um die aus der Nacht, in der Sven Johannsen starb.»

Nicola Goerne schwieg einen Moment. «Also gut. Pascal Bertram hat von seinen Eltern zum Abi eine Weltreise geschenkt bekommen. Die hat er sofort angetreten, als die Polizei ihn fahren ließ. In Brasilien ist er dann hängen geblieben. Ob er noch da ist, weiß ich nicht. Julia Winkelmann ist ihrer Mutter nach Sydney hinterhergezogen. Die hatte schon ein Jahr vorher einen Australier geheiratet. Julia sollte aber noch in Deutschland Abitur machen. Florian Schmücker ist vor ein paar Monaten gestorben. Woran, weiß ich nicht. Hab zufällig seine Todesanzeige in der Zeitung gesehen. Wer fehlt noch?»

«Johannes Wagner», half Leonie nach.

«Jojo, genau. Der hatte unheimlich ehrgeizige Eltern. Die haben ihn nach London geschickt, auf die *London School of Economics*. Der sollte unbedingt Karriere machen und reich werden. Ob er's geschafft hat, kann ich nicht sagen. Und wo er jetzt steckt, auch nicht.»

Leonie schrieb «Eltern fragen» neben seinen und Pascals Namen.

«Die große weite Welt. Marlene und ihr Bruder sind nach dem Abitur auch für ein paar Monate ins Ausland gegangen, wie Sie mir neulich sagten. Klingt, als hätten Sie alle finanziell gut gepolsterte Eltern gehabt.»

«Nicht alle, aber die in Marlenes Clique schon.»

«Zu der Sie auch gehörten?»

Nicola antwortete nicht gleich. «Irgendwie schon. Tut mir Leid, aber ich muss zurück in die Küche.»

«Noch eine Frage bitte. Was haben Sie damals gemacht, nachdem Sven Johannsen sich verabschiedet hatte?»

«Steht alles in den Polizeiakten.»

«Die habe ich nicht zur Verfügung. Aber es wäre wichtig für mich.»

«Ich hab mir zusammen mit Marlene ein Taxi gesucht. Sie hat mich unterwegs abgesetzt.»

«Und die anderen wollten noch in eine Disco?»

«Ja. Soweit ich weiß.»

Leonie fragte sich, ob die Polizei diese Angabe überprüft hatte.

«Vielen Dank für Ihre Geduld.»

«Warum tun Sie das? Der Fall ist doch abgeschlossen.»

Leonie überlegte, wie sie es formulieren sollte. Ganz genau

kannte sie ihre Beweggründe selbst nicht. «Es gibt Tote, die einen nicht loslassen. Nicht bevor man ihr Schicksal vollständig geklärt hat. Polizisten geht es manchmal genau so.»

«Ich verstehe.»

«Geht es Ihnen mit Marlene nicht ähnlich? Sie war Ihre beste Freundin.»

Nach einer langen Pause, Leonie dachte schon, Nicola hätte abgeschaltet, kam die Antwort.

«Sie war viel mehr als das. Ich habe sie geliebt.»

13.

SEINE BEWUSSTLOSIGKEIT konnte nicht lange gedauert haben. Als er zu sich kam, befand er sich immer noch an derselben Stelle, und es war immer noch nicht vollständig Nacht. Seine Lage war recht unbequem. Er lag auf dem Bauch, die Arme hinter dem Rücken gebunden, mit seinem eigenen Gürtel, wie er feststellte. Als er versuchte, sich zu bewegen, spürte er schmerzhaft den Druck eines Fußes im Rücken. Er stöhnte und rang nach Luft.

«Ganz ruhig», ertönte eine angenehme, etwas raue Stimme. Die Stimme einer Frau. «Was willst du von mir?»

«Nichts», flüsterte er. «Ich krieg keine Luft.»

«Du kriegst genug Luft.» Der Druck des Fußes verstärkte sich. «Aber wenn du mich weiter anlügst, könnte sie noch knapp werden. Also? Warum verfolgst du mich seit Tagen? Hältst du mich für so blöd, das nicht zu merken?»

«Mach ich manchmal. Wenn ich Interesse hab», presste er mühsam hervor.

«Interesse an was?»

«Hab dich gesehen. Im Rohbau.»

Der Druck ließ nach. Er atmete tief durch.

«Und was interessiert dich daran? Bist du ein Perverser?»

Er hustete kurz und trocken. «Du hast den Tod herausgefordert. Ungewöhnlich für eine Frau.»

Sie erlaubte ihm, sich umzudrehen, und half ihm, sich aufzusetzen. «Und was sollte das werden? Wolltest du mich nur vergewaltigen oder töten?»

«Wenn du das glaubst, warum rufst du nicht die Polizei?»

«Du hast meine Frage noch nicht beantwortet. Was willst du von mir?»

Er wusste nicht, was er darauf sagen sollte. «Gar nichts. Leute beobachten ist so eine Art Hobby von mir.»

«Also doch ein Perverser. Hast du drauf gewartet, dass du mich nackt siehst?»

«So was interessiert mich nicht», gab er verächtlich zurück. Am Aufblitzen ihrer weißen Zähne konnte er sehen, dass sie lächelte.

«Dann bist du aber ein ganz seltener Vogel. Wie heißt du eigentlich? Wie ich heiße, weißt du ja wahrscheinlich.»

«Axel Evert. Das ist mein Name.»

«Der echte?»

«Ich sage entweder die Wahrheit oder gar nichts.»

Nicola Goerne schwieg eine Weile. «Und was soll ich jetzt mit dir machen? Oder besser gefragt: Was machst du mit mir, wenn ich dich jetzt aufschnüre?»

Er grinste. «Du gehst doch gern Risiken ein.»

Sie überlegte, entfernte sich ein paar Schritte. Dann kam sie zurück, packte ihn und zog ihn auf die Füße. Sie trat hinter ihn und löste den Gürtel, mit dem sie seine Arme so fest zusammengebunden hatte, dass er seine Hände kaum noch spürte. Selbst wenn er vorhätte, sie zu töten, wäre er im Moment nicht dazu in der Lage. Aber das konnte sie ja nicht wissen. Er rieb seine Hände aneinander und drehte sich zu ihr um. Sie waren etwa gleich groß, er blickte direkt in die zwei hellen Punkte, die ihre Augen waren.

«Ich könnte jetzt etwas zu trinken vertragen. Du auch?»

Kurze Zeit später saßen sie im nahe gelegenen Café Knips vor einem Bier und betrachteten einander eine Weile schweigend. Dann deutete er auf ihre Oberarme, deren Muskeln sich unter dem langärmeligen T-Shirt abzeichneten.

«Für eine Frau bist du ganz schon kräftig. Du schluckst doch nicht etwa was?»

«Anabolika? Ganz bestimmt nicht. Ich mache Bodybuilding, gehe reiten und so. Aber das weißt du ja sicher alles.»

Schweigen.

«Du bist bei der Polizei, stimmt's? Verdeckter Ermittler oder so.»

Er verzog verächtlich die Lippen. «Das wär das Letzte, was ich täte. Leute ausspionieren!»

«Du hast mich ausspioniert. Oder wie würdest du das nennen?»

«Aber nicht, um dich ans Messer zu liefern.»

«Warum dann?» Sie blieb hartnäckig. Das mochte er eigentlich nicht so sehr.

«Hab ich doch schon gesagt. Ich hab dich auf der Baustelle über den T-Träger laufen sehen. Du hättest abstürzen können. Genau der Kick, den du brauchst.»

Sie sah ihm in die Augen. Er hielt ihrem Blick nicht lange stand.

«Was weißt du schon davon, was ich brauche?»

«Vielleicht weiß ich's, vielleicht nicht.» Er starrte in sein Bier. «Du triffst dich nie mit Leuten. Menschen brauchst du offenbar nicht.»

«Jedenfalls keine, die mir hinterherschleichen und sich in meinen Kopf drängen wollen.» Sie legte einen Geldschein auf den Tisch. «Ich lade dich ein. Und such dir ein anderes Opfer, okay?»

Er sah ihr nach und dachte, wie schade es war, dass er sie erst so spät kennen gelernt hatte.

14.

«ICH HAB DIR GESAGT, es ist noch zu früh.» Besorgt beobachtete Leonie ihre Tante, die sich an einem Gehwagen von der Toilette zurück ins Bett schleppte.

«Deine Reha kannst du erst in zwei Wochen antreten. So lange hättest du im Krankenhaus die bessere Pflege gehabt.»

Charlotte Reichert stöhnte vor Schmerzen, als ihre Nichte ihr ins Bett half. «Ich hasse Krankenhäuser. Die können sowieso nichts mehr für mich tun. Rumliegen kann ich auch zu Hause.»

Leonie gab es auf. Ändern konnte sie ohnehin nichts mehr, nur hoffen, dass keiner der Leute sie im Stich ließ, die versprochen hatten, sich an Tante Charlottes Pflege zu beteiligen. Nachdem sie es ihrer Tante im Bett so gemütlich wie möglich gemacht, ihr Kaffee und Kekse auf den Nachttisch gestellt und einen Stapel Zeitschriften dazugepackt hatte, ging sie ins Wohnzimmer und setzte sich ans Telefon. Tante Charlotte hatte immer noch ein Uraltmodell mit Wählscheibe. Nach einiger Herumtelefoniererei hatte sie herausbekommen, wo Pascal Bertram und Johannes Wagner abgeblieben waren. Bertram gab vor, in Paris zu studieren. Seine ehemalige Klassenlehrerin äußerte allerdings den Verdacht, dass er sich dort wohl eher im Savoir-vivre übte. Johannes Wagner hatte sein Studium diszipliniert und mit Glanz absolviert und arbeitete seit ein paar Monaten in einer renommierten Beraterfirma in Berlin. Von Julia Winkelmann hatte sie leider nichts weiter in Erfahrung bringen können. Leonie hoffte, Kaminski zu einer Recherche in Australien überreden zu können. Mit der Studienrätin, die auch

Marlene und Tobias Böttcher gut gekannt hatte, verabredete sie ein persönliches Treffen. Leonie erhoffte sich von ihr Auskünfte über die damalige Freundesclique, die sie von den Betreffenden selbst nicht erhalten würde.

Leonie wählte die Nummer der Beraterfirma, neudeutsch Consulting Agency, die sie aus dem Berliner Telefonbuch herausgesucht hatte. Es war zwar schon später Freitagnachmittag, aber Leonie hatte die Vorstellung, dass in Firmen dieser Art keiner, der Karriere machen wollte, vor zehn Uhr abends nach Hause gehen durfte. Tatsächlich meldete sich eine Sekretärin und gab ihr nach kurzer Ausforschung, bei der ihr Leonie eine harmlose Geschichte auftischte, die Handynummer von Johannes Wagner. Er nahm einen auswärtigen Termin wahr, antwortete aber schon nach dem zweiten Klingeln. Leonie sagte ihm, wer sie war und worum es ging. Ganz offensichtlich hätte er ihr gern ein Treffen verweigert, aber sie blieb hartnäckig und erreichte schließlich die Zusage zu einem Kaffee am Nachmittag des nächsten Tages – «aber nur für maximal eine halbe Stunde» – in der Lobby des Four Seasons, wo er ohnehin einen Klienten treffen wollte.

Kaum hatte sie das Gespräch beendet, meldete sich ihr Handy. Der unerwartete Anrufer war Professor König, der Direktor des Berliner Instituts für Rechtsmedizin.

«Mir wurde Ihr Interesse an dem erschossenen Anwalt berichtet», begann König. «Sie haben da einen ähnlichen Fall in Hamburg?»

«Das ist richtig.»

«Dann sollten Sie sich eine Leiche anschauen, die wir gerade hereinbekommen haben. In einer Stunde in der Invalidenstraße?»

Leonie stimmte zu und informierte ihre Tante, dass sie sie für den Rest des Nachmittags allein lassen müsse.

«Falls irgendwas passiert, ruf die Frau Haller von gegenüber an. Ich hab ihr einen Schlüssel gegeben.»

«Was soll passieren? Nun geh schon, amüsier dich.» Ihre Tante winkte sie hinaus.

Amüsant wird's kaum werden, dachte Leonie. Sie fuhr am Tiergarten vorbei in Richtung Moabit, wo sich in der Invalidenstraße das zentrale Leichenschauhaus befindet.

Professor Ludwig König stand schon im großen Seziersaal, angetan mit Kittel und Mundschutz. Als er Leonie eintreten sah, winkte er ihr zu. Leonie freute sich, ihren ehemaligen Chef zu sehen. Er war etwa im selben Alter wie ihr jetziger Chef, Professor Cordes, also kurz vor Erreichen der Pensionsgrenze. Anders als Cordes sah er der Emeritierung allerdings mit einigem Schrecken entgegen, die Rechtsmedizin war sein Lebensinhalt und sein einziges Interesse.

«Ah, Frau Simon, da sind Sie ja schon.»

Leonie nickte den Kollegen und Präparatoren an den anderen Tischen zu. Die meisten waren alte Bekannte aus ihrer Berliner Zeit, anderen begegnete sie regelmäßig bei Kongressen und Tagungen. Die Rechtsmedizin ist ein kleines Fach, in dem mehr oder weniger jeder jeden kennt in Deutschland. Sie trat neben Professor König und betrachtete die Leiche, die vor ihnen auf dem Stahltisch lag. Es war kein schöner Anblick. Eine teilskelettierte Faulleiche mit großflächigen Madenfraßdefekten. Die Gesichtsweichteile waren fast vollständig verschwunden, die Knochen lagen blank. Das Einschussloch auf der Stirn war nicht zu übersehen. Der Professor winkte dem Präparator, die Leiche umzudrehen. Leonie half ihm dabei und betrachtete die Austrittswunde, die das Projektil verursacht hatte. Die Austrittswunde war nicht viel größer als die Eintrittswunde, die Zerstörung relativ gering, obwohl es sich keineswegs um eine kleinkalibrige Waffe handeln konnte.

«Wer ist das?»

«Ein Rentner, dessen Tod wochenlang nicht bemerkt wurde. Das lag unter anderem wohl daran, dass er hinter der geöffneten Balkontür lag. Der Verwesungsgeruch wurde zum Teil rausgelüftet. Schauen Sie. Die Kugel traf horizontal auf die Stirn und trat genau gegenüber am Hinterkopf wieder aus.»

«Dann muss der Schütze also auf gleicher Höhe gestanden haben», überlegte Leonie laut.

«Nun kommt's aber. Der alte Mann wohnte im dritten Stock mit Balkon zu einem großen Platz hin. Die Polizei hat eine Wohnung gefunden, die auf der gegenüberliegenden Seite des Platzes, etwa zweihundert Meter Luftlinie entfernt, auch im dritten Stock liegt und zurzeit unbewohnt ist. Das ist der Grund, warum ich Sie angerufen habe.»

«Ja, ich verstehe», sagte Leonie und ließ die Leiche wieder auf den Rücken sinken. «Zwei Dinge irritieren mich allerdings. Der Mann, sagten Sie, war Rentner. Wozu sollte man ihn erschießen? Und die anderen Leichen hatten alle schwerste Kopfverletzungen.»

«Über das Motiv soll die Polizei spekulieren. In jedem Fall hat der Täter hier Hartkernmunition verwendet, die richtet weniger Schäden an als die mit Bleikern.»

«Gibt es Anhaltspunkte, wann es passiert ist?»

«Auf seinem Wohnzimmertisch lag eine aufgeblätterte Programmzeitschrift, und in seiner Küche hing ein Abreißkalender. Danach wurde er vermutlich einen Tag vor dem jungen Anwalt erschossen.»

Leonie nickte. «Das ist wirklich ein eigenartiger Zufall.»

«Wollen Sie eine Kopie des Obduktionsprotokolls?»

«Ja, gern.» Leonie sah ihn an. «Ich hoffe, wir haben es hier nicht mit zwei Tätern zu tun. Einer von der Sorte reicht schon.»

König nahm den Mundschutz ab und begleitete sie zum Ausgang. «Gefällt's Ihnen noch in Hamburg?»

«Nicht immer, aber meistens.»

«Ja, auf Rosen sind wir alle nicht gebettet. Aber Sie sind ja Gott sei Dank ein zähes Luder. Wird Zeit, dass Sie Ihr eigenes Institut bekommen.»

Leonie wusste, dass er mit der Formulierung auf ihr Alter anspielte. Sie hatte die vierzig überschritten, und das schon vor zwei Jahren. Wenn sie den letzten Karrieresprung wagen wollte, dann musste es bald sein. Aber noch immer war sie unsicher, ob sie sich dafür entscheiden sollte.

Ihre Tante schlief geräuschvoll, als sie nach ihr sah, eine Illustrierte aufgeschlagen auf der Bettdecke. Sie war über einem Artikel über die Eheprobleme des norwegischen Kronprinzenpaares eingeschlafen, ein Thema, das auch Leonie in Tiefschlaf versetzt hätte. Leonie zog die Tür leise ins Schloss und ging in die Küche, um sich einen Kaffee zu kochen. Mit Tasse und Handy setzte sie sich an den Küchentisch und wählte Kaminskis Nummer. Sein Kollege Stein hob ab, Kaminski war außer Haus. Der Rückruf kam fast eine Stunde später. Seine Stimme klang belegt.

«Was ist los? Sind Sie erkältet?»

«Wollen Sie mit mir über meine Gesundheit reden?», blaffte Kaminski, aber seine Aggressivität klang matt und gespielt.

Leonie ging nicht darauf ein und berichtete über die Leiche des Berliner Rentners, der durch die offene Balkontür in seiner Wohnung erschossen worden war. Es stellte sich heraus, dass Kaminski von den Berliner Kollegen bereits informiert worden war.

«Es gibt noch mehr.»

«Wie bitte?» Leonie glaubte, nicht richtig verstanden zu haben.

«Bis jetzt sind's fünf, von denen ich weiß.»

«Reden Sie von fünf weiteren Opfern?»

«Von was soll ich sonst reden?» Kaminski hatte offenbar einen schlechten Tag. «Drei aus Süddeutschland, zwei aus dem Ruhrgebiet.»

Es war nicht leicht, Kaminski die Details zu entlocken. Das erste Opfer schien eine junge Mutter gewesen zu sein, die vor ungefähr einem Jahr in einer baden-württembergischen Kleinstadt vor einem Supermarkt erschossen worden war. Einige Wochen später gab es zwei Opfer in der Nähe von Nürnberg, eine Friseurin und einen Briefträger. Wieder einige Woche später starben eine ältere Putzfrau in Herne und ein türkischer Gemüsehändler in Iserlohn durch einen Schuss aus großer Entfernung. Alle Opfer wurden in den Kopf getroffen. Der Schütze blieb jedes Mal unbekannt, die Tat war den Ermittlern jeweils ein Rätsel.

«Natürlich können das auch die Taten von ganz unterschiedlichen Tätern sein.»

«Für mich sieht's aus, als wäre ein Kunstschütze auf Deutschlandtournee», sagte Leonie kühl. «Ich denke, es ist höchste Zeit, dass wir in der OFA-Gruppe darüber nachdenken. Tatorte und Opfer haben wir ja nun genug.»

«Aber so gut wie keine Spuren. Der Kerl ist das reinste Phantom.»

«Besorgen Sie von den Kollegen so viele Informationen zu den Fällen wie möglich. Vielleicht können wir dem Phantom wenigstens ein paar Umrisse geben.»

«Vergessen Sie's. Außerdem ist das BKA schon an der Sache dran. Hauptsache, die Presse lässt uns noch eine Weile in Ruhe. Sobald die Wind von der Sache bekommen, ist der Teufel los.»

Kaminski hätte es nicht beschreien sollen, dachte Leonie, als sie am nächsten Morgen an einem Zeitungskiosk vorbeikam.

«Weiteres Opfer des Todesschützen gefunden. Drei Erschossene in Hamburg und zwei in Berlin – kann das noch Zufall sein?»

«Eiskalter Killer in Deutschland unterwegs. Was verschweigt die Polizei?», fragte eine andere Zeitung.

«Wer ist der Nächste?», titelte *Bild*.

Die Zeiten ungestörter Ermittlungstätigkeit waren vorbei, nun würde die Presse der Polizei auf Schritt und Tritt folgen und die Angst in der Bevölkerung anheizen. Und da vermutlich auch der Täter Zeitung las, musste man sich gut überlegen, was man preisgeben konnte und was nicht. Oder was man preisgeben sollte, um den Täter zu einer Reaktion zu bewegen.

Auf dem Weg zu ihrer Verabredung mit Johannes Wagner im Four Seasons fuhr sie einen kleinen Umweg zum Rüdesheimer Platz, an dem die Wohnung des getöteten Rentners lag. Sie wollte sich wenigstens einen ungefähren Eindruck von den Tatverhältnissen verschaffen. Die Wohnung des Opfers und diejenige, aus der geschossen worden war, lagen an den Schmalseiten des Platzes. Dazwischen erstreckten sich Blumenrabatten, ein Spielplatz und Bänke, die bei schönem Wetter bis auf den letzten Platz besetzt waren. An diesem Tag war das Wetter nicht schön, es schien, als wollte sich der Sommer bereits wieder verabschieden. Ein feiner Nieselregen hatte eingesetzt, und der Platz lag verlassen da. Fast verlassen. Ein dunkelhaariger Mann schritt langsam die Längsseite ab, den Blick auf die Häuserreihe vor ihm gerichtet. Leonie folgte ihm. Sie beschleunigte ihren Schritt und sprach ihn an, als sie aufgeholt hatte und an seiner Seite ging.

«Ich brauche wohl nicht zu fragen, was du hier tust.»

Michael sah sie an. Er lächelte nicht. «Du hast die Leiche gesehen?»

«Ja», sagte Leonie. «Ein einziger Schuss in die Stirn.» Sie

berichtete, was sie wusste. Auch von den fünf Toten aus dem übrigen Deutschland.

«Was mich irritiert, ist, dass er ihnen mal den halben Schädel wegschießt, mal nicht. Vielleicht sind es doch unterschiedliche Täter.»

Michael schüttelte den Kopf. «Er benutzt mal Weichkern-, mal Hartkernmunition. Vielleicht wechselt er auch das Gewehr. Aber es ist derselbe Mann. Er ist auf der Jagd. Sieh dir die Entfernung an.»

Er breitete die Arme aus, als wollte er den Platz umfangen. «Wir haben es mit einem sehr guten Schützen zu tun.» Dann sah er Leonie an. «Was ist mit dem Projektil? Es muss in der Zimmerwand gesteckt haben.»

«Danach habe ich nicht gefragt.»

«Es ist wichtig. Find es raus. Und besorg mir alle Details über die früheren Fälle. Die Opfer, die Tatsituationen, Spuren und so weiter.»

«Jetzt mach aber mal einen Punkt», empörte sich Leonie. «Ich bin nicht deine Sekretärin. Was tust du eigentlich die ganze Zeit?»

Michael lächelte zum ersten Mal. «Ich suche Kontakte zu Leuten, an die die Polizei nur sehr schlecht herankommt.»

«Und wer soll das sein?»

«Söldner, Legionäre, ehemalige Soldaten, Waffenhändler, Freizeitkrieger. Der Mann, den wir suchen, ist nicht vom Himmel gefallen. Von irgendwem hat er die Waffe, und irgendwo hat er so gut schießen gelernt.»

Leonie schwieg eine Weile. «Glaubst du, er wird weitermachen?»

«So lange, bis ihn etwas stoppt. Sein eigener Wille oder eine Kugel.»

Leonie blieb stehen. «Wie kann ich dich erreichen?»

«Wie du siehst, finde ich dich, wenn ich will.»

«Du hast kein Vertrauen zu mir.» Leonie spürte eine Verärgerung, die sie gleichzeitig für absurd hielt.

«Je weniger du über mich weißt, desto geringer ist die Gefahr, dass du lügen musst.»

Leonie sah auf die Uhr. «Ich habe eine Verabredung. Können wir uns heute Abend irgendwo treffen? Ich möchte mit dir reden, privat.»

Michael ließ seinen Blick abschweifen. «Das ist keine gute Idee. Außerdem fliege ich heute noch nach München.»

«Irgendwann müssen wir reden, Michael. Das bist du mir schuldig.»

«Nein», sagte er hart. «Ich bin dir gar nichts schuldig.»

Er wandte sich ihr wieder zu und sah ihr in die Augen. Seine Stimmung wechselte im Bruchteil einer Sekunde. «Mach's gut, Schwesterchen. Und pass auf dich auf.»

Leonie sah ihm nach, wie er in der U-Bahn-Station verschwand. Aus dem Nieselregen wurde ein heftiger Schauer.

Auf dem Weg vom Auto zum Four Seasons geriet Leonie in einen regelrechten Platzregen, der in Strömen an ihrer Lederjacke herablief, ihre Jeans durchnässte und ihre Haare an den Kopf klebte. Sie schüttelte sich kurz wie ein Hund und betrat die elegante Lobby des Hotels. Wo sie stehen blieb, bildete sich sofort eine Pfütze. Suchenden Blicks sah sie sich nach Johannes Wagner um. Er hatte ihr eine ungefähre Beschreibung seiner Person gegeben, aber Geschäftsleute sahen in ihren Augen meist wie in derselben Fabrik hergestellt aus. Ein Räuspern in ihrem Rücken veranlasste sie, sich umzuwenden. Ein Angestellter des Hotels in uniformgrauem Anzug stand vor ihr.

«Entschuldigung, aber ich muss Sie bitten, das Hotel wieder

zu verlassen. Im Interesse unserer Gäste können wir Besichtigungen nicht zulassen.»

Der Kerl hielt sie für eine Touristin, die vor dem Regen geflüchtet war. Aber selbst wenn es so wäre, war dieser Rausschmiss eine bodenlose Unverschämtheit. Leonie sah ihn hochmütig an.

«Finden Sie es nicht ein wenig riskant, eine Ihnen unbekannte Person in diesem Ton anzureden, Herr …?» Sie warf einen Blick auf das Namensschild an seinem Revers, sprach den Namen aber nicht aus.

Die Miene des Mannes verriet jetzt eine Spur Unsicherheit.

«Ich bedauere, wenn ich Ihnen unhöflich erschien, aber …»

«Ich habe den Herrn entdeckt, mit dem ich verabredet bin.» Leonie nickte in Richtung eines jungen Mannes, den sie für Wagner hielt. «Wir beide haben uns ohnehin nichts mehr zu sagen.»

Ohne sich noch einmal umzuschauen, durchquerte sie die Halle. Der Mann, den sie fixiert hatte, erhob sich bei ihrem Näherkommen.

«Frau Doktor Simon?»

«So ist es.» Leonie ließ sich ihm gegenüber in einen bequemen Sessel sinken. «Die sollten am Eingang ein Schild anbringen: ‹Touristen und Normalverdiener müssen draußen bleiben.› So was ist mir nicht einmal im Oriental in Bangkok passiert.»

Johannes Wagner lächelte bemüht. Vielleicht hatte er ihren Auftritt als peinlich erlebt. Leonie musterte ihn ungeniert. Er trug einen sicher sehr teuren dunkelblauen Anzug, wahrscheinlich feinstes Kaschmir, dazu ein hellblaues Hemd und eine rosa-dunkelblau gestreifte Seidenkrawatte. Sein helles Haar war trotz seines jugendlichen Alters schon arg gelichtet, und er hatte es bis auf wenige Millimeter herunterraspeln lassen, mehr Flucht nach vorn als modische Attitüde. Figürlich entsprach er nicht unbedingt dem Vorurteil, das Leonie von aufstiegsorientierten Jungmanagern hegte. Wagner hatte sehr wahrscheinlich noch nie ein Fitness-Studio von innen gesehen, und gemischter Salat war kaum eine der Säulen seiner Ernährung.

«Ich bin Ihnen dankbar, dass Sie mich so kurzfristig in Ihrem Terminkalender unterbringen konnten.» Leonie probierte es mit einem Lächeln, von dem sie hoffte, dass es charmant wirkte. Zugang zu dem jungen Mann zu finden würde nicht leicht werden, das hatte sie vom ersten Blick an gespürt. Wagner hatte sich nicht nur eine Schicht aus Fett zugelegt, um sich zu schützen.

«Ich weiß allerdings nicht, was Sie von mir erwarten.» Wagner schlug ein Bein über das andere und grenzte sich damit unbewusst gegen Leonie ab. «Ich lebe seit Jahren nicht mehr in Hamburg.»

«Aber Sie waren damals eng mit Marlene und Tobias Böttcher befreundet?»

«Das ist richtig. Und das mit Marlene tut mir natürlich sehr Leid. Aber wir hatten schon lange keinen Kontakt mehr.» Er machte eine kurze Pause. «Ich meine, auch schon bevor sie verschwand.»

«Was war denn passiert? Eine enge Freundschaft endet doch nicht so einfach.»

«Nach dem Abitur sind wir unterschiedliche Wege gegangen. Wie es eben so geht.»

«Mit Sven Johannsens Tod hatte das also gar nichts zu tun?»

Johannes Wagner lächelte dünn. «Doch, natürlich. Marlene war total fertig und zog sich von allen zurück. Und Tobias tat immer das, was Marlene auch tat. Jetzt habe ich mal eine Frage: Hat die Hamburger Polizei Personalmangel, oder wieso schicken die eine Ärztin?»

Leonie zupfte an ihren feuchten Haaren. «Ich habe mich selbst geschickt. Mir ist in Johannsens Obduktionsprotokoll etwas aufgefallen, was ich überprüfen muss.» Sie hoffte, er würde sie nicht fragen, wieso sie einen abgeschlossenen Fall wieder ausgrub. «Wie es jetzt aussieht, hat Rüdiger Stoll, der Mann, der verurteilt wurde, den Mord nicht begangen. Außerdem müssen es mindestens zwei Täter gewesen sein.»

Wagners Selbstsicherheit zerbröselte vor ihren Augen. «Wieso zwei? Das verstehe ich nicht.»

«Warum sind Sven und Marlene damals nicht mit Ihnen und den anderen weitergezogen? Morgens um drei geht's in den Discos doch erst richtig los.»

Wagner fuhr sich mit der flachen Hand über den rasierten Schädel. «Na ja, die waren eben müde.» Nach einer längeren Pause: «Außerdem hatte es Unstimmigkeiten gegeben.»

«Was für Unstimmigkeiten?» Jetzt durfte sie ihn nicht mehr vom Haken lassen.

«Irgendein Unsinn, hab's vergessen. Sven hatte einfach keine Lust mehr. Eigentlich gehörte er auch nicht richtig dazu, er war viel älter, passte gar nicht zu uns. Nur wegen Marlene hatten wir ihn mitgenommen. Genauso wie Nicola.»

«Nicola Goerne? Wieso gehörte die nicht dazu? Sie war doch eine Klassenkameradin.»

«Schon. Aber sie war irgendwie anders. Außerdem kam sie nicht aus dem richtigen Stall.»

«Sie meinen, nicht aus den richtigen gesellschaftlichen Kreisen?»

Wagner hob zur Bestätigung die Hand. Leonie unterdrückte einen heftigen Kommentar. «Haben Sie gesehen, ob Sven jemand gefolgt ist, nachdem er sich von Ihrer Gruppe getrennt hatte?»

«Natürlich waren noch Leute auf der Straße. Aber wir sind ja sofort in die andere Richtung gegangen, und ich hab mich nicht umgedreht.»

«Nicola Goerne sagt, sie sei zusammen mit Marlene in ein Taxi gestiegen. Können Sie das bestätigen?»

Wagner dachte einen Moment nach, dann schüttelte er den Kopf. «Ich habe sie auf ein Taxi zugehen sehen. Ob sie eingestiegen sind, kann ich nicht sagen. Aber natürlich habe ich das angenommen.»

Ob er das in seiner damaligen Zeugenaussage auch so formuliert hatte?

«Was hat Nicola noch gesagt?»

«Nichts Besonderes. Warum fragen Sie?»

Wagner hob die Hände. «Reines Interesse. Wird der Fall jetzt neu aufgerollt?»

«Ich hoffe.» Leonie spürte seine Anspannung geradezu körperlich. «Wo waren Sie eigentlich, als Marlene Böttcher verschwand?»

«In London. Ich habe dort studiert.»

«Aber Sie wussten davon?»

«Nicht sofort. Irgendwann, ich glaube so etwa zwei oder drei Monate später, erwähnte es meine Mutter in einem Telefongespräch.»

«Was haben Sie gedacht? Ganz spontan.»

«Ich dachte ...» Er zögerte nur kurz. «Ich dachte, jemand hat sie umgebracht.»

Leonie nickte zustimmend. «Das haben anscheinend alle gedacht. Warum? Es hätte doch auch ein Unfall sein können.»

«Man liest halt so viel. Vergewaltiger und Mörder laufen doch dutzendweise herum.» Er sah demonstrativ auf seine Uhr. «Ja, tut mir Leid, aber ich muss zu meinem nächsten Termin.»

Johannes Wagner erhob sich. «Ich hab ja gleich gesagt, dass ich Ihnen nicht helfen kann.»

Leonie lächelte ihn an. «Nein, nein, das Gespräch war mir sehr wichtig.»

«Gut. Aber ein zweites Mal stehe ich nicht zur Verfügung.»

Das werden wir ja sehen, dachte Leonie.

Auf dem Weg zum Ausgang passierte sie den Hotel-Zerberus. Seine 45-Grad-Verbeugung hätte einem kaiserlichen Eunuchen aus der Verbotenen Stadt in Beijing alle Ehre gemacht und war so bemessen, dass er sich nichts vergab und dennoch der Höflichkeit Genüge getan war.

Leonie blieb zwei Tage länger, als sie es geplant hatte. Die Putzfrau ihrer Tante, die die Hauptlast der täglichen Versorgung tragen sollte, musste eine hartnäckige Erkältung auskurieren. Am letzten Abend kochte Leonie nach Anweisung und unter strenger Überwachung durch Tante Charlotte ein Kalbsragout. Das Ergebnis sei annehmbar, befanden beide, als sie sich bei Tisch gegenübersaßen.

«Wenn du dir nur ein wenig Mühe geben würdest, könntest du noch eine ganz brauchbare Köchin werden.»

Leonie entkorkte den weißen Bordeaux, goss zunächst sich selbst ein, schnupperte, kostete und füllte dann das Glas ihrer Tante.

«Du wirst es nie aufgeben, oder? Ich habe weder Talent noch Zeit zum Kochen, es reicht doch, dass ich gern esse.»

«Ja, ja, ich weiß schon. Du bist wie dein Vater. Der hatte auch nur seinen Beruf im Kopf.»

Leonie wurde nicht gern mit ihrem Vater verglichen, aber sie schwieg. Ihre Tante hatte im Prinzip ja Recht.

«Wenn du dich nur nicht immer so verrennen würdest.»

Leonie hatte ihrer Tante von Marlene Böttcher und Sven Johannsen erzählt.

«Aber ich kann dich verstehen. Eine tote Frau und ein Mann,

der vielleicht unschuldig im Gefängnis sitzt, und ein Mörder, der noch frei herumläuft. Das treibt dich natürlich um.»

Worauf Tante Charlotte hinauswollte, war klar.

«Umso mehr verwundert es mich, dass du die Nachforschungen nach Margots Mörder eingestellt hast.»

Leonie hatte ihrer Tante genau die gleichen Lügen erzählt wie seinerzeit auch Kaminski. Angeblich waren ihre Recherchen nach dem Mörder ihrer Mutter ins Leere gelaufen. Michael war ihr Geheimnis geblieben. «Darüber haben wir schon so oft geredet. Was soll ich dazu noch sagen?»

«Versuch's mal mit der Wahrheit.» Tante Charlotte sah sie streng an. «Es geht mich schließlich auch etwas an.»

«Ja, da hast du Recht.» Leonie drehte den Stiel ihres Weinglases zwischen Daumen und Zeigefinger. «Aber ich kann deine Neugierde nicht befriedigen. Es tut mir wirklich Leid.»

Ihre Tante nickte. «Dann will ich nicht weiter in dich dringen. Du wirst einen Grund für deine Verschwiegenheit haben.» Sie machte eine Pause. «Ich habe immer befürchtet, dass die Wahrheit eine schwere Last für dich sein würde.»

Leonie sah sie fragend an. Ihre Tante hob ihr Glas und lächelte.

«Lass uns das Thema wechseln. Es wird höchste Zeit, dass ich mich bei dir bedanke. Du hast eine Woche Urlaub geopfert, um eine ungeschickte alte Kuh wie mich zu pflegen.»

«Von Opfer kann keine Rede sein. Aber ich würde vorschlagen, dass du dir mit dem nächsten Sturz reichlich Zeit lässt.»

Am folgenden Morgen verabschiedete sich Leonie gleich nach dem Frühstück und ließ ihre Tante in der Obhut ihrer langjährigen Putzfrau zurück. Noch bevor sie die Eingangstür hinter sich zuzog, hatten die beiden schon angefangen zu streiten. Fast wie ein altes Ehepaar, dachte Leonie, nur nicht so dramatisch. Das brachte sie auf das Ehepaar Gerhardt-Böttcher. Und als sie mit ihrem Golf auf die Autobahnstrecke Richtung Hamburg einbog, blitzte kurz ein atemberaubender Gedanke in ihrem Hirn auf. Was wäre, wenn der Prozess und die Beweise gegen Stoll manipuliert waren, um jemand anders zu schützen? Nein, damit ging sie eindeutig zu weit. Aber die Wahrheit zu wissen und zu verschweigen, wäre das den Böttchers zuzutrauen?

15.

PROFESSOR CORDES wünschte Frau Doktor Simon zu sprechen. Sofort. Es musste etwas während ihrer Abwesenheit vorgefallen sein, und Leonie konnte sich leicht denken, was es war. Ihr Chef zeichnete Briefe ab, als sie eintrat. Er sah nur kurz auf.

«Setzen Sie sich.»

Kein Lächeln, kein Gruß. Leonie kam seiner Aufforderung nicht nach. Sie stellte sich ans Fenster.

«Hat sich die Gerhardt-Böttcher über mich beschwert?»

Cordes ließ sich von ihr nicht den Wind aus den Segeln nehmen. «So blöd ist sie nicht. Und wenn man einen Ehemann hat, der die größte Rathausfraktion führt und mit allen wichtigen Regierungsmitgliedern eng verbandelt ist, dann ist das auch nicht nötig.»

Leonie hielt es für ratsam, erst einmal den Mund zu halten. Ihr Chef klappte die Unterschriftenmappe zu und erhob sich.

«Sie, Frau Kollegin, wissen so gut wie ich, dass unsere Situation alles andere als rosig ist. Wir sind dringend auf politische Unterstützung angewiesen, und da kommen Sie daher und legen sich ausgerechnet mit den Böttchers an. Sind Sie eigentlich noch zu retten?»

Leonie wurde heiß vor Zorn, aber sie riss sich zusammen und bemühte sich um einen gemäßigten Ton. «Herr Professor, es geht um zwei ungeklärte Todesfälle und einen Mann, der möglicherweise unschuldig im Gefängnis sitzt. Ich kann das nicht auf sich beruhen lassen.»

Cordes winkte ab. «Kommen Sie mir nicht mit dem moralischen Zeigefinger. Die Todesfälle, auf die Sie anspielen, gelten nicht als ungeklärt. Und ob dieser Stoll schuldig oder unschuldig ist, unterliegt weder Ihrer noch meiner Beurteilung.»

«Bevor Sie mich weiter zur Schnecke machen, sollten Sie sich mal fragen, aus welchem Grund die Böttchers, die immerhin eine Tochter verloren haben, so nervös werden, weil ich die Aktenlage in Frage gestellt habe.»

«Sie mögen das für zynisch halten, aber die Antwort auf diese Frage, wie immer sie ausfällt, ist irrelevant. Mir geht es einzig und allein um das Institut. Es wird laut darüber nachgedacht, wie man uns zurechtstutzen kann.»

Leonie setzte sich. Ihr Chef lächelte grimmig.

«Und das sind keine leeren Drohungen, glauben Sie mir. In unserer Situation können wir es uns nicht erlauben, irgendjemandem in die Quere zu kommen.»

Leonie war erschrocken, aber nicht wirklich erstaunt. Solche Überlegungen lagen im Trend. Es gab keinen Grund anzunehmen, dass die Hamburger auf einer Insel der Seligen lebten. «Das lag niemals in meiner Absicht.»

«Das will ich auch hoffen. Tun Sie einfach Ihre Arbeit. Es ist genug davon da.»

Damit war die Audienz beendet.

Leonie war wütend, gleichzeitig fühlte sie sich hilflos, und das machte sie noch wütender. Die Verlockung, das Institut sofort türenschlagend zu verlassen, war riesengroß. Stattdessen begann sie abzuarbeiten, was sich in ihrer Abwesenheit angesammelt hatte. Das entsprach einerseits ihrem preußischen Arbeitsethos, andererseits half es ihr dabei, wieder ins Gleichgewicht zu kommen. Aber während sie Gespräche mit Kollegen führte, diktierte und telefonierte, dachte sie unaufhörlich darüber nach, wie sie weiter vorgehen konnte und ob sie überhaupt weitermachen sollte.

Um halb neun Uhr saß sie immer noch an ihrem Schreibtisch. Sie war müde, und ihre Gedanken drehten sich im Kreis, aber die Aussicht, in ihre von den Handwerkern in eine Staubwüste verwandelte Wohnung zurückzukehren, war alles andere als verlockend. Sie schrak zusammen, als es klopfte. Es war Paul Unruh, und er hatte Othello auf dem Arm.

«Dein Kater hat sich in unser Labor geschlichen. Hast du ihm den Türcode beigebracht?»

«Wahrscheinlich hat er ihn selbst rausgefunden. Dem Burschen ist alles zuzutrauen.»

Leonie nahm Paul den Kater ab und küsste Othello auf die Nasenspitze.

«Ich wollte dich gerade anrufen und fragen, ob du mit mir essen gehst. Bei mir zu Hause sieht es furchtbar aus. Während ich in Berlin war, haben sich die Maler ausgetobt.»

Paul schlug das Annam vor, ein vietnamesisches Restaurant, nicht weit entfernt vom Institut. Es war wenig los an dem Abend, sie saßen völlig ungestört in einer Ecke am Fenster. Leonie gab Paul einen kurzen Abriss der Ereignisse der letzten Tage. Das Gespräch mit Cordes behielt sie für sich, noch gab es keinen Grund, ihn oder die anderen Kollegen zu beunruhigen. Paul interessierte sich zu ihrer Enttäuschung mehr für den Sniper-Fall als für ihre anderen Recherchen.

«Ich kann mir kaum vorstellen, dass er keinerlei Spurenmaterial zurückgelassen hat. Vor allem, wenn er längere Zeit in den leeren Wohnungen verbracht hat.»

Leonie fiel wieder ein, dass sie nachfragen musste, ob in Berlin ein Projektil sichergestellt worden war

«Ist aber so. Ein ganz Schlauer, der genau weiß, was unsere Kriminaltechniker heute alles anstellen können.»

«Das heißt, er macht so weiter, bis Kommissar Zufall hilft.»

Leonie schnupperte an der gerösteten Entenbrust, die eine

freundliche Bedienung gerade servierte. Das Essen roch wunderbar aromatisch und würzig. «Irgendwann muss einfach ein Zeuge auftauchen. Der Mann lebt mitten unter uns. Der wohnt irgendwo, geht einkaufen, tankt seinen Wagen auf. Irgendwann wird er auch in der Nähe eines Tatortes gesehen werden.»

Leonie fuchtelte mit ihren Essstäbchen vor Pauls Nase herum. «Was ich wirklich zum Verrücktwerden finde, ist, dass jetzt Dutzende hoch qualifizierte Beamte wahrscheinlich monatelang jedem noch so albernen Hinweis hinterherrennen, während andere Ermittlungen mehr oder weniger brachliegen.»

«Du denkst an deine Nofretete?»

«Auch», gab sie zu.

Paul kämpfte mit einem grünen Gemüse. «Die Ermittlungen wurden definitiv eingestellt?»

«So ist der Stand der Dinge. Außer es geschieht ein Wunder.»

«In ihrer Wohnung wurde also auch nichts gefunden?»

Leonie legte den Fleischbrocken, den sie gerade zum Mund führen wollte, wieder in die Reisschale zurück. «Ich bin nicht sicher, ob ihre ehemalige Wohnung überhaupt untersucht wurde. Da leben seit über vier Jahren andere Leute.»

«Na und? Biologische Spuren halten sich unter günstigen Bedingungen über Hunderte von Jahren. Denk an Kaspar Hausers blutbefleckte Unterhose.»

«Du hast Recht», sagte Leonie und verfiel in minutenlanges Schweigen.

Eine Stunde später schloss sie ihre Wohnungstür auf und hielt den Atem an, es roch durchdringend nach Lösungsmitteln. Vielleicht hätte sie doch besser Pauls Vorschlag, bei ihm zu übernachten, akzeptieren sollen. Sie riss alle Fenster weit auf und eilte zum Telefon. Zu Hause meldete Kaminski sich nicht, also versuchte sie es mit seiner Büronummer. Ein sehr müde klingender Kaminski meldete sich.

«Sie sind ja tatsächlich noch im Büro.»

«Solange dieser Irre herumläuft und Leute abknallt, könnte ich meine Wohnung eigentlich untervermieten. Also kommen Sie mir jetzt bloß nicht mit neuen Problemen.»

«Regen Sie sich nicht auf, Kaminski. Ich hab bloß zwei Fragen.» Leonie holte tief Luft und musste daraufhin husten. «Entschuldigung, aber ich hab die Maler. Erste Frage: Wurde Marlene Böttchers früheres Apartment spurentechnisch untersucht? Zweite Frage: Wurde in der Wohnung des erschossenen Berliner Rentners das Projektil sichergestellt?»

Kaminski gähnte. «Die Antwort auf beide Fragen lautet nein. Marlene Böttchers Ableben wurde schließlich für natürlich befunden. Ich weiß, dass Sie das nicht gern hören, aber so ist es nun mal. Wozu also der Aufwand mit der KTU? Und was die andere Sache anbelangt: Die Berliner Kollegen haben ein Loch in der Wand gefunden, aber kein Projektil.»

«Wow», sagte Leonie.

«Sie sagen es. Der Kerl ist da einfach reinmarschiert und hat seine Kugel aus der Wand gepopelt. Die Suche nach Zeugen aus dem Haus läuft noch.»

«Danke, Kaminski. Und überarbeiten Sie sich nicht.»

Leonie wollte auflegen, aber Kaminski war noch nicht fertig.

«Moment mal. Wieso wollen Sie das wissen? Oder nein, sagen Sie's nicht. Ich hab schon genug eigene Sorgen. Aber ich geb Ihnen einen guten Rat: Beschränken Sie sich in der nächsten Zeit darauf, an harmlosen Leichen herumzuschnippeln, und halten Sie die Füße still. Es gibt ein paar Leute, die haben Sie auf dem Kieker, auch in Ihrem eigenen Haus.»

Damit konnte er nur Professor Meißner, den Leiter der Toxikologie, meinen, der sich selbst als Nummer zwei des Instituts sah und jede Chance nutzte, um Leonie zu schaden. Ihr fiel ein, dass er außerdem ein Parteifreund von Böttcher war.

Leonie bedankte sich noch einmal und beendete das Gespräch. Eine Weile stand sie gedankenverloren in ihrer Wohnung und betrachtete die Utensilien der Handwerker, die abgedeckten Möbel und den Schmutz, der sich überall fein verteilt hatte, ohne das alles wirklich zu sehen. Zum ersten Mal stellte sie sich die Frage, was ihre Kollegen über sie dachten. Schon mehr als einmal hatte sie sich in Schwierigkeiten gebracht, und damit auch das Institut. Ihre Art wurde nicht von jedermann geschätzt, das war ihr klar, aber sie konnte ihren Beruf nur hundertprozentig oder gar nicht ausüben. Leuten auf die Nerven zu gehen gehörte manchmal eben dazu. Sie verlangte viel von sich und anderen. Mit der rechtsmedizinischen Untersuchungsstelle hatte sie auch den Kolleginnen und Kollegen eine Menge an Mehrarbeit aufgebürdet. Sie war bis jetzt sicher gewesen, dass sie respektiert wurde. Aber wie viele außer Meißner lehnten sie ab? Waren neidisch auf ihre Erfolge oder freuten sich über ihre Niederlagen? Privaten Kontakt zu Kollegen und Mitarbeitern hatte sie nie gesucht. Mit Ausnahme von Paul Unruh, und diese Ausnahme belastete sie nicht wenig. Eine entspannte Kollegialität war ihr genug. Ein Mangel an Distanz konnte zu Konflikten führen, das war jedenfalls ihre Erfahrung. Sie hatte sich nie gefragt, ob die Kollegen ebenso darüber dachten. Was wusste sie eigentlich über die Kollegen? Sie wusste, dass Hinrichs Motorradfan, ledig und trockener Alkoholiker war. Dass Silber seit langem geschieden war und eine erwachsene Tochter hatte, die sich kaum um ihn kümmerte, ihn aber bei den seltenen Kontakten höchst geschickt zum eigenen Nutzen manipulierte. Sie wusste von Gabriels vier Kindern und dass Bernd Fuchs Partys und hübsche Frauen liebte. Von den meisten anderen wusste sie nicht einmal so viel. Es hätte sie überfordert zu wissen, wer unglücklich oder einsam war, Geldsorgen oder Eheprobleme hatte. Wenn jemand das von ihr erwartete, war er enttäuscht worden. Mit allen Anzeichen einer leichten Depression ging Leonie zu Bett.

Den ganzen folgenden Tag ertappte sich Leonie immer wieder dabei, dass sie versuchte, Blicke und Worte der Kollegen zu interpretieren und irgendeinen verborgenen, womöglich üblen Sinn dahinter zu suchen. Ihr Arbeitsalltag ließ glücklicherweise wenig Raum für Hirngespinste, und Hinrichs' verständnislose Reaktion auf ihre Frage nach seinem persönlichen Befinden trug viel zur Wiederherstellung der Normalität bei.

Am Nachmittag wurde Leonie zu einer Opferuntersuchung ins AK Altona gerufen, zu einer von einem Freier schwer misshandelten Prostituierten, die selbstbewusst genug war, Anzeige erstatten zu wollen. Die Untersuchung dauerte länger als erwartet, und Leonie war eine halbe Stunde zu spät dran, als sie das Krankenhaus verließ. Ungeachtet aller Warnungen hatte sie den Termin mit der ehemaligen Klassenlehrerin von Marlene und ihrer Clique nicht abgesagt. Auf dem Weg zur Privatadresse der Oberstudienrätin machte Leonie einen Deal mit sich selbst. Wenn sich bei dem Gespräch keine weiterführenden Hinweise ergaben, würde sie den Fall Böttcher auch für sich selbst abschließen. Was den Mordfall Sven Johannsen anbelangte, würde sie ihre Überlegungen zum Tathergang und zum zeitlichen Ablauf in schriftlicher Form niederlegen und Rüdiger Stoll zur Verfügung stellen. Ihm und seiner Anwältin blieb es dann überlassen, daraus etwas zu machen. Sollte ihr Verdacht allerdings neue Nahrung bekommen, konnte sie die Sache nicht auf sich beruhen lassen.

Frau Freiberg wohnte in einer ruhigen Seitenstraße der Elbchaussee. Ihre Wohnung war nicht groß, aber recht luxuriös ausgestattet, Fotos von Reisen auf alle Kontinente hingen an den Wänden. Bei rund vierzehn Wochen Urlaub im Jahr und einem Lehrergehalt, das in Hamburg zu den üppigsten Deutschlands gehörte, waren ausgedehnte Urlaube kein Problem, dachte Leonie nicht ohne Neid. Zur Wohnung gehörte ein hübsch bepflanzter Balkon, auf dem die Hausherrin trotz der kühleren Temperaturen den Kaffeetisch gedeckt hatte. Sie bot selbst gebackenen Aprikosenkuchen an und erkundigte sich neugierig nach Johannes Wagner. Leonies Schilderung ihrer Begegnung im Four Seasons fand die Lehrerin recht erheiternd. Wagner schien sich seit seiner Schulzeit wenig verändert zu haben.

«Ich kenne ihn besonders gut, weil ich mit seiner Mutter längere Zeit zusammen im Lehrerkollegium gesessen habe, bis sie sich frühpensionieren ließ. Der arme Johannes hat es nicht leicht gehabt mit seinen Eltern. Man sagt ja immer, Lehrer können keine Kinder erziehen.»

Davon hatte Leonie gehört.

«Es kam hinzu, dass seine Mutter bei seiner Geburt schon fast vierzig war und eigentlich überhaupt keine Kinder haben wollte. Ich habe immer vermutet, dass er unter einem riesigen Defizit an Liebe und Streicheleinheiten litt. Beide Eltern – sein Vater arbeitet immer noch als Steuerberater – haben ihn nur beachtet, wenn er gute Noten nach Hause brachte.»

Sein Freund Pascal Bertram stammte aus einem sehr wohlhabenden Elternhaus, laut Frau Freiberg alter Blankeneser Patrizieradel, reich geworden als Schiffsausstatter im Hafen. Als einziger Sohn stand Pascal in der Pflicht, ins Familienunternehmen einzusteigen. Anders als Johannes hatte er allerdings keine Neigung gezeigt, sich dem Druck zu beugen. Er hatte seinen Platz als «Thronerbe» seiner älteren Schwester überlassen und die Beachtung seiner Eltern vollständig verloren. Seine Lehrerin glaubte, dass ihn das nicht so unberührt gelassen hatte, wie er immer tat.

«Soweit ich weiß, wohnt er zurzeit in Paris. Er behauptet zu studieren, will angeblich in den diplomatischen Dienst. Aber ich glaube, er lebt einfach nur in den Tag hinein.»

Leonie lenkte das Gespräch so rasch wie möglich auf die Böttchers.

«Moment», sagte Frau Freiberg, sprang auf und kam ein paar Minuten später mit einem Foto zurück. «Schauen Sie sich das Foto an. Das sagt eigentlich schon fast alles.»

Das Foto zeigte eine Szene aus einer Aufführung der Schultheater-AG. Marlene Böttcher als Vamp gekleidet und mit einer Zigarette zwischen den grell geschminkten Lippen, um sie herum ein Schar Anbeter. Ein junger Mann, in dem Leonie wegen seiner Verkleidung nicht ohne Mühe ihren Bruder Tobias erkannte, gab ihr Feuer.

«Das ist aus einer Bühnenbearbeitung von Heinrich Manns *Professor Unrat*. Marlene spielte die männerverschlingende Rosa Fröhlich und ihr Bruder den unglückseligen Unrat. Da sehen Sie auch Johannes und Pascal.»

Leonie betrachtete eingehend das Bild. Die Ähnlichkeit Marlenes mit ihrer Namensvetterin Marlene Dietrich war in der Aufnahme wirklich groß.

Die Lehrerin lächelte amüsiert, als hätte sie ihre Gedanken gelesen. «Sie hatte tatsächlich eine Menge gemein mit der großen Marlene. Sie war dominant, hochintelligent und wirkte auf die meisten männlichen Wesen ausgesprochen anziehend. Tobias und die anderen bildeten so eine Art Hofstaat.»

«Gehörte Nicola Goerne auch zu ihrem Hofstaat?»

«Ja und nein. Nicola konnte finanziell nicht mithalten. Sie lebte in einer Wohngemeinschaft, ihre genauen Familienverhältnisse sind mir nicht bekannt. In jedem Fall stammte sie aus einfacheren Verhältnissen, aber sie bewunderte Marlene maßlos. Und dafür war Marlene natürlich empfänglich.»

Leonie nickte und betrachtete immer noch das Foto. «War ihr Bruder in sie verliebt?»

«Das ist eine sehr direkte Frage, auf die ich Ihnen keine klare Antwort geben kann.» Frau Freiberg überlegte und sog dabei an ihrer Unterlippe. «Um mal bei der Familie Mann zu bleiben: Marlene und Tobias haben mich immer ein wenig an Erika und Klaus Mann erinnert. Beide gleichermaßen intelligent, lebenshungrig und begabt. Aber das Mädchen stark und vital, der Bruder übersensibel und labil. Sie hingen sehr aneinander, und es war ganz klar, dass Marlene die Beherrschende war.» Sie machte wieder eine Pause. «‹Er hatte keinen Freund, nie einen gehabt, als sie.›»

Leonie sah sie fragend an.

«Ein Zitat aus *Wälsungenblut*. Thomas Mann diesmal. Kennen Sie die Erzählung?»

«Ich hab's vor Urzeiten mal gelesen. Es geht um eine inzestuöse Geschwisterbeziehung.»

Die Lehrerin nickte. «Tobias hat sie mal als seine Lieblingsgeschichte bezeichnet. Aber das muss natürlich nichts bedeuten.»

«Natürlich nicht. Was mir auffällt, ist, dass Sie die Familiensituationen der jungen Leute durchweg als schwierig beschreiben. Trifft das auch auf die Böttchers zu?»

«O ja, das ist wahrscheinlich auch ein Grund, warum sich die beiden so aneinander geklammert haben. Die Eltern waren beruflich immer sehr angespannt, und ich glaube, sie gehören zu den Menschen, die keine Wärme um sich verbreiten können.» Sie machte eine nachdenkliche Pause. «Gestatten Sie mir noch einen letzten Ausflug in die Literatur und ein Zitat von James Matthew Barrie: *Alles, was geschieht, nachdem wir zwölf Jahre alt sind, hat nicht mehr viel zu bedeuten.*»

«Ein Lob der Kindheit?»

«Aber was ist mit denen, deren Kindheit kalt und grausam

war?» Die Lehrerin lächelte. «Barrie war übrigens der Autor von *Peter Pan*. Sie kennen das Buch?»

Leonie nickte.

«Wenn ich eben von Marlene und ihrem Hofstaat gesprochen habe, dann ist das nur ein Teil des Bildes. Ein wenig ähnelten die jungen Leute auch Wendy und den *lost boys* in Nimmerland. Die große Schwester, die sich um ihre verlorenen Jungs kümmert, die keiner haben will.»

Eigentlich hatte Leonie genug gehört, genug Stoff zum Nachdenken. Aber aus einem beinahe privaten Interesse erkundigte sie sich eingehender nach Nicola Goerne. Frau Freiberg hob die Schultern zum Zeichen, dass sie nicht helfen konnte.

«Nicola war eine der Schülerinnen, zu denen ich nie wirklich Zugang gefunden habe. Nachdem sie in die Klasse gekommen war – da war sie sechzehn –, hat sie sich zunächst von allen fern gehalten. In den Pausen stand sie allein da, im Unterricht war sie isoliert. Dabei war sie eine sehr gute Schülerin. Irgendwann schloss sie sich dann Marlene und deren Freunden an. Nicolas Eltern habe ich nie kennen gelernt. Sie sind in den ganzen Jahren nicht ein einziges Mal zur Sprechstunde gekommen.»

«Sind Sie nach Marlenes Verschwinden von der Polizei befragt worden?»

Die Lehrerin schüttelte erstaunt den Kopf. «Nein, wieso? Ich hatte ja gar keinen Kontakt mehr zu dem Mädchen.»

Das Bemühen, sich ein Bild von Marlene zu machen, war also nicht besonders groß gewesen. «Aber sie wussten, dass ihr Freund wenige Jahre zuvor ermordet worden war?»

«Das stand ja damals in allen Zeitungen. Das tat mir sehr Leid für sie. Er wäre eine Chance für sie gewesen.»

«Wie meinen Sie das?», fragte Leonie verwundert.

«Er hätte sie aus dem ungesunden Klima, in dem sie lebte, herausgeholt. Ich hab ihn nur einmal gesehen, aber er wirkte auf mich wunderbar handfest und normal, und er betete sie nicht an. Er hatte sie einfach nur gern.»

Leonie stellte noch ein paar Fragen zum Freundeskreis von Marlene und Tobias Böttcher, erfuhr aber keine weiteren interessanten Details und verabschiedete sich. Sie hätte gern bei einem Spaziergang an der Elbe das eben Gehörte rekapituliert, aber ein Wolkenbruch inklusive Sturmböen bis Windstärke elf – das sagte jedenfalls der Wetterfrosch im Autoradio – verdarb ihr den Spaß. Also holte sie zu Hause ein Bier aus dem Kühlschrank, ignorierte Schmutz und Farbgeruch und hackte ein Gedächtnisprotokoll ihres Gesprächs mit der Oberstudienrätin in ihren privaten Laptop. Am Ende war klar, dass sie eine entscheidende Hintergrundinformation erhalten und damit den Deal mit sich selbst gewonnen hatte. Sie würde ihre Nachforschungen nicht einstellen, gleich welche Einschüchterungen noch auf sie zukämen. Die emotionale und soziale Konstellation, in der Marlene gelebt hatte, schrie geradezu danach, zur Tragödie zu werden. Und als heißester Anwärter auf die Rolle des Schurken hatte sich nach Leonies Ansicht Marlenes Bruder Tobias qualifiziert. Aber natürlich taugte dazu auch jeder andere aus ihrem Umfeld, bis hin zu ihren Eltern oder einer Person, die Leonie bisher nicht bekannt war. Leonie notierte sich: Wurden Alibis überprüft? Wo wurde nach Tatzeugen gesucht? Und mit drei Fragezeichen: Was ist die Verbindung zwischen Svens und Marlenes Tod??? Gab es überhaupt eine?

Sie wollte sich gerade schlafen legen, als sie von der Nachtwache ins Institut beordert wurde. Obwohl sie nicht in Bereitschaft war, zog sie sich wieder an und machte sich auf den Weg. Offenbar wurde Hinrichs mit der Lage nicht allein fertig. Der Institutsparkplatz war leer bis auf Hinrichs' Motorrad. Leonie ging rasch das Stück bis zur Eingangspforte. Seit sie dort nächtens überfallen worden war, wurde sie nach Einbruch der Dunkelheit jedes Mal von einer Angst gepackt, die sie nicht beherrschen konnte. Das Gebäude war unbeleuchtet und die Aufnahme nicht besetzt. Die Nachtwache, ein Student im höheren Semester, assistierte vermutlich Hinrichs im Leichenkeller. Leonie schloss auf und hinter sich wieder ab. In der Aufnahme spielte leise ein Kofferradio einen finnischen Tango. Leonie schaltete die Flurbeleuchtung ein und bog in den Gang, der zur Tür des Sektionstraktes führte. Schon auf der Treppe hörte sie die Stimme von Hinrichs, der Jan, dem Studenten, Anweisungen gab. Die beiden standen sich an einer Bahre gegenüber, auf der die bereits entkleidete Leiche eines jungen Mannes lag. Zwei noch bekleidete Leichen, ebenfalls junge Männer von kaum zwanzig Jahren, lagen auf Rollbahren hinter ihnen.

«Was ist denn passiert?» Leonie trat auf die beiden zu.

«Ein Streit vor einer Kiez-Disco. Die drei haben verloren», sagte Hinrichs und vermaß mit einem Lineal einen von mehreren Messerstichen, die der Tote in Brust, Ober- und Unterbauch hatte.

«Verletzte hat's auch gegeben», fügte Jan hinzu. Er stand mit einem Fotoapparat in der Hand auf einem kleinen Schemel und fotografierte die Stichwunden.

«Wo ist der Polizeifotograf? Wo ist überhaupt die Polizei? Und wieso hat das nicht Zeit bis morgen früh?»

Jan zwinkerte Hinrichs zu. «Ich hab's Ihnen ja gleich gesagt. Sie wird nicht begeistert sein.»

Hinrichs sprach kurz die Beschreibung der vermessenen Wunde in sein Diktiergerät, dann wandte er sich Leonie zu. «Die Polizei und der Fotograf haben noch auf dem Schlachtfeld zu tun. Und bis morgen hat es leider nicht Zeit, weil sie noch möglichst vor morgen früh wissen wollen, ob sich die Wundcharakteristika mit den Aussagen der Hauptverdächtigen decken.»

Leonie fügte sich in ihr Schicksal und sezierte zusammen mit Hinrichs und Jan bis kurz nach sechs Uhr morgens. Abschließend war sie mit Hinrichs völlig einer Meinung, dass der Tathergang anders als geschildert abgelaufen sein musste. Die drei waren gezielt und von nur zwei unterschiedlichen Waffen getötet worden und nicht im Eifer des Gefechts zufällig in diverse Messer gestolpert. Die Zahl ähnlicher Straftaten stieg seit einiger Zeit auf dem Kiez endemisch an. Oft waren es junge Leute unter Drogeneinfluss, die in sinnlosem Hass aufeinander losgingen. Es war zum Verzweifeln.

Leonie war hundemüde und beneidete Hinrichs, der ankündigte, sich nach Hause in sein Bett verziehen zu wollen. Sie hatte gerade genug Zeit, um zu duschen und zu frühstücken, dann musste sie einen Termin beim Gesundheitssenator wahrnehmen. Zu ihrer Erleichterung sprach niemand sie auf den Böttcher-Fall an. Wahrscheinlich hatte es sich noch nicht herumgesprochen. Die Sitzung begann mit einer halben Stunde Verspätung und zog sich endlos hin. Gegen halb zwölf wurde Leonie ein Zettel hereingereicht, sie solle sofort Hauptkommissar Kaminski auf seiner Handynummer anrufen. Sie entschuldigte sich und ging zum Telefonieren auf den Flur. Kaminski meldete sich nach dem zweiten Klingeln.

«Tut mir Leid, wenn ich störe. Sie sollten in die Uniklinik fahren, und zwar sofort. Es geht um Ihren Chef.»

16.

ES WAR VON Anfang an klar gewesen, dass seine Bleibe auf dem Campingplatz keine Dauerlösung darstellte. Camper waren gesellig, neugierig und deshalb potentiell gefährlich. Ständig wurde er angequatscht und ausgefragt, musste Einladungen zum Grillen oder Kanufahren ablehnen und Kinder abwimmeln, die ihm in die Fenster starrten. Er galt als Außenseiter und stand deshalb unter besonderer Beobachtung. Höchste Zeit für ihn zu verschwinden. Das Ende kam allerdings so unerwartet, dass er sich nicht vorher um einen neuen Schlafplatz hatte kümmern können.

In der Nacht war er erst spät nach Hause gekommen und lag deshalb um halb acht noch im Tiefschlaf, als es gegen die Tür des Wohnwagens bollerte. Noch im Halbschlaf, griff er nach seiner P8, die er immer griffbereit in seiner Nähe hatte.

«Aufmachen. Ich weiß, dass Sie da sind», dröhnte eine Stimme, die ihm bekannt vorkam.

Jetzt hellwach, sprang er auf, schlüpfte in seine Jeans und steckte sich die Heckler-&-Koch-Pistole hinten in den Hosenbund. Er öffnete die Tür und blickte in das empörte Gesicht des Alten, des selbst ernannten Platzwarts.

«Sie haben mich angelogen. Fiete und seine Frau kennen Sie überhaupt nicht und haben auch an niemanden vermietet.»

Scheiße, dachte Axel Evert. «Okay, Sie haben mich erwischt. Aber da die beiden die Kiste sowieso nicht brauchen, ist niemandem ein Schaden entstanden.»

«So eine Frechheit ist mir ja überhaupt noch nicht untergekommen. Packen Sie sofort Ihre Sachen und verschwinden Sie!»

Evert wurde langsam sauer. «Kümmer dich um deinen eigenen Kram, alter Wichtigtuer.»

Das Gesicht des älteren Mannes wurde so beängstigend rot, als stünde er kurz vor einem Schlaganfall. «Wie Sie wollen. Dann rufe ich eben die Polizei. Da werden Ihnen Ihre Frechheiten schon vergehen.»

Evert knallte ihm die Tür vor der Nase zu. Er brauchte nur wenige Minuten, um zu packen. Wenn der Idiot wirklich die Polizei rief, musste er weg sein, bevor die Bullen auf der Matte standen. In Rekordzeit schleppte er seine Habe zum Wagen, natürlich unter den Argusaugen dieser Blockwarttype. Zwanzig Minuten später saß er in einer kleinen Bäckerei in Duvenstedt an einem Tisch und genehmigte sich zwei belegte Brötchen und einen starken Kaffee. Während er aß und die Bauarbeiter beobachtete, die am Nebentisch hockten und auf den HSV schimpften, überdachte er seine Situation. Er brauchte so schnell wie möglich eine neue Unterkunft. Es war zwar kein Problem, im Sommer mal ein paar Nächte im Auto zu schlafen, wenn das Geld für ein Hotel nicht reichte. Aber auf die Dauer war ihm das zu unbequem und zu primitiv. Er war kein Penner und hielt sich gern sauber und ordentlich. Und da seine Barschaft schon wieder ziemlich zusammengeschmolzen war, wurde es höchste Zeit für einen neuen Job. Trotz der ganzen so genannten Reformen, die in Berlin ständig von Leuten ausgebrütet und wieder umgeändert wurden, die überhaupt keine Ahnung hatten, was im Volk so abging, war die Schwarzarbeit der einzige Bereich, der wirklich boomte. Gut für Leute wie ihn, die mit diesem Staat nichts mehr zu tun haben wollten. Zuerst musste er allerdings seinen Wagen loswerden. Der Alte kannte sein Auto und hatte sich höchstwahrscheinlich das Kennzeichen notiert. Das war zwar falsch, aber über kurz oder lang hätte er die Bullen auf dem Hals. Aus dem gleichen Grund war es besser, nicht zu einem Gebrauchtwagenhändler zu gehen. Er zahlte und fuhr gemächlich Richtung Eilbek. In einer kleinen Seitenstraße hatte er vor ein paar Tagen bei einer seiner Touren billig getankt und eine kleine Hinterhofwerkstatt bemerkt, in der zwei jüngere Männer und ein älterer Autopflege betrieben und kleinere Reparaturen vornahmen. Ein Gespräch, das er beim Bezahlen der Tankrechnung mithörte, ließ vermuten, dass man in der Werkstatt auch mit Autos handelte, mit gebrauchten und geklauten, wie es gerade kam.

Evert parkte am Straßenrand, auf dem schmalen Werkstatthof herrschte drangvolle Enge. Er sah sich kurz um, dann fragte er einen jungen Mann mit blonden Locken und einem großen goldenen Ring im linken Ohrläppchen nach dem Chef. Er schickte ihn zu einem Schuppen, wo ein älterer dicker Mann in einem schmuddeligen Kabuff saß, das offenbar das Büro darstellte. Evert erklärte ihm, worum es ging. Der Dicke hörte ihm zu, ohne eine Zwischenfrage zu stellen. Dann wollte er den Wagen sehen. Evert führte ihn zu seinem grauen Nissan Geländewagen, der zwar nicht mehr wie neu aussah, aber insgesamt noch einen recht guten Eindruck machte. Der Dicke umrundete das Auto mehrmals, prüfte den Innenraum, klopfte hier und da mit einem Schraubenschlüssel, den er mitgenommen hatte, und blickte lange unter die Motorhaube. Dann nickte er, sagte: «Kommen Sie morgen wieder», und ließ Evert an der Straße stehen.

Den Rest des Tages klapperte Axel Evert Baustellen ab, um nach Arbeit zu fragen. Er versuchte es auch bei einem großen Gärtnereibetrieb und einem Gebäudereinigungsunternehmen. Aber er handelte sich überall Absagen ein, entweder weil der Bedarf gedeckt war oder weil irgendwelche armseligen Ausländer noch billiger waren als er. Am nächsten Tag würde er es im Hafen versuchen. Und weil er dazu früh aufstehen musste, suchte er sich eine Billigpension auf St. Pauli. Das Zimmer war mäßig sauber, klein und trostlos. Er stellte einen Rucksack mit dem, was er am nötigsten brauchte, dort ab und verließ das Hotel sofort wieder. Zu Fuß ging er zur Elbe hinunter. Das Vergnügungsviertel reizte ihn nicht. An einer Hure hatte er zurzeit keinen Bedarf, und die Nepplokale überließ er den Touristen. Die schicken Clubs und Discotheken und die teuren Restaurants des ‹neuen› St. Pauli waren erst recht nicht seine Sache, er verachtete die jungen Aufsteiger, die Reichen, die Künstler und die Möchtegernschickeria, die man dort traf.

Weil er nichts Besseres vorhatte und etwas essen wollte, ging er zu dem Restaurant, in dem Nicola Goerne arbeitete. Er sah sie schon von weitem. Sie stand an einem Geländer mit Blick auf den Museumshafen und rauchte so in Gedanken versunken, dass sie zusammenschrak, als er sie ansprach.

«Ich hätte gewettet, du bist Nichtraucherin.»

«Bin ich auch, immer mal wieder für ein paar Wochen. Ich dachte, ich hätte mich neulich verständlich gemacht. Ich will nicht, dass du mir weiter in den Hacken stehst.»

Evert grinste. «Ob du's mir glaubst oder nicht, aber ich komme ganz zufällig vorbei.»

Nicola blies Rauch aus den Nasenlöchern und sah ihn misstrauisch an. «Nee, glaub ich tatsächlich nicht.»

«Ist aber so. Ich wohne ganz in der Nähe in einer Pension, bin rausgeflogen, wo ich bis jetzt war. Weißt du vielleicht was für mich? Möbliert und nicht für lange.»

«Kann mich ja mal umhören. Was willst du denn zahlen?»

Evert zuckte mit den Schultern. «So wenig wie möglich. Einen Job brauche ich übrigens auch. Ohne Lohnsteuerkarte.»

«Das ist schon einfacher. Ich kenne einen Laden in Altona, nettes kleines Bistro, die suchen eine Hilfskraft für die Küche.»

«Nee danke. Den Küchennigger mach ich nicht. Ich geh mehr in die handwerkliche Richtung.»

«Tja, dann.» Sie warf die Zigarettenkippe auf das Pflaster und zertrat sie mit dem Fuß.

«Was krieg ich denn bei euch zu essen?»

«Das, was auf der Karte steht.»

Er folgte ihr zum Restaurant. «Was machst du an deinem nächsten freien Tag?»

Sie blieb stehen und sah ihn an. «Baggerst du mich gerade an?»

Er begegnete ruhig dem intensiven Blick ihrer Augen. «Nein, ich glaube nicht. Du bist nicht mein Typ.»

«Dann ist ja gut.»

Zwei Tage später hatte Axel Evert eine neue Wohnung, einen neuen Wagen und einen Job. Die Wohnung hatte ihm Nicola vermittelt. Eigentlich war es nur ein möbliertes Zimmer, aber er hatte ein eigenes kleines Duschbad, und kochen tat er sowieso nicht oft. Der Vermieter war ein junger Mann, der gerade mit seinem Fitness-Studio in Konkurs gegangen war und sich die Miete für seine große Ottenser Wohnung nicht mehr allein leisten konnte. Job und Auto hatte ihm der Dicke von der Hinterhofwerkstatt besorgt. Der Wagen war ein weißer Van mit der Aufschrift einer Druckerei, die es nicht mehr gab, weil der Besitzer verstorben war. Seine Witwe wollte den Wagen so schnell wie möglich loswerden, auch unter Preis. Für Everts Nissan hatte der Dicke auch schon einen Interessenten. Beim Abwickeln der Formalitäten, natürlich unter falschem Namen, erwähnte Evert beiläufig, dass er einen Job suche. Der Dicke hatte gerade einen seiner beiden Angestellten rausgeworfen und bot Evert an, es mit ihm zu probieren. Autopflege, Reifen- und Ölwechsel und, falls er sich einigermaßen geschickt anstellte, vielleicht auch kleinere Reparaturen. Der Stundenlohn von sechs Euro war nicht üppig, dafür aber bar auf die Hand. Wenn er etwas

Besseres fand, konnte er außerdem jederzeit abhauen. Axel fragte sich, wenn auch nicht besonders intensiv, ob es nicht besser wäre, seine Zelte in Hamburg so rasch wie möglich wieder abzubrechen. Aber der Drang weiterzuziehen hatte sich noch nicht eingestellt. Ihm war klar, dass dafür vor allem Nicola Goerne verantwortlich war. Dabei war er nicht die Spur scharf auf sie. An diesem Punkt beließ er es dabei, dass er sie interessant fand. Die erste Frau, die er sich als Kumpel vorstellen konnte. Eigentlich ein Widerspruch in sich, aber sie konnte ja nichts dafür, dass ihr zum Menschsein die entscheidenden Zentimeter fehlten. Kurz darauf ging er mit ihr zum Angeln.

17.

LEONIE SIMON betrachtete ihren Chef hinter der Glasscheibe. Der Kardiologe hatte ihr erklärt, dass Professor Cordes für zwei oder drei Tage in ein künstliches Koma versetzt worden war. Eine nach einem Herzinfarkt durchaus übliche Maßnahme, um einen stark geschwächten Körper völlig zur Ruhe zu bringen, dennoch war Leonie höchst besorgt. Cordes hatte vor einigen Jahren schon einmal einen leichten Infarkt gehabt, einer der Gründe für seine seltene Anwesenheit im Institut. Leonie hoffte inständig, er möge es auch diesmal wieder schaffen. Erst jetzt fiel ihr auf, dass sein rechter Oberarm bandagiert war. Sie wandte sich an den Kardiologen an ihrer Seite.

«Was ist mit seinem Arm?»

«Ach, ich dachte, Kommissar Kaminski hätte Sie über alles informiert.» Der Kollege sah sie erstaunt an. «Professor Cordes wurde angeschossen, nur ein Streifschuss. Gott sei Dank.»

«Es wurde auf ihn geschossen? Wo?» Leonie merkte, dass ihre Hände und Füße eiskalt waren.

«Auf dem Golfplatz vom Hotel Treudelberg. Es hat außerdem zwei Tote gegeben.»

Leonie bedankte sich und verließ im Eilschritt die Station. Auf dem Weg zu ihrem Auto, das sie verbotenerweise auf einem reservierten Parkplatz abgestellt hatte, versuchte sie, Kaminski zu erreichen, aber sein Handy war ständig besetzt. So fuhr sie einfach los in Richtung Lemsahl-Mellingstedt, wo sich der Golfplatz befand. Nach knapp dreißig Minuten Fahrt, während deren ihre Gedanken um den Sniper kreisten, denn nur um den konnte es sich bei dem neuesten Anschlag handeln, bog sie in die Zufahrt zu dem großen Parkplatz des Hotels ein. Sie wunderte sich, dass so wenig Polizeifahrzeuge dort standen, und kurbelte die Scheibe hinunter, um einen Uniformierten nach dem Zugang zum Tatort zu fragen. Er gab ihr den Tipp, die Lemsahler Landstraße ein Stück weiter zu fahren und in den Ödenweg einzubiegen, der mitten in das Golfgebiet hineinführte. Das würde ihr einen längeren Fußmarsch ersparen. Sie tat, wie ihr geraten. Gleich am Beginn des schmalen, ungepflasterten Weges, der nach den ersten Metern für Autos gesperrt war, gab es einen kleinen, ebenfalls ungepflasterten Parkplatz, der üblicherweise von Spaziergängern genutzt wurde. Jetzt standen dort die Einsatzfahrzeuge der Polizei und der Spurensicherungsgruppe. Leonie quetschte ihren Golf in eine Lücke und ging auf die Suche nach Kaminski. Der Ödenweg teilte den Golfplatz in ungefähr gleich große Hälften, das Interesse der Polizei schien in erster Linie dem Gelände zur Rechten zu gelten. Jedenfalls sah Leonie dort die meisten Leute in Uniformen und Overalls herumlaufen. Kaminski stand mitten im Gelände neben einer kleinen Holzhütte und sprach mit ihrem Kollegen Fuchs. Leonie betrat den Golfplatz durch eine breite Öffnung im Zaun und ging auf die beiden zu. Fuchs bemerkte sie als Erster und kam ihr ein paar Schritte entgegen.

«Wie geht's dem Alten?»

«Er lebt», antwortete sie knapp. «Was ist passiert?»

Fuchs wies auf zwei Transportsärge, die schon geschlossen waren und auf ihre Träger warteten. «Es hat wieder zwei erwischt. Unser Chef hat ein unglaubliches Glück gehabt.»

Kaminski trat zu ihnen. «Diesmal sind die Köpfe bis auf die Ein- und Austrittswunden unversehrt geblieben. Drei Schüsse, zwei Tote. Ist der Professor vernehmungsfähig?»

Leonie schüttelte heftig den Kopf. «Nicht in den nächsten Tagen.»

Sie ließ ihren Blick über das Gelände schweifen. «Von wo aus hat er geschossen?»

Kaminski zeigte nach Norden. «Laut Zeugen von dort aus. Dummerweise wurden die Leichen bewegt, bevor wir die Chance hatten, sie zu untersuchen. Wir wissen nur, dass die beiden Toten ziemlich dicht beieinander standen. Ihr Professor stand ein gutes Stück weiter entfernt in östlicher Richtung.»

«Wer sind die Toten?», wollte Leonie wissen.

«Ein pensionierter Bundeswehroffizier von der Luftwaffe und ein Immobilienmakler.» Kaminski blinzelte in den Sonnenstrahl, der sich gerade durch graue Wolken hindurchzwängte. Leonie fand, dass Kaminski schlecht aussah. Vielleicht machte er sich Sorgen um seinen verletzten Freund.

«Und ein Rechtsmediziner», ergänzte Fuchs. «Cordes müssen wir wohl mitrechnen, auch wenn er überlebt hat.»

Kaminski nickte zustimmend. «Einverstanden. Aber hilft uns das Beruferaten weiter?»

«Es sind immerhin zwei Anwälte und ein Richter dabei. Vielleicht hat er mal schlechte Erfahrungen mit der Justiz gemacht», gab Leonie zu bedenken.

«Wer hat das nicht?», sagte Fuchs grinsend. Er griff nach seinem Tatortkoffer. «Ich fahr ins Institut. Soll ich Sie mitnehmen?»

Leonie verneinte. «Ich bin mit dem eigenen Auto da.» Sie wandte sich wieder an Kaminski. «Haben Sie sich schon mit den Fällen aus den anderen Bundesländern beschäftigt?»

«Verschwendete Zeit», sagte Kaminski mürrisch. «Was hat eine Hausfrau aus einem kleinen Kaff in Süddeutschland mit einem Hamburger Makler von Luxusimmobilien gemein? Außer dass beide nicht kugelfest sind.»

«Könnte ich die Akten einsehen?»

«Nein.»

«Warum nicht? Wenn es eh keine Rolle spielt.»

Kaminski wandte ihr einfach den Rücken zu und marschierte davon, mitten durchs Gelände, zwischen zwei kleinen Teichen hindurch. Eine klare Abfuhr, dachte Leonie. Sie würde es wieder versuchen, wenn er bessere Laune hatte.

Sie blieb noch eine Weile und bekam mit, dass Spuren in einem Gebüsch in der angezeigten Richtung an der Nordseite des Platzes gefunden worden waren. Dort verlief der Eichelhäherkamp. Der Täter hätte dort seinen Wagen abstellen und ohne Probleme über einen Zaun auf das Golfgelände gelangen können. Kaminski ordnete gerade eine Haus-zu-Haus-Befragung der Anwohner an, als Leonie sich entschloss, zu ihrem Auto zurückzukehren. Es gab für sie nichts weiter zu tun, und sie konnte sich auch nicht mehr länger vor ihren Pflichten im Institut drücken.

Natürlich hatte sich dort längst herumgesprochen, was geschehen war. Überall standen kleine Grüppchen zusammen und diskutierten, welche Gründe und Konsequenzen das Attentat auf den Chef hatte. Leonie bat ihre Sekretärin, die geradezu bebte vor Aufregung und Neugierde, alle Mitarbeiterinnen und Mitarbeiter des Instituts für den späten Nachmittag in den Seminarraum zu rufen. Bis dahin wollte sie nicht gestört werden.

Leonie saß an ihrem Schreibtisch und sah in den trüben Sommerhimmel. Sie wusste, was von ihr erwartet wurde, was Professor Cordes von ihr erwartete. Er hatte sie anstatt den langjährigen Leiter der Toxikologie zu seiner Stellvertreterin gemacht. Dieser Aufgabe konnte sie sich nicht entziehen. Und sie wollte es auch gar nicht. Sie würde das Institut bis zu seiner Genesung kommissarisch leiten. Weiter wollte sie jetzt nicht denken. Um halb fünf ging sie in den Seminarraum, wo bereits fast alle Kolleginnen und Kollegen auf sie warteten. Leonie erklärte kurz, was sich ereignet hatte und wie sie Professor Cordes vorgefunden hatte. Er lebte, und es gab keinen Grund, daran zu zweifeln, dass er sich wieder erholen würde.

«Wir werden alle weiterarbeiten wie bisher. Bis zur Genesung von Professor Cordes werde ich seine Aufgaben in Vertretung übernehmen. Und ich hoffe, Sie werden mich alle dabei unterstützen. Ich danke Ihnen.»

Nach zehn Minuten war die Versammlung vorbei, und Leonie ging zurück in ihr Büro. Sie hatte erwartet, dass der eine oder andere zu ihr kommen werde, um Fragen oder Wünsche an sie zu richten. Aber niemand kam, und auch ihr Telefon blieb stumm. Schweigsam verdaute das Institut die Ereignisse des Tages.

Frau Ohngemach stand mitten im Büro des Chefs und wirkte eigenartig hilflos, als Leonie hereinkam.

«Er hat seine Lesebrille verlegt. Gleich heute früh hat er mich angerufen, aber ich kann sie nicht finden.»

Leonie trat auf die ältere Frau zu und legte ihr den Arm um die Schulter. «Lassen Sie doch die Brille. Das ist nicht wichtig. Gehen Sie nach Hause und ruhen Sie sich aus.»

«Aber es sind doch jetzt tausend Dinge zu tun.» Die Sekretärin hob die Hand und ließ sie kraftlos wieder fallen.

«Morgen, Frau Ohngemach. Morgen setzen wir uns gleich in der Früh zusammen und bringen Ordnung in die Dinge.»

Frau Ohngemach nickte, ohne Leonie anzusehen, und verließ langsam das Büro ihres Chefs. Sie war ohne Zweifel diejenige, die von der Situation am härtesten getroffen war.

Leonie starrte noch einen Augenblick auf den unaufgeräumten Schreibtisch des Professors, dann verließ sie ebenfalls das Büro und begab sich in den Sektionstrakt, wo Fuchs und Hinrichs die beiden Opfer des Sniper auf den Tischen hatten. Die Obduktionen waren fast beendet. Kaminski war schon wieder weg, und Hinrichs trat gerade vom Tisch zurück und überließ seinen Toten dem Präparator zum Zunähen.

«Haben Sie schon Ihre kleine Ansprache gehalten, Frau Kollegin? Wir haben doch hoffentlich nichts verpasst?»

Er und Fuchs waren bei der Mitarbeiterversammlung nicht dabei gewesen.

«Das Wichtigste ist Ihnen ja sicher kolportiert worden», erwiderte Leonie knapp. «Und was haben Sie zu bieten, außer dass die beiden da tot sind?»

«Nicht viel», sagte Fuchs mit Bedauern. «Zwei glatte Durchschüsse. Hartkernmunition. Keine extremen Zerstörungen. Nichts, was wir nicht schon vorher wussten.»

Die Narben und Vorerkrankungszeichen, die die beiden Kollegen ansonsten gefunden hatten, waren für die Ermittlung uninteressant, ihre Dokumentation reine Routine.

Leonie überlegte, ob sie Kaminski anrufen und sich über den Fortgang der Ermittlungen informieren sollte, entschied sich aber dagegen. Sie wollte jetzt nur noch ein Glas Wein und Zeit zum Nachdenken. Aber als sie zu Hause ankam, fand sie zwei Nachrichten vor. Die eine klebte in Form eines gelben Notizzettels auf ihrem Briefkasten und stammte von Paul Unruh. «Bin im Little Italy, Eichenstraße. Paul, circa 19.00.»

Die zweite Nachricht steckte in einem verschlossenen Briefumschlag im Briefkasten.

«Der frühe Vogel fängt den Wurm. Morgen um 5.30, wenn die Luft wieder rein ist. M.»

Leonie konnte ein Stöhnen bei beiden Nachrichten nicht unterdrücken. Paul glaubte offenbar, es wäre ihr eine Hilfe, wenn er sie zu einem Abend bei einem guten Essen einladen würde. Und was Michael vorhatte, war ebenso klar. Er wollte mit ihr eine Tatortbesichtigung machen und hören, was sie bis dahin in Erfahrung gebracht hatte. Zu beidem hatte sie keine Lust, konnte aber keinem absagen. Also ging sie rasch in ihre Wohnung, tauschte Jeans und Polohemd gegen etwas Gefälligeres und ging das kurze Stück zum Restaurant Little Italy zu Fuß. Paul saß dort vor einem Glas Bier und unterhielt sich mit dem *padrone*, dessen Gesicht sich aufhellte, als er Leonie hereinkommen sah. Leonie hätte sich nicht als Stammgast bezeichnet, aber wenn sie Lust auf gutes italienisches Essen hatte, kam sie gern her. Und da der Wirt ihr Gesicht auch schon häufiger in der Zeitung gesehen hatte, begrüßte er die *dottoressa* jedes Mal mit Ehrerbietung.

Paul sah ihr mit fragendem Blick entgegen. Nach einem kurzen Austausch von Höflichkeiten mit dem Wirt setzte sich Leonie Paul gegenüber.

«Hast du schon bestellt?»

«Ich habe auf dich gewartet», erwiderte Paul und nickte dem Wirt zu, der die große handbeschriftete Tafel brachte, auf der die Gerichte des Tages aufgelistet waren. Sie trafen ihre Wahl und blickten einander schweigend an.

«Das war kein guter Tag für dich», sagte Paul schließlich.

«Nein, das kann man nicht sagen.»

«Andererseits kann einem Schlechteres passieren, als die Leitung eines solchen Instituts zu übernehmen.»

Leonie nahm einen Schluck von dem Trebbiano, den sie zur Vorspeise bestellt hatte.

«Nicht auf diese Art und Weise. Aber ich danke dir für den Versuch, meine Laune zu heben.»

Während des Essens unterhielten sie sich über das, was Leonie in der nächsten Zeit an Aufgaben erwartete und wie es weitergehen würde, falls Cordes nicht auf seinen Stuhl zurückkehren konnte. Ein Thema, über das Leonie nicht gern reden wollte.

«Mir reicht schon die Aussicht, für mehrere Wochen zwei

Hüte tragen zu müssen. Und weiter will ich gar nicht denken.»

Leonie war klar, dass sie den Kopf nicht lange würde in den Sand stecken können. In den nächsten Tagen entschied sich, ob und wie weit der Professor genesen würde. Und davon hing ab, ob er ans Institut zurückkehren konnte. Falls nicht, würde die Debatte um seine Nachfolge beginnen und damit auch über ihre Zukunft.

Nach dem Essen, das sie trotz allem sehr genoss, begleitete Paul sie nach Hause. Vielleicht hatte er erwartet, dass sie ihn bitten würde, über Nacht zu bleiben. Aber er zeigte sich nicht enttäuscht, als sie sich schon an der Haustür von ihm verabschiedete. Sie war ihm dankbar für sein Feingefühl. Überdies ersparte es ihr eine Erklärung, warum sie den Wecker auf vier Uhr stellen musste.

Nach wenigen Stunden unruhigen Schlafes erwachte Leonie, kurz bevor der Wecker sich meldete. Kaltes Wasser und zwei Tassen sehr starken Kaffees brachten ihren Kreislauf so weit in Schwung, dass sie sich um Viertel vor fünf auf den Weg machen konnte. Um die Zeit war noch nicht viel los auf den Straßen, und sie brauchte nicht so lange für die Fahrt an den Stadtrand, wie sie veranschlagt hatte. Wie am Tag zuvor fuhr sie auf den kleinen Parkplatz am Ödenweg, stieg aus und sah sich um. Polizeiabsperrungen waren nirgendwo zu sehen, die Tatortarbeit schien abgeschlossen. Leonie ging langsam den Weg entlang, der zur Golf-Range führte. Michael hatte keinen Treffpunkt angegeben, aber sie war sicher, dass er sie finden würde. Sie hatte den Gedanken kaum zu Ende gedacht, als ihr Handy klingelte.

«Sieh mal nach rechts.»

Leonie tat wie geheißen. Der Frühnebel, der bis jetzt die aufgehende Sonne verborgen hatte, löste sich langsam auf, und aus dem flimmernden Dunst, der über die weiten Rasenflächen waberte, erschien wie ein Dschinn die dunkle Gestalt ihres Bruders. Er stand in der Nähe eines der beiden Teiche, teilweise verdeckt von einem Gebüsch, und sah ihr entgegen. Beim Näherkommen bemerkte sie einen Feldstecher in seiner Hand.

«Bist du Frühaufsteher?», sagte sie statt einer Begrüßung.

«Wir wollen doch in Ruhe unsere Runde drehen, oder?», fragte er zurück. «Was muss ich wissen?»

Leonie setzte ihn ins Bild. Es war eine Rekonstruktion, da die Leichen von wohlmeinenden Helfern bewegt worden waren. Sie zeigte ihm die Richtung, aus der Zeugen glaubten die Schüsse gehört zu haben. Gesehen hatte niemand etwas. Zusammen gingen sie zu dem Gebüsch, wo die Spurensicherung auch Fußabdrücke und abgeknickte Zweige gefunden hatte. Michael untersuchte die Stelle sorgfältig. Dann wollte er wissen, wo der Professor gestanden hatte, als die Kugel ihn verletzte. Leonie bezeichnete ihm die Stelle am östlichen Ende des Platzes.

«In welchem Winkel sind die Projektile in die Köpfe der Toten eingetreten?», wollte er wissen.

«Etwa fünfzehn Grad bei beiden», antwortete Leonie und folgte seinem Blick zu der Stelle auf dem Rasen, den er mit einem Stab gekennzeichnet hatte. Nach ihren Angaben hatte er ihn so weit in die Erde gerammt, dass er ungefähr der Körperlänge der Toten entsprach.

«Unmöglich. Von hier aus fällt das Gelände nicht stark genug ab, um diesen Winkel zu erzeugen. Wer immer hier gestanden hat, war nicht unser Mann.» Er wies auf die Fußspur und die Gipsreste, die die Spurentechniker bei der Sicherung der Abdrücke hinterlassen hatten. Nach ihren Angaben über die Ein- und Austrittswunden und die Richtungen, in die die beiden Golfer vermutlich spielten, als die Schüsse sie trafen, versuchte Michael, die Position der beiden zueinander zu rekonstruieren. Interessiert beobachtete Leonie, wie er in einer Zeichnung seine

Überlegungen zu Papier brachte. Zuletzt fügte er Cordes in die Skizze ein. Dann suchte er das Gelände mit seinem Feldstecher ab.

«Okay», sagte er in einem Ton der Befriedigung. «Versuchen wir's mal da oben.» Er deutete auf eine Gebüschgruppe auf einem Hügel einige hundert Meter von ihrer jetzigen Position entfernt.

«Das ist doch viel zu weit», meinte Leonie.

«Nicht für einen Mann mit der richtigen Ausrüstung.»

Leonie lief hinter ihm her, als er den Platz umrundete, immer wieder Deckung hinter Gebüschen und Bäumen suchend. Die Sonne war hinter neu aufziehenden Wolken verschwunden, wofür Leonie dankbar war. Die Furcht, von anderen Frühaufstehern entdeckt zu werden, plagte sie. Langsam näherten sie sich der bezeichneten Stelle.

«Glaubst du nicht, dass die Polizei hier alles schon gründlich genug abgesucht hat? Die haben doch bestimmt die gleichen Überlegungen wie du angestellt.»

Michael antwortete nicht und begann mit der systematischen Untersuchung von Gebüsch und Erdboden. Er nahm sogar eine Lupe zur Hilfe. Seine Suche dauerte fast eine halbe Stunde, und Leonie wurde langsam unruhig. Sie sah auf die Uhr.

«Lass uns hier verschwinden. Du wirst sowieso nichts finden, was die Polizei nicht schon entdeckt hat.»

Michael kroch unter einem dicht gewachsenen Gebüsch hervor und richtete sich auf. In seinen Haaren hingen Spinnweben und trockene Blätter. Er hatte eine Pinzette in der Hand und ließ Leonie ein schmales Streifchen graubraunen Stoffs sehen, das er damit hielt.

«Weißt du, was ein *ghillie-suit* ist?»

«Ein was?»

«Das ist eine Art Zottelanzug, den sich die amerikanischen

Marines für Einsätze basteln, in denen sie maximale Tarnung brauchen. Angehörige deutscher Spezialtruppen machen das Gleiche. Auf einen Kampfanzug werden Streifen aus gefärbtem Sackleinen genäht. Entsprechende Überzüge werden für die Kampfstiefel angefertigt, auch über die Waffe werden Tarnnetze gezogen, und nicht zu vergessen die Gesichtsmaske. Wenn du das trägst, siehst du aus wie eine Mischung aus Yeti und Weihnachtsbaum, aber wenn sich ein Scharfschütze mit solch einer Tarnung in ein Gebüsch legt, bemerkst du ihn nicht, selbst wenn du schon fast auf ihn trittst.»

Leonie betrachtete ungläubig das Stofffragment. «Du glaubst, dass einer in so einem Zottelkostüm über den Golfplatz gelaufen ist?»

Michael grinste. «Nein, ich denke, unser Mann ist in der Nacht gekommen. Ich tippe, er hat so wie ich in der Straße hinter dem Golfplatz geparkt, mitten zwischen den Autos der Anwohner dort. Das ist in diesem Fall das Unauffälligste. Dann hat er seine Position gesucht, sich in seine Tarnung geworfen und gewartet.»

Leonie schüttelte den Kopf. «Aber die Schüsse sind erst am späten Vormittag gefallen. Warum sollte er sich Stunden vorher auf die Lauer legen?»

«Es macht ihm nichts aus, fünf oder sechs Stunden oder länger zu beobachten und zu warten, ohne einen Muskel zu rühren. Darauf ist er vermutlich trainiert. So wie er darauf trainiert ist, sich unhörbar und unsichtbar zu machen und im günstigsten Augenblick zu schießen und mit dem ersten Schuss zu treffen.»

«Du glaubst, wir haben es mit einem Soldaten zu tun?»

«In jedem Fall mit einem Mann, der eine besondere Ausbildung zum Scharfschützen durchlaufen hat. Und das lernt man nicht auf der Schule.»

Michael schob ein paar Zweige zur Seite und deutete auf den nur sehr dünnen Grasbewuchs unter dem Gebüsch. Zwischen den Gräsern schimmerte dunkel der Erdboden durch.

«Siehst du das Loch im Boden?»

Leonie musste in die Hocke gehen, um zu sehen, was er meinte. Zwischen zwei Grasbüscheln, die Michael mit beiden Händen zu den Seiten bog, war ein kleines Loch in den Boden gestanzt. Man musste schon sehr genau suchen, um es zu finden.

«Und dort.» Michael zeigte ihr zwei weitere nicht so tiefe Eindrücke im Boden. «Und jetzt wissen wir auch, welche Waffe er benutzt hat.»

«Okay, Holmes. Wenn du mir jetzt noch die Farbe seiner Unterhose nennen kannst, bin ich wirklich beeindruckt.» Leonie richtete sich wieder auf und klopfte ein paar Erdkrümel von ihrem Hosenbein.

«Sei nicht albern», versetzte ihr Bruder streng. «Wenn du dich mit Waffen so gut auskennen würdest wie mit Leichenflecken, wüsstest du, was ich meine. Das Gewehr, mit dem geschossen wurde, hat nicht nur wie andere Repetiergewehre ein Zweibein vorn am Ende des Laufhandschutzes, sondern an der Unterseite der Schulterstütze einen Erddorn als dritten Auflagepunkt. Der hat in diesem weichen Boden das hübsche Loch da hinterlassen. Und das alles sagt mir nun, dass der Sniper ein G22 benutzt hat.»

«Wow.» Leonie war ehrlich beeindruckt.

«Das G22 ist ein Scharfschützengewehr, das seit Anfang der Neunziger von der britischen Firma *Accuracy International* hergestellt wird. Es wird von den Natotruppen benutzt, aber auch vom GSG9 oder diversen SEKs. Da in diesem Fall wie auch bei dem Berliner Rentner, wie man an den Schusswunden sieht, Hartkernmunition benutzt wurde, tendiere ich zu der Auffassung, dass wir es hier mit einem Mann zu tun haben, der in irgendeiner Weise Kontakt zu speziellen militärischen Kreisen hat oder hatte.»

«Was hat jetzt wieder die Munition damit zu tun?»

«Hartkernmunition, mit der man sogar leichte Panzerungen knacken kann, ist für den zivilen Bereich verboten. Bei Polizei und Grenzschutz werden Vollmantelgeschosse mit Weichkern verwendet, überwiegend auch beim Militär. Die haben den Vorteil, dass sie bis etwa fünfhundert Meter sehr wirksam sind. Hohe Stauchwirkung beim Aufprall und großer Wundaustritt. Ab fünfhundert Metern nimmt die Stauchwirkung ab. Hartkerngeschosse dagegen bleiben formstabil und flutschen nur so durch den Körper. Sie geben wenig Energie an den getroffenen Körper ab und fliegen noch Hunderte von Metern weit. Ich glaube übrigens nicht, dass auf deinen Chef ein dritter Schuss abgefeuert wurde. Ich bin fast sicher, dass er in einer Linie mit einem der beiden anderen Opfer stand und nur durch Zufall getroffen wurde. Unser Mann ist ein zu guter Schütze für einen Streifschuss.»

Leonie fühlte Erleichterung. Insgeheim hatte sie befürchtet, dass der Schütze gezielt Jagd auf einen Rechtsmediziner gemacht hatte.

«Und wie ist der Kerl an dieses Gewehr herangekommen?»

«Er könnte es legal im Ausland gekauft haben, in Belgien zum Beispiel. Bei den heutigen offenen Grenzen wäre er bei der Rückreise kein besonders großes Risiko eingegangen. Aber ich denke, er hat es gestohlen. Die Munition wahrscheinlich auch.»

Leonie sah wieder auf ihre Uhr. «Ich hoffe, du hast nicht vor, auch noch auf die Suche nach einem Projektil zu gehen. Wir müssen hier weg.»

«Wüsste nicht, wo ich suchen sollte. Die können zwei Kilometer weit geflogen sein. Und die Hülsen hat er natürlich aufgesammelt. Die hätten wir gut gebrauchen können.» Michael nickte anerkennend. «Er hat wirklich gute Arbeit geleistet. Bis auf die kleinen Löcher und den Stofffetzen gibt es nicht den Hauch eines Hinweises auf ihn.»

Leonie folgte ihm wieder bei seinem Zickzacklauf an den Rand des Golfplatzes.

«Wie ist er da überhaupt weggekommen? Nach den Schüssen kamen doch Leute.»

«Ich vermute, er hat den Tarnanzug abgestreift und das Gewehr verstaut, wahrscheinlich in einer Golftasche, und hat sich in aller Ruhe zurückgezogen. Vielleicht hat er sich sogar unter die Schaulustigen gemischt. Und vergiss nicht, dass unmittelbar nach den Schüssen die Aufmerksamkeit ganz woanders fokussiert war.»

Sie verließen das Gelände und gingen langsam zu Leonies Auto.

«Warum tut er das? Was treibt ihn an? Er ist kein Amokläufer, der in einer spektakulären Aktion seinen Hass und seinen Frust entlädt.»

Michael überlegte einen Moment. «Trotzdem könnte es eine Form von Ausraster sein. Ein Druck, der sich aufbaut und immer wieder neu entlädt. Und er tut es auf seine Weise, so wie er töten gelernt hat.»

«Das ist monströs. Wie müssen ihn unbedingt stoppen.» Leonie sah ihn an. «Kann ich deine Schlussfolgerungen der Polizei kolportieren?»

Michael sah nicht begeistert aus. «Sie würden dich fragen, woher du deine Weisheiten hast. Und ich bezweifle, ob du dafür eine plausible Lüge finden kannst.»

Leonie musste zugeben, dass daran etwas war. Über das Problem würde sie nachdenken müssen. Aber vielleicht konnte sie mit Vera über ein Profil des Täters sprechen. Jetzt gab es einen Tatort.

«Kann ich dich irgendwohin mitnehmen?», fragte sie ihren Bruder.

«Danke, ich nehme den Bus.»

Leonie musste lachen. Er sah sie fragend an.

«Entschuldige. Aber ein Mann wie du und Busfahren, das passt irgendwie nicht zusammen.»

Michael schüttelte den Kopf. «Oh, das passt sogar sehr gut. Ein Mann wie ich ist ein unauffälliger Mann. Ein Schaf in einer Schafherde. Du muss noch viel lernen über Männer wie mich.»

Leonie sah ihm nach. Für einen Moment hatte sie vergessen, dass er auf der anderen Seite stand. Das Lachen war ihr vergangen.

18.

DIE ERSTEN BEIDEN Tage als kommissarische Leiterin des Institutes für Rechtsmedizin verschwammen später in Leonie Simons Erinnerung zu einer einzigen, 48 Stunden währenden Besprechung. Auf die erste erschrockene Stille war der Sturm derer gefolgt, die über die eingetretene Situation und ihre Folgen dringend mit ihr reden wollten. Gleichzeitig musste Leonie mit Frau Ohngemach eine Art Übernahme des Schreibtisches ihres Chefs vollziehen. Zum ersten Mal war sie froh, dass Cordes sich in den vergangenen Monaten immer weiter aus dem Alltagsgeschäft zurückgezogen und ihr bereits sehr viel überlassen hatte. Der Sprung ins kalte Wasser war dadurch erheblich abgemildert. Dennoch mussten die Dinge, die sie bis jetzt hauptsächlich beschäftigt hatten, zunächst in den Hintergrund treten. Und als ihre Sekretärin ihr Max Lifka durchstellen wollte, bat sie, ihn zu vertrösten. Aber Frau Thiele meldete sich ein zweites Mal. Der Junge rufe aus dem Polizeikommissariat in der Koppelstraße an und sei in Schwierigkeiten. Leonie nahm das Gespräch an, wobei sie sich keine Mühe gab, ihre Verärgerung zu verbergen. Ein ziemlich kleinlauter Max gestand, dass er beim Klauen erwischt worden sei, und bat um ihre Hilfe. Die Koppelstraße befand sich unweit von Hagenbecks Tierpark, wenige Autominuten vom Institut entfernt. Leonie bat Frau Thiele, ihren nächsten Termin um eine halbe Stunde zu verschieben, und machte sich auf den Weg. Sie war zum ersten Mal richtig zornig wegen des Jungen. Auf der Wache erwartete sie ein Beamter, den sie recht gut kannte. Bevor sie zu Max geführt wurde, ließ sie sich berichten, was er angestellt hatte. Zusammen mit zwei anderen Jungen, die flüchten konnten, hatte er in einem Elektronikmarkt versucht, eine Digitalkamera zu stehlen. Ein Kunde hatte gesehen, dass er die Kamera in seiner weiten Jacke verschwinden ließ, und das Personal informiert. Max war noch nicht strafmündig, der Beamte musste ihn also in jedem Fall wieder laufen lassen. Es lag ihm ohnehin nichts daran, Leonie Schwierigkeiten zu machen. Aber das Geschäft hatte Anzeige erstattet, und aufgrund der familiären Situation musste das Jugendamt informiert werden.

Max saß in einem kleinen Büro unter der Aufsicht einer jungen Beamtin. Als Leonie den Raum betrat, sah er auf. Sein Gesicht zeigte widerstreitende Emotionen. Schuldbewusstsein, Angst und Trotz. Leonie bat darum, einen Moment allein mit ihm sprechen zu können. Der Beamte nickte seiner Kollegin zu, die daraufhin das Büro verließ. Leonie setzte sich auf ihren Platz und sah Max an. Sie schwieg. Zu lange für sein schlechtes Gewissen.

«Ich hab Scheiße gebaut, das weiß ich schon selbst. Sie brauchen mich gar nicht so anzusehen.»

«Ist das alles, was du zu sagen hast?»

Max schwieg und studierte die Trauerränder unter seinen Fingernägeln.

«Du warst nicht allein. Zwei ältere Jungen waren bei dir. Sie waren schlau genug, sich rechtzeitig zu verdrücken und dich die Sache allein ausbaden zu lassen. Wer sind die beiden?»

«Ich verpfeif keinen», kam prompt die Antwort.

«Ich sag dir, was ich glaube.» Leonie stand auf und ging um den Schreibtisch herum. Sie beugte sich zu ihm und zwang ihn, sie anzusehen.

«Möglichkeit eins: Du hast die falschen Freunde oder versuchst, dir welche zu kaufen. Möglichkeit zwei: Du wirst gemobbt und erpresst. Möglichkeit drei: Es ist eine Mischung aus beidem. In jedem Fall brauchst du eine Menge Geld. Hab ich Recht oder hab ich Recht?»

Max warf ihr einen scheelen Blick zu, antwortete aber nicht.

«Du denkst, du kriegst die Sache selbst in den Griff. Aber da irrst du dich. Es wird sogar immer schlimmer werden. Je eher du einsiehst, dass du Hilfe brauchst, desto besser.»

«Wer soll mir denn helfen? Die Bullen? Wie denn?»

«Wenn du erpresst und bedroht wirst, ist das eine Straftat, die verfolgt werden wird.»

Max verzog die Lippen zu einem verächtlichen Lächeln. «Ja, klar. So blöd bin ich nicht. Denen würde gar nichts passieren. Die wären nach fünf Minuten wieder auf der Straße.»

Leider hatte er Recht. Jugendliche Täter hatten selbst bei schweren Straftaten kaum etwas zu befürchten und kamen meist sofort wieder auf freien Fuß. Immerhin hatte Max indirekt zugegeben, wo sein Problem lag. Leonie legte ihm die Hand auf die Schulter.

«Max, wir werden eine Lösung finden. Das verspreche ich dir. Aber so weitermachen wie bisher kannst du nicht.»

Max schüttelte den Kopf. Es sah nicht so aus, als glaubte er ihr.

«Ich muss jetzt gehen, Max.»

Er hob den Kopf. «Nehmen Sie mich nicht mit?»

«Ich bin nicht deine Erziehungsberechtigte. Man wird deine Pflegemutter informieren, die wird dich abholen.»

Der Junge sackte in sich zusammen. «Die wird mich rausschmeißen. Dann komme ich in ein Heim.»

«Nun wart's mal ab», sagte Leonie tröstend. «So weit ist es ja noch nicht. Ich werde mit Frau Kuntner reden. Bis bald.»

Sie klopfte ihm aufmunternd auf die Schulter und verließ ihn. Wohl fühlte sie sich dabei nicht. Sie ließ ein verzweifeltes Kind zurück, aber es gab im Moment nicht viel, was sie für ihn tun konnte. Außerdem konnten ein oder zwei einsame Stunden in Polizeigewahrsam recht heilsam sein.

Max' Problem verfolgte sie mehr oder weniger den ganzen Tag. Ihr Versuch, mit Vera Kilian darüber zu sprechen, scheiterte daran, dass die sich ein paar Tage freigenommen hatte, um ihren Buchhändler in München zu besuchen. Mehrfach wählte sie die Nummer von Max' Pflegemutter, erreichte aber stets nur den Anrufbeantworter, auf dem sie zweimal eine Nachricht hinterließ. Am späten Nachmittag hatte sie wegen eines Malariafalles einen Termin im Tropeninstitut. Und weil das Wetter wieder besser geworden war, nahm sie die Gelegenheit wahr, danach einen Spaziergang an der Elbe zu machen. In den letzten Wochen hatte sich eine Menge angesammelt, über das sich das Nachdenken lohnte. Trotz aller Sorgen um Max und ihre Tante Charlotte, deren Besserung nur sehr langsame Fortschritte machte, trotz der neuen Belastung durch Cordes' Ausfall und allen damit zusammenhängenden Problemen schob sich in ihren Gedanken immer wieder der Mumien-Fall in den Vordergrund. Und das Gesicht von Nicola Goerne. Irgendetwas faszinierte Leonie an dieser jungen Frau. Der Wunsch, sie wiederzusehen, sie besser kennen zu lernen, war nicht zu leugnen und seit dem Gespräch mit ihrer alten Lehrerin sogar noch stärker geworden. Leonie erklärte es sich damit, dass über Nicola Goerne die wenigsten Informationen vorlagen und sie immerhin die beste Freundin der Toten zum Zeitpunkt von deren Verschwinden war. Andererseits wusste sie nicht, wie sie ein weiteres Treffen begründen sollte, also musste es ein zufälliges sein. Leonie beschloss, dem Zufall auf die Sprünge zu helfen. Sie war ohnehin ganz in der Nähe des Restaurants, wo Nicola Goerne arbeitete, und Hunger hatte sie auch.

An einem schönen Abend wie diesem war direkt vor dem

Restaurant natürlich kein Parkplatz zu finden. An der Elbchaussee hatte Leonie mehr Glück und nahm einen Fußweg, der zur Elbe hinabführte. Vor dem Restaurant waren alle Tische besetzt, und weil Leonie sich nicht zu fremden Leuten setzen mochte, überlegte sie, ob sie hineingehen sollte. Plötzlich kam sie sich mit ihrem Vorhaben ungeheuer albern vor und beschloss, direkt nach Frau Goerne zu fragen. Sie wandte sich an eine Kellnerin und bekam die Auskunft, die Köchin habe nachmittags frei, könne aber jeden Moment zurückkommen. Leonie wollte nicht warten. Sie ging den Weg zurück, den sie gekommen war. An der Elbchaussee stieg sie in ihren Wagen ein und wollte gerade ausparken, als ihr ein weißer Lieferwagen auffiel, der in zweiter Reihe anhielt. Im Rückspiegel sah sie Nicola Goerne vom Beifahrersitz klettern. Am Steuer saß ein junger Mann, von dem sie sich mit einem Lachen verabschiedete. Sie hat also einen Freund, dachte Leonie. Sollte sie ihr nachgehen? Ein Wagen mit einer jungen Frau am Steuer hielt hinter ihr und setzte den Blinker, eine Anwärterin auf Leonies Parkplatz. Das entschied die Frage. Leonie kurvte aus der Parklücke und gab Gas. Im Rückspiegel sah sie Nicola Goerne den Weg einschlagen, den sie soeben gegangen war. Sie hatte sie um wenige Minuten verpasst. Vielleicht war es besser so.

Auf dem Heimweg hielt Leonie bei einem Weinladen am Eppendorfer Weg und deckte sich mit einem neuen Vorrat an Rotwein ein, und weil Sommer war, kaufte sie auch ein paar Flaschen Weißwein. Dabei passierte sie die Roonstraße, wo Marlene Böttcher gewohnt hatte und ihre Leiche entdeckt worden war. Leonie bog in die Straße ein und machte wieder einen Deal mit sich selbst. Falls sie einen der extrem seltenen Parkplätze in der Straße ergatterte, würde sie bei Marlenes Wohnungsnachfolgern klingeln. Falls nicht, würde sie noch einmal versuchen, Kaminski zu einer offiziellen Untersuchung der Wohnung zu überreden. Im zweiten Gang schlich sie die Straße entlang. Sie fand einen Parkplatz, noch dazu genau vor der richtigen Hausnummer.

Die Haustür war nicht ganz geschlossen. Leonie betrat einen dunklen Flur und stieg die vier Stockwerke empor. An der Tür zu Marlenes ehemaliger Wohnung prangte ein Namensschild aus Messing mit einem Frauen- und einem Männernamen. Leonie hörte ein Geräusch hinter der Tür und klingelte. Fast sofort öffnete sich die Tür, und ein junger Mann im Trainingsanzug stand vor ihr und sah sie stirnrunzelnd an.

Leonie stellte sich vor. «Ich nehme an, die Polizei hat bereits mit Ihnen über Marlene Böttcher gesprochen?»

«Ja. Und?»

Eine junge Frau erschien im Hintergrund. Leonie nickte ihr einen Gruß zu.

«Es haben sich Gründe ergeben, die ehemalige Wohnung der Toten zu überprüfen.»

«Wieso denn?» Die junge Frau kam näher. «Wir wohnen erst seit ein paar Monaten hier. Wir haben überhaupt nichts mit der Sache zu tun.»

«Darum geht es auch gar nicht.» Leonie lächelte beruhigend. «Wir interessieren uns für mögliche Spuren, die noch vorhanden sein könnten.»

«Sie meinen, die Frau ist hier ermordet worden?»

Es war unübersehbar, dass die beiden jetzt höchst interessiert waren.

«Darüber gibt es keine Erkenntnisse», wiegelte Leonie ab. «Dürfte ich mir die Wohnung kurz ansehen?»

«Ich wollte eigentlich gerade zum Joggen», sagte der Mann im Trainingsanzug.

«Ich bin doch da», schaltete sich seine Freundin wieder ein. «Kommen Sie rein.»

Die Wohnung war nach Leonies Schätzung etwa 75 qm^2 groß. Alle drei Wohnräume ebenso wie der Flur hatten Holzfußböden, so genannte Schiffsplanken. Nur in der Küche und im Bad bestand der Boden aus Fliesen. Die mit Raufaser tapezierten Wände sahen frisch gestrichen aus.

«Sie haben sicher renoviert, als Sie eingezogen sind?» Leonie wandte sich an die junge Frau. Der Trainingsanzug stand immer noch in der halb offenen Eingangstür. Natürlich war er viel zu neugierig, um jetzt zu verschwinden.

«Wir haben nur die Wände und die Fensterrahmen frisch gestrichen.»

«Und die Fußböden? Haben Sie die gelegt?»

Die junge Frau hob die Augenbrauen. «Wir doch nicht. Wissen Sie, was so was kostet? Die Böden, auch die Fliesen im Bad und in der Küche, hat damals diese Böttcher neu gemacht. Die hatte reiche Eltern, sagt der Hausmeister.»

Dann gibt es eine Chance, dachte Leonie. «Haben Sie irgendwelches Mobiliar übernommen?»

Die Frau schüttelte den Kopf.

«Natürlich haben wir das», sagte ihr Freund. «Den Spiegelschrank im Bad und die Einbauküche.»

«Klar. Aber das gehört ja sowieso zur Wohnung. Alle Möbel haben wir mitgebracht.»

Leonie war nicht unzufrieden, als sie sich bedankte und von den beiden verabschiedete. Sie fuhr zu ihrer Wohnung und schleppte den Wein in ihren Keller, wo sie außer ein paar Möbeln, die sie nicht mehr gebrauchen konnte, und vier noch immer nicht ausgepackten Umzugskartons ein Weinregal aufgestellt hatte. Dann rief sie Paul an. Im Büro meldete er sich nicht, und bei ihm zu Hause lief nur das Band. Leonie hinterließ eine Nachricht und bat um Rückruf. Der kam, als sie in der Badewanne lag. Mit feuchten Fingern griff sie nach ihrem Handy.

Sie erzählte Paul von Marlenes früherer Wohnung und den Bodendielen, die noch aus der Zeit stammten.

«Würden biologische Spuren mehr als vier Jahre und regelmäßiges Wischen mit Seifenwasser überstehen?»

«Warum nicht? Vorausgesetzt, die Spuren sitzen in den Zwischenräumen und der Boden wird nur feucht übergefeudelt. Größere Überschwemmungen überstehen biologische Spuren natürlich nicht.»

«Und wie stehen die Chancen im Bad und in der Küche?»

«Eher schlecht. Bei durchschnittlicher Hygiene und halbwegs regelmäßiger Reinigung sind auf glatten Flächen wie Kacheln und Fliesen sämtliche Spuren längst getilgt. Es hat Fälle gegeben, bei denen man noch Monate nach der Tat Blutreste in Abflüssen und Syphons nachweisen konnte. Das waren allerdings Fälle, in denen eine große Menge Blut geflossen ist.»

Das war bei Marlene Böttcher mit ziemlicher Sicherheit nicht passiert. Wenn überhaupt, hatte es nur eine kleine Blutung gegeben.

«Man müsste also die ganze Wohnung mit Luminol einsprühen», dachte Leonie laut. «Wenn Blut da ist, müsste man's dann sehen.»

Die Luminolreaktion ist eine altbewährte Methode zur Auffindung von Blutspuren, die nicht sichtbar oder als solche nicht erkennbar sind. Eine geringe Menge des Pulvers wird in Wasser verrührt, in dem vorher Wasserstoffperoxyd und Natriumcarbonat in einem bestimmten Verhältnis gelöst wurden. Diese Mischung wird mit einer Spritzpistole versprüht, und zwar bei vollständiger Dunkelheit. Durch einen Oxydationsprozess leuchten Blutflecken sekundenkurz bläulich auf. Es ist deswegen nötig, den Vorgang fotografisch oder, besser noch, mit Video zu dokumentieren.

«Ich werde gleich morgen mit Kaminski drüber reden.»

«Er wird nicht begeistert sein», prophezeite Paul. «Läuft bei deinen Nachbarn gerade wieder die Waschmaschine aus, oder liegst du in der Badewanne?»

Leonie drehte den Heißwasserhahn wieder zu, den sie kurz aufgedreht hatte, weil es ihr in der Wanne zu kühl geworden war.

«Das ist nicht komisch.» Ihr häuslicher Super-GAU steckte Leonie noch immer in den Knochen.

Sie redeten noch ein paar Minuten über die Situation im Institut, bis Leonie ihr Bad und damit das Gespräch beenden wollte. Paul hatte nicht gefragt, wann sie sich wieder treffen würden. Für Leonie gab es derzeit andere Prioritäten. Sie hoffte, dass er das verstand und sich nicht vernachlässigt fühlte. Ein schlechtes Gewissen hatte sie trotzdem.

Bevor sie am folgenden Morgen ins Institut fuhr, rief sie wieder bei Max' Pflegemutter an. Diesmal hatte sie Glück. Aber Frau Kuntner war so aufgebracht, dass Leonie zunächst kaum zu Wort kam. Max' Rauswurf schien bei den Kuntners bereits beschlossene Sache zu sein. Sie wollten das Jugendamt bitten, so bald wie möglich eine andere Unterbringung für den Jungen zu finden.

Leonie tat ihr Bestes, um für Max zu werben. Sie appellierte an Frau Kuntners Mitgefühl.

«Max ist offenbar in eine Situation hineingeraten, die ihn überfordert. Natürlich ist es falsch, dass er uns belügt, statt um Hilfe zu bitten. Aber dafür gibt es sicher einen Grund.»

«So? Welchen denn?»

«Vermutlich hat er Angst. Oder einen falschen Begriff von Ehre. Frau Kuntner, der Junge hat keinen schlechten Charakter. Das müssten Sie doch wissen, er lebt schließlich schon lange genug bei Ihnen. Im Grunde ist er ein lieber Kerl. Wir dürfen ihn nicht fallen lassen, weil er Dummheiten macht.»

«Dummheiten nennen Sie das? Ich nenne das kriminell.»

«Ich will gar nicht entschuldigen, dass er gestohlen hat. Aber ich sehe auch die mildernden Umstände. Ich habe mit dem Jungen gesprochen, und er ist wirklich verzweifelt. Er braucht Hilfe.»

«Mag sein. Aber ich kann das nicht.» Frau Kuntner sprach jetzt ohne Schärfe, fast traurig im Ton.

«Doch, Sie können. Geben Sie ihn nicht den Behörden zurück wie eine beanstandete Ware. Ich bin sicher, dass ihn das Erlebnis mit der Polizei aufgerüttelt hat.»

Sie konnte nur hoffen, dass sie damit Recht hatte. Konsequenzen rechtlicher Art hatte er keine zu gewärtigen. Kinder unter vierzehn Jahren durften anstellen, was immer sie wollten. Die Justiz war in diesen Fällen ein zahnloser Tiger. Frau Kuntner ließ sich schließlich das Versprechen abringen, noch einmal mit ihrem Mann zu reden.

Kaminski war, genau wie Paul vorausgesagt hatte, wenig aufgeschlossen für Leonies Idee, in Marlenes Wohnung Luminol zu versprühen. Sie hatte ihn gegen Mittag erreicht, und das Erste, was er sie fragte, war, ob sie sich vorstellen könne, wie viel Zeit er neben seiner Arbeit bei der Soko «Sniper» für Mätzchen wie Luminoltests habe, noch dazu bei einem abgeschlossenen Fall. Auch wegen des großen Drucks durch Medien und Öffentlichkeit war die Soko noch einmal um fast zwanzig Beamte erweitert worden, die in mühevoller Kleinarbeit versuchten, den Anfang eines roten Fadens aufzuspüren, der sie am Ende zum Täter oder zu den Tätern führen konnte. Inzwischen wurde auch nicht ausgeschlossen, dass es sich um mehr als einen Täter handelte. Obwohl Michael sie gewarnt hatte, fragte Leonie, ob auch in militärischen oder paramilitärischen Kreisen ermittelt würde.

«Wie kommen Sie darauf?», wollte Kaminski wissen.

«Na ja, das fällt einem bei einem Scharfschützen doch als Erstes ein, oder?»

«Nicht unbedingt. Da gibt's noch eine Menge anderer Zielgruppen.»

«Aber es läuft nicht jeder Schützenkönig mit einem solchen Gewehr herum und legt sich stundenlang auf die Lauer, um harmlose Golfer zu erschießen.»

Eine Stunde später stand Kaminski in ihrem Büro. «Ich habe den Eindruck, es gibt etwas, das ich wissen sollte?»

Um Michaels Existenz nicht preiszugeben, musste Leonie improvisieren. «Mir hat der Anschlag auf Cordes keine Ruhe gelassen. Da bin ich noch einmal rausgefahren und hab den Golfplatz nach Hinweisen abgesucht.»

Kaminski lehnte breitschultrig am Türrahmen und sah aus wie das personifizierte Misstrauen. «Weil unsere Jungs und Mädels vom LKA alle Tomaten auf den Augen haben.»

«Nein, natürlich nicht.» Langsam und vorsichtig formulierte sie Michaels Überlegungen. «Ich habe nur versucht, mit den Augen des Schützen zu sehen, und habe, soweit ich informiert war, die Situation nachgestellt. Cordes war danach nur ein Zufallsopfer und wurde von einer der Kugeln getroffen, die auf einen der anderen abgefeuert wurde.»

Kaminski schüttelte den Kopf. «Geht nicht. Außer der Kerl kann um die Ecke schießen.»

Jetzt wurde es prekär. «Also, ich denke, er hat aus einer anderen Richtung geschossen. Von einem weiter entfernten Hügel aus. Deshalb nehme ich auch an, dass er eine besondere Ausbildung und ein besonderes Gewehr hat. Die Entfernung ist ziemlich groß.»

Kaminski sah sie lange und sehr nachdenklich an. «Das ist doch nicht auf Ihrem Mist gewachsen, Doc.»

«Wieso nicht?»

«Mit wem sind Sie auf dem Golfplatz gewesen, und was genau haben Sie gefunden?»

Leonie verlor das Duell der Blicke. «Suchen Sie einen Mann mit militärischer Scharfschützenausbildung, der ein G22 benutzt. Mehr weiß ich nicht, und mehr habe ich Ihnen nicht zu sagen.»

Sie hatte erwartet, dass Kaminski weiter in sie dringen würde. Aber er nickte nur und verließ ihr Büro. Leonie machte sich keine Illusionen, irgendwann würde er darauf zurückkommen. Trotzdem war sie erleichtert. Es war undenkbar, ermittlungsrelevante Informationen zurückzuhalten. An ihrem Zögern war nur ihr Wunsch schuld, Michael aus der Sache rauszuhalten. Lange würde ihr das, wie sie fürchtete, nicht mehr gelingen.

Kurz bevor sie am Abend das Institut verließ, rief zu Leonies Überraschung Nicola Goerne an.

«Meine Kollegin sagte mir, dass Sie nach mir gefragt haben.»

«Ja, das ist richtig.»

«Worum geht's denn?»

Was sollte sie sagen? Eigentlich gab es ja keinen konkreten Anlass.

«Ich würde mich gern noch einmal mit Ihnen über Marlene unterhalten.»

«Wozu?»

«Sie haben am Ende unseres letzten Gesprächs gesagt, dass Sie sie liebten.»

Leonie hatte das ohne Überlegung ausgesprochen. Die Reaktion war ein langes Schweigen. Sie dachte schon, Nicola Goerne habe aufgelegt. «Hallo?»

«Ich habe heute meinen freien Tag. Wenn Sie wollen, können wir uns treffen.»

«Gern. Wann und wo?»

«Um neun. Mar y Sol, Ottenser Hauptstraße.»

Leonie legte auf. Erstaunt stellte sie fest, dass sie sich darauf freute, Nicola Goerne wiederzusehen.

19.

«ABER NUR FÜNF Minuten.» Mit diesem Standardsatz hatte die Stationsschwester den Krankenbesuch Leonie Simons bei ihrem Chef genehmigt. Erst seit kurzem aus dem künstlichen Koma erwacht, lag Professor Cordes blass und mit eingefallenen Wangen in seinem Bett. Leonie zog sich einen Stuhl näher heran und setzte sich.

«Wie geht's Ihnen?»

«Beschissen wär geprahlt.»

Leonie lächelte. «Eigentlich wollte ich Sie für nächste Woche zum Bereitschaftsdienst einteilen.»

Cordes versuchte, ihr Lächeln zu erwidern, aber er brachte nur eine Grimasse zustande.

«Würde ich gern übernehmen. Alles ist besser, als hier zu liegen.» Er schwieg einen Moment und holte mühsam Luft. «Wie gefällt's Ihnen auf meinem Stuhl?»

«Ich halte ihn nur für Sie warm.» Leonie griff in eine Tüte, die sie mitgebracht hatte, und holte einen große, fest verschlossene Plastikschüssel heraus.

«Das ist ein Hühnerfrikassee von Frau Ohngemach. Damit Sie schneller wieder zu Kräften kommen. Kann man in der Mikrowelle warm machen.»

«Ich kann Hühnerfrikassee nicht ausstehen. Aber sagen Sie ihr das nicht.» Cordes hustete. «Was ist los im Institut?»

Leonie war auf diese Frage gefasst gewesen und hatte sich entsprechend vorbereitet. Unter Auslassung allzu unangenehmer Details gab sie einen kurzen Bericht über die Situation und kam dann auf das Attentat zu sprechen.

«Können Sie sich an das erinnern, was auf dem Golfplatz passiert ist?»

«Natürlich. Mein verdammtes Herz hat ja nicht gleich verrückt gespielt.»

Unterbrochen von kurzen Verschnaufpausen, erzählte er Leonie, wie er die Attacke erlebt hatte. Sein Bericht bestätigte im Großen und Ganzen die Vermutung Michaels über Umstände und Ablauf der Tat. Die Schüsse waren aus dem weit entfernten Gehölz gekommen, in dem Michael den Stofffetzen gefunden hatte. Und Cordes hatte offenbar in der Flugbahn des Projektils gestanden, das einen der beiden anderen Golfer getötet hatte.

«Das Blut lief mir den Arm runter, aber ich hab gleich gesehen, dass es keine schwere Verletzung war. Bin dann zu den beiden Männern hingelaufen, die ich hatte umfallen sehen. Beide waren schon tot, als ich sie untersucht habe. Hab's gerade noch geschafft, den Notruf zu machen, bevor ich ohnmächtig wurde.»

«Haben Sie den Schützen gesehen?»

«Nein.»

Sie hatte nicht mit einem Ja gerechnet, war aber trotzdem enttäuscht.

«Kannten Sie die beiden Toten?»

«Ich wusste, wer sie waren. Aber ich kannte sie nicht. Spielt auch keine Rolle. Der Kerl ist wahnsinnig, der schießt auf alles, was sich bewegt.»

Cordes sah völlig erschöpft aus, und die gestatteten fünf Minuten waren längst um. Leonie verabschiedete sich von ihrem Chef und versprach, regelmäßig zum Rapport zu kommen. Sie fand, es war ein gutes Zeichen, dass er sich schon wieder für die Belange des Instituts interessierte.

Auf dem Weg zum Fahrstuhl lief sie Kaminski in die Arme. Er war in Begleitung eines Kollegen, den sie nicht kannte.

«Wollen Sie zu Professor Cordes?»

«Zu wem sonst? Er ist doch vernehmungsfähig?» Kaminski war mal wieder die Freundlichkeit selbst.

«Mehr oder weniger. Im Moment eher weniger.»

«Das habe ich wohl Ihnen zu verdanken.»

Leonie gab Kaminski mit einer Kopfbewegung und einem Blick auf seinen Kollegen zu verstehen, dass sie ihn unter vier Augen zu sprechen wünschte. Er überlegte einen Moment, dann packte er ihren Arm, schob sie in einen leeren Behandlungsraum und schloss die Tür hinter sich.

«Hören Sie, Kaminski, ich will genau wie Sie, dass dieser Irre so schnell wie möglich gefunden wird. Es gibt keinen Grund für Feindseligkeiten.»

«Ach ja? Und was soll ich davon halten, dass Sie mal wieder Ihr eigenes Süppchen kochen und Informationen zurückhalten?»

«Ich habe Ihnen alles gesagt, was ich weiß.»

«Aber nicht, wie Sie dazu gekommen sind und welche Beweise Sie gefunden haben. Ich spür's in allen Knochen, dass da irgendetwas faul ist.»

Leonie ging nicht darauf ein. «Sie werden Professor Cordes natürlich selbst befragen, aber ich kann Ihnen jetzt schon sagen, dass er meine Version des Tathergangs bestätigt hat. Den Täter hat er nicht gesehen. Seine Herzattacke hat ihn allerdings auch ziemlich schnell außer Kraft gesetzt.»

Kaminskis Zorn auf sie schien langsam abzuflauen.

«Ich verheimliche nichts, was den Ermittlungen dienlich sein könnte. Glauben Sie mir», warb Leonie.

«Geschickt formuliert.» Kaminski sah sie stirnrunzelnd an. «Unterschätzen Sie mich nicht, Doc.»

«Hab ich nie getan.»

Kaminski wandte sich zur Tür.

«Moment noch, Kaminski.» Leonie legte ihm kurz die Hand auf den Arm. «Ich habe noch eine Bitte.»

Kaminski schüttelte den Kopf. «Nein.»

«Sie wissen doch noch gar nicht, worum es geht.»

«Ich soll die Spurensicherung in Marlene Böttchers Wohnung schicken.»

«Sie wollen mit dem Fall nichts mehr zu tun haben. Kann ich verstehen. Aber ich weiß, dass es einen Mörder gibt, der frei herumläuft. Und ich will wissen, wo und wie Marlene Böttcher gestorben ist. Angenommen, sie wurde niedergeschlagen, dann könnte sie eine blutende Kopfwunde davongetragen haben.»

Kaminski seufzte. «Wo ist der Beweis, den ich brauche, um die Spurensicherung auf Trab zu bringen?»

«Es gibt nur Indizien, keinen Beweis.» Leonie überlegte, wie sie es formulieren sollte. «Ich habe in der letzten Zeit mit ein paar Leuten gesprochen, die Marlene und ihre Clique gut kannten.»

«Welche Leute?»

«Zum Beispiel ihre damalige Klassenlehrerin. Marlene war das allgemeine Objekt der Begierde, und Sven Johannsen hatte das Rennen gemacht. An dem Abend auf St. Pauli gab es Streit.»

«Wer hat das gesagt?»

Leonie ignorierte die Frage. «Man trennte sich, aber ich bezweifele, dass Johannsen allein wegging. Die Aussagen der Clique könnten abgesprochen gewesen sein.»

Sie machte eine Pause, aber Kaminski schwieg.

«Marlene hat zuerst die Geschichte mit Stoll geglaubt. Er wurde immerhin rechtskräftig verurteilt. Aber dann sind ihr Zweifel gekommen. Ich bin sicher, dass sie die Wahrheit oder einen Teil davon herausgefunden hat.»

«Wer hat das gesagt?», wiederholte Kaminski.

«Niemand. Jedenfalls nicht so deutlich.» Leonie kapitulierte vor seinen zusammengezogenen Augenbrauen. «Ich habe mit Johannes Wagner und ihrer besten Freundin gesprochen. Was sie verschweigen, hat mich noch misstrauischer gemacht als das, was sie sagen. Und Sie glauben doch selbst auch längst nicht mehr an einen natürlichen Tod von Marlene Böttcher. Seien Sie ehrlich.»

Kaminski schüttelte den Kopf und ging zur Tür. «Sie machen mich fertig, Doc.»

«Höre ich von Ihnen?»

Er zog die Tür ein wenig fester ins Schloss als nötig.

Ohne Kaminskis Hilfe kam sie nicht weiter, und sie konnte nur hoffen, dass er angebissen hatte. Leonie dachte an ihr letztes Zusammentreffen mit Nicola Goerne und das emotionale Dilemma, in dem sie sich seitdem befand. Sie war als Erste im Mar y Sol eingetroffen und hatte sich einen kleinen Tisch in einer Ecke des trubeligen Lokals erkämpft. Nicola Goerne kam eine Viertelstunde zu spät und war deswegen ein wenig abgehetzt und verschwitzt.

«Ich hasse Unpünktlichkeit.» Nicola packte mit beiden Händen ihr langärmeliges Sweatshirt hinten am Kragen und zerrte es sich über den Kopf. Darunter trug sie ein dünnes T-Shirt, unter dem sich ein wohlgeformter Busen abzeichnete, der keiner Unterstützung durch einen BH bedurfte. «Meine Uhr ist stehen geblieben, und ich hab's nicht gleich gemerkt.»

Leonie beruhigte sie. Eine Viertelstunde Verspätung war absolut im Rahmen des Erlaubten.

Sie bestellten beide Tapas und Rotwein und saßen sich dann eine Weile schweigend gegenüber, neugierig die eine, nach Worten suchend die andere. Nicola Goerne brach das Schweigen als Erste.

«Sie wollen wissen, in welcher Beziehung ich zu Marlene stand.» Das war keine Frage, sondern eine Feststellung.

Leonie nickte. «Das wird Ihnen indiskret erscheinen, aber …»

«Ist schon in Ordnung», unterbrach sie Nicola. «Ich hab damit kein Problem, obwohl ich nichts von Outings halte.»

Sie machte eine Pause, weil der Wein gebracht wurde, und kostete, bevor sie fortfuhr.

«Ich war sechzehn, als ich Marlene zum ersten Mal traf. Damals war mir schon klar, dass ich von Männern nichts wollte.» Sie verzog die Lippen zu einem dünnen Lächeln. «Ich hab mich sofort in sie verliebt, und sie wusste es. Nicht, weil ich es mir anmerken ließ, ganz im Gegenteil. Ich hab auf Teufel komm raus mit Jungs geflirtet. Aber Marlene konnte man in solchen Dingen nicht täuschen.»

Leonie schwieg, hörte zu und wunderte sich, dass Nicola Goerne ausgerechnet ihr, einer Fremden, ihr Herz ausschüttete. Aber manches konnte man besser einem Fremden sagen.

«Marlene war hundert Prozent hetero, aber sie war Experimenten nicht abgeneigt. Danach blieb ich ihre beste Freundin. Ich war die einzige Frau unter ihren Anbetern.»

Nicola sprach leichthin und mit unüberhörbarer Ironie, aber Leonie spürte den Schmerz hinter ihren Worten.

«Hatte Marlene vor Sven Johannsen feste Beziehungen zu Männern?»

«Nein.» Nicola fuhr mit der Hand durch ihr verstrubbeltes Haar. «Damals war mir das noch nicht so klar, aber jetzt bin ich sicher, dass Marlene an einer festen Beziehung nicht wirklich interessiert war. Sie flirtete gern, sie spielte, ließ sich bewundern. Verstehen Sie? Das mit Sven war ihr schon viel zu eng. Sie hätte ihm mit Sicherheit bald den Laufpass gegeben, spätestens bei einem Heiratsantrag.»

«Hauptkommissar Kaminski haben Sie gesagt, Sven sei Marlenes große Liebe gewesen.»

«Für Marlene war das kein Widerspruch.»

«Das heißt, für ihre anderen Verehrer gab es keinen Grund zur Eifersucht.»

«Das würde ich nicht sagen», widersprach Nicola Goerne. «Wir waren alle rasend eifersüchtig auf Sven, auch Tobias.»

Leonie horchte auf. «Sie meinen, Marlene hatte auch eine Liebesbeziehung zu ihrem Bruder?»

«Ich hab sie nie gefragt, aber es hätte mich nicht gewundert.»

Leonie beschloss, die Frage zu wagen. «Bei der Konstellation drängt sich der Verdacht auf, dass Sven Johannsen von einem Rivalen getötet wurde.»

Nicola Goerne sah Leonie ruhig an. «Ja, das könnte man annehmen.»

«Warum ist damals nicht in der Richtung ermittelt worden?»

«Das müssen Sie die Polizei fragen.»

Es trat wieder eine längere Gesprächspause ein. Leonie zerkrümelte in Gedanken eine Scheibe Weißbrot. Als sie aufblickte, begegnete sie dem ernsten Blick von Nicola Goerne.

«Sind damit alle Ihre Fragen beantwortet?»

«Mir gehen niemals die Fragen aus», sagte Leonie.

«Okay, tun Sie sich keinen Zwang an.» Nicola Goerne hielt der Bedienung ihr leeres Glas hin. Auf ihren fragenden Blick schüttelte Leonie den Kopf. Der Wein war nicht nach ihrem Geschmack.

«Wer könnte gewusst haben, dass Marlene einen Schlüssel zum Dachboden hatte?»

Nicola Goerne zögerte mit ihrer Antwort. Sie ist nicht dumm, dachte Leonie. Ihr ist klar, worauf ich hinauswill.

«Ich wusste es. Ich habe ihr mal geholfen, eine alte Kommode raufzutragen. Keine Ahnung, wem sie sonst davon erzählt haben könnte.»

«Sicher wusste doch ihr Bruder davon?»

«Möglich.»

«Ich finde es merkwürdig, dass Marlene nach Svens Tod die Beziehung zu den alten Freunden, auch zu Ihnen, abrupt abgebrochen hat. Und bis jetzt hat mir auch noch niemand eine befriedigende Erklärung geliefert.»

Nicola zuckte nur mit den Schultern.

«Hat sie Ihnen keine gegeben?»

«Nein, und ich habe sie nicht gefragt. Wir wollten ganz einfach neu anfangen.»

Leonie war sicher, dass sie nicht die Wahrheit sagte. Wen wollte sie schützen? Tobias? Jemanden aus der alten Clique? Hatte vielleicht sogar Marlene selbst etwas mit Svens Tod zu tun?

«Ich vermute, dass Marlenes Tod und der Mord an Sven zusammenhängen. Wollen Sie nicht wenigstens wissen, was mit Ihrer Freundin passiert ist?» Leonie machte eine Pause. «Helfen Sie mir, es herauszufinden.»

Nicola Goerne hielt ihrem Blick stand. «Das würde ich gern, glauben Sie mir. Aber ich kann es nicht.»

Es war dunkel, als sie das Mar y Sol verließen. Sie hatten ein Stück Weg gemeinsam. Auf dem schmalen Bürgersteig mussten sie dicht nebeneinander gehen, und einmal berührten sich ihre Arme. An Leonies Wagen angekommen, verabschiedeten sie sich voneinander. Nicolas Händedruck war warm und fest, ihre im Licht einer Straßenlampe funkelnden Topasaugen hielten Leonies Blick gefangen. Leonie verstand, warum der Männerschwarm Marlene ihretwegen eine Ausnahme gemacht hatte.

Im Institut suchte Leonie als Erstes Frau Ohngemach auf und beruhigte sie über den Gesundheitszustand des Chefs.

«Unkraut vergeht eben nicht», sagte Frau Ohngemach erleichtert und wollte wissen, ob er sich über das Hühnerfrikassee gefreut habe.

Leonie bejahte wahrheitswidrig, riet aber, bei einem künftigen Krankenbesuch einfach Blumen mitzubringen. Die frohe Botschaft von Cordes' guter Prognose verkündete sie auch in einer Sitzung, zu der sie einige der Kolleginnen und Kollegen des Instituts gebeten hatte. Alle freuten sich für Cordes, nahmen eine in jedem Fall längere Abwesenheit des Chefs aber äußerst gelassen. Silber meinte, Leonie habe in den letzten Jahren ohnehin schon ein Gutteil seiner Aufgaben übernommen. Dennoch war die Belastung in dieser Situation noch gewachsen, was auch der Grund für das anberaumte Treffen war. Ihre Arbeit in der Opferuntersuchungsstelle des Institutes konnte Leonie im bisherigen Umfang nicht mehr fortsetzen. Neben Dr. Daniel, einer frisch gebackenen Fachärztin, die sie seit einem Jahr bei den Opferuntersuchungen am tatkräftigsten unterstützte, benötigte sie ein oder besser zwei weitere Kollegen, die regelmäßig einspringen würden. Die Begeisterung war nicht groß, aber schließlich fanden sich zwei Assistenzärzte bereit, für das geringe Entgelt, das Leonie zahlen konnte, Untersuchungen zu übernehmen. Bei der Sitzung kam auch der neueste Beschluss des Senats zur Sprache, das erste Hamburger Frauenhaus zum 31. Oktober zu schließen. Der Grund war der gleiche, der auch die Rechtsmedizin bedrohte. Man wollte Geld sparen. Bei den sechs notorisch überfüllten Hamburger Frauenhäusern sollten es 380 000 Euro sein. Der Verweis auf verstärkte präventive Maßnahmen und Beratung der Frauen und die Möglichkeit, den prügelnden Freund oder Ehemann von der Polizei für zwei Wochen aus der Wohnung zu verbannen, wurde von Leonie als nachgerade zynisch empfunden. Beratung von Frauen hatte noch nie einen Mann abgehalten, weiter zu prügeln. Misshandelte Frauen und ihre Kinder brauchten vor allem eine erste Zuflucht, wo sie in Ruhe und Sicherheit über ihre Zukunft nachdenken konnten. Und was die Möglichkeit des Wohnungsverweises anbelangte, so fand Leonie diese Maßnahme zwar im Prinzip richtig, aber sie hatte oft nur symbolischen Charakter. Mehr als einmal hatte sie Frauen untersucht, deren Lebenspartner kurz nach Abrücken der Polizei die Wohnungstür eintraten und ihre Wut über die Anzeige an ihnen ausließen.

Vera Kilian sprach dasselbe Thema an, als Leonie sie am Abend in ihrer neuen Wohnung aufsuchte. Nach ihrer Scheidung konnte Vera die große Altbauwohnung in der Erikastraße nicht mehr halten und hatte mit Glück und Beziehungen eine kleinere und etwas preiswertere im Woldsenweg gefunden und sie vor kurzem bezogen. Eigentlich war auch diese Wohnung noch zu teuer, aber sie wollte nicht in einen anderen Stadtteil ziehen.

«Das Geld, das bei der Schließung des Frauenhauses eingespart wird, muss später doppelt und dreifach ausgegeben werden, wenn aus den traumatisierten und brutalisierten Kindern aus solchen Familien Süchtige oder Gewalttäter geworden sind.»

Leonie stimmte ihr zu, lenkte das Gespräch aber bald auf das Thema, um dessentwillen sie gekommen war.

«Wie gut bist du über die Sniper-Morde informiert?»

«Mist!» Vera kämpfte mit dem Korken, der im Flaschenhals zu zerbröseln drohte. Schließlich gelang es ihr, ihn in zwei Teilen zu entfernen. Sie goss einen Schluck Wein ab und schenkte zwei Gläser ein.

«Der Sniper-Fall. Ich dachte mir schon, dass du darauf zu sprechen kommen würdest. Ja, man hat mich informiert und um ein vorläufiges Täterprofil gebeten. Eventuell wird demnächst die OFA-Gruppe hinzugezogen.»

Leonie war überrascht. Noch vor kurzem hatte zumindest Kaminski der Sache ablehnend gegenübergestanden.

«In dem Fall würden natürlich die Kieler Kollegen hinzugezogen.»

«Kaminski war der Ansicht, es gebe keinen Tatort und nichts, worauf man eine Fallanalyse aufbauen könne.»

Vera nickte. «Da hat er nicht ganz Unrecht. Wir wissen sehr wenig über sein Verhalten vor und nach der Tat. Und die Tötungshandlung selbst bietet ebenfalls wenig Anhaltspunkte. Da es sich um einen reisenden Täter handelt, sehe ich auch keinen Sinn in der Erstellung einer geographischen Fallanalyse.»

Das so genannte Geo-Profiling versucht, aufgrund des räumlichen Verhaltens eines Täters Rückschlüsse auf seinen Wohnort beziehungsweise seinen Lebensmittelpunkt zu ziehen. Für die Ermittlungen hatte das Verfahren, wenn es denn griff, einen hohen Nutzwert.

«Gibt es irgendwelche Erfahrungswerte? Der Kerl ist ja nicht der erste, der wahllos auf Menschen schießt.»

«Amokschützen oder Mehrfachtäter gibt es natürlich viele, aber Motive und Tatausführungen sind sehr unterschiedlich. Unser Täter entlädt nicht in einem einzigen Ausbruch seine Wut oder seinen Frust, und eine Beziehung zu seinen Opfern ist nicht zu erkennen. Auf den ersten Blick scheint also Rache als Motiv auszuscheiden.»

«Und auf den zweiten Blick?»

«Na ja, Rache kann auch stellvertretend ausgeübt werden. Wenn wir die Person, die wir eigentlich meinen, nicht töten können, weil wir ihrer nicht habhaft werden oder weil sie zu viel Macht über uns besitzt, projizieren wir den Hass auf jemand anders.»

«Könnte es auch reine Lust am Töten sein?»

«Dann müssen wir immer noch fragen, woher diese Lust am Töten stammt. Warum verschafft es ihm Befriedigung, Menschen zu erschießen, die er vermutlich nicht einmal kennt?»

«Vielleicht tut er einfach das, was man ihm beigebracht hat.»

«Möglich. Dennoch muss es einen Auslöser gegeben haben. Den müssen wir finden.»

Wenn man Vera eingeschaltet hatte, war ihr auch Zugang zu den bisherigen Erkenntnissen und Unterlagen gewährt worden. Leonie überlegte, ob sie Vera um eine Information bitten konnte.

«Du hast volle Akteneinsicht?»

«Natürlich.»

«Ich würde gerne wissen, wer die früheren Opfer waren. Kannst du mir helfen?»

«Hast du Kaminski gefragt?»

«Er hat nein gesagt.»

«Dann darf ich es nicht.»

«Es ist wichtig.»

«Wozu brauchst du die Information?»

Für Michael, wäre die korrekte Antwort gewesen, aber die konnte Leonie ihr nicht geben. «Das kann ich dir nicht sagen. Es tut mir Leid.»

«Du überstrapazierst unsere Freundschaft ein bisschen. Findest du nicht?»

«Ich habe sechs seiner Opfer gesehen. Und Cordes hätte leicht das siebte sein können.»

Vera überlegte. «Also gut. Aber was immer du vorhast, es ist keine gute Idee.»

«Danke.»

Den Rest des Abends mieden sie berufliche Themen. Vera

erzählte auf Leonies Nachfrage von ihrem Besuch in München und gab zu, dass es ihrem Buchhändler gelungen war, sie zu erobern. Seitdem kämpfte sie mit widerstreitenden Gefühlen und einem schlechten Gewissen ihren Töchtern gegenüber. Leonie hielt sich mit Ratschlägen zurück und verabschiedete sich, als Veras Exmann Melanie und Rebecca, mit denen er im Kino gewesen war, zu Hause ablieferte. Peter Walter war stark gealtert in den letzten Monaten, fand Leonie. Die neue Familie und die Trennung von der alten hatten ihm anscheinend nicht gut getan.

Ohne große Begeisterung trat sie den Heimweg an. Solange ihre Wohnung nicht wieder vollständig hergerichtet war, würde sie sich dort nicht wohl fühlen. Der inzwischen vertraute Geruch von feuchtem Mauerwerk und Staub schlug ihr entgegen, als sie die Wohnung betrat. Wie immer ging sie als Erstes in ihr Arbeitszimmer, um den Anrufbeantworter abzuhören. Kaminski hatte eine Nachricht hinterlassen, nachdem er es vergeblich auf ihrem Handy probiert hatte. Erst jetzt fiel ihr auf, dass sie das Handy im Büro hatte liegen lassen.

«Ich nehme an, es interessiert Sie, dass die Wohnung in der Roonstraße spurentechnisch untersucht wird. Und wehe Ihnen, wenn Sie mich umsonst da reingehetzt haben.»

20.

TROTZ DES GUTEN Wetters lag die Marina des Hamburger Yachtclubs in Wedel fast verlassen da, und der größte Teil der Liegeplätze war belegt. Auf der Terrasse des Restaurants Tonne 122 waren nur zwei Tische unter den aufgespannten Sonnenschirmen besetzt.

«Ist sie nicht wunderschön?» Nicola Goerne deutete auf eine weiße Segelyacht der gehobenen Preisklasse. «Dafür würde es sich lohnen, reich zu sein.»

«Nicht nur dafür. Geld ist das Einzige, was wichtig ist.» Axel Evert zündete sich eine Zigarette an, die dritte innerhalb der vergangenen Stunde. In letzter Zeit rauchte er zu viel, aber er hatte nicht die Nerven, es sich abzugewöhnen.

Nicola Goerne genoss den Blick über die langen Reihen der Boote und die im Sonnenschein träge dahinfließende Elbe. «Es ist vielleicht ein Trost, wenn man sonst nichts hat», sagte Nicola Goerne nach einer Weile. Sie wandte sich ihrem Begleiter zu. «Kannst du segeln?»

Er deutete auf eine Motoryacht, die an der Fahrrinne des Hafenbeckens lag. «Das wäre schon eher meine Kragenweite. Segeln ist was für arrogante Hosenscheißer.»

Das ältere Paar zwei Tische entfernt sah empört zu ihnen herüber.

«Pass auf, was du sagst. Ich hab nämlich auch segeln gelernt. Nur ein Boot kann ich mir nicht leisten.»

Axel Evert grinste. «Soll ich dir eins klauen?»

«Spinner.»

«Keine Panik. Ich hab's nicht so mit diesen Nussschalen, bin auch nicht gern auf dem Wasser.» Er ließ sich zu einem Geständnis hinreißen, das er noch nicht vielen Menschen gemacht hatte. «Ich kann nicht schwimmen.»

«Wirklich nicht?» Nicola Goerne war unentschlossen, ob das ein Scherz sein sollte. Obwohl sie sich inzwischen mehrfach getroffen hatten, war ihr seine spezielle Art von Humor noch fremd. Außerdem wechselte seine Stimmung manchmal von einem Moment auf den anderen. Heitere Entspanntheit konnte dann unvorhersehbar umschlagen in Aggressivität oder Misstrauen.

«Bin als Kind beinahe abgesoffen. Danach hat mich keiner mehr ins Wasser gekriegt.» In seinem Kopf tauchte das Bild des kleinen Jungen auf, der bei seinen ersten Schwimmversuchen in dem kleinen See in der Nähe der elterlichen Wohnung vom Vater unter Wasser gedrückt wurde, weil er sich angeblich zu dämlich angestellt hatte. Axel Evert zündete sich die nächste Zigarette an. «Hab's auch nie gebraucht.»

«Schwimmen macht Spaß. Ich kann es dir beibringen.»

«Vergiss es.»

«Du hast doch nicht etwa Angst?» Ihr Lächeln sollte ihren Worten die Spitze nehmen.

Natürlich hatte er Angst, eine Scheißangst sogar. «Ich hab vor gar nichts Angst.»

«Okay. An meinem nächsten freien Tag gehen wir ins Schwimmbad.»

«Ins Schwimmbad gehe ich nicht. Da treten sie einen doch tot, schon bevor man im Wasser ist.»

«Dann suchen wir uns einen See.»

«Badestrände an Seen sind bei gutem Wetter genauso voll wie Schwimmbäder.»

Ihr wurde klar, dass er sich vor anderen Menschen schämte. «Ostsee oder Nordsee ist aber nichts für Anfänger.»

Axel Evert überlegte einen Moment. Dann erschien ein breites Grinsen auf seinem Gesicht.

«Ich weiß ein Schwimmbecken, das wir ganz für uns allein haben.»

Sie sah ihn ungläubig an.

«Du wirst schon sehen.»

An ihrem nächsten freien Tag holte Axel Evert sie von zu Hause ab. Sie wollte wissen, wohin sie fahren würden, aber er bestand darauf, sie zu überraschen. In Othmarschen bog er auf die A7 Richtung Süden und verließ die Autobahn erst südlich der Hamburger Stadtgrenze. Nach etwa zwanzig Minuten Fahrt über Landstraßen erreichten sie eine kleine Gemeinde in der Nordheide. In einer an den Dorfrand gebauten Schlafsiedlung bog Evert in eine der parallel laufenden schmalen Straßen ein und hielt vor einem weißen Bungalow. Nur ein alter Mann, der seinen Hund Gassi führte, war zu sehen. Nicola Goerne wandte sich ihm zu.

«Und was sollen wir jetzt hier?»

«Schwimmen gehen», sagte Evert.

Als sie aussteigen wollte, hielt er sie zurück. «Moment noch.»

Er beobachtete den Mann, der, seinen betagten Dackel hinter sich herziehend, auf das Nachbarhaus zusteuerte. Erst als er im Haus verschwunden war, gab Evert das Zeichen zum Aufbruch. Als wäre er der Hausherr, hakte er für Nicola Goerne die Tür zum Vorgarten auf und winkte sie herein.

«Wohnen hier Freunde von dir?», wollte sie wissen.

«Freunde würde ich nicht sagen.» An der Haustür angelangt, zückte er ein Lederetui und suchte einen der diversen Nachschlüssel aus.

«Jetzt warte mal. Das ist doch wohl Einbruchswerkzeug, oder?» Nicola Goerne machte unwillkürlich einen Schritt zurück von der Haustür.

Axel Evert wählte einen zweiten Schlüssel, als der erste nicht passte. «Keine Sorge, die Leute, die hier wohnen, sind in Urlaub. Die kommen erst nächste Woche wieder.»

«Woher weißt du das?»

«Ich hab dir doch gesagt, dass ich gerne ein bisschen in der Gegend herumfahre. Dabei kriegt man so manches mit.»

«Warst du etwa schon mal hier?»

«Klar. Woher sollte ich sonst wissen, dass die einen riesigen Swimmingpool im Garten haben? Na also.» Beim dritten Anlauf hatte er den richtigen Schlüssel gewählt, die Tür sprang auf. «Bitte einzutreten.»

«Bist du verrückt? Wir können doch nicht in ein fremdes Haus einbrechen.»

«Hast du etwa Angst?»

Den Vorwurf wollte sie genauso wenig auf sich sitzen lassen wie Evert. «Quatsch.»

«Nun komm schon rein, ehe uns die Nachbarn sehen. Wir klauen doch nichts.»

Nach kurzem Zögern folgte sie ihm durch einen kleinen Flur in ein riesiges Wohnzimmer, durch dessen Panoramascheibe man in einen verhältnismäßig kleinen Garten blickte, der von einem großen Schwimmbecken dominiert wurde.

«Nicht übel hier, was?» Evert wies auf die Kaminecke, zu der im hinteren Teil des Wohnraums drei Stufen hinabführten. Auch die übrige Ausstattung deutete darauf hin, dass hier Menschen lebten, die erstens Geschmack hatten und zweitens das Geld, sich ihren Geschmack leisten zu können.

«Ich finde, wir sollten hier schleunigst wieder verschwinden. Was ist, wenn uns jemand aus den Nachbargärten sieht?»

«Das können sie nicht.»

Evert öffnete die Tür zur Terrasse. Nicola Goerne trat neben ihn und sah sich um. Das Grundstück war ringsum dicht mit meterhohen Tannen und Fichten bewachsen, als läge es mitten im Wald. Es war unmöglich, von irgendeiner Seite aus Einblick zu bekommen.

«Dir macht das Spaß, stimmt's? In andere Leben einzubrechen?»

Evert runzelte die Stirn. Er war nicht sicher, ob das als Kritik gemeint war. Und er war allergisch gegen Kritik. «Na und? Psychologen machen nichts anderes. Die wollen dir sogar in deinen Kopf gucken. Außerdem gehe ich nur ganz selten in Häuser.»

Nicola Goerne war beunruhigt. Vor allem weil sie spürte, dass sie den gleichen Spaß empfand wie er. Wenn sie noch davor zurückschreckte, dann nur, weil sie nicht auffallen wollte. Aufzufallen war das Schlimmste für sie.

«Was ist jetzt? Bringst du mir nun das Schwimmen bei oder nicht?» Er zog Badehose und Handtuch aus einer Plastiktüte, die er bei sich trug.

«Da wir schon mal hier sind.» Nicola Goerne öffnete ihren Hosengürtel.

Evert sah sie erschrocken an. Sie lachte ihm ins Gesicht.

«Keine Sorge. Ich bin darunter nicht nackt. Ich hab meinen Badeanzug schon zu Hause angezogen.»

Er murmelte irgendwas und zog sich ins Haus zurück, um sich umzukleiden. Als er zurückkam, zog Nicola Goerne bereits ihre Bahnen im Schwimmbecken. Sie winkte ihm zu.

«Das Wasser ist super. Ganz warm. Komm an der seichtesten Stelle rein.»

Er ging zu dem Ende des Beckens, das sie ihm wies. Sie schwamm dorthin und wartete auf ihn. Vorsichtig kletterte er hinein und stand unschlüssig am Ende der Treppe. Das Wasser reichte ihm bis zur Hüfte.

«Nur Mut. Es ist ganz einfach. Babys machen die Schwimmbewegungen instinktiv richtig. Es steckt also in unseren Genen. Warum solltest du nicht können, was ein Baby kann?»

Eine ganze Stunde mühte sie sich mit ihm ab. Erklärte, demonstrierte, hielt ihn fest und sicher bei seinen ersten Versuchen, lobte ihn ausgiebig und freute sich mit ihm, als er es schaffte, sich mehrere Züge lang allein über Wasser zu halten. Dann schlug sie eine kleine Pause vor. Sie trockneten sich ab und gingen auf die Suche nach den Getränkevorräten des Hausherrn. Im Kühlschrank standen vier Flaschen Bier, von denen sie zwei öffneten. Dazu genehmigten sie sich eine Tüte Chips, deren Fehlen sicher genauso wenig auffallen würde wie das der Bierflaschen. Wer wusste am Ende eines Urlaubs schon noch, wie viel Bier er vorher in den Kühlschrank gestellt hatte?

Die Ledersessel in der Kaminecke waren angenehm kühl auf der Haut. Evert legte seine Füße auf den kleinen Glastisch und nahm einen kräftigen Schluck aus der Bierflasche. Nicola Goerne machte es ihm nach. Er sah die Narben an ihren Handgelenken. Schon einmal hatte er sie bemerkt, als ein Ärmel eines der langärmeligen Shirts, die sie stets trug, hochgerutscht war. Vermutlich wollte sie die Narben verbergen, und Evert hatte sie nicht darauf angesprochen. Sie hatte ihre Geschichte, so wie er die seine hatte. Und so wie er besaß sie das Recht darauf, sie für sich zu behalten.

«Macht doch Spaß, oder nicht?» Sie sah ihn an und lächelte.

«Du bist eine gute Lehrerin.»

Sie wollte fragen, wie oft er in Wohnungen und Häuser einbrach, aber dann wagte sie es nicht. Axel Evert war ihr ein Rätsel, was einer der Gründe war, warum sie sich gelegentlich mit ihm traf. Ein anderer Grund war seine fehlende Neugierde. Jeder andere Mann hätte sie längst ausgefragt. All diese Fragen nach dem Woher und Weshalb. Und er belästigte sie nicht mit sexuellen Avancen. Trotzdem hatten sie eine Beziehung, eine Beziehung, die keinen Namen hatte.

«Ich muss mal für Damen. Danach üben wir noch eine Runde.»

Nicola Goerne ließ ihn allein im Wohnzimmer zurück und suchte das Bad. Es fand sich gegenüber einem der Schlafzimmer. Nachdem sie dort die Toilette benutzt hatte, ließ sie sich durch die halb offene Tür verlocken, das Schlafzimmer zu besichtigen. Es war komfortabel, aber schlicht und nicht luxuriös eingerichtet. Wie auch das übrige Haus atmete das Zimmer Wohlstand, nicht Reichtum. Nur mit dem Pool schienen sich die Bewohner ihren Traum vom Luxusleben erfüllt zu haben. Nicola Goerne betrachtete Familienfotos, die auf einer Kommode und den beiden Nachtschränkchen verteilt standen. Es waren immer dieselben jungen Erwachsenen und ihre Kinder in verschiedenen Altersstufen, die auf den Fotos in die Kamera lächelten. Einige Aufnahmen zeigten ein älteres Paar, die Hausbesitzer, vermutete Nicola Goerne. Alle sahen schrecklich glücklich aus. Aber Fotos logen manchmal besser als Worte, wie sie wusste. Während sie sich umsah, merkte sie, dass ein Teil ihres Bewusstseins in ständiger Alarmbereitschaft war, seit sie das fremde Terrain betreten hatten. Auch wenn die Bewohner in Urlaub waren, konnten die Putzfrau, ein Sohn oder eine Tochter die Schlüssel haben, um die Blumen zu gießen und die Post hereinzuholen. Natürlich machte das den großen Reiz aus, aber seit sie die Familienfotos gesehen hatte, mochte sie nicht länger bleiben.

Im Wohnzimmer fand sie nur noch die leeren Bierflaschen vor.

«Axel?» Sie trat auf die Terrasse und sah Axel Evert am tiefen Ende des Pools wild mit den Armen rudern und dann untergehen. Er kam hoch, schnappte nach Luft und tauchte wieder unter. Zuerst dachte sie, er mache Spaß, um sie zu erschrecken. Erst als seine Anstrengungen sichtlich schwächer wurden und er zum dritten Mal verschwand, sprintete sie los und sprang ins Wasser. Sie tauchte unter, nahm ihn in den Rettungsgriff und schleppte ihn mit wenigen Schwimmzügen in den flachen Teil des Beckens, wo sie seinen Kopf leichter über Wasser halten konnte. Er war halb bewusstlos, und es kostete sie einige Anstrengung, ihn aus dem Becken zu hieven. Zuerst legte sie ihn mit dem Oberkörper auf den Beckenrand, dann kletterte sie aus dem Becken, packte ihn unter den Armen und zog ihn langsam und unter Aufbietung aller ihrer Kräfte ganz auf die warmen Steine hinauf. Keuchend setzte sie sich einen Moment neben ihn. Gott sei Dank, dass er klein und schlank ist, dachte sie. Ein paar Kilos mehr, und sie hätte Hilfe holen müssen. Sie hockte sich auf seinen Rücken und presste in rhythmischen Stößen das Wasser aus ihm heraus, das er geschluckt und eingeatmet hatte. Würgend kam er schließlich ganz zu sich. Mit ihrer Hilfe richtete er sich auf.

«Scheiße», keuchte er.

«Was hast du dir bloß dabei gedacht, ohne mich ins tiefe Wasser zu gehen?» Der Schreck hatte sie wütend gemacht.

«Ich hab einen Krampf gekriegt.» Er atmete immer noch schwer und versuchte, ohne ihre Hilfe aufzustehen. «Lass mich los.»

Evert taumelte auf die Terrassentür zu und zu einem Schränkchen, wo Likör und Härteres aufbewahrt wurden. Er griff nach einer Flasche mit einer dunkelbraunen Flüssigkeit und goss sich großzügig ein Glas voll, das er in einem Zug leerte.

«Gib mir auch einen», sagte Nicola Goerne. Sie nahm ihr Glas entgegen und trank. «Das war's dann wohl für heute. Ich wollte sowieso gehen.»

Langsam kehrte Farbe in sein bleiches Gesicht zurück. Er füllte sein Glas ein zweites Mal bis zum Rand und prostete ihr zu. «Auf meine Lebensretterin.»

Er hatte Recht. Wäre sie ihm nicht sofort zu Hilfe geeilt, triebe er jetzt mit dem Gesicht im Wasser, ertrunken in einem fremden Swimmingpool.

«Es war mir ein Vergnügen.»

«Jetzt hast du was bei mir gut», sagte er und sah dabei sehr ernst aus.

«So ein Quatsch. Du schuldest mir gar nichts. Hätte ich dir nicht das Schwimmen beibringen wollen, wäre das gar nicht passiert. Wir sind also quitt.»

Evert schüttelte den Kopf. «Ich schulde dir sehr wohl etwas. Oder glaubst du, mein Leben wär nichts wert?»

Sie trockneten sich ab und kleideten sich an. Dann brachten sie das Haus in Ordnung, spülten Gläser, stellten die Bierflaschen zu anderen geleerten und fegten Chipskrümel auf. Niemand sollte sehen, dass sich Fremde dort aufgehalten hatten. Bevor sie das Haus verließen und hinter sich abschlossen, wischte Evert sorgfältig alles ab, was sie berührt hatten.

Auf der Rückfahrt nach Hamburg schwiegen sie fast die ganze Zeit. Es war kein lastendes Schweigen, keines, das Gräben vertieft. Sie mussten nicht reden, das war alles. Einmal blickte Evert zur Seite und sah Nicola Goerne an. Er lächelte. Es war ein guter Tag gewesen.

21.

LEONIE WAR GELEGENTLICH dabei gewesen, wenn an Tatorten Luminol versprüht wurde, um verborgene Blutspuren sichtbar zu machen. Der visuelle Effekt war für sie keine Überraschung mehr. Ihre Anspannung resultierte deshalb nicht aus der Situation selbst, sie fürchtete, sich endgültig unglaubwürdig zu machen, wenn ihre Vermutung sich als Hirngespinst erwies.

Die derzeitigen Mieter waren nicht begeistert gewesen, als die Polizei an sie herangetreten war. Aber es gab einen richterlichen Beschluss, und so verließen die beiden jungen Leute mürrisch ihre Wohnung, aus der sie für die nächsten Stunden verbannt waren. Leonie stand in einer Ecke des Wohnzimmers und besprach sich mit Kaminski. Sie wollte, dass alle Böden eingesprüht wurden, wie auch alle übrigen Teile der Wohnung, die seit Marlenes Verschwinden nicht renoviert worden waren. Die Vorbereitungen dauerten einige Zeit, dann bekam Kaminski das Zeichen, es könne losgehen. Sicherheitshalber hatte der Kommissar sowohl einen Fotografen mit Fotokamera als auch einen Kollegen, der mit einer Videokamera umgehen konnte, geordert. Die beiden standen bereit, die sekundenkurzen Lichtsignale auf Film beziehungsweise Kassette zu bannen. Es sollte mit der Küche begonnen werden, die wie alle anderen Räume auch gegen Sonnenlicht komplett abgeschirmt war. Das Deckenlicht wurde gelöscht, und im nun vollständig dunklen Raum begann einer der Spurensicherer, das Luminol auf Boden und Schränken zu versprühen. Kein Effekt. Man zog um ins Bad. Auch dort war das Testergebnis negativ. Leonie hatte nichts anderes erwartet. Küche und Bad wurden selbst von weniger reinlichen Menschen sehr viel häufiger geputzt als die anderen Räume. Den ersten Treffer landeten sie auf der Schwelle vom Bad zum Flur. Der Übergang vom Holzfußboden zu den Bodenfliesen war nicht ganz sauber gearbeitet, dazwischen klaffte eine Lücke von drei Millimetern. Eine Stelle von etwa der Breite eines Daumens leuchtete auf, als sie mit Luminol eingesprüht wurde. Leonie machte unwillkürlich einen Schritt darauf zu und stieß im Dunkeln mit Kaminski zusammen.

«Da. Haben Sie's gesehen?»

«Ich bin ja nicht blind», knurrte Kaminski. «Mach mal einer Licht.»

Eine junge Frau aus der Spurensicherungsgruppe kniete nieder und begann, die Bodenritze auszuschaben. Der zutage geförderte Schmutz wurde sorgfältig in einem beschrifteten Glasbehälter verschlossen. Weitere Hinweise auf Blutspuren wurden zwischen Bodendielen im Wohnzimmer und im Schlafzimmer gefunden. Im Schlafzimmer fiel zudem eine Stelle am Heizkörper unter dem Fenster auf. Leonie starrte auf das schwache Leuchten des Flecks. Sie hatte Recht behalten, und dennoch fühlte sie sich nicht als Gewinnerin. Kaminski und die Leute von der Spurensicherung würden noch eine Weile zu tun haben, aber Leonies Anwesenheit war nicht mehr vonnöten. Als sie unten auf der Straße stand und ins grelle Sonnenlicht blinzelte, fühlte sie sich müde und traurig. Für einen Moment kämpfte sie mit der Versuchung, sich bei ihrer Sekretärin abzumelden und an die See zu fahren. Ihr Pflichtgefühl siegte, und sie fuhr ins Institut, wo Matschoss bereits auf sie wartete. Er wollte ihre Meinung zu dem ungeklärten Todesfall einer alten Frau wissen, die bewusstlos in ihrer Wohnung gefunden worden war und auf dem Weg ins Krankenhaus starb. Als Leonie ihm in den Leichenkeller folgte und in den grünen Kittel schlüpfte, schwand ihre Bedrücktheit. Ihr Arbeitsplatz, den andere Menschen nur mit Grauen oder Widerwillen betraten, war für sie ein Ort der Ruhe und der Klarheit, wo sie sich zu Hause fühlte. Emotionen und Leidenschaften hatten dort keinen Platz. Die Toten ließen sich ihre letzten Geheimnisse nur entlocken, wenn man ihnen unvoreingenommen und mit kühlem Kopf begegnete.

Am späten Nachmittag rief Kaminski an.

«Sie haben heute Morgen was verpasst.»

«Haben Sie noch mehr Blutspuren gefunden?»

«Glas. Wir haben Glassplitter gefunden.»

Leonie dachte an das kleine Glasstück aus Marlenes Ellbogen. «Ist es identisch mit dem anderen Glasstück? Das ist doch inzwischen untersucht worden?»

Kaminski räusperte sich. «Also, irgendwie ist das im Labor untergegangen. Ich hab denen schon Dampf gemacht. In den nächsten Tagen bekomme ich das Ergebnis.»

Leonie verschluckte die Kritik, die ihr auf der Zunge lag. «Na ja, die DNA-Analysen kriegen wir ja auch erst in ein oder zwei Tagen.»

«Jedenfalls scheinen Sie mit Ihrer Vermutung richtig zu liegen. In der Wohnung ist etwas passiert, vielleicht ein Kampf.»

Kaminski klang nicht so, als wäre ihm das Zugeständnis an ihre Kombinationsgabe leicht gefallen.

«Haben Sie die Gerhardt-Böttcher informiert?»

«Noch nicht. Ich will erst die Laborergebnisse auf dem Tisch haben. Vorher können wir die Spurenlage nicht seriös interpretieren.»

Damit hatte er natürlich Recht. «Sie halten mich auf dem Laufenden?»

«In dem Fall schon.»

Er hatte ihr die Sache mit dem Golfplatz noch immer nicht

verziehen. Aber schlimmer als ihr wundes Gewissen konnte er sie nicht plagen.

Gegen halb sechs verließ sie das Institut. Sie war mit Paul in der Stadt verabredet. Zusammen wollten sie eines der klassischen Konzerte besuchen, die im Sommer auf dem Hof des Rathauses stattfanden, und sie wollte sich dem Anlass entsprechend umziehen. Leonie hielt sich nicht für konservativ, aber die Aufweichung jeglicher Kleiderordnung in den letzten zwei Jahrzehnten bedauerte sie manchmal. Sie liebte Jeans und Pullover, aber nicht unterschiedslos für jede Gelegenheit.

Frisch geduscht und in ihren neuen weißen Leinenanzug gekleidet, lief sie Paul auf dem Rathausmarkt entgegen. Er blickte gerade stirnrunzelnd auf seine Uhr, sie war der Dusche wegen ein bisschen spät dran, und lächelte erleichtert, als er sie auf sich zukommen sah.

«Fünf Minuten später, und ich hätte mich nach einer anderen Begleiterin umgesehen.»

Sie hängte sich bei ihm ein. «Da wäre ich aber schwer enttäuscht gewesen. Ich freue mich seit Tagen auf das Konzert.»

Arm in Arm traten sie durch die Toreinfahrt des Rathauses und suchten ihre Plätze. Morgens hatte es geregnet, und Leonie hatte befürchtet, dass das Konzert in den Börsensaal im Gebäude neben dem Rathaus verlegt werden müsse. Aber im Laufe des Nachmittags hatten sich die Wolken verzogen, und der Abend versprach, wunderbar mild und trocken zu werden. Der Innenhof des Hamburger Rathauses war ein entzückender und romantischer Ort für ein Konzert, fand Leonie, das erste Konzert überhaupt, das sie zusammen mit Paul besuchte. Es wurden Werke von Carl Maria von Weber, Johann Nepomuk Hummel und Felix Mendelssohn Bartholdy, den sie besonders liebte, gespielt, und sie genoss jeden Augenblick. Nach dem Konzert schlug Paul vor, den Abend im Casse Croûte zu beschließen.

Das französische Bistro liegt in einer kleinen Straße, die vom Gänsemarkt abgeht, und ist vom Rathausmarkt aus bequem zu Fuß zu erreichen. Gegen gutes Essen und ebenso guten Wein hatte Leonie nichts einzuwenden, und sie schlenderte an Pauls Seite den Jungfernstieg entlang. Dabei schaltete sie ihr Handy wieder ein. Während des Konzerts waren zwei Anrufe auf ihrer Mailbox eingegangen. Sie unterbrach Paul, der ihr gerade etwas von einem Vaterschaftsgutachten erzählen wollte, das er in der vergangenen Woche erstellt hatte.

«Warte mal, ich muss meine Mailbox abhören.»

Beide Anrufe kamen von der Nachtwache des Instituts. Es ging um eine Opferuntersuchung, für die dringend ein Arzt angefordert worden war. Der zweite Anruf lag mehr als eine halbe Stunde zurück. Leonie warf Paul einen entschuldigenden Blick zu und wählte die Nummer des Instituts.

«Simon … Ja. Was ist denn los? Wieso rufen Sie mich an? … Und Doktor Daniel? … Ach, Himmel nochmal. Also gut, ich bin sowieso in der Nähe.»

Alle in Frage kommenden Ärzte waren bereits dienstlich unterwegs beziehungsweise krank. Sie war seine letzte Hoffnung gewesen.

«Aus unserem Abendessen wird offenbar nichts.»

«Es tut mir so Leid, Paul. Eine Frau ist zusammengeschlagen worden.»

«Und warum bist du wieder die Einzige, die sich darum kümmern kann?» Paul war verärgert. «Wann haben wir in der letzten Zeit mal einen ganzen Abend und eine ganze Nacht ungestört zusammen verbracht?»

Leonie fühlte sich getroffen. Sie hatte kaum noch Zeit für ihn, und wenn sie bei ihm war, konnte sie ihre Gedanken nicht von all den Problemen lösen, mit denen sie zu kämpfen hatte.

«Du hast Recht, und ich hatte den heutigen Abend auch anders geplant. Aber so etwas kann passieren. Das ist nun mal mein Beruf.»

«Schon gut. Soll ich dich fahren?»

Leonie war mit dem Taxi in die Stadt gefahren und nahm Pauls Angebot dankbar an. Das Allgemeine Krankenhaus St. Georg lag nur fünf Autominuten entfernt in der Nähe der Außenalster. Paul fuhr sie bis vor den Haupteingang. Sie verabschiedete sich mit einem Kuss von ihm und versprach, das verpasste Abendessen am nächsten Tag nachzuholen.

«Das glaube ich erst, wenn du mir im Restaurant gegenübersitzt», sagte Paul und griff über sie hinweg zum Türgriff. «Na los, steig aus und tu deine Pflicht.»

Er lächelte, und sie war dankbar für sein Verständnis.

In der Notaufnahme brachte sie ein junger Arzt in einen Behandlungsraum, wo eine Kollegin das Opfer versorgte, das Leonie rechtsmedizinisch untersuchen sollte. Die junge Frau blutete stark aus einer Kopfwunde, die gerade genäht wurde. Leonie stellte sich kurz vor und erkundigte sich dann leise bei der Polizeibeamtin, in deren Begleitung die Frau gekommen war, nach den Umständen der Misshandlung. Soweit die Polizistin bisher hatte herausfinden können, war die junge Frau das Opfer eines so genannten Stalkers, eines Belästigers oder richtiger Jägers, der sie bereits seit Monaten verfolgte und terrorisierte und mehrmals von ihr angezeigt worden war, ohne Sanktionen zu erfahren. An diesem Abend war er zum ersten Mal tätlich geworden. Er hatte ihr vor ihrer Wohnungstür aufgelauert und sie geschlagen und getreten, bis zufällig ein Nachbar vorbeikam, der ihr zu Hilfe geeilt war. Bei der Untersuchung der verstörten Frau konstatierte Leonie zahlreiche schwere Prellungen und Blutergüsse am ganzen Körper, Platzwunden an Kopf und Gesicht und Würgemale am Hals. Sie empfahl der Krankenhauskollegin dringend, die Patientin noch zum Röntgen zu bringen, um etwaige Frakturen feststellen zu können.

«Er bringt mich um», murmelte die junge Frau. «Er will mein Blut trinken, hat er gesagt. Warum hilft mir keiner?»

Weil Stalking noch immer kein Straftatbestand ist, obwohl die Gefährlichkeit solcher Täter inzwischen bekannt ist. Und weil viele Richter Attacken auf Frauen nicht wirklich schlimm finden und lasche Urteile verkünden, hätte Leonie ihr antworten können. Leonie blickte in das zerschlagene Gesicht der jungen Frau und fühlte Wut in sich aufsteigen. Das Schlimmste war, dass auch sie wenig tun konnte, um dem Opfer zu helfen, außer in ihrem Gutachten die besondere Brutalität der Vorgehensweise des Täters herauszustellen.

Ein Taxi brachte Leonie nach Hause. Das Hochgefühl, das das Konzert in ihr ausgelöst hatte, hatte sich wie ein flüchtiges Gas in den Gängen des Krankenhauses aufgelöst.

Vera Kilians Büro im Polizeipräsidium war erwartungsgemäß verwaist, als Leonie klopfte und eintrat. Sie schloss die Tür sorgfältig hinter sich und ging zum Schreibtisch, auf dem sich einige Akten stapelten. Diejenigen, die Leonie interessierten, lagen obenauf. Da sie sich unmöglich mit den Akten an den Kopierer stellen konnte, musste sie sich alles Wichtige notieren. Sie machte sich sofort an die Arbeit und war fast fertig, als die Tür ohne Vorwarnung aufflog und Dittberner hereinstürmte, wie immer eine Aura demonstrativer Geschäftigkeit um sich verbreitend. Als er Leonie Simon am Schreibtisch der Polizeipsychologin sitzen sah, stoppte er abrupt.

«Nanu?»

Leonie versuchte gar nicht erst, ihre Notizen zu verbergen.

«Was machen Sie da?»

Ihr Fernsehkollege Börne hätte vermutlich «Wonach sieht es

denn aus?» zurückgefragt, aber Leonie hielt es für besser, ihre Situation nicht auch noch durch Frechheiten zu verschlechtern.

«Ich wollte Frau Kilian besuchen, aber sie ist leider nicht da.»

«Und das haben Sie genutzt, um in ihren Unterlagen herumzuschnüffeln?» Er trat näher. «Was sind das überhaupt für Akten?» Er brauchte nicht lange, um sich die Frage selbst zu beantworten. «Haben Sie eine Genehmigung auf Akteneinsicht?» Er wusste natürlich genau, dass sie die nicht hatte. Schließlich war er der stellvertretende Leiter der Soko.

«Ich bin Mitglied der OFA-Gruppe, die demnächst zugezogen wird. Dann werde ich ohnehin Einsicht in alle bisherigen Ermittlungsergebnisse bekommen. Warum sollte es also jetzt ein Problem damit geben?»

«Ob Sie auch in Zukunft Mitglied der OFA-Gruppe sind, ist noch nicht so sicher.»

Leonie war völlig entgeistert. An seinem zufriedenen Lächeln sah sie, dass sie es nicht verbergen konnte.

«Ihre geheimnisvollen Aktivitäten am letzten Tatort sind registriert worden.»

Kaminski hatte also geredet, und ausgerechnet mit Dittberner. Damit hatte Leonie nicht gerechnet, und es machte sie traurig.

«Einige Leute sind darüber ein wenig beunruhigt.»

«Wer?»

Leonie erhob sich und versuchte, ihren Schreibblock so unauffällig wie möglich in ihre Tasche gleiten zu lassen.

«Geben Sie mir die Notizen.» Dittberner streckte herrisch seine rechte Hand aus.

In Leonie regte sich Widerwillen. «Seien Sie nicht albern und hören Sie auf, kalter Krieg zu spielen.»

Sie warf ihren Kugelschreiber dem Notizblock hinterher und zog den Reißverschluss ihrer Tasche zu. Als sie an ihm vorbei zu Tür gehen wollte, hielt er sie am Ärmel fest.

«Sie sind nicht unverwundbar, Frau Doktor Simon. Sollten Sie in irgendeiner Weise die Ermittlungen behindern oder Informationen weitergeben», auf seine letzten Worte legte Dittberner eine besondere Betonung, «dann werden Sie Ihr blaues Wunder erleben.»

Leonie spürte, wie Adrenalin ihr vegetatives Nervensystem überschwemmte, und sie schwitzte vor Anstrengung, ruhig zu bleiben. Aus Erfahrung wusste sie, dass es ihr half, wenn sie in solch einer Situation leiser und langsamer als sonst sprach. Sie machte einen Schritt auf Dittberner zu, der unwillkürlich zurückwich, als fürchtete er, gebissen zu werden.

«Das ist ein wirklich interessantes Thema, Herr Dittberner. Und ich hätte einiges beizutragen. Erinnern Sie sich noch an Nadja?»

Dittberners Gesichtsfarbe wechselte zu einem unkleidsamen Rosarot. Natürlich erinnerte er sich an die ukrainische Prostituierte, die vor fast zwei Jahren in einem verlassenen Bürogebäude ermordet aufgefunden worden war. Leonie war fast gleichzeitig mit Dittberner am Tatort angekommen und hatte das Opfer untersucht. Die Frau hatte mehrere abgebrochene Fingernägel, was auf einen Kampf hindeutete, und unter einem unbeschädigten Nagel entdeckte Leonie Hautpartikel, worauf sie Dittberner hinwies. Als sie die Leiche auf den Stahltisch bekam, war der Nagel ebenfalls abgebrochen und verschwunden und damit die biologische Spur, die eventuell den Täter hätte überführen können. Wie Leonie später erfuhr, war der Zuhälter der Frau der Hauptverdächtige gewesen. Ein Mann, der im Geruch stand, Freunde bei der Polizei zu haben. Sie war fast sicher, dass Dittberner die Spur hatte verschwinden lassen, aber sie konnte es nicht beweisen. Also hatte sie geschwiegen, aber wenn sie wollte, konnte sie ihn noch immer mit dieser Sache in Schwierigkeiten bringen.

Leonie ließ ihn einfach stehen und ging zum Fahrstuhl. Ihr erster Impuls war, das Präsidium mit ihren Notizen so schnell wie möglich zu verlassen. Aber dann siegte ihr Zorn, und sie stieg auf dem Stockwerk aus, wo Kaminski sein Büro hatte. Ohne anzuklopfen, betrat sie sein Arbeitszimmer. Er hing wie ein nasser Sack in seinem Schreibtischsessel, und als er sich ihr zuwandte, sah sie sofort, dass er getrunken hatte.

«Hallo, Doc. Kann mich nicht erinnern, dass wir verabredet sind.» Er gab sich alle Mühe, deutlich und akzentuiert zu sprechen.

«Und ich kann mich nicht erinnern, Sie je mitten am Tag betrunken gesehen zu haben.»

«Betrunken? Na hören Sie mal.» Kaminski wischte ungeschickt eine fettige Haarsträhne beiseite, die sofort wieder in die Stirn zurückfiel. «Ein Magenbitter auf das Kantinenessen ist ja wohl erlaubt.»

Leonie überlegte einen Moment. Wenn ihn einer seiner Vorgesetzten so sah, würde er Ärger bekommen. Eigentlich sollte ihr das als angemessene Strafe für seinen Verrat recht sein.

«Kommen Sie.» Sie packte seinen linken Oberarm und zerrte ihn auf die Füße.

Er versuchte, sie abzuschütteln, und geriet kurz aus dem Gleichgewicht.

«Seien Sie vernünftig, Kaminski. Ich bringe Sie nach Hause, bevor alle bis zum Innensenator mitkriegen, dass Sie hackevoll am Schreibtisch sitzen.»

Leonie hakte ihn unter und schob ihn aus dem Zimmer. Er hörte auf, sich gegen sie zu wehren, und bemühte sich um eine gute Haltung. Trotzdem war sie froh, als sie den Parkplatz erreicht hatten, ohne wichtigen Personen begegnet zu sein. Sie schloss die Beifahrertür auf, und er ließ sich auf den Sitz fallen. Noch bevor sie den Besucherparkplatz des Polizeipräsidiums verlassen und sich in den Verkehr auf der Hindenburgstraße eingefädelt hatte, war er eingeschlafen. Etwa fünfzig Minuten später parkte sie in der Nähe seiner Wohnung in Altona ein.

«Kaminski, wachen Sie auf.» Leonie rüttelte an seiner Schulter. «Kaminski!»

Er erwachte mit einem Niesen und war sofort erstaunlich klar. Der Tiefschlaf hatte ihn nicht völlig ernüchtert, aber er war ansprechbar. «Ich brauche einen starken Kaffee», sagte Kaminski mit angerauter Stimme.

«Mineralwasser wäre besser als Kaffee, und eine salzige Brühe optimal.»

«Wasser?» Kaminski sah sie aus roten Augen an. «Wissen Sie, was W. C. Fields mal zu dem Thema gesagt hat?» Er sprach den Namen in korrektem Englisch aus.

Leonie brauchte einen Moment, um sich daran zu erinnern, dass W. C. Fields ein amerikanischer Komiker mit einem Alkoholproblem war.

«Wasser? Da ficken Fische drin.» Er kicherte.

Leonie seufzte. «Das ist wirklich witzig, Kaminski. Los, steigen Sie aus, ich koche Ihnen einen Kaffee.»

«Danke fürs Nach-Hause-Bringen. Kaffee kochen kann ich auch ohne Ihre Hilfe.»

«Mag sein, aber ich brauche einen Vorwand, damit Sie mich in Ihre Wohnung mitnehmen.»

Kaminski blinzelte sie misstrauisch an.

«Ich muss mit Ihnen reden. Wir können's aber auch hier im Auto hinter uns bringen.»

Er öffnete die Beifahrertür und wälzte sich aus dem Auto. «Ich will überhaupt nicht mit Ihnen reden. Nirgendwo.»

Er ging breitbeinig auf seine Haustür zu. Leonie folgte ihm und drängte sich hinter ihm ins Haus.

«Dittberner hat mir eben die Hölle heiß gemacht. Warum haben Sie ausgerechnet dieser Kröte erzählt, was ich auf dem Golfplatz getrieben habe?»

Kaminski hielt sich am Treppengeländer fest, als er sich zu ihr umdrehte. «Ich würde Dittberner nicht mal die Uhrzeit verraten.» Er sah gekränkt aus. «Wofür halten Sie mich?»

«Aber wer war's dann?»

«Keine Ahnung.» Kaminski erklomm die letzten Stufen und blieb vor seiner Wohnungstür stehen. «Vielleicht der Kollege, mit dem ich im Krankenhaus war.»

«Sie meinen, er hat unser Gespräch mitgehört?»

«War bestimmt nicht schwierig. Der Junge hat gute Ohren, und wir waren nicht gerade leise.» Er stapfte in die Küche und suchte nach der Kaffeebüchse. «Außerdem habe ich die Jungs von der KTU nochmal auf den Golfplatz geschickt. Dittberner wollte wissen, wieso. Natürlich habe ich ihm nicht gesagt, dass die Weisheiten von Ihnen stammten.»

Er hatte sich also mit fremden Federn geschmückt, was ihr in diesem Fall durchaus recht war. Dittberner hatte offenbar zwei und zwei zusammengezählt und vorhin einen Versuchsballon bei ihr gestartet. Und sie war drauf reingefallen und hatte ihm durch ihre Drohung mit der Nadja-Geschichte gezeigt, dass seine Vermutung richtig war.

«Wo ist der verdammte Kaffee?» Kaminski rumorte im Küchenschrank herum.

«Versuchen Sie's mal damit.» Leonie zeigte auf die Kaffeemaschine, neben der gut sichtbar eine Kaffeedose stand.

Kaminski brummte etwas Unverständliches und griff danach. Leonie setzte sich und sah ihm zu, wie er großzügig Kaffeepulver in den Filter schaufelte.

«Darf ich fragen, warum Sie sich mitten am Tag und während der Dienstzeit betrinken? Gab's Ärger in der Soko?»

«Fragen dürfen Sie alles», knurrte Kaminski. Ihm fiel etwas ein. «Was haben Sie eigentlich mit Dittberner zu schaffen?»

«Ich hätte große Lust, auch keine Antwort zu geben», sagte Leonie, lenkte aber ein. «Also gut, er hat mich beim Lesen von Sniper-Akten in Vera Kilians Büro erwischt.»

«Sie schrecken wohl vor gar nichts zurück?» Kaminski setzte sich zu ihr.

«Mir blieb nichts anderes übrig. Sie wollten mir ja keine Informationen über die früheren Opfer geben.»

«Und jetzt wissen Sie auch, wieso. Ich hab schon genug Ärger am Hals.»

«Sie sind doch sonst nicht so ein Bürokrat. Ich hätte mir die Auskünfte auch über meine Kollegen bei den anderen Instituten holen können. Hätte nur länger gedauert. Rührt Ihre und Dittberners schlechte Laune vielleicht daher, dass Sie bei den Ermittlungen nicht vorankommen?»

«Wir tun, was wir können. Das volle Programm. Wir drehen jeden Stein um, fragen jeden, der was wissen oder gesehen haben könnte. Ein paar Festnahmen gab's auch schon.»

«Davon stand aber nichts in der Zeitung.»

Kaminski goss Kaffee ein und schlürfte geräuschvoll sein schwarzes Gebräu. «Gott sei Dank. Falscher Alarm. Immerhin wissen wir jetzt, was für einen Wagentyp er fährt. Einen Nissan Patrol. Irgendwann macht der Scheißkerl einen Fehler.»

Hoffentlich, dachte Leonie. Und hoffentlich machte Michael keinen.

Sie hätte gern gewusst, wo er sich gerade herumtrieb.

Kaminski wechselte plötzlich unter der Sonnenbräune die Gesichtsfarbe. Er sprang auf und rannte aus der Küche. Eine Tür krachte ins Schloss, dann drangen gedämpfte Würgegeräusche an ihr Ohr. Als Kaminski zurückkam, sah er ziemlich mitgenommen aus.

Leonie fühlte mit ihm. «Liebeskummer?»

Kaminski sah sie kurz unter zusammengezogenen Augenbrauen an. Dann starrte er eine Weile vor sich hin. Als Leonie schon dachte, er hätte ihre Anwesenheit vergessen, sagte er leise:

«Tim ist HIV-positiv.»

Ihre Lippen formten ein unhörbares Oh.

«Er wusste es schon, als wir uns kennen lernten. Wenn er nicht diesen Unfall gehabt hätte, wäre ich immer noch komplett ahnungslos. Ein Arzt im Krankenhaus hat's mir gesagt.»

«Das durfte er nicht.»

«Dann zeigen Sie ihn doch an», sagte Kaminski aggressiv.

«Haben Sie sich testen lassen?»

«Was denken Sie denn?»

«Und?»

«Negativ.»

«Das ist doch wunderbar.»

«Blödsinn, Doc.» Kaminski ging zum Kühlschrank, holte eine viertel volle Wasserflasche heraus und leerte sie in einem Zug.

Der erste Test fiel häufig negativ aus. Der zweite Test ein halbes Jahr später war der entscheidende. Bis dahin musste Kaminski mit der Angst vor Aids leben. Er tat ihr Leid.

«Und Tim? Wie geht's ihm?»

«Blendend. Seit er aus dem Krankenhaus raus ist, vögelt er wieder ohne Netz und doppelten Boden in der Gegend herum.»

Das hieß also ohne Kondom. Für ein derart verantwortungsloses Verhalten hatte Leonie nicht das geringste Verständnis. Nur gab es leider kaum Möglichkeiten, solche Burschen im wahrsten Sinne des Wortes aus dem Verkehr zu ziehen. Man konnte sie meist nur wegen fahrlässiger Körperverletzung vor Gericht zerren. Da ein HIV-Infizierter bei ungeschütztem Sexualverkehr die Gefährdung des Partners billigend in Kauf nahm, also bedingt vorsätzlich handelte, reichte das nach Leonies Ansicht eher an versuchten Totschlag heran.

Sie erhob sich und legte Kaminski kurz die Hand auf die Schulter. «Machen Sie sich nicht verrückt, Kaminski.»

«Sie haben leicht reden.»

«Ich weiß.» Sie klopfte ihm noch einmal auf die Schulter und verließ ihn. Es gab nichts mehr zu sagen.

Auf dem Weg zu ihrem Auto kaufte Leonie ein Pfund Kirschen bei einem türkischen Gemüsehändler und aß gleich ein paar aus der Tüte heraus. Sie wollte gerade in ihren Wagen steigen, als sie Nicola Goerne mit einem jungen Mann ein Bistro schräg gegenüber Kaminskis Haus verlassen sah. Sie wusste, dass Nicola im selben Viertel wie Kaminski wohnte, trotzdem war die Begegnung eine Überraschung. Nicola bemerkte sie jetzt ebenfalls und sagte leise etwas zu dem Mann an ihrer Seite. Nach einem kurzen und, wie Leonie schien, zornigen Blick trennte er sich von Nicola Goerne und ging zu einem weißen Van. Es war der Wagen, aus dem Leonie Nicola schon einmal hatte aussteigen sehen. Die junge Frau kam jetzt lächelnd auf sie zu.

«Hallo, Frau Doktor Simon. Wollten Sie mich besuchen?»

«Nein. Ich bin zufällig hier.» Blöde Antwort, dachte Leonie. Zur Ablenkung hielt sie ihr die Tüte mit den Kirschen hin. «Mögen Sie?»

Die junge Frau schüttelte den Kopf. «Gegen Kirschen bin ich allergisch.»

Nicola Goernes Begleiter hupte, als er an ihnen vorbeifuhr.

«Ein Freund?» Leonie hoffte, dass es beiläufig klang. Es schien ihr nicht ganz gelungen zu sein.

«Ich habe Ihnen doch gesagt, dass ich an Männern nicht interessiert bin. Nicht in dieser Weise.»

«Das haben Sie gesagt.»

Nicola sah Leonie unverwandt an.

Sie flirtet doch nicht etwa mit mir, dachte Leonie. Und im gleichen Moment merkte sie, dass sie das ganz und gar nicht erschreckte.

«Okay, Sie haben ja meine Nummer. Falls Sie noch Fragen haben.»

Leonie sah ihr nach, wie sie mit schnellen Schritten davoneilte. Ihre Bewegungen waren geschmeidig und kraftvoll wie ihr Körper.

Das Abendessen mit Paul sagte Leonie ab.

22.

WIE IMMER, WENN Kaminski Leonie eine Blöße gezeigt hatte, ging er ihr an den folgenden Tagen aus dem Weg. Sie traf ihn mehr oder weniger zufällig im Labor des LKA-Biologen, der die Blutspuren aus Marlene Böttchers ehemaliger Wohnung zur Analyse bekommen hatte. Kaminski hob den Blick von den Computergraphiken, die er sich gerade anschaute.

«Na, Doc, hat der Ruf der Buschtrommeln Sie hergetrieben?» Sein Blick wanderte von ihr zu dem jungen Biologen, der entschuldigend lächelte.

«Genauer gesagt, war es das Telefon. Noch hat man's mir nicht gesperrt.» Sie wandte sich an den Kollegen. «Wie geht's den Zwillingen?»

Mit gerunzelter Stirn verfolgte Kaminski ein paar Minuten das Gespräch, das um die Probleme mit Blähungen und den ersten Zähnen kreiste, bis er die Geduld verlor. «Ich kann gerne so lange rausgehen, bis ihr alle Kinderkrankheiten durchhabt.»

«Er mag keine Kinder», erklärte Leonie ernsthaft dem jungen Vater.

«Wer Kinder und Hunde hasst, kann kein ganz schlechter Mensch sein», sagte Kaminski.

Leonie sah ihn mit schief gelegtem Kopf an. «Ist das etwa wieder von W. C. Fields?»

«Bingo.»

Der Biologe hatte grinsend ihrem kleinen Schlagabtausch zugehört. «Interessiert sich noch jemand für die DNA-Profile von Marlene Böttcher und Mister X?»

«Mister X?»

«So haben wir erst mal die unbekannte DNA genannt.»

Der Biologe legte ihr mehrere Computerausdrucke vor und begann zu erklären. Er hatte sämtliche Blutflecke aus Marlenes Wohnung separat untersucht und für jeden ein DNA-Profil erstellt. Diese hatte er mit dem von Marlenes Leiche gewonnenen Erbgut und dem aus dem bei der Toten gefundenen Taschentuch verglichen. Das Ergebnis war eine Übereinstimmung des Blutes vom Heizkörper und von einem Fleck vor dem Heizkörper mit Marlenes DNA und der aller anderen Blutreste von den Fußböden mit der Taschentuch-DNA.

Dann wissen wir das, zitierte Leonie in Gedanken Mankells Kommissar Wallander. Sie wandte sich Kaminski zu. «Das genügt doch wohl, um die Mordermittlungen wieder aufleben zu lassen?»

Er hob die Schultern. «Für die Blutflecke könnte es harmlose Erklärungen geben. Es ist keine große Menge. Wir können nicht einmal beweisen, dass sie zur selben Zeit entstanden sind.»

«Jetzt hören Sie aber auf.» Leonie war empört. «So kann man natürlich jedes Faktum kaputtreden.»

«Verteidiger machen genau das.»

Das Telefon klingelte, und der Biologe begann mit großer Lautstärke, ein Telefonat in englischer Sprache zu führen.

«Keine Ahnung, wozu der ein Telefon hat.» Kaminski packte Leonies Arm und zog sie vor die Tür. «Okay, hören Sie, Doc. Ich will nicht behaupten, dass Sie Unrecht haben. Da ist auch noch das Glas, das gefunden wurde. Es stammt sehr wahrscheinlich von einer Brille.»

Leonie horchte auf. «Und? Ist es identisch mit dem Glas aus Marlenes Ellbogen?»

«Das weiß ich noch nicht. Für einen Vergleich muss man die Passspur bestimmen, und das können nur Optiker. Einen so genannten Scheitelbrechwertmesser zur Schärfenbestimmung haben wir hier auch nicht.»

«Soweit ich weiß, war Marlene Böttcher keine Brillenträgerin.»

Kaminski zuckte mit den Schultern.

Leonie setzte ihren Gedankengang fort. «Immer vorausgesetzt, es ist Brillenglas, was wir in ihrer Wohnung gefunden haben, und es ist identisch mit dem Stück aus ihrem Ellbogen, ist das der Beweis, dass es eine Auseinandersetzung mit einem männlichen Brillenträger in ihrer Wohnung gegeben hat. Dabei ist seine Brille zerbrochen, beide haben sich verletzt. Marlene ist mit dem Kopf gegen den Heizkörper geprallt, wobei das Aneurysma im Hirn geplatzt ist. Als sie ins Koma fiel, hat er keine Hilfe geholt, sondern sie auf den Dachboden geschleppt und dort sterben lassen.»

Kaminski seufzte. «Jeder gute Anwalt könnte Ihnen jetzt aus dem Stand mindestens drei weitere Versionen entwickeln, die völlig harmlos klingen.»

«Das ist sein Job. Aber ich bin Ärztin, und ich sage Ihnen, die Frau ist nicht mehr allein auf den Dachboden gestiegen.»

«Schon gut», lenkte Kaminski ein. «Ich werde mein Bestes tun, um meine Vorgesetzten und Voss davon zu überzeugen, dass wir es hier mit einem ungeklärten Todesfall zu tun haben.»

«Wenn Sie's nicht tun, tue ich es. Und wer redet mit GeBe?»

«Unterstehen Sie sich!», sagte Kaminski.

Auf dem Weg zu ihrem Auto fiel Leonie noch etwas ein. Sie zog ihr Handy aus der Tasche und tippte Kaminskis Büronummer ein. Die Fenster des Polizeipräsidiums funkelten in der Morgensonne.

«Kaminski? Können Sie mir noch einen Gefallen tun? Ich

hätte gern ein paar Informationen über diese Freundin von Marlene Böttcher. Wie hieß sie noch gleich? Nicola Goerne. Geburtsort. Wohnort der Eltern. Etwaige Vorstrafen. Sie wissen schon.»

Sie schaltete ihr Handy ab. Kaminski hatte etwas gebrummelt, das ebenso Ablehnung wie Zustimmung bedeuten konnte. Eigenartigerweise hatte er sie nicht gefragt, wozu sie die Angaben brauchte. Wahrscheinlich, weil es ihm gleichgültig war.

Auf dem Weg ins Institut dachte sie über die Unterhaltung mit Vera Kilian nach, die ihr die Idee eingegeben hatte, sich eingehender mit der Person von Nicola Goerne zu beschäftigen. Vera hatte sie nach dem Vorfall mit Dittberner angerufen und sich bei einem Abendessen in einem neuen Restaurant am Hafen, das sich vor allem durch arrogante Kellner auszeichnete, Leonies Version des Zusammenpralls erzählen lassen. Dittberner hatte Vera noch am selben Tag beiläufig auf die Sache angesprochen.

«So harmlos wie eine Klapperschlange. Natürlich hat er vermutet, dass wir eine Absprache hatten.»

«Tut mir Leid, wenn ich dich in Schwierigkeiten gebracht habe.» Leonie hasste sich selbst, wenn sie Menschen Probleme bereitete oder gar Schaden zufügte, weil sie ein Risiko falsch eingeschätzt oder eine schlichte Dummheit begangen hatte, auch wenn dies ohne Absicht geschehen war.

«Mit Dittberner bin ich noch nie besonders gut ausgekommen.» Vera nippte an ihrem Wein, fixierte Leonie dabei über den Rand des Glases hinweg. «Ich hoffe nur, du weißt, was du tust.»

«Das hoffe ich auch», hatte Leonie geantwortet und das Gespräch in andere Bahnen gelenkt. Bisher hatte sie sich mit Vera nicht über das beraten, was sie über Marlene Böttcher, ihre Familie und Freunde herausgefunden hatte. Nun wollte sie die Einschätzung der Psychologin hören und ließ auch ihre Gespräche mit Nicola Goerne nicht aus. Vera hatte ihr aufmerksam zugehört und ihr zugestimmt, dass ihre Theorien über Svens und Marlenes Tod nicht völlig abwegig waren und gruppendynamische Prozesse zum ersten Mord geführt haben könnten. Beim Durchbuchstabieren der einzelnen Personen und ihrer jeweiligen Motive erlebte Leonie allerdings einen Schock, als Vera sie fragte, warum sie Nicola Goerne bisher nicht als mögliche Täterin in Betracht gezogen habe.

«Weil das völlig absurd wäre. Sie war Marlenes beste Freundin, sie war nicht mehr in Tatortnähe, und es waren mindestens zwei Personen, die Sven Johannsen misshandelt und getötet haben.»

«Das Argument mit den zwei Tätern akzeptiere ich. Nicola Goerne war Außenseiterin, es ist sehr unwahrscheinlich, dass sie sich mit einem der anderen zu einem Mord verabredet hat. Aber wer wann wo war, scheint mir bei keinem der jungen Leute wirklich hundertprozentig klar zu sein.» Vera machte eine kurze Pause und schnupperte misstrauisch an dem gedünsteten Angeldorsch, der ihr gerade serviert worden war. «Und Nicola Goerne hat ein klassisches Motiv: Eifersucht.»

«Eifersucht. Also wirklich, Vera.» Es sollte nach gespielter Empörung klingen, wirkte aber selbst für Leonie ziemlich echt. «Nur weil sie ein Verhältnis mit Marlene hatte? Kehren wir besser zu den Fakten zurück. Du hast gerade selbst eingeräumt, dass sie Sven Johannsen nicht getötet haben kann …»

«Das habe ich nicht gesagt», unterbrach Vera. «Ich halte es nur für unwahrscheinlich, dass sie Teil einer Gruppe war.»

«Das läuft doch auf dasselbe hinaus. Und Marlenes Angreifer muss ein Mann gewesen sein. Wenn wir auch sonst nicht viel wissen, aber dafür haben wir durch die gefundene DNA einen hieb- und stichfesten Beweis. Nicola ist also völlig unverdächtig.» Leonie schlug mit der flachen Hand auf den Tisch. «Außerdem halte ich sie nicht für fähig, einen Mord zu begehen. Von allen Beteiligten, die ich bis jetzt gesprochen habe, ist sie die Normalste und Vertrauenswürdigste.»

«Sie hat eine gute Anwältin in deiner Person. Offensichtlich ist es ihr gelungen, dich zu beeindrucken.»

«Unsinn», sagte Leonie und wünschte, sie hätte die beiden letzten Sätze für sich behalten.

Vera betrachtete sie leicht amüsiert. «Du bist nicht zufällig ein bisschen in sie verliebt?»

Leonie reagierte nicht. Sorgfältig und konzentriert fuhr sie fort, ein Lammkotelett zu filetieren, während ihr Magen sich zusammenzog und der Teil ihres Hirns, der nicht für die Motorik ihrer Hände zuständig war, den Gefühlssturm unter Kontrolle zu bringen versuchte, den Veras Frage ausgelöst hatte.

«Entschuldige, ich wollte dir nicht zu nahe treten. Aber was wäre schlimm daran? Auch heterosexuell orientierte Menschen können sich zu einer Person des eigenen Geschlechts hingezogen fühlen. Die meisten gestehen sich das nur nicht ein. Ich war auch mal in eine Frau verliebt, sogar sehr heftig.»

«Wirklich?» Leonie sah Vera erstaunt an. Vera wäre die Letzte gewesen, von der sie ein solches Geständnis erwartet hätte. Vielleicht war es an der Zeit, die eigenen Klischees mal wieder einer Überprüfung zu unterziehen.

«Ist schon viele Jahre her. Wir hatten beide nicht genug Mut.» Vera stocherte gedankenverloren in ihrem Fisch herum. «Und dann habe ich Peter Walter kennen gelernt und geheiratet. Na ja.»

Leonie lächelte. Veras «Na ja» war so vieldeutig wie Alkmenes berühmtes «Ach!» am Schluss von Kleists *Amphitryon*.

«Dann haben deine Töchter ihre Existenz also einem Mangel an Mut zu verdanken?»

Vera und Leonie tauschten ein Lächeln.

«Vielleicht. Aber bei dir ist es nicht nur eine Frage des Mutes. Nicola Goerne ist eine Zeugin. Mindestens das.»

Leonie senkte den Blick wieder auf ihren Teller. «Das musst du mir nicht sagen.» Sie machte eine Pause. «Es stimmt, dass ich mich von ihr angezogen fühle. Aber ich bin nicht sicher, was ich wirklich empfinde. Es ist sehr verwirrend. Bis jetzt hielt ich mich für hoffnungslos hetero.»

«Man soll die Hoffnung nie aufgeben», scherzte Vera, wurde aber gleich wieder ernst. «Für Experimente hast du dir nur leider das falsche Objekt ausgesucht. Lass dir nicht den klaren Verstand vernebeln. Was weißt du eigentlich über die Frau?»

«Wenig», musste Leonie zugeben und hatte in dem Moment beschlossen, es nicht dabei zu belassen.

Zwei Tage später wurde Leonie Simon zu einer Unterredung in Sonja Gerhardt-Böttchers Büro gebeten. Es brauchte nicht viel Phantasie, den Grund zu erraten. Womit sie nicht gerechnet hatte, war Kaminskis Anwesenheit bei dem Gespräch. Er saß bereits im Büro der Oberstaatsanwältin, als Leonie von einer Sekretärin hineingeleitet wurde, und er sah aus, als wäre er gern woanders. Gerhardt-Böttcher saß kerzengerade und wie immer perfekt geschminkt und gekleidet hinter ihrem Schreibtisch, das Gesicht wie aus Stein gemeißelt. Leonie fiel auf, dass sie abgenommen hatte. Die Staatsanwältin hielt sich nicht lange mit Begrüßungsformalitäten auf.

«Wie Sie vermutlich wissen, Frau Doktor Simon, hat Hauptkommissar Kaminski die Wiederaufnahme der Ermittlungen über den Tod meiner Tochter beantragt. Ich bin darüber nicht glücklich.»

Leonie war nicht wirklich überrascht, wenn sie auch auf etwas anderes gehofft hatte.

«Ich bin Ihnen und Ihrem Institut gegenüber nicht weisungsbefugt, dennoch möchte ich Sie dringend bitten, meinen Wunsch zu berücksichtigen. Es wäre unverantwortlich, wenn Sie Ihre Zeit weiter auf die Untersuchung eines Todesfalles verschwenden würden, der keiner weiteren Recherchen bedarf. Die Tatsache, dass ich die Mutter der Toten bin, sollte Beweis genug sein, dass diese Entscheidung nicht leicht fiel. Eine Entscheidung, die von der zuständigen Staatsanwältin getroffen wurde. Völlig unabhängig natürlich.»

«Davon bin ich überzeugt.» Leonie ignorierte Kaminskis warnenden Blick. «Aber ich muss zugeben, dass ich die Entscheidung nicht nachvollziehen kann. Wir haben eindeutige Zeichen für einen Kampf in Marlenes Wohnung gefunden. Es gibt jemanden, der für den Tod Ihrer Tochter verantwortlich ist.»

Sonja Gerhardt-Böttcher lehnte sich vor und stützte sich mit ihren Unterarmen auf den Schreibtisch. Ihre Hände waren so fest gefaltet, dass ihre Knöchel weiß schimmerten. «Was Sie gefunden haben, sind interpretierbare Hinweise auf eine Blutung durch Schnittverletzungen und einen Sturz, der damit nicht einmal in Verbindung stehen muss. Meine Tochter ist letztlich eines natürlichen Todes gestorben. Oder für was muss ich ein Aneurysma halten?»

«Ohne Zweifel. Die Gefäßwand wäre irgendwann so oder so gerissen. Aber das ist nicht der entscheidende Punkt. Sie hätte gerettet werden können, als erste neurologische Ausfallerscheinungen auftraten. Wie würden Sie es nennen, wenn eine anwesende Person, die vielleicht sogar für den Sturz verantwortlich war, diese Symptome miterlebt, aber nichts unternimmt, um Ihrer Tochter zu helfen?»

«Spekulation, Frau Doktor Simon. Ich würde das als pure Spekulation bezeichnen.» Gerhardt-Böttchers Atemrhythmus hatte sich verändert. Es klang, als hätte sie einen schnellen Sprint hinter sich gebracht. «Ich weiß nicht, ob Sie sich vorstellen können, was es für mich und meine Familie bedeutet, dass Marlenes Leiche nach so langer Zeit endlich gefunden wurde. Jedes weitere unnötige Herumstochern seitens der Polizei vergrößert unseren Schmerz. Von den Zumutungen durch die Presse will ich gar nicht reden.»

Leonie hätte nicht geglaubt, dass sie für diese kalte Frau jemals so etwas wie Mitleid empfinden könnte.

«Ich kenne die Situation, in der Sie sich befinden, aus eigener Erfahrung. Deshalb weiß ich auch, dass einem nur die Beantwortung aller Fragen die Möglichkeit eröffnet, irgendwann Ruhe zu finden.»

«Meine Fragen sind beantwortet, Frau Doktor Simon.» Die Oberstaatsanwältin erhob sich zum Zeichen, dass sie das Gespräch als beendet betrachtete. «Wir haben eine sehr ernste Situation durch den so genannten Sniper in dieser Stadt, eine große Zahl von Beamten ist dadurch gebunden. Und ich darf wohl annehmen, dass Sie durch die Übernahme der Leitung Ihres Instituts keine Zeit und Kraft auf Recherchen in abgeschlossenen Fällen verschwenden können.»

Erst als sie und Kaminski auf der Straße vor dem Gebäude der Staatsanwaltschaft standen, brach Leonie das Schweigen. «Was ist los mit der Frau? Wen schützt sie? Ich hatte bis jetzt an ihren Sohn gedacht. Aber die DNA von Marlenes Besucher stammt eindeutig nicht von einem nahen Blutsverwandten.»

Kaminski wickelte einen Kaugummistreifen aus dem Stanniolpapier und schob ihn sich in den Mund. «Doc, es wird Zeit zuzugeben, dass Sie gerade eine Riesenpleite schieben. Es ist wie

GeBe es gerade gesagt hat, die Familie will einfach ihre Ruhe haben. Die glauben nicht an einen Mord oder so was. Lassen Sie's gut sein.»

Leonie war empört. «Ich hätte nicht gedacht, dass Sie so ein Umfaller sind.»

«Jetzt machen Sie mal halblang. Ich habe mich schon mehr für Sie und Ihre fixen Ideen aus dem Fenster gehängt, als für mich gut ist.» Er fuchtelte mit dem Zeigefinger vor ihrem Gesicht herum. «Obwohl ich einen verdammten Sack voll eigener Probleme habe.»

«Heißt das, Sie geben auf?» Leonie folgte ihm zu seinem Motorrad, das er in der Nähe abgestellt hatte.

Er wandte sich zu ihr um. «Ich bin zurückgepfiffen worden. Meine Meinung zählt dabei nicht. Klar?»

«Okay, dann muss ich das wohl akzeptieren.» Leonie überlegte einen Moment und fügte dann in einem weicheren Ton hinzu: «Und danke für Ihre Hilfe bis hierher. Ich will Ihnen keine Schwierigkeiten machen. Das wissen Sie hoffentlich.»

Ohne sie anzusehen, brummelte er etwas, das sie nicht verstand. Dann zog er ein zusammengefaltetes Papier aus der Brusttasche seiner Lederjacke und reichte es ihr. «Sie wollten Material über Nicola Goerne. Viel ist es nicht.»

Leonie nahm die wenigen Seiten in Empfang. «Ist ja nur zu meiner Information.»

Kaminski warf ihr einen düsteren Blick zu, verkniff sich jedoch die Frage, die ihm anscheinend auf der Zunge lag. Er schwang sich auf sein Motorrad, startete aber noch nicht den Motor.

«Das Glas aus Marlenes Ellbogen und das aus den Fußbodendielen ihrer Wohnung stammt tatsächlich von einer Brille.»

Leonie horchte auf, das Beste hatte er sich bis zuletzt aufgehoben.

«Wer immer sie getragen hat, war stark kurzsichtig. Mehr als fünf Dioptrien auf beiden Augen.»

«Sie haben nicht zufällig die Gebhardt-Böttcher gefragt, wer von den Bekannten ihrer Tochter kurzsichtig ist?»

Kaminski warf seine Maschine an, der Motor heulte auf. «Was haben Sie gesagt?»

Leonie winkte ab. «Schon kapiert. Machen Sie's gut. Und danke!»

Wieder an ihrem Schreibtisch, suchte Leonie sofort die Telefonnummer von Frau Freiberg, der Lehrerin, die ihr schon einmal mit ausführlichen Informationen über Marlene und ihre Clique weitergeholfen hatte. Sie wählte und hörte das Besetztzeichen. Im Abstand von fünf Minuten versuchte sie es immer wieder, bis Frau Thiele sie daran erinnerte, dass das Treffen des Fachbereichsrates in wenigen Minuten beginnen werde. Ihre Anwesenheit dort gehörte zu den neuen Verpflichtungen, die sie mit Professor Cordes' Chefsessel übernommen hatte.

Als sie am späten Nachmittag in ihr Büro zurückkehrte, wählte sie erneut Frau Freibergs Nummer. Diesmal nahm niemand ab. Frustriert warf sie den Hörer auf.

«Nicht mal ein Anrufbeantworter. Wo gibt's denn so was?»

Ihre Frage war an Othello gerichtet, der auf dem Fensterbrett lag und sich von einem Sonnenstrahl den Pelz wärmen ließ. Er öffnete kurz ein Auge, schloss es aber gleich wieder, als er sah, dass Leonies Interesse sich bereits wieder anderen Dingen zuwandte. Leonie erreichte Frau Freiberg auch in den folgenden zwei Stunden nicht, dafür erhielt sie einen Anruf ihrer Tante aus Berlin. Die Stimme ihrer Tante hatte einen Ton, der Leonie gar nicht gefiel. Die Frage, ob sie Schmerzen habe, bestritt Charlotte Reichert, aber sie musste zugeben, dass sie sich seit ein paar Tagen schwach und antriebslos fühle. Sie schlafe viel und habe keinen Appetit. Einen Arzt hatte sie noch nicht konsultiert. Leonie nannte sie unvernünftig und beschwor sie, sich am nächsten Morgen in ein Taxi zu setzen und zu ihrem Hausarzt zu fahren. Mal sehen, sagte ihre Tante und beendete das Gespräch, weil im Fernsehen ein Film begann, den sie nicht verpassen wollte.

Leonies Gewissen regte sich mächtig. Ihre Arbeit und ihre neue Position im Institut hatten sie in der letzten Zeit so ausgefüllt, dass sie ihre privaten Verpflichtungen noch mehr als sonst vernachlässigt hatte. Außer ihrer Tante betraf das vor allem Max Lifka und natürlich Paul, dem sie mehrfach abgesagt hatte. Er hatte ihre Erklärungen immer kommentarlos akzeptiert, aber sie ahnte, dass er verletzt war. Ihre Arbeitsbelastung war zwar keine billige Ausrede, doch sie wusste, dass sie sich dahinter versteckte. Und er wusste es ebenfalls. Wenn sich zu viele Probleme gleichzeitig stellten, bestand für Leonie die Kunst darin, Prioritäten zu setzen. Und Paul stand zurzeit nicht an erster Stelle.

Kurz bevor sie das Büro verließ, wählte sie ein letztes Mal die Nummer der Lehrerin und hatte Erfolg. Frau Freiberg klang ein wenig atemlos, als sie sich meldete. Sie war gerade zur Tür hereingekommen und sofort ans Telefon geeilt. Leonie hatte nur eine Frage an sie.

«Können Sie sich erinnern, ob einer der Freunde von Marlene und Tobias Böttcher eine Brille trug?»

«Natürlich kann ich mich erinnern», antwortete Frau Freiberg mit leicht beleidigtem Unterton. Aber vielleicht bildete sich Leonie das nur ein.

«Johannes Wagner musste eine Brille tragen. Ohne war er so blind wie ein Uhu.»

«Sie meinen, er war stark kurzsichtig?»

«Ja, genau. Ich glaube, das ist in seiner Familie erblich.»

«Danke, Frau Freiberg. Und entschuldigen Sie die Störung.»

Leonie versuchte, sich die Begegnung mit Johannes Wagner zu vergegenwärtigen. Hatte der Mann eine Brille getragen oder nicht? Sein Gesicht nahm in ihrer Erinnerung keine klaren Konturen an. Würde sie sich nicht an eine Brille erinnern? Aber vielleicht hatte sich auch die Lehrerin geirrt. Bei den Tausenden von Schülern, die Frau Freiberg in ihrem Leben unterrichtet hatte, mussten eine Menge stark Kurzsichtige dabei gewesen sein. Es gab unzählige Beispiele, wie trügerisch angeblich sichere Erinnerungen sein konnten. Eine Möglichkeit, herauszufinden, ob Johannes Wagner stark kurzsichtig war oder nicht, war ein erneutes Treffen mit ihm. Und das hieß, sie musste wieder nach Berlin. Natürlich gab es noch eine weitere Möglichkeit: Sie konnte Nicola Goerne fragen. Sie war damals viel mit Johannes zusammen gewesen. Ihre Erinnerungen würde Leonie nicht anzweifeln. Den Gedanken, dass sie sich über einen Anlass freute, Nicola aufzusuchen, wischte Leonie sofort beiseite. Was immer sie für Nicola Goerne empfand, sie wollte nicht darüber nachdenken.

Der schöne Spätsommerabend hatte so viele Menschen an die Elbe gelockt, dass es unmöglich war, in der Nähe des Restaurants, in dem Nicola arbeitete, einen Parkplatz zu bekommen, weder unten am Flussufer noch an der oberhalb entlangführenden Elbchaussee. Leonie musste einen längeren Marsch in Kauf nehmen, was ihr als passionierter Wanderin nichts ausmachte. Die Restaurantterrasse war erwartungsgemäß bis auf den letzten Platz besetzt, aber Leonie war nicht zum Essen gekommen. Sie betrat das Restaurant und bat eine Kellnerin, Nicola Goerne Bescheid zu geben, dass Dr. Simon sie sprechen müsse. Da habe sie sich aber den ungünstigsten Moment ausgesucht, wurde sie belehrt. In der Küche brenne der Fußboden. Leonie beharrte auf ihrer Bitte, worauf sich die Kellnerin mit einem letzten unfreundlichen Blick auf Leonie in Richtung Küche entfernte. Nicola Goerne erschien ein paar Minuten später. Sie war völlig verschwitzt und wischte ihre fettigen Finger an einem Handtuch ab, das sie sich danach über eine Schulter warf. Ein intensiver Bratkartoffelgeruch ging von ihr aus.

«Hallo. Schön, Sie zu sehen.» Sie lächelte, und ihre Augen saugten sich an Leonies Gesicht fest. «Wo brennt's denn?»

«In Ihrer Küche, behauptete eben Ihre Kollegin.» Leonie erwiderte ihr Lächeln und spürte, wie sich ihre Nackenhärchen aufrichteten.

«Korrekt. Ich muss auch gleich wieder zurück.»

«War Johannes Wagner Brillenträger?»

Die Frage hatte Nicola nicht erwartet, ihre Antwort kam erst nach einigem Zögern. Vielleicht überlegte sie auch, was Leonie mit ihrer Frage bezweckte.

«Ja, ich glaube schon.»

«Glauben Sie oder wissen Sie es genau?», fragte Leonie hartnäckig nach.

«Er trug eine Brille. Ich bin sicher. Ist das wichtig?»

«Ich denke schon.» Leonie fing den bösen Blick der Kellnerin auf, die vier volle Teller an ihnen vorbei balancierte. «Wenn ich Sie jetzt nicht in Ruhe lasse, bekomme ich wohl Ärger.»

«Keine Sorge. Wollen Sie was essen? Die Doraden sind ganz frisch. Ich könnte Ihnen eine Aïoli dazu aufschlagen.»

Leonie liebte gegrillte Doraden mit Knoblauchmayonnaise, aber sie wollte nicht bleiben.

«Danke, aber ich habe noch einen Termin», log sie.

«Schade.»

Nicola Goerne wollte ihr die Hand reichen, zog sie aber nach einem Blick darauf rasch wieder zurück. «Besser nicht. Sonst bleiben Sie noch an mir kleben.»

Sie entfernten sich ein paar Schritte voneinander, ohne die Blicke abzuwenden.

«Ach», sagte Nicola Goerne, «wie heißen Sie eigentlich mit Vornamen?»

Leonie brauchte ein paar Sekunden für eine Entscheidung. «Simon reicht. Danke für Ihre Hilfe.»

Dann stand sie vor der Tür des Restaurants, starrte auf die essende und trinkende, lachende und lärmende Menschenmenge und versuchte, ihre Gedanken wieder unter Kontrolle zu bekommen. Beinahe hätte sie Tobias Böttcher übersehen, der sie offenbar schon eher bemerkt hatte, denn er gab sich alle Mühe, nicht entdeckt zu werden. Leonie schaffte es, ihn zu übersehen, und verließ die Restaurantterrasse. Sie entfernte sich, ohne einen Blick zurückzuwerfen. Das war auch nicht nötig, ihr war klar, weshalb er gekommen war. Nicola Goerne würde bald wissen, warum sie nach Johannes Wagners Brille gefragt hatte. Etwas war in Bewegung geraten, spürte Leonie. Es war kein gutes Gefühl.

Am nächsten Tag erhielt sie die Nachricht, dass bei ihrer Tante der Verdacht auf eine atypische Pneumonie bestand, eine Lungenentzündung, die sich von der Symptomatik einer bakteriellen Infektion unterscheidet und unter anderem durch Viren und Mykoplasmen ausgelöst werden kann. Bei unkompliziertem Verlauf ist die Prognose normalerweise günstig, aber wegen der geschwächten Konstitution ihrer Tante war Leonie so beunruhigt, dass sie sofort beschloss, wenigstens für zwei Tage nach Berlin zu fahren. Dass sie ihren Aufenthalt außerdem dazu nutzen würde, Johannes Wagner ein zweites Mal zu treffen, war klar. Aber sie hätte heftig bestritten, dass dies der Hauptgrund für ihren Entschluss war. Ihre Sorge um die Tante war echt. Eine Lungenentzündung als Folge einer Hüftoperation war bedauerlicherweise eine übliche Erscheinung, wobei eine Ursache dafür ohne Zweifel bei den nicht immer ausreichenden Hygienestandards der deutschen Krankenhäuser zu suchen war.

Nachdem sie im Institut ihre Abwesenheit geregelt hatte, fuhr sie nach Hause, packte rasch eine kleine Reisetasche und setzte sich wieder in den Wagen, den sie in der Eile vor dem Haus im Halteverbot geparkt hatte. Das Knöllchen, das hinter ihrem Scheibenwischer steckte, knüllte sie zusammen und warf es in den Papierkorb an der Straßenecke. Auf dem Weg zur Autobahn klingelte ihr Handy.

«Muss das jetzt sein?», murmelte sie, fuhr dann aber an den Rand, um das Gespräch annehmen zu können.

«Ich bin's», sagte eine Männerstimme, die ihr inzwischen vertraut war. «Ich weiß jetzt, wo er seine Schießübungen veranstaltet.»

«Oh», sagte Leonie. An den Sniper und selbst an Michael hatte sie in der letzten Zeit kaum noch gedacht. «Du hast lange nichts von dir hören lassen. Ich dachte schon, der Kerl wäre fort und du mit ihm.»

«Er ist noch hier. Hast du morgen früh Zeit?»

«Ich bin auf dem Weg nach Berlin. Tante Charlotte geht's nicht gut. Ich weiß noch nicht, wann ich zurück bin.»

«Tante Charlotte. So. Sie lebt also noch.»

Leonie war nie in den Sinn gekommen, dass Michael sie kennen könnte. Aber es war jetzt nicht der Zeitpunkt, darüber zu sprechen. «Wie kann ich dich erreichen?»

«Ich melde mich wieder», antwortete er. Dann war die Verbindung unterbrochen.

Leonie warf wütend ihr Handy auf den Nebensitz. Er vertraute ihr immer noch nicht. Und dann überraschte sie sich selbst, als sie leise murmelte: «Und das ist auch gut so.»

23.

MATT UND SCHLANKER, als Leonie ihre Tante je gesehen hatte, lag Charlotte Reichert zwischen Kissen und wärmendem Plaid auf ihrem Sofa. Auf dem Tisch neben ihr stand eine Suppentasse mit einer dunklen Flüssigkeit. Ihre Nachbarin hatte sie mit einer kräftigen Fleischbrühe versorgt, von der Tante Charlotte aber nur zwei oder drei Löffel probiert hatte. Wie schlecht es ihr ging, wurde Leonie klar, als sie grundlos in Tränen ausbrach. Ihre ansonsten vitale und eigensinnige Tante war so geschwächt, dass der neben der medikamentösen Behandlung wichtigste Teil der Therapie, der da hieß Ruhe, Ruhe und nochmals Ruhe, bei ihr keine Rebellion auslöste. Sie hatte weder Lust noch Kraft, sich vom Sofa zu erheben, und verdämmerte dort den größten Teil des Tages. Wie sich herausstellte, hatte Leonie das Krankenhaus als Ort der Ansteckung fälschlich beschuldigt. Dafür wäre eine bakterielle Pneumonie in der Tat typischer gewesen. Tante Charlotte hatte sich sehr wahrscheinlich bei einer ihrer Freundinnen infiziert, die ebenfalls seit Tagen das Bett hüten musste. Nur hatte diese Mann, Kinder und Enkel um sich, die sich abwechselnd um sie kümmern konnten. Leonie musste feststellen, dass die Situation noch dramatischer war als nach der Operation. Bis zur Genesung konnte die Tante nicht allein in ihrem Haus bleiben. Da sie selbst nicht lange bleiben konnte, musste eine Pflegerin her.

«Ich will keine fremde Frau in meinem Haus haben.» Tante Charlotte zeigte Spuren ihrer gewohnten Entschlossenheit. «Außerdem wird das viel zu teuer.»

«Kein besonders gutes Argument», meinte Leonie.

«Geld ist immer ein gutes Argument. Es kümmern sich schon genug Leute um mich. Meine Nachbarin kommt einmal am Tag. Und dann ist da die Putzfrau zweimal in der Woche, und meine Freundinnen, wenn ich sie brauche.»

«Du brauchst jemanden, der verlässlich und den größten Teil des Tages bei dir ist.»

Die alte Frau überlegte eine Weile. Dabei schloss sie die Augen, und Leonie dachte, sie wäre eingeschlafen. «Ich werde Brunochen fragen, ob er zu mir ziehen kann, bis es mir besser geht.»

«Brunochen?»

Leonie hatte von einem Bruno bisher nichts gehört. Er stellte sich als Ehemann einer verstorbenen Freundin ihrer Tante heraus, der sich schon seit Jahren gelegentlich als Handwerker nützlich machte und ein gefährlicher Gegner beim Monopoly war. Bruno war 1,58 Meter klein, zierlich wie eine Ballerina und trug das -chen hinter seinem Namen mit vollem Recht. Schon eine Stunde nach dem Anruf der Tante stand er mit einer Reisetasche in der einen und einer großen Pralinenschachtel in der anderen Hand vor der Tür. Die Tasche drückte er Leonie in die Arme, die Pralinen legte er Tante Charlotte in den Schoß.

«Damit du bald wieder auf die Beine kommst. Siehst ja schon aus, als könnte man dir das Vaterunser durch die Rippen blasen.»

Als Leonie das Haus verließ, um Johannes Wagner zu treffen, machte der gelernte Altenpfleger gerade eine Klopfmassage bei ihrer Tante, wie es ein Lungenfacharzt nicht besser hätte tun können.

Johannes Wagner hatte sich von seiner Sekretärin verleugnen lassen, jedenfalls argwöhnte Leonie das. Aber es war nicht schwer gewesen, seine Privatadresse herauszufinden, und so wartete sie in einem Café auf ihn, das sich gegenüber dem Apartmenthaus befand, in dem er wohnte. Ihre Geduld wurde auf eine sehr harte Probe gestellt. Und die des Kellners ebenfalls, der fast drei Stunden lang versuchte, ihr mehr als eine Tasse Cappuccino und ein kleines Mineralwasser zu verkaufen. Inzwischen waren mehrfach größere Limousinen in die Tiefgarage des Apartmenthauses gefahren, deren Fahrer Leonie aus der Entfernung nicht erkennen konnte. Es war sehr gut möglich, dass Johannes Wagner einer von ihnen war. Leonie zahlte und ging hinüber. Als sie sich der Eingangstür näherte, öffnete die sich, und zwei Jugendliche verließen das Haus. Leonie sprintete los und erreichte die Tür noch rechtzeitig, ehe sie ins Schloss fiel. Hätte sie sich über die Sprechanlage zu erkennen gegeben, hätte Wagner ihr womöglich nicht geöffnet. Den Fahrstuhl ignorierte sie, da sie nicht wusste, in welcher Etage seine Wohnung lag. Ihr Atem ging ein wenig schneller, als sie im dritten Stock angelangt war. In letzter Zeit hatte sie ihr Konditionstraining arg vernachlässigt. Durch die Wohnungstür hörte sie leise Musik, er war also daheim. Sie klingelte und positionierte sich so, dass er sie durch den Türspion nicht sehen konnte. Als er öffnete, setzte sie ihr reizendstes Lächeln auf.

«Guten Abend, Herr Wagner. Störe ich beim Abendessen?»

Johannes Wagner trug eine Schürze mit der Aufschrift *Hier kocht der Chef*. Das erwartungsvolle Lächeln auf seinem Gesicht starb einen raschen Tod.

«Ich erwarte Gäste.»

«Darf ich trotzdem hereinkommen? Wir können auch gern in der Küche miteinander reden.»

Leonie trat einen Schritt vor, genau auf die Türschwelle, sodass er sie hätte zurückstoßen müssen, um die Tür zu schließen. Wagners ganze Körperhaltung verriet, dass er das liebend gern getan hätte, aber seine antrainierte professionelle Höflichkeit gewann die Oberhand.

«Also bitte. Aber ich muss schon sagen, dass ich Ihren Besuch als Belästigung empfinde.»

Seine Wohnung war für einen allein lebenden Junggesellen riesig und ein innenarchitektonisches Schmuckstück. Die Karriere des jungen Mannes schien gut zu laufen.

Leonie warf einen Blick auf den üppig begrünten Balkon, von dem aus man in einen der typischen Berliner Hinterhöfe hinabsehen konnte.

«Schöne Wohnung, aber nicht billig in dieser Gegend. Hab ich Recht?»

Er bot ihr keinen Platz an, sie setzte sich trotzdem auf ein Sofa aus champagnerfarbenem Leder.

«Können wir's kurz machen?» Zur Unterstreichung seiner Worte, die eher Anweisung als Frage waren, blieb Johannes Wagner stehen.

«Natürlich. Gehen wir *in medias res*. Sind Sie oder waren Sie Brillenträger?»

«Wieso?» Er kniff misstrauisch die Augen zusammen.

«Das ist doch sicher kein Geheimnis?», antwortete Leonie mit einer Gegenfrage.

«Ich habe mich operieren lassen.»

«Wann war das?»

«Ungefähr vor zwei Jahren. Was hat das mit Marlene zu tun? Darum geht es doch?»

«Indirekt. Wissen Sie zufällig, wie viel Dioptrien Sie haben?»

«Nein», sagte Wagner, dem es immer schwerer fiel, höflich zu bleiben. «Und ich finde, das geht Sie auch gar nichts an.» Er sah auf die Uhr. «Wenn ich Sie dann bitten dürfte zu gehen.»

Leonie erhob sich. «Tut mir Leid, dass ich Sie gestört habe.»

Nach zwei Schritten blieb sie wieder stehen. «Können Sie sich noch daran erinnern, wo Sie waren, als Marlene Böttcher verschwand? Also vor gut vier Jahren, im April?»

Wagner sah sie irritiert an. Sie hatte die Frage bei ihrem ersten Gespräch schon einmal gestellt.

«Das habe ich Ihnen doch schon gesagt.»

Leonie tat erstaunt. «Ich kann mich nicht erinnern, das überhaupt gefragt zu haben.»

Wagner überlegte, dann antwortete er. «Ich glaube, zu der Zeit habe ich Pascal in Paris besucht.»

Falsche Antwort, dachte Leonie und verabschiedete sich wortreich. Beim ersten Mal war er angeblich in London gewesen, wo er studierte. Und in Paris war er mit Sicherheit nicht, jedenfalls nicht, um Pascal Bertram zu besuchen. Der lebte zu der Zeit noch in Brasilien. Wo also war er wirklich gewesen? Und wie hoch war vor der Operation seine Dioptrien-Zahl? Kaminski würde nicht begeistert sein, wenn sie ihn um Klärung dieser Fragen bat.

Bruno hatte Tante Charlotte schon zu Bett gebracht, als Leonie eintraf. Vom Rote-Bete-Eintopf, den er gekocht hatte, wartete eine Portion im Kühlschrank auf Leonie. Sie mochte keinen Rote-Bete-Eintopf, aber sie war hungrig und wollte den alten Mann nicht beleidigen. Also erwärmte sie das Essen in der Mikrowelle und setzte sich damit zu ihm ins Wohnzimmer. Es schmeckte besser, als sie erwartet hatte. Als Koch war Bruno durchaus akzeptabel. Ihr Lob wehrte er bescheiden ab und fragte, ob sie Lust auf ein Monopoly-Spiel habe. Sie willigte ein. Stunden später, gegen drei Uhr morgens, stellte sie fest, dass sie haushoch verloren hatte und Brunos harmloses Äußeres eine üble Tarnung war. Noch müde von der kurzen Nacht, servierte sie Tante Charlotte gegen acht Uhr das Frühstück ans Bett und amüsierte die Kranke mit der Schilderung ihrer grandiosen Niederlage.

«Ich hab dir ja gesagt, dass er beim Monopoly ein gefährlicher Gegner ist. Und auf Canasta und Doppelkopf darfst du dich erst gar nicht mit ihm einlassen.»

Leonie half der Tante beim Essen und anschließend bei der Körperpflege. Erschöpft sank die Tante nach diesem anstrengenden Frühprogramm wieder in die Kissen. Leonie betrachtete sie nachdenklich.

«Vielleicht war dein Brunochen doch keine so gute Idee?»

Tante Charlotte öffnete ihre Augen wieder. «Wieso nicht?»

«Na ja, die Abteilung weibliche Hygiene ist mit ihm nicht wirklich ideal besetzt. Oder?»

«Du glaubst, wir haben ein Verhältnis.» Leonies Tante verschluckte ein Lachen, was zu einem Hustenanfall führte. «Leonie», keuchte sie, «du bist ein Nagel zu meinem Sarg. Brunochen und ich. Also so was.»

«Warum nicht? Er ist doch sehr nett. Und kochen kann er auch.»

Bruno wurde in das neu aufgetauchte Problem eingeweiht und schlug vor, seine älteste Tochter als Bademeisterin für Tante Charlotte zu engagieren. Es musste ja nicht jeden Tag sein. Alles schien so weit zur Zufriedenheit geregelt, was Leonie nicht das schlechte Gewissen nehmen konnte. Wenn sie ihre Tante ansah, wie sie sich so erschöpft und bleich vom Bett aufs Sofa und zurück schleppte, dann erschien es ihr wie Verrat, sie in diesem Zustand fremden Händen zu überlassen. Beim Abschied sprach sie es laut aus.

«Papperlapapp!», sagte Tante Charlotte streng. «Was willst du dir noch alles aufhalsen? Und glaub ja nicht, ich hätte nicht bemerkt, dass du Sorgen hast.»

«Nicht mehr als sonst auch», wiegelte Leonie ab.

«Wem willst du das erzählen? Ich lese Zeitung, und deshalb weiß ich, was in Hamburg passiert ist. Sieh zu, dass du wieder

Boden unter die Füße bekommst. Sonst muss ich mir deinetwegen Gedanken machen, und dazu habe ich keine Lust. Verstanden?»

Leonie umarmte ihre Tante und versprach ihr, sie jeden Tag anzurufen. Als sie gerade das Haus verlassen wollte, klingelte ihr Handy. Erika Lifka rief aus dem Gefängnis an, eine völlig aufgelöste Erika, die schon nach den ersten Sätzen anfing zu weinen. Sie hatte einen Brief von Max' Pflegemutter erhalten, die ihr darin mitteilte, dass sie den Jungen nicht länger bei sich aufnehmen könne. Er war in eine Prügelei verwickelt gewesen und hatte wieder gestohlen. Möglicherweise würde er auch von der Schule fliegen, und das Jugendamt dachte über eine betreute Jugendwohnung statt über eine neue Pflegefamilie nach.

«Was habt ihr mit meinem Jungen gemacht?», schluchzte Erika. «Max ist so ein lieber Kerl. Er ist doch kein Dieb.»

Leonie versuchte, Erika zu trösten. Das Schlimmste für Erika war natürlich, dass sie von weitem zuschauen musste und nicht eingreifen konnte. Es war ein kurzer Weg von den Vorwürfen gegen Amt und Pflegemutter zu den Selbstvorwürfen. Hätte sie nicht so Schreckliches angestellt, wäre sie nicht ins Gefängnis gekommen und ihr Sohn noch in der mütterlichen Obhut.

«Hätte und wäre – das macht jetzt überhaupt keinen Sinn, Erika. Hör zu, ich habe im Moment noch in Berlin zu tun. Sobald ich wieder in Hamburg bin, kümmere ich mich um Max. In Ordnung?»

Es dauerte noch eine Weile, bis sie Erika so weit beruhigt hatte, dass sie das Gespräch gefasst beenden konnte. Leonie stopfte erschöpft ihr Handy zurück in die Jackentasche. Konnte nicht einmal etwas gut laufen?

Wegen eines Unfalls stand Leonie mehr als eine Stunde im Stau auf der Autobahn. In der Zeit probierte sie mehrmals vergeblich, Max' Pflegemutter zu erreichen. Gegen ein Uhr mittags endlich in Hamburg angekommen, führte sie ihr erster Weg ins Institut. Zu ihrer Erleichterung hatte sich während ihrer Abwesenheit nichts Dramatisches ereignet. Das Schlimmste, was Frau Thiele zu berichten wusste, war ein Arbeitsunfall der neuen Präparatorin. Sie hatte sich am Morgen während einer Obduktion an einem Messer verletzt und war so lange krankgeschrieben, bis zweifelsfrei feststand, dass sie sich dabei nicht infiziert hatte.

In den folgenden Stunden wühlte Leonie sich durch einen Berg von Papierkram und wählte zwischendurch immer wieder Frau Kuntners Telefonnummer. Am späten Nachmittag, ihre Laune hatte für alle sichtbar gelitten, nahm Frau Kuntner endlich den Hörer ab. Das Gespräch war sehr kurz. Kühl beschied die Frau Leonie, dass Max nicht mehr bei ihnen lebe. Wo er abgeblieben war, wusste sie nicht, und es interessierte sie auch nicht mehr. Immerhin erfuhr Leonie von ihr, welcher Untaten der Junge sich schuldig gemacht hatte. Er hatte mehrere Mitschüler bedroht und «abgezogen» und in einem Fall so heftig zugeschlagen, dass ein Nasenbein dabei zu Bruch gegangen war. Kaum dreizehn Jahre alt und ein kleiner Krimineller! Aber was sollte man bei der Familiengeschichte anderes erwarten?

Leonie legte den Hörer mit Nachdruck auf. Sie war wütend. Auf Max, auf Frau Kuntner, diese dumme Person, auf das Jugendamt, das sich nicht genug gekümmert hatte, und vor allem auf sich selbst. Eingesponnen in ihren eigenen Alltag, hatte sie die Probleme des Jungen nicht ernst genug genommen und zu früh lockergelassen. Jetzt konnte sie nur hoffen, dass es nicht zu spät war.

Sie sah auf die Uhr. Der Anruf beim Jugendamt musste bis zum nächsten Morgen warten, dort würde sie jetzt niemanden mehr erreichen. Stattdessen wählte sie Paul Unruhs Nummer, zunächst seine Bürodurchwahl. Als er sich dort nicht meldete, versuchte sie es mit seiner Privat-, dann mit der Handynummer, erreichte aber jeweils nur den Anrufbeantworter. Leonie war selbst oft schwer zu erreichen, brachte aber wenig Geduld auf, wenn es ihr im umgekehrten Fall nicht gelang, den gewünschten Gesprächspartner auf der Stelle aufzutreiben. Gegen halb acht verließ sie das Institut mit dem Vorsatz, sich endlich wieder in ihrem Fitness-Club auszutoben. Auf dem Parkplatz begegnete sie Dr. Fuchs, der neben seinem Wagen stand und an seinem Hemd schnüffelte.

«Hatten Sie die Faulleiche?», fragte Leonie.

«Leider. Ausgerechnet heute. Ich bin verabredet.» Fuchs hielt Leonie seinen Arm unter die Nase. «Was meinen Sie? Geht das noch?»

Leonie schnupperte und verzog das Gesicht. «Kommt drauf an, was Sie vorhaben. Wenn Sie eine Beziehung beenden wollen, können Sie das Hemd anbehalten.»

«Super. Jetzt kann ich zwischen müffeln und zu spät kommen wählen.»

Leonie ließ ihn mit dem Problem allein und fuhr nach Hause. Sie hörte ihren Anrufbeantworter ab, Paul war nicht dabei, und ergriff ihre Sporttasche. Den Weg ins Sport-Center schaffte sie in fünf Minuten zu Fuß. Auf dem Parkplatz hätte sie, wie sie feststellte, ohnehin kein Glück gehabt. Sie mochte es nicht, wenn es so voll war, aber zu dieser Uhrzeit war das zu erwarten. Anderthalb Stunden später hatte sie ihren üblichen Parcours bewältigt und ihr T-Shirt durchgeschwitzt. Mit geschlossenen Augen genoss sie das warme Wasser der Dusche und die angenehme Leere in ihrem Kopf. Um nicht einzuschlafen, drehte sie zum Abschluss das kalte Wasser auf. Eisig rann es über ihren Körper, sie stöhnte leise.

Das Blut pochte in ihren Ohren, als sie die Bar betrat, wo

sie sich wie immer mit einem Bier belohnen wollte. Diesmal wartete nicht, wie häufig, Kaminski auf sie, sondern jemand, mit dem sie nicht gerechnet hatte. An der Theke saß Tobias Böttcher und trank mexikanisches Bier aus der Flasche. Als er sie sah, ließ er sich vom Barhocker gleiten und schlenderte zu einem Tisch in einer ruhigen Ecke. Leonie winkte Joey, dem Barkeeper, und bestellte ein großes Pils vom Fass. Es dauerte ein paar Minuten, bis sie mit ihrem Glas in der Hand zu Tobias hinüberging.

«Sie scheinen über meine Gewohnheiten gut informiert zu sein. Ich kann nicht behaupten, dass mir das gefällt.»

Er lächelte und erhob sich kurz von seinem Sitz, bis sie ihm gegenüber Platz genommen hatte. Eine altmodische Geste, die ihr gefiel.

«An diesem Club ist nicht viel Geheimnisvolles. Ich dachte, es wäre Ihnen lieber, hier mit mir zu sprechen als im Institut.» Nach einer kurzen Pause: «Und mir ist es auch lieber.»

«Ihren Eltern wäre es vermutlich am liebsten, wenn Sie gar nicht mit mir redeten.»

«Vermutlich.» Er nahm einen Schluck Bier und betrachtete eine Weile schweigend das Etikett, als wollte er es auswendig lernen.

«Tja, es war nett mit Ihnen.» Leonie griff nach ihrem halb geleerten Bierglas und erhob sich.

Erschrocken blickte der junge Mann auf. «O nein, bitte. Ich hab nur überlegt, wie ich anfangen soll.»

Leonie ließ sich wieder auf den Stuhl sinken. «Sie wollen herausfinden, ob es etwas gibt, das Ihre Mutter noch nicht weiß.»

«Würden Sie es mir sagen?»

«Nein.»

«Warum sollte ich Sie dann fragen?»

Wieder schwieg er einen Augenblick. Diesmal ließ Leonie

ihm die Zeit, die er zum Nachdenken brauchte. «Ich habe mit dem Tod meiner Schwester nichts zu tun.»

«Ich weiß.»

Er sah sie erstaunt an. «Aber mit dem Tod von Sven Johannsen haben Sie zu tun.» Leonie kleidete ihre Frage in den apodiktischen Ton einer Feststellung.

«Haben Sie dafür einen Beweis?» Er sah ihr ruhig in die Augen, aber sie hatte den Eindruck, dass ihn das viel Kraft kostete.

«Solche Fragen wollten Sie mir doch nicht stellen.»

Er nickte und lächelte. «Sie reden mit vielen Leuten. Und viele Leute reden viel Unsinn.»

«Für Svens Tod ist jemand verurteilt worden. Er sagt, er war es nicht. Er wird noch sehr lange eingesperrt bleiben, und das ist bitter, falls er die Wahrheit sagt.»

Tobias lockerte seine verkrampfte Sitzhaltung und streckte die Beine aus. «Sicher. Falls er die Wahrheit sagt.»

Leonie nahm ihr inzwischen leeres Bierglas und hielt es hoch, zum Zeichen für den Barkeeper, dass sie ein zweites wollte.

«Angenommen, es gibt jemanden, der weiß, wie Sven wirklich gestorben ist. Dann stellt sich doch die Frage, warum derjenige keine Aussage gemacht hat.»

«Vielleicht wissen aber nur Sven und sein Mörder, wie er gestorben ist. Und ich schätze, von den beiden macht keiner eine Aussage.»

«Tja, wie ich schon sagte, es war nett, mit Ihnen zu plaudern.» Leonie machte ein zweites Mal Anstalten, ihn zu verlassen. Und wieder hielt er sie zurück.

«Ich wollte nicht, dass Sven stirbt. Sein Tod hat alles kaputtgemacht.»

Leonie blieb sitzen. «Aber Sie waren einen Rivalen los.»

«Einen Toten wird man nie los. Das müssten Sie doch eigentlich wissen.» Er wirkte plötzlich gereizt und wich ihrem Blick aus.

Sie hatte genug von dem Geplänkel. «Herr Böttcher, ich bin müde und sehne mich nach meinem Bett. Wenn Sie etwas zu sagen haben, dann tun Sie es jetzt.»

«Alles ist viel komplizierter, als Sie glauben.»

«Dann klären Sie mich auf.»

«Meine Eltern glauben, ich hätte Sven getötet», sagte er zu ihrer Überraschung.

«Welchen Grund hätten Sie dafür?»

«Vielleicht denselben wie Sie.»

«An Ihrer Verhörtechnik müssen Sie noch arbeiten.» Leonie betrachtete ihn aufmerksam. Sein nonchalantes Auftreten war nur gespielt. Er wirkte durchscheinend und beinahe zerbrechlich auf sie. Seine langen dünnen Finger waren in ständiger Bewegung. Der junge Mann stand unter Druck, und irgendwann würde er dem Druck nachgeben.

«Ich werde dieses Gespräch als vertraulich behandeln. Ich kann nicht versprechen, dass ich das auch in Zukunft so halten werde.»

Er erhob sich mit ihr. «Danke.»

Leonie nickte und ging an die Theke, um ihre Getränke zu bezahlen. Als sie sich umwandte, war Tobias Böttcher verschwunden.

Es dauerte zwei Tage, bis Leonie endlich jemanden beim Jugendamt erreichte, der ihr sagen konnte, wo Max Lifka abgeblieben war. Man hatte ihn übergangsweise in eine betreute Jugendwohnung verfrachtet, bis eine neue Pflegefamilie für ihn gefunden war. Die Adresse wollte man ihr nicht sagen, worüber sie sich sehr aufregte. Sie war weder ein Familienmitglied noch sein amtlicher Vormund, und die Bekanntschaft mit Max' Mutter ließ die Beamtin ebenso kalt wie ihr Status als Leiterin des Rechtsmedizinischen Instituts. Erika nahm diese Neuigkeiten verständlicherweise übel auf. Sie weinte und drohte, aus dem Gefängnis auszubrechen. Leonie nahm das nicht wörtlich, riet ihr aber, ihren Anwalt auf das Problem anzusetzen.

Der Sommer neigte sich dem Ende zu, und auch bei der Rechtsmedizin lief die vergleichsweise ruhige Phase langsam aus. Leonies Terminkalender füllte sich in dem Maße, in dem die Leute an ihre Arbeitsplätze in Ämtern und Instituten zurückkehrten. Und auch Professor Cordes verlangte immer häufiger nach ihr. Seine Genesung machte Fortschritte, und er begann, sich zu langweilen. Langeweile. Ein Zustand, den Leonie seit langem nur noch vom Hörensagen kannte.

Von einem dieser anstrengenden Krankenbesuche zurückkehrend, war sie auf dem Gelände des Universitätskrankenhauses in Richtung der Rechtsmedizin unterwegs, als ihr Handy piepsend eine SMS ankündigte.

«Sonntag sieben Uhr früh Schulweg Ecke Osterstrasse. M.», las sie vom Display ab. Sonntag hatte sie frei und wollte ausschlafen und sich irgendwann mit Paul treffen. Sie löschte die Nachricht und beschloss, einfach nicht hinzugehen.

Das Klingeln des Telefons riss sie am Sonntag aus dem Tiefschlaf. Ein Blick auf den Wecker zeigte ihr, dass es sechs Uhr früh war. Noch bevor sie den Hörer abhob, wusste sie, wer dran war.

«Guten Morgen, Zuckerschnute. Ich wollte sichergehen, dass du nicht verschläfst. Nur für den Fall, dass du vergessen hast, den Wecker zu stellen.»

«Du Aas», murmelte Leonie und legte auf.

Um Punkt sieben Uhr hielt ein schwarzer Mietwagen an der Bushaltestelle Schulweg. Die Beifahrertür wurde von innen geöffnet, und Leonie ließ sich auf den Sitz fallen.

«Hübsch siehst du aus.» Michael zeigte ein breites Lächeln und sah beneidenswert ausgeschlafen aus.

«Du Aas», wiederholte Leonie. Sie war zu müde gewesen, um sich die Haare zu waschen, und trug eine nicht mehr ganz saubere Jeans und ein ausgebeultes Sweatshirt. Den Gebrauch des Adjektivs hübsch empfand sie als reine Ironie.

«An meinen seltenen freien Tagen kann ich was Besseres anfangen, als mit dir in der Gegend herumzukutschieren. Und dann auch noch so verdammt früh.»

Michael bog in die Fruchtallee ein und fuhr in Richtung Autobahn. Die Straßen waren leer, die Jalousien und Vorhänge noch fast überall geschlossen.

«Tut mir außerordentlich Leid, aber es geht nicht anders.»

«Wohin fahren wir denn?»

«Wart's ab.»

Michael fuhr in Stellingen auf die A7 in Richtung Flensburg. Leonie gähnte, lehnte sich bequem zurück und nickte ein. Als sie erwachte, hatte der Wagen die Autobahn schon wieder verlassen und fuhr eine Landstraße entlang. Links und rechts erstreckten sich Felder, unterteilt von den typisch norddeutschen Knicks, den Gehölzen, die sich wie natürliche Zäune um die Parzellen wanden und Vögeln und anderen Tierarten als Heimstatt dienten.

«Wo sind wir?»

«Östlich von Henstedt-Ulzburg.»

Leonie fragte sich gerade, wie lange es noch dauern würde, als Michael den Blinker setzte und von der Landstraße in eine schmale Einfahrt bog, die Leonie glatt übersehen hätte. Er fuhr noch ein paar Meter und hielt vor einer Bürobaracke. Vor Leonie erstreckte sich das weitläufige Gelände einer Kiesgrube. Michael sah sie an.

«Hier trainiert unser Sniper. Steig aus.»

Leonie und Michael verließen den Wagen und traten an den Rand der riesigen Grube. Der Kiesabbau musste schon vor vielen Jahren begonnen haben, schätzte Leonie anhand der Ausmaße des Lochs, das Bagger in die Landschaft gefressen hatten. Am Boden der Grube standen Bürocontainer, Bagger, Lastwagen und Förderanlagen. Kies, in unterschiedliche Größen zermahlen, bildete eindrucksvolle Hügel, und die Reste von Hauswänden sagten ihnen, dass auch bereits verbaute Steine wieder verwertet wurden. Jenseits der großen Wunde, die man der Erde geschlagen hatte, ragte ein Fabrikgebäude auf, das Teil der Anlage war. Breite Fahrwege um die Grube herum zeigten die Profile der Lastwagen, die in der Woche vermutlich ununterbrochen hin- und herfuhren. Üppige, teils bewachsene Hügel von aufgeschüttetem Kies und Erde wölbten sich überall diesseits und jenseits der Grube.

«Eine Mondlandschaft», dachte Leonie und merkte gar nicht, dass sie es laut ausgesprochen hatte.

«Ideal für Schießübungen», sagte Michael. «Und jetzt weißt du auch, warum es ein Sonntag in aller Frühe sein musste. Wochentags ist hier der Teufel los.»

Er griff nach ihrem Arm und führte sie um die Grube herum zu einem der Hügel am Rande. «Da müssen wir rauf.»

Leonie war froh, dass sie Turnschuhe angezogen hatte. Michaels teure Budapester hatten ihren Glanz verloren, als sie oben auf dem Hügel angekommen waren. Glücklicherweise hatte es in den letzten Tagen nicht geregnet, und der Dreck war wenigstens trocken. Auf der Hügelkuppe wuchsen stellenweise Gras und Wildblumen, dazwischen sah Leonie halbverwischte Fußspuren. Michael sah, dass sie sie bemerkt hatte.

«Er war nachlässig. Natürlich rechnet er nicht damit, dass hier jemand nach ihm suchen könnte.» Er deutete auf eine Stelle, von der aus man einen guten Blick auf fast jeden Ort in der

Kiesgrube hatte. «Da hat er gelegen. Siehst du die drei Löcher der Stützen des Gewehrs? Genau die gleichen, die ich auf dem Golfplatz gefunden habe.»

«Da ist noch was.» Leonie ging in die Hocke und betrachtete einen Abdruck neben den Löchern, die die Erddorne des Gewehrs in den weichen Untergrund gebohrt hatten. «Sieht so aus, als hätte er sich da mit der Hand abgestützt.»

«Genau.» Michael hockte sich neben sie. «Und was ist das?» Er deutete auf eine Zackenlinie, die quasi einen Abdruck im Abdruck bildete.

«Solch ein ausgefranst aussehender Wulst könnte eine Narbe sein. Aber sicher bin ich mir natürlich nicht.» Sie erhob sich wieder. «Die Spuren müssten unbedingt gesichert werden. Wie bist du überhaupt auf diesen Platz gekommen?»

«Logische Überlegungen in Verbindung mit ein wenig Glück. Der Mann muss trainieren, und dazu braucht er ein passendes Gelände. Und ich hatte ja eine einigermaßen genaue Vorstellung, wonach ich suchen musste.»

Die indirekte Erwähnung seiner eigenen Erfahrungen behagte Leonie nicht.

«Dann las ich eine Notiz in einem Provinzblättchen aus der Gegend. Hier in der Nähe gibt es einen Baggersee, wo im Sommer auch gebadet wird und die Leute ihre Hunde ausführen. Ein junges Pärchen hat eines Abends Schüsse gehört. Es wird angenommen, dass außerhalb der Jagdsaison gewildert wurde.»

Leonie nickte. «Glaubst du, er kommt immer noch her?»

Michael wies auf die Abdrücke. «Wann war der letzte kräftige Regen? Diese Spuren sind in jedem Fall danach entstanden. Aber natürlich kann kein Mensch dir sagen, ob er sich inzwischen nicht einen anderen Ort gesucht hat. Aus Sicherheitsgründen muss er häufig wechseln.» Er winkte ihr, ihn nach unten zu begleiten. «Aber ich habe noch etwas Besseres gefunden.»

Zusammen stiegen sie in die Grube hinab. Michael führte Leonie zwischen Lastwagen und Baggern zu einem Schuttberg, den Überresten von mehreren Häusern, an denen stellenweise noch Tapete klebte oder Farbe bröckelte. Michael ging auf ein Mauerstück zu, das ein Sprayer mit einem phantasievollen Graffito verziert hatte. Unter anderem gab es ein Ungeheuer mit nur einem Auge, eine Art Polyphem. Vielleicht ein gebildeter Sprayer, dachte Leonie, der sich von Homers *Odyssee* hatte inspirieren lassen. Michael legte seinen Zeigefinger auf das Auge, in dessen Mitte anstelle der Pupille ein Loch zu sehen war. Ein Einschussloch. Michael griff in seine Jackentasche und präsentierte Leonie eine Geschosshülse auf der flachen Hand.

«Das hat unser Mann übersehen.»

Leonie betrachtete die Hülse, die das Repetiergewehr nach dem Schuss ausgeworfen hatte. «Hast du die da oben gefunden?»

«So ist es. Ich hab vom Ziel auf die Abschussstelle geschlossen. Es gibt natürlich mehrere dieser Stellen, und er hat diverse Ziele unter Beschuss genommen. Und er war ungemein umsichtig. Er hat sogar das Projektil aus der Wand gebohrt und mitgenommen. Nur diese eine Hülse hat er übersehen. Sie ist in ein Grasbüschel gefallen. Ich hab sie auch nur gefunden, weil ich draufgetreten bin.»

«Die Kugel wäre wahrscheinlich nützlicher gewesen, oder?»

«Das würde ich nicht sagen. Schau mal auf den Hülsenboden.»

Leonie nahm die Geschosshülse in die Hand. Sie sah ein Kreuz in einem Kreis und einige Buchstaben und Zahlen. «Ja und?»

«Was du da siehst, sagt uns, dass wir es mit einer Militäranfertigung zu tun haben. MEN bezeichnet den Hersteller, Metallwerk Elisenhütte Nassau. Die übrigen Zahlen und Buchstaben bezeichnen Herstellungsjahr und -monat sowie die so genannte Losnummer. Über die kann man herausfinden, wohin die Munition geliefert wurde.»

«Eine Militäranfertigung. Das heißt, der Kerl ist Soldat?»

«Nicht unbedingt. Gewehr und Munition können aus einem Diebstahl stammen.»

«Das darf ich Kaminski nicht verschweigen. Bis jetzt ist das der konkreteste Hinweis, den wir haben.»

Michael schloss die Hand um die Hülse und steckte sie wieder in die Tasche. «Nicht so voreilig, Schwesterchen.»

Sie wollte gerade protestieren, als sie ein fernes Geräusch hörte, ein leises Klacken. Michael hatte das Geräusch auch gehört und stieß sie in einer unerwarteten Bewegung zur Seite. Sie verlor das Gleichgewicht und kippte in dem Moment neben das Hinterrad eines LKWs, als ein Schuss fiel. Sie rappelte sich wieder auf und sah sich nach Michael um. Er war in die andere Richtung gefallen, hockte zwischen LKW und Bauschutt und presste seine rechte Hand auf den linken Oberarm. Der Ärmel seiner Jacke war völlig zerfetzt und von Blut getränkt. Ein dünnes Rinnsal tropfte von seiner schlaff herabhängenden Hand. Leonie verlor keine Zeit mit Reden. Sie zerrte Michael zunächst unter den Lastwagen, in der Hoffnung, dort Schutz vor dem Sniper zu finden. Und sie zweifelte keine Sekunde daran, dass er es war, der geschossen hatte. Dann zerrte sie sich unter dem Sweatshirt den BH vom Leibe und fertigte mit ihm und einem Stück Ziegel, das sie in fliegender Hast aus dem Schutt suchte, einen Druckverband, um die Blutung zu stoppen. Mehr konnte sie im Augenblick nicht für ihren Bruder tun. Michael hatte in den wenigen Sekunden, die seit dem Schuss vergangen waren, noch kein Wort gesprochen. Er sah zu, wie sie ihn eilig, aber mit sicherer Hand verarztete.

«Und was machen wir jetzt?» Leonie verknotete den Verband so fest wie möglich. «Darauf warten, dass er beim nächsten Schuss trifft?»

Michael antwortete ihr nicht. Er kroch unter dem LKW ein Stück nach vorn und inspizierte den Truck, dann zog er eine Pistole aus dem Holster unter seiner Jacke und schoss zweimal hintereinander. Leonie zuckte heftig zusammen.

«Bist du verrückt? Was soll das?»

Wieder bekam sie keine Antwort. Stattdessen deutete Michael auf ihre Turnschuhe. «Ich brauche deine Schuhbänder. Die sind doch aus Baumwolle?»

«Keine Ahnung. Was willst du denn damit?»

«Jetzt gib schon her. Schnell.» Herrisch streckte er seinen unverletzten rechten Arm aus.

Leonie zog mit leicht zitternden Fingern die Schnürsenkel aus ihren Schuhen und reichte sie ihrem Bruder. Der band die beiden Senkel zusammen und legte ein Ende an den Rand der Pfütze, die sich unter der Stelle des Trucks bildete, wo er Löcher in den Tank geschossen hatte, aus denen der Treibstoff in einem dünnen Strahl herausfloß.

«Du willst den Lastwagen anzünden?»

«Wir müssen ihn vertreiben. Und was Besseres fällt mir gerade nicht ein. Die Schnur ist verdammt kurz. Sobald ich sie anzünde, müssen wir losrennen. Hinter den großen Schutthaufen.»

«Okay», flüsterte Leonie. Gut, dass ich keine Zeit habe, mich zu fürchten, dachte sie und beobachtete Michael, der die Flamme seines Feuerzeugs an die improvisierte Lunte hielt. Und dann stürzte und stolperte sie los, Michael dicht hinter ihr. Ein Schuss fiel, und Erde spritzte neben Leonie hoch, wo das Projektil eingeschlagen hatte. Vor Schreck keuchend, ließ sie sich hinter den Hügel aus Mauerschutt fallen. Michael warf sich halb über sie und bedeckte ihren Kopf mit seinem Oberkörper.

Wenige Sekunden später flog der LKW in die Luft, und es regnete Glas, Metallteile und Steine. Leonie spürte Michael zusammenzucken.

«Was ist?»

«Nicht der Rede wert. Bleib unten.» Er drückte ihren Kopf runter.

Ein paar Sekunden war völlige Stille. Dann das Knacken und Knistern eines Feuers. Dunkler Rauch quoll empor, wo vorher der LKW gestanden hatte. Michael schob sich vorsichtig in eine Position, von der er einen Blick auf die Autoruine hatte. Aber er sah noch etwas anderes. Durch die Explosion waren die Fenster der Bürocontainer geborsten, und im Inneren flackerten erste kleine Brände, die sich rasch ausbreiteten. Er kroch zu Leonie zurück.

«Wir warten noch einen Moment, bis der Rauch dichter geworden ist. Dann versuchen wir, aus dieser Grube herauszukommen.»

Er wollte noch etwas sagen, aber mehrere aufeinander folgende Detonationen rissen die Worte von seinen Lippen und ließen die Erde erbeben. Der Schuttberg, der ihre Deckung bildete, kam ins Rutschen. Michael packte Leonie und zog sie ein paar Meter zurück. Große Mauerstücke krachten Sekunden später an der Stelle herunter, wo sie eben noch gekauert hatten. Das Feuerwerk schien eine Ewigkeit zu dauern, wahrscheinlich war es wenig mehr als eine Minute gewesen. Ein Metallsplitter streifte Leonies Wange und hinterließ eine blutige Spur, aber sie spürte keinen Schmerz.

«Verdammt, Michael, was war das?» Sie glaubte laut gesprochen zu haben, aber sie konnte ihre Stimme kaum hören. Es würde eine Weile dauern, bis ihre Ohren sich erholt hatten.

«Die müssen in einer der Baracken Sprengstoff gelagert haben. Ist alles in Ordnung mit dir?»

Sie erriet, was er gefragt hatte, und nickte. Die Stille war so ohrenbetäubend wie vorher die Explosion. Der Rauch breitete sich wie ein dunkler Nebel in der Kiesgrube aus und hüllte sie ein. Leonies Kehle kratzte, röchelnd atmete sie aus.

«Nicht husten», flüsterte Michael.

In der Ferne war, zunächst noch ganz leise, eine Feuerwehrsirene zu hören. Michael nahm Leonies Hand.

«Los, wir müssen verschwinden.»

«Und der Sniper?»

«Schlechte Sicht und Feuerwehr im Anmarsch. Er wird sich verdrücken. Und das tun wir auch.»

Er zog sie hinter sich her. Ungefähr in die Richtung, aus der sie gekommen waren. Überall lagen Trümmerteile, Löcher waren gerissen, wo vorher eine Art Weg gewesen war. Aber irgendwie schafften sie den Aufstieg. Leonie erwartete jeden Moment von einer Kugel getroffen zu werden, aber alles blieb ruhig. Nur die Feuerwehrsirenen wurden lauter. Irgendwo in Richtung Baggersee startete ein Auto. Der Sniper, dachte Leonie. Er ist ganz in unserer Nähe, und wir können nichts tun. Michaels Mietwagen war von Kies und Dreck bedeckt, und die hintere Scheibe hatte ein Loch. Er würde sich für den Verleiher eine gute Geschichte ausdenken müssen.

«Soll ich nicht lieber fahren?», fragte Leonie, als ihr Bruder auf die Fahrertür zusteuerte.

«Ich fahre», war die knappe Antwort.

Eine Minute später waren sie auf der Landstraße. Im Rückspiegel tauchten die heranrasenden Feuerwehrwagen auf. Michael trat das Gaspedal durch. Sie sprachen kein Wort, bis sie wieder auf der Autobahn waren.

«Du kannst den Wagen für ein paar Tage bei mir in der Tiefgarage abstellen. Zurzeit ist ein Stellplatz nicht vermietet.»

Michael nickte und konzentrierte sich auf den dichter gewordenen Verkehr. Schweißperlen bildeten sich auf seiner Stirn und malten Streifen in sein Gesicht. Leonie sah auf die Uhr. Jahre schienen vergangen zu sein, seit sie ihre Wohnung verlassen hatte, dabei war es noch nicht einmal zehn. Noch nie war sie so froh gewesen, das Tor ihrer Tiefgarage hochfahren zu sehen. Und noch froher war sie, dass kein Wochenendbesucher den freien Stellplatz belegt hatte. Michael parkte sauber ein, stellte den Motor ab und wurde ohnmächtig.

24.

SEIN ERSTER GEDANKE war, seine Habseligkeiten sofort zusammenzupacken und noch am selben Tag aus Hamburg zu verschwinden. Auf dem Weg zu seiner Unterkunft in Ottensen wurde er ein wenig ruhiger, aber seine Besorgnis blieb. Und der Ärger und die Scham wegen seines Fehlschusses. Als die beiden Schnüffler auf das Gelände fuhren, näherte er sich gerade aus Richtung Baggersee. Die Frau hatte er sofort erkannt. Es war diese Rechtsmedizinerin, die seit einiger Zeit immer wieder bei Nicola aufkreuzte. Nicola hatte versucht, die Sache herunterzuspielen, aber er glaubte, dass sie deswegen beunruhigt war. Der Kerl, den sie bei sich hatte, war wohl ein Polizist. Axel Evert fragte sich, wie sie dahinter gekommen waren, wo sein Übungsplatz lag. Und wer wusste schon, was sie noch auf der Pfanne hatten? Andererseits: Er lebte vollkommen unauffällig und hinterließ niemals Spuren. Unmöglich, ihn zu finden. Die Kiesgrube konnte nur ein Tipp von einem Spaziergänger gewesen sein. Die Jagdsaison hatte noch nicht begonnen, und es war denkbar, dass jemand die Schüsse gehört und sich beschwert hatte.

Er parkte den Lieferwagen, in dem er gut getarnt seine Waffen aufbewahrte. Der Typ, in dessen Wohnung er ein Zimmer gemietet hatte, war so weit ganz in Ordnung, aber er war nicht sicher, ob er ihm vertrauen konnte. Sollte er in seiner Abwesenheit herumschnüffeln, würde er in seinem Zimmer nichts Verdächtiges finden.

Sein Vermieter war nicht zu Hause, als Evert die Wohnung betrat. Er schloss die Tür seines Zimmers hinter sich ab und rief Nicola an. Sie hatte noch zwei Stunden, bis sie ihren Dienst antreten musste. Er sagte, er müsse sie sehen. Sofort.

Eine Viertelstunde später klingelte er bei ihr. Er sah sofort, dass etwas nicht stimmte.

«Was ist los? Wieder ein Problem mit deinem Chef?»

«Ich hab kein Problem. Aber du anscheinend. Oder wieso wolltest du mich unbedingt sehen?»

«Ich habe zuerst gefragt», insistierte Evert.

«Es ist alles in Ordnung. Okay?»

Er glaubte ihr kein Wort. Aber wenn sie nicht reden wollte, musste er das akzeptieren. «Ich muss Hamburg möglicherweise bald verlassen.»

Sie blickte von der Baumwollbluse auf, die sie gerade mit dem Bügeleisen bearbeitete. Evert lehnte mit der Schulter am Türrahmen und sah ihr zu. «Das kommt ziemlich plötzlich.»

«Ich bin eigentlich schon viel zu lange hier. Hatte ich gar nicht vor.»

Nicola hätte gern gefragt, ob irgendwo eine Familie auf ihn wartete. «Kommst du zurück?»

«Wahrscheinlich nicht.»

Beide schwiegen eine Weile. Nicola hängte die gebügelte Bluse auf den Bügel und griff nach der nächsten.

«Du könntest ja vielleicht mitkommen.» Axel hatte gesprochen, ohne nachzudenken. Sofort bereute er es.

«Wohin?» Nicola stellte das Bügeleisen ab und sah ihn an. «In welches Leben soll ich dir folgen? Ich glaube auch nicht, dass du das wirklich willst.»

Er war erleichtert, aber gleichzeitig traurig und verletzt. «Du vertraust mir nicht.»

«Erstaunlicherweise tue ich das. Obwohl es eigentlich keinen Grund dafür gibt.» Nicola lächelte. «Vielleicht bist du sogar der einzige Mensch, dem ich jemals wirklich vertraut habe.»

Er hatte sich nicht in ihr getäuscht. Sie war nicht wie die anderen.

«Wann verlässt du die Stadt?»

«Ich weiß noch nicht.»

Nicola kochte Kaffee, und sie und Axel Evert saßen sich schweigend in ihrer kleinen Küche gegenüber und nippten an ihren Tassen – eingehüllt in die Geheimnisse ihrer Vergangenheit und Gegenwart. Dennoch wussten sie alles voneinander, alles, was zählte.

Axel Evert wartete in der Nähe ihrer Wohnung, bis er sie aus dem Haus kommen und davonfahren sah. Nicola würde viele Stunden abwesend sein, er hatte Zeit genug, sich bei ihr umzuschauen. Er konnte Hamburg nicht verlassen, ohne sich bei ihr zu revanchieren. Sie hatte ihn vor dem Ertrinken gerettet, dafür wollte er sie von ihrem Problem befreien. Wenn sie mit ihm nicht darüber reden wollte, würde er es selbst herausfinden müssen. Ihre Tür hatte kein Sicherheitsschloss, sie war kinderleicht zu öffnen. Er wusste nicht, wonach er suchte, also nahm er sich Raum für Raum vor, Schrank für Schrank, Schublade für Schublade. In ihrem Bücherschrank fielen ihm die zahlreichen medizinischen Fachbücher auf. Vielleicht hatte sie Medizin studieren wollen. Sie hatte einmal erwähnt, dass Köchin nicht ihr Traumberuf gewesen war. Hinweise auf Familie und Verwandte gab es nicht – keine Fotoalben, keine Briefe oder Ähnliches. In einer Abstellkammer fand er schließlich einen Schuhkarton mit chronologisch geordneten Zeitungsausschnitten. Die ältesten waren ein paar Jahre alt. Es ging um den Mord an einem jungen Mann, Sven Johannsen, und den Strafprozess, an dessen Ende ein Penner zu einer langen Haftstrafe verurteilt worden war. In einem der Artikel war Nicola als Zeugin aufgeführt.

Die jüngsten Zeitungsausschnitte waren erst wenige Wochen alt und meldeten den Fund einer mumifizierten Frauenleiche.

Der Name, Marlene Böttcher, kam ihm bekannt vor. Er hatte ihn eben erst gelesen. Ja, klar, das war die Freundin von diesem toten Jungen gewesen.

Evert legte die Zeitungsausschnitte sorgfältig in den Karton zurück und stellte ihn genauso ins Regal, wie er ihn gefunden hatte. Nicola sollte nicht wissen, dass er bei ihr eingedrungen war und in ihrem Leben herumgeschnüffelt hatte.

Bei einem Bier in einer nahe gelegenen Kneipe überlegte er, was sein Fund zu bedeuten haben könnte. Nicola war beunruhigt, das spürte er schon seit längerem. Sie behauptete, sie habe Probleme mit ihrem Chef. Everts Instinkt sagte ihm, dass ihre Besorgnis mit dem alten Mordfall und der toten Frau zu tun hatte. Wenn eine Frau wie Nicola jeden Schnipsel aufbewahrte, der darüber geschrieben worden war, dann hatte sie selbst etwas damit zu tun. Für Evert gab es nur eine Erklärung, die sich ihm anbot. Sie hatte Angst, weil jemand sie bedrohte. Jemand, der die beiden Toten kannte. Jemand, der vielleicht die Schuld an ihrem Tod trug. Jemand, über den Nicola etwas wusste. Dummerweise konnte er sie nicht fragen, er hätte sonst Farbe bekennen müssen. Die Alternative war, sie in der nächsten Zeit nicht mehr aus den Augen zu lassen. Das aber bedeutete, dass er Hamburg nicht verlassen konnte.

Damit ging er ein Risiko ein, ein nicht zu großes, wie er hoffte. Für niemand anders hätte er das getan. Niemand außer Nicola war das wert.

25.

PROFESSOR CORDES machte sich Sorgen. Ein neuer kaufmännischer Direktor würde bald seinen Schreibtisch im Universitätskrankenhaus beziehen, und seine vornehmste Aufgabe war die Effizienzsteigerung, was vor allem sparen bedeutete. Leonie Simon saß am Krankenbett ihres Chefs und gab vor, ihm aufmerksam zuzuhören. Sie teilte seine Besorgnis, konnte sich aber nur schwer auf das ungeliebte Thema konzentrieren. Ihre Gedanken schweiften immer wieder ab zu dem Mann, der zu Hause in ihrem Bett lag, geschwächt vom Blutverlust und den schweren Antibiotika, die sie ihm zur Vorbeugung einer möglichen Sepsis gegeben hatte. Mit der Schussverletzung hatte sie Michael nicht in ein Krankenhaus bringen können. Allein die vorsichtige Erwähnung dieser Möglichkeit hatte ihr einen fassungslosen Blick eingetragen und die Frage, ob sie das Gefängnishospital meine. Als sie ihm Jackett und Hemd herunterschnitt, stöhnte er vor Schmerz, aber schon der erste Blick auf die Wunde beruhigte sie ein wenig. Das Projektil hatte ein großes Stück Muskelfleisch aus seinem Oberarm herausgerissen, aber der Knochen war unverletzt geblieben. Leonie hatte ihren Halbbruder, so gut sie es vermochte, medizinisch versorgt und ihr Bett für ihn geräumt. Sie selbst war gegen seine heftigen Proteste auf das Sofa im Wohnzimmer gezogen. Nur mit Mühe konnte sie ihn davon abhalten, die Wohnung zu verlassen. Nachdem sie ihm die Amputation des Armes als schlimmste mögliche Folge ausgemalt hatte, falls er sich nicht wenigstens ein paar Tage schone, ließ er sich ins Bett zurückbringen. Nicht ungern, wie sie vermutete, denn er war grau vor Erschöpfung gewesen. Sie selbst war ebenfalls am Rande ihrer Kräfte und hatte erwogen, Paul abzusagen, mit dem sie zu Kino und Abendessen verabredet war. Aber Michael hatte ihr dringend geraten – im Grunde war es ein Befehl gewesen –, Paul nicht zu versetzen.

«Du darfst nichts tun, was dich in irgendeiner Weise verdächtig macht und von deinem üblichen Verhalten abweicht.»

«Verabredungen abzusagen gehört zu meinem üblichen Verhalten», entgegnete Leonie.

«Aber diese wirst du nicht absagen. Und du wirst frisch und fröhlich wie ein junger Frühlingsmorgen aussehen, okay?»

Letzteres hatte nicht ganz funktioniert. Sie war im Kino eingeschlafen und erst wieder munter geworden, als Paul vorschlug, beim Chinesen ein paar leckere Kleinigkeiten einpacken zu lassen und den Abend in ihrer Wohnung zu beschließen. Rasch erfand sie neue Komplikationen bei der Renovierung ihrer Wohnung und war ein wenig beschämt gewesen, dass er ihr diese Lüge, wie auch die über den blutigen Kratzer auf ihrer Wange, sofort glaubte. Eigenartigerweise war es trotzdem ein schöner Abend geworden und eine schöne Nacht, und ihre Sorgen hatten sie erst im Morgengrauen wieder eingeholt und nach Hause getrieben, wo Michael schlaflos der Schmerzen wegen und mit blutgetränktem Verband im Wohnzimmer saß und Grappa trank, worüber sich Leonie furchtbar aufregte.

Die Explosion in der Kiesgrube stand erwartungsgemäß in allen regionalen Zeitungen. Es hieß, die Feuerwehr gehe von einem Unglücksfall aus. Leonie hoffte, dass es dabei bliebe. Es gab an sich keinen Grund, sie und Michael mit dem Vorfall in Verbindung zu bringen, aber man konnte nie wissen, was sich ergab, wenn jemand anfing, nach Verdächtigen zu suchen.

Erst mit zweitägiger Verspätung reagierte Leonie auf die überstandene Lebensgefahr. Während der Sektion eines Mannes, der von einem Einbrecher erschossen worden war, befiel sie ein plötzlicher Schwindel. Sie unterbrach die Obduktion und ließ sich vom Kollegen Silber in den Behandlungsraum führen, der für die Untersuchung von Gewaltopfern eingerichtet worden war. Silber half ihr auf die Liege.

«Sind Sie schwanger, Frau Kollegin?»

«Was?» Leonie schreckte hoch.

«War nur ein Scherz», sagte Silber. «Oder?»

«Gehen Sie zum Teufel», erwiderte Leonie. «Oder noch besser: Holen Sie sich Fuchs und bringen Sie die Obduktion zu Ende.»

«Jawohl, Chef.»

«Seien Sie nicht albern.» Leonie fixierte ihn streng. «Und behalten Sie meinen kleinen Schwächeanfall bitte für sich. Ich brauche nur ein wenig Schlaf und gelegentlich eine warme Mahlzeit.»

«Natürlich.» Silber lächelte beruhigend. «Sie haben einfach zu viel um die Ohren. Wenn ich Ihr Vorgesetzter wäre, würde ich Sie in Urlaub schicken.»

Kaum hatte er den Raum verlassen, brach sie in Tränen aus. Sie vergrub ihr Gesicht in einem Kissen und hoffte, dass man sie nicht hörte. Der Weinkrampf dauerte mehrere Minuten, danach kam sie sich leer und ausgehöhlt vor. In dem Waschbecken, das sich im Behandlungsraum befand, tauchte sie ihr Gesicht in kaltes Wasser, bis sie keine Luft mehr bekam. Dann verließ sie den Raum und stolperte über Othello, der sich ausgerechnet den Platz vor der Tür zur Fellpflege ausgesucht hatte. Er erschrak dermaßen, dass er fauchend seine Krallen in ihre Hose schlug und dort und auf der Haut ihres Unterschenkels hässliche Spuren hinterließ. Sie hob den kleinen Kater auf und streichelte ihn beruhigend. Mit Othello auf dem Arm betrat sie zwei Minuten später das Vorzimmer ihres Büros. Frau Thiele war überrascht, sie zu sehen.

«Ist die Obduktion etwa beendet?»

«Für mich schon.»

Frau Thiele sah ihr prüfend ins Gesicht und stellte keine weiteren Fragen. Leonie ging in ihr Büro und setzte Othello in sein Körbchen. Er rollte sich auf den Rücken und gestattete ihr, seinen Bauch zu kraulen. Er hatte ihr den Schreck von vorhin verziehen. Frau Thiele erschien mit einer Tasse Kaffee und einem Teller Schokoladenkekse ihrer Lieblingssorte.

«Zur Stärkung», erklärte sie.

Leonie bedankte sich. Frau Thiele hatte ihre besten Momente, wenn sie jemanden bemuttern konnte. Kaffee und Kekse trugen tatsächlich dazu bei, dass sie ihr seelisches Gleichgewicht wiederfand und sich auf ihre Schreibtischarbeit konzentrieren konnte. Die Ruhe währte allerdings nicht lange. Kaminski rief an. «Ich wollte Sie schon mal vorwarnen. In den nächsten Tagen wird die OFA-Gruppe zusammengerufen.»

«Der Sniper-Fall?»

«Genau. Ich schätze, das gefällt Ihnen.»

Leonie fühlte sich zwar in ihrer Meinung bestätigt, dass man mit klassischer Polizeiarbeit allein in einem solchen Fall nicht weiterkam, aber der Zeitpunkt für diese anstrengende Klausur passte ihr gar nicht.

«Wann geht's los?»

«In zwei oder drei Tagen, nehme ich an.» Kaminski machte eine kleine Pause. «Da ist noch etwas. Ich habe zufällig über interne Kanäle mitbekommen, dass ein Kind als vermisst gemeldet wurde. Max Lifka.»

«Max ist verschwunden?» Leonie wurde für ein paar Sekunden wieder schwindelig. «Wann?»

«Seit gestern Nacht. Als der Betreuer die Wohnung gegen zwanzig Uhr verließ, war der Junge noch da.»

Wie konnte man auffällige Jugendliche ausgerechnet nachts

sich selbst überlassen? Leonies aufsteigender Zorn brachte ihren Kreislauf wieder in Schwung.

«Weiß seine Mutter schon Bescheid?»

«Keine Ahnung. Ich hab nur die Vermisstenanzeige gelesen. Soll ich mich mit dem zuständigen Kollegen in Verbindung setzen?»

«Schon gut. Danke, Kaminski.»

Sie legte auf und hob den Hörer sofort wieder ab, um Erika Lifkas Anwalt anzurufen. Der stellte sich als völlig ahnungslos heraus, und Leonie hatte auch nicht das Gefühl, dass er ernsthaft interessiert war. Immerhin versprach er, für Leonie noch am selben Tag einen Besuchstermin außer der Reihe zu organisieren. Er hielt sein Versprechen, und ein paar Stunden später saß Leonie ihrer alten Jugendfreundin in einem Anwaltszimmer der Haftanstalt gegenüber. Erika hatte seit ihrem letzten Besuch noch stärker abgenommen als in den Monaten zuvor. Aus der extrem übergewichtigen Frau war eine Frau mit normalen Maßen geworden. Leonie schätzte sie auf Kleidergröße vierzig. Ihr Gesicht war fast hager geworden, die Sorge um ihren Sohn trug daran vermutlich einen größeren Anteil als ihre Diät. Die Nachricht von Max' Verschwinden aus der schlecht betreuten Jugendwohnung nahm sie unerwartet gelassen auf.

«Das habe ich befürchtet. Max lässt sich nicht einfach einsperren.»

«Ich bin natürlich froh, dass du mir nicht schreiend an den Hals springst, aber ich wundere mich schon ein bisschen, dass du dir anscheinend keine Sorgen um ihn machst.»

Erika lächelte matt. «Ich mache mir Sorgen um ihn, seit er nicht mehr in meinem Bauch ist.»

«Vielleicht weißt du ja auch, dass er in Sicherheit ist.» Leonie sah die Frau in der Häftlingskleidung prüfend an.

Erika wich ihrem Blick aus.

«Du hast das Vertrauen ins Jugendamt verloren, das kann ich verstehen. Aber es ist keine Lösung, wenn Max sich irgendwo versteckt. Du wirst noch eine ganze Weile hier drin sitzen. Soll der Junge so lange die Schule schwänzen? Und vielleicht etwas wirklich Dummes anstellen? Ich dachte, dir liege daran, dass dein Sohn eine Zukunft hat?»

Erika hielt den Kopf gesenkt und schwieg.

«Es ist ohnehin nur eine Frage der Zeit, wann die Polizei ihn aufstöbert. Wäre es nicht besser, wenn ich ihn vorher fände?»

Ein tiefer Seufzer und ein unmerkliches Nicken. «Max hat sich immer ein bisschen Geld bei einer alten Frau verdient. Gartenarbeit und so. Sie lebt allein. Max war so eine Art Ersatzenkelkind für sie. Und er hatte sie auch gern.»

Leonie notierte sich die Adresse. «Gibt's noch andere Möglichkeiten, wo er für eine Weile unterschlüpfen könnte, ohne Misstrauen zu erregen?»

«Da fällst nur noch du mir ein.»

«Ich müsste ihn der Behörde melden, und das weiß er. Zu mir wird er sich nicht wagen.»

In dem Punkt irrte Leonie. Als sie am Abend ihre Wohnungstür aufschloss, hörte sie Max' Stimme.

«Sie wollen mich verarschen, oder? Jeder hat einen Fernseher.»

«Ich nicht.» Das war Michaels Stimme.

«Wieso nicht?»

Leonie stieß die Tür zu ihrem Wohnzimmer auf, wo Michael in Jeans und T-Shirt auf dem Sofa lag, Max neben sich auf dem Teppich.

«Das ist eine echte Überraschung.» Leonie sah ihren Bruder an. Der zwinkerte ihr warnend zu.

«Kann man wohl sagen. Ich bin nur rasch zur Apotheke an

der Ecke gegangen. Als ich wiederkam, saß der junge Mann hier vor deiner Wohnungstür.»

Max war aufgestanden. Unter Leonies strengem Blick röteten sich seine Wangen.

«Sie brauchen gar nichts zu sagen. Ich weiß, dass Sie sauer auf mich sind.»

«Das Wort sauer trifft es nicht ganz. Ich bin wütend und enttäuscht, und ich hätte nicht übel Lust, dich vor die Tür zu setzen.»

Max' Kopf glühte vor Scham wie eine 100-Watt-Lampe. Michael mischte sich ein.

«He, Moment mal. Ich bin nicht so gut drin in der Materie wie du, aber ich hatte den Eindruck, dass der Bengel gekommen ist, um den Bockmist, den er gebaut hat, wieder aus der Welt zu schaffen. Gib ihm eine Chance.»

«Ich habe ihm bereits mehr als eine Chance gegeben. Und andere Leute ebenso. Langsam verfestigt sich bei mir der Eindruck, dass er mein Vertrauen nicht verdient.»

«Behalten Sie Ihr Scheißvertrauen. Ich brauch Sie nich'. Ich komm auch allein klar.»

Das war zwischen den Zähnen hervorgestoßen und offenbarte die ganze Verzweiflung und Hilflosigkeit des Jungen. Michael beugte sich vor, packte ihn mit der gesunden Rechten im Genick und schüttelte ihn wie einen jungen Hund.

«Cool down, kleiner Spinner. Und benimm dich gefälligst anständig gegenüber deiner Gastgeberin.» Und mit Blick zu Leonie: «Ich schlage vor, ich lasse euch ein paar Minuten allein.»

Er entließ Max aus seinem festen Griff. «Eines solltest du dir für die Zukunft merken. Wer Fehler macht, muss sich der Kritik stellen. Weinerliches Selbstmitleid gewöhn dir gar nicht erst an.»

Nachdem Michael im Schlafzimmer verschwunden war,

setzte sich Leonie auf seinen Platz. Sie griff nach dem Jungen, der immer noch stocksteif vor ihr stand, und zog ihn neben sich. Den Arm um seine Schulter gelegt, erklärte sie ihm, was sie auch schon seiner Mutter gesagt hatte. Es gab keinen Weg, sich den Anordnungen des Jugendamtes zu entziehen. Er selbst durfte seinen Aufenthaltsort nicht bestimmen, und sie konnte es schon gar nicht.

«Du bleibst natürlich diese Nacht bei mir. Aber morgen musst du zurück.»

«Aber es ist furchtbar da. Die anderen sind viel älter als ich.» Seine Stimme wurde immer kleiner und dünner. «Ich hab Angst vor denen.»

«Haben sie dich bedroht oder geschlagen?»

Max schüttelte langsam den Kopf. Leonie glaubte ihm nicht. Sie zog ihn an sich. «Pass auf. Wir machen das so. Ich rufe morgen deinen Betreuer an und finde heraus, ob es eine andere Möglichkeit für dich gibt. Okay?»

«Das klappt sowieso nicht.»

«Sei nicht so pessimistisch. Und wenn wir das Problem gelöst haben, reden wir noch einmal in Ruhe über das, was du angestellt hast. So wie bisher geht es nicht mehr weiter. Das ist dir doch hoffentlich klar?»

Ein geflüstertes «Ja» war die Antwort.

«Gut.» Sie erhob sich und ging in die Küche. «Hast du auch Hunger?»

Leonie stellte Brot, Käse und gemischten Salat auf den Tisch. Michael, der dazu gerufen wurde, schaffte es, mit einer Hand und Max' Hilfe eine Flasche Wein zu öffnen. Während des Essens wurden alle heiklen Themen ausgespart, und Max lauschte fasziniert Michaels Erzählungen über Hochseeangeln vor der norwegischen Küste und Bärenjagd in Alaska.

Auf alle seine Fragen nach Michaels Verletzung, seinem Beruf und der Beziehung zu Leonie bekam er eine glaubwürdige Antwort. Leonie gewann eine große Hochachtung vor der Phantasie und dem Improvisationstalent ihres Bruders.

Nach dem Abendessen war Leonies Improvisationstalent gefragt. Sie besaß kein Gästezimmer, und Schlafzimmer und Sofa waren bereits belegt. Zwar bot Max an, er könne auch auf dem Teppich schlafen, aber Leonie meinte, es müsse noch eine bessere Lösung geben. Ihr alter Thermoschlafsack müsste erst gereinigt werden, falls sie ihn überhaupt im Keller finden würde. Aber sie erinnerte sich, dass ihr Nachbar ein Klappbett für Gäste besaß. Und so verbrachte Max die Nacht statt auf dem Teppich im Wohnzimmer in Leonies Arbeitszimmer und in einem Bett, das er gemütlicher fand als sein altes Kinderbett zu Hause.

Nachdem Max verschwunden war und Leonie sich noch einmal versichert hatte, dass er tatsächlich im Bett lag und nicht etwa an der Tür lauschte, wollte sie von Michael wissen, welcher Teufel ihn geritten hatte, den Jungen hereinzulassen. Max war ein intelligenter Bursche. Er konnte ihm vielleicht eines Tages gefährlich werden.

«Was sollte ich machen? Er hockte vor deiner Tür, als ich aus dem Aufzug kam. Mir blieb nur die Flucht nach vorn.»

«Aber du hast ihm hoffentlich nicht gesagt, dass wir verwandt sind?»

«Natürlich nicht. Ich hab mich als alten Schulfreund vorgestellt. Und den kaputten Arm verdanke ich einem Unfall beim Polo.»

«Aufschneider.»

«Wieso Aufschneider?»

Leonie betrachtete ihn skeptisch. «Du spielst Polo? Und von Bärenjagd und Hochseefischen verstehst du auch etwas?»

«Was ist daran so ungewöhnlich? Viele Leute tun das.»

«Niemand, den ich kenne.»

«Jetzt kennst du jemanden.»

Michael lächelte, aber Leonie blieb ernst. «Kenne ich dich?»

Er antwortete nicht sofort und dann mit einer Gegenfrage. «Glaubst du wirklich, du wärst mir näher, wenn ich dir meine Lebensgeschichte erzählte?»

«Mich interessiert nicht jedes schmutzige Detail. Aber ich wüsste schon gern mehr über den Jungen, den meine Mutter geboren hat.»

«Den gibt's schon lange nicht mehr. Vergiss ihn.»

Leonie beugte sich vor und griff nach dem Handgelenk seines verletzten Arms. Er zuckte zusammen.

«Weich mir nicht schon wieder aus. Du schuldest mir die Wahrheit. Was du getan hast, hat mein Leben so sehr bestimmt wie dein eigenes. Mehr sogar. Denn ich habe für dich gebüßt. Ich und mein Vater.»

Michael ertrug ihren harten Griff, obwohl er ihn schmerzte. «Dann sind wir jetzt quitt. In der Kiesgrube habe ich dir zum zweiten Mal das Leben gerettet. Ein Leben für dich, eines für deinen Vater.»

Er hatte Recht. Schon einmal hatte er sie gerettet, als er einen Mann erschoss, der ihr die Kehle durchschneiden wollte. Damals hatte sie noch nicht gewusst, wer er war.

Leonie ließ ihn los und erhob sich. «Du hättest dich nicht so anstrengen müssen. Mein Vater ist tot.» Sie ging zum Fenster und wandte ihm den Rücken zu.

«Meiner lebt noch.»

Überrascht drehte sie sich zu ihm um. «Sie hat dir gesagt, wer dein Vater ist?»

«Manchmal, wenn sie einen guten Tag hatte, konnte sie sehr nett sein. Sogar zu mir. Dann hat sie mir von ihrer Familie erzählt. Von dir, von ihrer Schwester. Und einmal auch von meinem Vater.»

Leonie wagte nicht, eine Frage zu stellen. Sie wollte nicht riskieren, dass der Quell wieder versiegte, der gerade aufgebrochen war.

«Es war der Sohn eines Freundes der Familie, nicht viel älter als sie selbst. Er hat studiert und als Ingenieur gearbeitet, meist im Ausland. Seit er pensioniert ist, lebt er in Südfrankreich.»

«Weiß er…?» Leonie sprach den Satz nicht zu Ende.

Michael schüttelte den Kopf, sein Lächeln gehörte zu einer der Masken, die er jederzeit hervorholen konnte. «Sie hat es ihm nicht gesagt, also warum sollte ich? Ich bin ihm einmal begegnet, wir haben uns einen Abend lang gut unterhalten. Er ist ein kultivierter Mann.»

Das bist du auch, dachte Leonie. Abgesehen davon, dass du Menschen für Geld umbringst.

«Aber eigentlich willst du wissen, warum ich deine Mutter getötet habe.» Er machte eine abwehrende Handbewegung, als sie ihn korrigieren wollte. «Sie hatte es verdient. Vielleicht mehr als jeder andere, den ich danach getötet habe.»

«Warum? Weil sie dich nicht liebte, weil sie sich dumm und grausam dir gegenüber verhalten hat?»

«Ich war nicht der Einzige, den sie schlecht behandelt hat. Aber ich war der Einzige, dem sie ihre Gefühllosigkeit vererbt hatte. Ich bin der Spiegel ihrer dunklen Seite. Ihr Tod hat daran nichts geändert. Aber das wusste ich damals noch nicht.»

Leonie befeuchtete mit der Zungenspitze ihre trockenen Lippen. «Das ist die eigenartigste Rechtfertigung für einen Mord, die ich je gehört habe.»

«Ich habe mich nicht gerechtfertigt. Du wolltest einen Grund haben, weil du zu den Menschen gehörst, die für alles einen Grund suchen. Ich habe dir einen geliefert. Wenn er dir nicht gefällt, such dir einen anderen. Aber bedenke, ein Mord ist wie ein Geschlechtsakt. Extrem persönlich. Die Gefühle, die man davor, währenddessen und danach verspürt, kann und sollte man niemandem mitteilen. Ich bin eben schon weiter gegangen als jemals in meinem Leben irgendeinem Menschen gegenüber. Also, hör jetzt besser auf zu fragen.»

Leonie sah ihn an und wusste plötzlich, dass er ihr Herz berührt hatte. Nicht eben erst, sondern schon viel früher. Der Junge, den ihre Mutter geboren hatte. Den es immer noch gab. Irgendwo hinter den kalten grauen Augen ihres großen Bruders, für dessen Taten es eine Erklärung, aber keine Entschuldigung gab.

Fast den ganzen folgenden Tag verbrachte sie damit, eine Lösung für Max zu finden. Der Deal, den sie schließlich erreichen konnte, bestand darin, dass Max zunächst in die Jugendamtswohnung zurückkehren musste, aber unter Hochdruck eine neue Pflegefamilie für ihn gesucht wurde. Beim Abschied schlug Leonie einen ernsten Ton an.

«Du bekommst also eine weitere Chance. Es wird nicht mehr viele geben. Du hast Verstand, deshalb erwarte ich von dir, dass du sie ergreifst. Dazu gehört auch, dass du dir endlich Hilfe holst, wenn du mit einer Situation nicht fertig wirst.»

Er nickte, und sie sah, dass seine Augen sich mit Tränen füllten.

«Und am nächsten Besuchstag wirst du deine Mutter mit deinem Charme überwältigen. Andernfalls seziere ich dich bei lebendigem Leib.»

Das brachte ihn zum Lachen und half ihm über seinen schwachen Moment hinweg. Sie verabschiedeten sich freundschaftlich. Max voller guter Vorsätze und Leonie voll ebenso guter Hoffnung.

Das Treffen der OFA-Gruppe, an dem sie und Kaminski des besonderen Falles wegen teilnahmen, obwohl sie an den Ermittlungen beteiligt waren, stellte für Leonie einen schwierigen Balanceakt dar. Ihre Aufgabe und ihr dringender Wunsch, die Ermittlungen im Sniper-Fall voranzubringen, kollidierten mit der Notwendigkeit, Informationen und Beweise zurückzuhalten, deren Quelle sie nicht preisgeben durfte. Das betraf aktuell die von Michael gefundene Patronenhülse, die sie natürlich der Polizei hätte übergeben müssen.

«Dein Kommissar Kaminski mag dir ja eine Menge nachsehen, aber dafür wird er eine Erklärung fordern.» Michael betrachtete die Hülse in seiner Hand. «Ich kann mir nicht vorstellen, dass du ihm die Kiesgrube beichten willst.»

Hätte Leonie das ernsthaft in Erwägung gezogen, wäre sie spätestens davon abgerückt, als Kaminski die OFA-Sitzung mit der Mitteilung eröffnete, dass die Explosion in einer Kiesgrube am nördlichen Rand Hamburgs möglicherweise kein Unfall war. Brandsachverständige hatten bei gründlicher Untersuchung des Unglücksortes bei einem völlig zerstörten LKW Einschusslöcher im Tank gefunden und auch ein dazugehöriges Projektil vom Kaliber .38. Es waren daraufhin weitere Ermittlungen angestellt worden, die nicht zu einer Klärung des Ereignisses geführt hatten, bei denen aber Aussagen von Zeugen gesammelt worden waren, die in den vergangenen Wochen dort gelegentlich Schüsse gehört haben wollten. Kaminski hatte sich daraufhin dieselbe Frage gestellt wie Michael, nämlich die nach einem Trainingsgelände für den Sniper. Dittberner hielt das für Blödsinn, hatte aber trotzdem die Kollegen in Kiel um Amtshilfe gebeten. Spurentechniker waren inzwischen in der Kiesgrube tätig, konnten aber wegen der starken Zerstörungen nichts Verwertbares finden.

Der Stand der Ermittlungen, den Kaminski der im Hamburger Polizeipräsidium versammelten Runde erläuterte, gab bisher zu keinen großen Hoffnungen Anlass. Nach mühsamer

Recherche in einschlägigen Kreisen, Überprüfung zahlreicher Personen und Auswertung von Hinweisen blieb bisher nur eine einzige Spur übrig, die vielversprechend klang.

«Beim Polizeikommissariat in Poppenbüttel hat sich vor einiger Zeit ein Rentner gemeldet, der am Alsterlauf seinen Wohnwagen stehen hat. Er wollte Anzeige gegen unbekannt wegen Einbruchs erstatten. Nach seiner Darstellung hat ein Mann auf dem Campingplatz unbefugt in einem Trailer gewohnt, der ihm nicht gehört. Als er aufflog, hat er sich blitzschnell aus dem Staub gemacht. Er soll einen grauen Nissan gefahren haben.»

Leonie erinnerte sich, dass im Zusammenhang mit dem Mord an dem Richter ein grauer Nissan gesehen worden war.

«Das Kennzeichen, das der Zeuge genannt hat, ist falsch und zurzeit nicht vergeben», fuhr Kaminski fort. «Wir haben es natürlich sofort in die Fahndung gegeben.»

«Wenn der Täter so schlau ist, wie man vermuten darf, wird er wohl kaum weiter mit dem Kennzeichen herumfahren», mischte sich Vera Kilian ein. «Wahrscheinlich hat er inzwischen auch den Wagen gewechselt.»

Damit hatte sie das Stichwort für die Diskussion geliefert. Mit was für einem Täter hatten sie es zu tun? Der *modus operandi* war bekannt. Alle anderen Fragen waren noch offen. Es bestand innerhalb der Polizei bisher nicht einmal Konsens darüber, welche der Morde auf das Konto ein und desselben Täters gingen. Vera Kilian hatte sich mit allen zur Diskussion stehenden Fällen auseinander gesetzt und schloss lediglich den Mord an dem Türken in Iserlohn vorläufig aus, weil es dort Umstände gab, die auf einen Täter aus dem Familienumfeld schließen ließen.

«Ich glaube, wir sind uns hier alle einig, dass wir es erstens mit einem ungewöhnlich sorgfältig planenden und zweitens mit einem außerordentlich kenntnisreichen Täter zu tun haben», begann Vera ihre Analyse. «Seine Herangehensweise erinnert an einen Jäger, der das Wild erst tagelang beobachtet, ehe er sich zum Schuss entschließt. Zweifellos genießt er seine Macht über die potentiellen Opfer, und er sucht die absolute Kontrolle über die Situation. Gleichzeitig riskiert er immer wieder enorm viel. Möglicherweise braucht er den Nervenkitzel und die Befriedigung, wenn er das Spiel wieder gewonnen hat.»

«Das Spiel?», fragte Kaminskis Kieler Kollege. «Glauben Sie, er tötet wahllos Menschen, weil es ihm Spaß macht? Als Sport sozusagen?»

«In gewisser Weise ja.» Vera überlegte einen Moment, ehe sie weitersprach. «Aber natürlich muss man sich fragen, warum es ihm so große Befriedigung und Erleichterung verschafft, auf wehrlose Menschen zu schießen. Hätten wir es hier mit dem klassischen Amokläufer zu tun, der zu einer Waffe greift und innerhalb weniger Minuten auf alles schießt, was ihm vor den Gewehrlauf gerät, würden wir sofort Rache und Wut als Motiv voraussetzen. Aber unser Heckenschütze tötet gezielt bestimmte Personen. Und zwischen den Morden liegen Tage oder sogar viele Wochen. Außerdem scheint er ortlos zu sein, in doppelter Bedeutung des Wortes, wie ich vermute. Hat er also ein anderes Motiv als Rache und Wut?»

«Und nach welchen Kriterien wählt er seine Opfer aus?» Leonie blickte Kaminski an. «Haben Sie Verbindungen gefunden?»

«Nein», antwortete Kaminski knapp. «Nicht eine einzige.»

«Das heißt nicht, dass es für den Täter keinen Zusammenhang gibt», sagte Vera. «Auffällig ist die Häufung von Juristen, immerhin zwei Anwälte und ein Richter.»

«Kann das nicht Zufall sein?», wollte Leonies Kieler Kollege wissen. «Vielleicht war seine Auswahl völlig beliebig. Wir haben es doch oft mit Tätern zu tun, die den Erstbesten, der ihnen auf der Straße begegnet, attackieren.»

Vera überlegte, schüttelte dann den Kopf. «Nein, ich glaube nicht, dass er gänzlich wahllos vorgeht. Ich vermute, er verbindet etwas mit seinen Opfern. Sie stehen für etwas, für jemanden.»

Kaminski hörte auf, Männchen zu malen, und warf den Bleistift auf das Papier. «Das hilft uns alles nicht weiter. Ich brauche einen Anhaltspunkt, wo ich suchen muss.»

Die Gruppe ging immer wieder alle verfügbaren Fakten durch, spielte Situationen nach und versuchte, einen ersten Umriss des Täters zu bekommen. Am Ende einigten sie sich auf folgendes vorläufige Porträt, das Vera Kilian zeichnete:

Der Täter war im Alter zwischen fünfundzwanzig und vierzig zu suchen. Er hatte keinen festen Wohnort, lebte also vermutlich auch in keiner festen Beziehung, möglicherweise war er geschieden. Finanzielle Unabhängigkeit war nicht völlig auszuschließen, aber vermutlich war er arbeitslos und lebte entweder von nicht angemeldeten Jobs oder von Diebstählen, Betrügereien und dergleichen. Der Kontakt zu seinen Mitmenschen war auf das Nötigste reduziert, er lebte so unauffällig wie möglich und vermied Situationen, in denen er als Person in Erscheinung treten musste. Entsprechend suchte er seine Unterkünfte aus: billig und nicht auf Dauer angelegt. Seine Vorgehensweise bei Vorbereitung und Ausführung der Tat ließ auf eine professionelle Ausbildung schließen. Die Soko hatte auch bereits Kontakt zu entsprechenden Gruppen und Institutionen aufgenommen. Das Spektrum war allerdings riesengroß, von Jagdvereinen über rechtsradikale Wehrsportgruppen bis hin zu Militärs oder Paramilitärs. Das Problem war, dass Ermittlungen in all diesen Kreisen mit erheblichen Schwierigkeiten verbunden waren.

Die Frage nach der Initialzündung war am schwersten zu beantworten. Vera glaubte nicht, dass es sich um eine einzige plötzliche Eingebung handelte, ein einziges traumatisches Ereignis.

«Ich vermute, wir haben es hier mit einem Mann zu tun, der über viele Jahre frustrierende Erfahrungen gemacht hat und diese irgendwann nicht mehr kompensieren konnte. Das extreme Bedürfnis nach Beherrschung der Situation, das sich in seinem Vorgehen erkennen lässt, kompensiert wahrscheinlich einen erlebten Kontrollverlust. Das können gescheiterte Beziehungen sein, Misserfolge in seiner beruflichen Laufbahn oder Ähnliches. Dieser Verlust hat sein Selbstbild stark angegriffen oder sogar zerstört. Die Gewalt, die er ausübt, hilft ihm, die verlorene männliche Identität wieder aufzubauen. Daher die unübersehbar maskuline Inszenierung. Der einsame Wolf mit dem Schießeisen gegen den Rest der Welt.»

«Und was passiert, wenn wir ihn nicht fassen?», wollte Leonie wissen. «Wann hört er auf?»

«Gar nicht, fürchte ich.» Vera schaute düster, die Kassandra und Überbringerin einer schlechten Nachricht. «Tod oder Verhaftung sehe ich als einzige Alternativen. Der Mann muss nach jeder Tat die Erfahrung machen, dass sie ihm nicht die erhoffte Erleichterung, die Heilung seines zerbrochenen Selbst verschafft hat. Also macht er weiter.»

Kaminski schaltete sich wieder ein. «Zurzeit macht er anscheinend Pause. Wieso?»

Vera zog die Schultern hoch. «Er hat auch zwischen den anderen Morden teilweise längere Pausen eingelegt. Das kann verschiedene Gründe haben. Krankheit, berufliche Verpflichtungen, Besuch bei der Familie, Aktivitäten, die ihm helfen, Druck abzubauen.»

«Zum Beispiel Kiesgruben in die Luft jagen», meinte Kaminski trocken.

«Ich glaube nicht, dass er das getan hat. Das passt nicht zu ihm. Zu viel öffentliche Aufmerksamkeit. Das muss jemand anders gewesen sein.»

Leonie warf Vera einen raschen Blick zu, aber die hatte ganz arglos gesprochen. Zu ihrer Erleichterung verfolgte Kaminski den Punkt nicht weiter. Und kurz darauf gingen sie auseinander, nicht völlig zufrieden mit dem Ergebnis ihrer zweitägigen Bemühungen, aber doch mit dem Gefühl, dem schrecklichen Phantom einen kleinen Schritt näher gekommen zu sein.

Leonie hielt Kaminski zurück, als die anderen den Konferenzraum verließen. Sie hatte noch etwas auf dem Herzen.

«Können Sie für mich Julia Winkelmann suchen?»

«Wer soll das denn sein?»

«Die gehörte zu Marlene Böttchers Clique und ist kurz nach dem Mord an Sven Johannsen zu ihrer Mutter und ihrem Stiefvater nach Sydney gezogen. Sydney in Australien.»

«Ich weiß, wo Sydney liegt. Von hier aus gesehen sehr weit weg.»

«Eine Adresse oder Telefonnummer würde mir genügen.»

Kaminski schüttelte den Kopf und ging zur Tür. «Für so einen Quatsch habe ich wirklich keine Zeit. Rufen Sie die Auslandsauskunft an.»

«Hab ich schon.» Sie lief hinter ihm her. «Vielleicht hat sie ihren Namen geändert. Ich kann natürlich auch ein Detektivbüro mit der Suche nach ihr beauftragen. Wenn Sie das nicht schaffen.»

«Gute Idee.»

«Kaminski.»

Er hob zum Abschied die Hand. Leonie gab es auf und ging zum Fahrstuhl. Nach den Sitzungen der OFA-Gruppe ging sie gewöhnlich mit Vera Kilian einen Wein trinken. Dieses Mal hatte sie eine Ausrede erfunden. Sie wollte nach Hause, wo Michael auf sie wartete. Ein Irrtum, wie sich herausstellte. Ihre Wohnung war verlassen, aufgeräumt und von jeder Spur eines fremden Bewohners gereinigt, als hätte es ihn nie gegeben.

26.

DER SÄUGLING auf dem Stahltisch war noch keine drei Monate alt. Ein kleiner Junge, der an eine Käthe-Kruse-Puppe erinnerte, wäre da nicht die wächsern-gräuliche Hautfarbe gewesen. Dr. Gabriel starrte das Baby an, seine Kinnmuskeln mahlten. Leonie wusste, dass er an seine kleinen Kinder dachte.

«Ich könnte auch Hinrichs bitten, er ist gerade ins Haus gekommen.»

«Nein.» Gabriel schüttelte den Kopf. «Es geht mir gut. Ich bin nur wütend.»

Der Kleine war auf Betreiben der Polizei in die Rechtsmedizin gebracht worden. Obwohl das Kind äußerlich unverletzt schien, bestand der Verdacht auf Kindesmisshandlung. Den Eltern war im Jahr zuvor das Sorgerecht an der erstgeborenen Tochter aberkannt worden. Bei dem Mädchen hatte ein Kinderarzt Rippenfrakturen, Oberarm- und Oberschenkelfrakturen und diverse andere Misshandlungsspuren unterschiedlichen Alters festgestellt. Es war zu befürchten, dass auch der neugeborene Sohn nicht an plötzlichem Kindstod gestorben war, wie zuerst gedacht. Leonie blätterte im Polizeiprotokoll.

«Die Mutter hat angegeben, dass sie ihn morgens leblos im Bett gefunden habe. In der Nacht habe er sich erbrochen.»

«Dann wissen wir ja schon, was wir finden werden», murmelte Gabriel resigniert.

Es war klar, woran er dachte. Schütteltrauma. Die unterschätzte und vielfach unerkannte Ursache für frühkindliche Schädigungen, die nicht selten zum Tod führten.

Die Obduktion bestätigte Gabriels Befürchtung. Leonie Simon und ihr Kollege fanden ausgedehnte subdurale Blutungen, verursacht durch abgerissene Brückenvenen, die das kindliche Hirn mit der harten Hirnhaut verbinden, Einblutungen der weichen Hirnhaut und Blutungen im Weichgewebe um beide Sehnerven. Die Verletzungen waren absolut typisch für ein Schütteltrauma. Bei Säuglingen und Kleinstkindern ist der Kopf noch relativ schwer im Vergleich zum übrigen Körper und die Nackenmuskulatur noch sehr schwach. Packen zumeist überforderte und vom Schreien des Kindes entnervte Eltern das Kind unter den Achseln und schütteln es heftig hin und her, um es zum Schweigen zu bringen, fliegt der Kopf nach vorn und hinten und zu den Seiten. Dadurch reißen Brückenvenen und Hirngewebe. Die Folgen sind katastrophal für das Kind. Im besten Fall führen die cerebralen Schäden zu Entwicklungsstörungen und geminderter Intelligenz. In den schlimmeren Fällen zu körperlichen und geistigen Behinderungen oder sogar zum Tod.

Nach der Sektion verließ Gabriel wortlos den Raum und überließ Leonie das Diktat des Befundes. An dem Abend würden seine Kinder wahrscheinlich die doppelte Ration Streicheleinheiten bekommen. Leonie wurde oft gefragt, wie sie all das Schreckliche, das sie häufig zu sehen bekam, aushalten könne. Sie hatte es nie leicht gefunden, darauf eine befriedigende und nachvollziehbare Antwort zu geben. Wie sollte man Menschen, die dem Arztberuf fern standen, den professionellen Umgang mit dem Tod erklären, ohne für abartig oder gefühlskalt gehalten zu werden? Ein Kind war natürlich immer etwas Besonderes, auch für sie, die selbst nicht Mutter war.

Leonie warf nach Ende ihres Diktats einen letzten Blick auf den toten Säugling und überließ ihn dann den Händen des Präparators. Sie zog Handschuhe und Kittel aus, warf sie in die dafür vorgesehenen Behälter und wusch sich die Hände. Dabei kreisten ihre Gedanken schon wieder um ein anderes Problem. Michael hatte keine Nachricht für sie hinterlassen, und sie zerbrach sich den Kopf, was ihn aus ihrer Wohnung vertrieben hatte.

Die Antwort bekam sie noch am selben Tag, als sie Paul in seinem Büro aufsuchte. Er sah sie mit einem schwer zu deutenden Blick an und wandte sich wieder seinem Computerbildschirm zu.

«Störe ich?», fragte Leonie.

Paul Unruh schloss die Datei, in der er gerade gearbeitet hatte, und erhob sich. «Die Frage sollte wohl lauten, ob ich störe.»

«Das habe ich jetzt nicht ganz verstanden.» Leonie war irritiert. Seine ganze Haltung drückte Ablehnung und unterdrückte Aggressivität aus. «Unsere Beziehung hatte von Anfang an eine gewisse Unverbindlichkeit gehabt. Aber ich denke, ich habe dennoch Anspruch auf Fairness und Ehrlichkeit, statt wochenlang mit phantasievollen Ausreden zum Narren gehalten zu werden.»

«Phantasievolle Ausreden? Paul, wovon redest du?»

Resigniert wandte er sich ab und setzte sich wieder vor seinen Computer. «Du scheinst mich für einen Volltrottel zu halten. Lass mich weiterarbeiten.»

Leonie packte ihn an der Schulter. «Nein, so geht das nicht. Du kannst mir nicht irgendwas an den Kopf werfen und mich raten lassen, worüber du dich so aufregst. Wann war ich unehrlich?»

Sein Blick war voller Bedauern, als er sie ansah. «Im Grunde ist es auch gleichgültig. Ich eigne mich nicht für eine *ménage à trois*. Am meisten bedauere ich, dass ich mich so in dir getäuscht habe.»

Langsam dämmerte Leonie, um welchen heißen Brei Paul herumredete. Er war eifersüchtig.

«Du glaubst, ich verheimliche dir einen Rivalen?»

«Von glauben kann keine Rede sein, ich habe ihn gesehen.»

Unruh hatte am Tag zuvor mit Leonie frühstücken wollen und in Unkenntnis der Tatsache, dass sie schon längst auf dem Weg ins Polizeipräsidium war, gegen sieben Uhr mit einer großen Brötchentüte vor ihrem Haus gestanden. Den kurzen Moment hatte Michael sich ausgesucht, um die Schlafzimmergardine zur Seite zu ziehen und das Fenster zu öffnen. Für den Bruchteil einer Sekunde bohrten sich ihre Blicke ineinander. Ein gut aussehender Mann mit nacktem Oberkörper und ein langer Schlaks, der noch auf das Fenster starrte, als es längst wieder geschlossen war.

Leonie zog sich einen Stuhl heran und setzte sich. «Okay, jetzt haben wir ein Problem.»

Die Falten um Paul Unruhs Mund vertieften sich. «Das Beste ist, wir gehen uns einfach eine Weile aus dem Weg. Unsere berufliche Zusammenarbeit wird deswegen nicht leiden, hoffe ich.»

«Ich will dir nicht aus dem Weg gehen. Aber es ist schwierig, dir begreiflich zu machen, dass der Mann nicht mein Liebhaber ist. Das Problem besteht nämlich darin, dass ich dir nicht sagen kann, wer er ist und warum er vorübergehend bei mir wohnt.»

Unruh sah sie lange schweigend an. «Du bist entweder die abgefeimteste Lügnerin und Betrügerin seit Messalina, oder du sagst die Wahrheit und bist in etwas Dubioses verwickelt. Ich neige gegenwärtig dazu, das Erstere zu glauben.»

«Mir ist durchaus bewusst, dass ein nackter Mann im Schlafzimmer einer allein stehenden Frau zu einer eindeutigen Interpretation herausfordert», gab Leonie zu. «Es stimmt auch, dass ich in letzter Zeit nicht oft für dich da war. Und daran ist teilweise auch dieser Mann schuld. Aber ich habe kein Verhältnis mit ihm, und ich bin nicht in ihn verliebt.»

«Ist das alles?»

«Im Moment ja.» Sie beugte sich vor und sah ihn unverwandt an. «Ich respektiere dich. Und ich würde deine Gefühle für mich nicht missbrauchen.»

Ihm fiel plötzlich etwas ein. «Der Mann trug einen Verband am Arm.»

Leonie reagierte nicht und wartete ab.

«Du versorgst einen Verletzten in deiner Wohnung?»

«Ich bitte dich, das zu vergessen. Vergiss den ganzen Mann.»

«Du machst mich wahnsinnig.» Unruh sprang auf und machte ein paar rasche Schritte im Raum hin und zurück. «Jetzt muss ich mich auch noch um dich sorgen.»

«Alles, was ich brauche, ist dein Verständnis.»

Die beiden standen voreinander, vermieden aber jede Berührung.

«Irgendwann wirst du der Einzige sein, dem ich von dem Mann in meiner Wohnung erzähle. Bis dahin musst du mir einfach vertrauen.»

Immerhin wusste sie jetzt, warum Michael wie der Blitz verschwunden war. Pauls Reaktion, als er ihn am Fenster gesehen hatte, musste in ihm die Befürchtung geweckt haben, erkannt worden zu sein. Aus dem Grund hatte er ihr auch keinen Zettel hinterlassen und die Wohnung so gründlich von allen Zeichen seiner Anwesenheit befreit. Eine etwaige Polizeidurchsuchung hätte nichts Verwertbares erbracht. Wer würde nun seine Wunde versorgen?

Leonie saß in Schuldts Kaffeegarten hoch über der Elbe im Blankeneser Treppenviertel, wo es noch immer die kleinen Kapitänshäuschen gab, die man nur über steile Treppen und zu Fuß erreichen konnte. Sie hatte das Institut ungewöhnlich früh verlassen und kam sich vor wie ein Kind, das die Schule schwänzt. Es war so viel über sie hereingebrochen, dass sie das Bedürfnis hatte, den Kopf auszulüften. Nach einem langen Spaziergang fast bis Wedel und zurück war sie mit weichen Knien bis zu dem kleinen familiären Lokal emporgeklettert, das Institution und Geheimtipp in einem war. Wer nicht zufällig darauf stieß oder eine Beschreibung bekam, würde es kaum finden. An einfachen Gartentischen inmitten einer grünen Idylle bekam man selbst gebackenen Kuchen und frisch gebrühten Kaffee serviert und hatte einen sensationellen Blick über Treppenviertel und Elbe bis hinüber zur Airbus-Werft auf der gegenüberliegenden Flussseite, deren Streit um die Landebahnerweiterung mit betroffenen Anwohnern seit Monaten durch den Hamburger Blätterwald rauschte.

Nur wenige Tische waren besetzt. Die Kaffeezeit war fast vorbei, und für die abendlichen Biertrinker war es noch zu früh. Leonie bestellte Kirschkuchen und Kaffee und verfolgte ein riesiges, voll beladenes Containerschiff mit dem Blick. Die Sonne sank dem Westen entgegen und beschien die Ostflanke des Viertels, der Hang, an dem Schuldts Kaffeegarten lag, war bereits im Schatten. Leonie schloss die Augen und genoss die Ruhe. Für wenige Minuten gelang es ihr, den Kopf von allen Sorgen und Gedanken zu leeren. Es waren Momente perfekten Glücks. Nach und nach sickerten sie wie Wasser eines lecken Staudamms wieder in ihr Bewusstsein, die Toten und die Lebenden – Max und Paul und Michael, Sven und Marlene und ihre Freunde, der Sniper und seine Opfer, Professor Cordes und das Institut und Tante Charlotte. Alle beanspruchten ihre Aufmerksamkeit und Fürsorge, und keinem konnte sie ganz gerecht werden. Natürlich gab es in ihrer täglichen Arbeit kleinere und manchmal auch große Erfolge. Besonders befriedigend war es, wenn sie und ihre Kollegen es schafften, präventiv zu wirken und durch ihre Erkenntnisse weiteres Unheil zu verhindern. Aber im Gedächtnis haften blieben die Niederlagen und Misserfolge. Sie nagten und zehrten an Leonie und ließen sie nicht zur Ruhe kommen. So wie die Fälle Sven und Marlene.

Leonie stocherte in ihrem Kirschkuchen herum und dachte an Nicola Goerne. Immer stärker setzte sich bei ihr die Idee fest, dass Nicola den Schlüssel zum Verständnis beider Morde in Händen hielt. Nach Svens Tod und dem Prozess war die Clique um die Böttcher-Geschwister eigenartig rasch auseinander gebrochen. Marlene und ihr Bruder waren auf Reisen gegangen, was Leonie gern als Flucht interpretierte. Wenn Marlenes Tod eine späte Folge dieser Ereignisse war, konnte das nur bedeuten, dass sie etwas wusste. Und das wiederum ließ es möglich erscheinen, dass Nicola eingeweiht war. Sie war Marlenes Vertraute gewesen.

Leonie zahlte und folgte den gewundenen Pfaden des Viertels aufwärts bis zur Blankeneser Bahnhofstraße, wo sie ihren Wagen geparkt hatte. Es wurde Zeit, Nicolas Eltern zu besuchen. Die Adresse, die ihr Kaminski besorgt hatte, lag schon seit einiger Zeit in ihrer Schreibtischschublade. Bisher hatte sie keine Zeit gefunden, sich darum zu kümmern. Erschwerend kam hinzu, dass die Goernes in einer kleinen Gemeinde an der Stör, südwestlich von Itzehoe, lebten. Vor dem Zeitaufwand war Leonie bisher zurückgeschreckt, zumal sie nicht sicher war, ob ein Gespräch mit den Leuten sinnvoll war. Nicola hatte ihr Elternhaus bereits im Alter von sechzehn Jahren verlassen, also lange vor den Ereignissen. Aber Leonies Hoffnung zielte eher auf tiefere Einblicke in Leben und Charakter der jungen Frau, die ihr auf seltsame Weise geheimnisvoll erschien.

Einige Tage später ergriff sie die Gelegenheit einer Außensektion in Itzehoe, um ihren Plan endlich in die Tat umzusetzen. Sektionen außerhalb Hamburgs machte Leonie seit der Übernahme der Institutsleitung nicht mehr selbst, deshalb wunderte Hinrichs sich nicht schlecht, als sie ihm stattdessen einen Autounfall aufs Auge drückte. Zumal es nicht nach einem besonders komplizierten Fall klang.

«Wahrscheinlich will sie sich mal wieder einen netten Tag machen», meinte Hinrichs zu Fuchs.

So nett und unkompliziert wurde es dann doch nicht in Itzehoe. Der vermeintliche Herzinfarkt entpuppte sich als Verdacht auf Kohlenmonoxidvergiftung, Genaueres würde man wissen, wenn das Labor die Blut- und Gewebeproben untersucht hatte. Leonie überließ der Kripo die Schlussfolgerungen – Unfall, Selbstmord oder Tötungsdelikt – und fuhr am späten Nachmittag eine Landstraße entlang der Stör. Die Gemeinde, zu der das Haus der Goernes gehörte, lag direkt hinter dem Deich. Bevor sie bei ihnen klingelte, stieg Leonie auf den Deich und sah sich um. Es wehte eine frische Brise, und sie atmete tief durch. Der Fluss schlängelte sich durch eine wie mit einer Schaufel platt geklopfte Landschaft, die sich grün, endlos und beruhigend unter einem weißblauen hohen Himmel erstreckte. Es war wunderschön und für ein junges Mädchen wahrscheinlich todlangweilig, dachte Leonie.

Die Goernes arbeiteten beide im Garten ihres kleinen rot verklinkerten Einfamilienhauses und blickten Leonie neugierig entgegen, als sie die Gartenpforte öffnete. Leonie fiel sofort die große Ähnlichkeit Nicolas mit beiden Eltern auf. Projizierte man deren Gesichter übereinander, bekäme man ein recht brauchbares Foto der Tochter. Auch der etwas gedrungene Körperbau der Mutter erinnerte an Nicola, während ihre sparsame Gestik und das Zwingende, mit der sie einen ansehen konnte, bei ihrem Vater zu beobachten war. Der legte die Astschere aus der Hand, mit der er tote Äste aus einem alten Apfelbaum herausgeschnitten hatte, und trat auf Leonie zu.

Leonie wusste aus den Unterlagen, die sie von Kaminski bekommen hatte, dass Nicolas Vater Grundschullehrer gewesen war und sich vor einem Jahr mit erst Mitte fünfzig hatte frühpensionieren lassen, bevor die härtere Regelung in Kraft trat, nach der Beamte bei Pensionierung vor dem dreiundsechzigsten Lebensjahr größere Abstriche an der Pension hinnehmen müssen. Für einen Mann, der sich dauerhafte Arbeitsunfähigkeit hatte bescheinigen lassen, sah Lutz Goerne beneidenswert wohl und kräftig aus, fand Leonie. Astrid Goerne war ebenfalls Lehrerin gewesen, hatte ihren Beruf aber nach der Geburt des zweiten Kindes aufgegeben. Nicolas ältere Schwester Anna-Lena war verheiratet und lebte mit Mann und Kindern im nahe gelegenen Glücksstadt. Außer diesen trockenen Fakten wusste Leonie nicht viel über die Goernes, hatte sich aber dennoch ein Bild von den beiden gemacht. Da Nicola bereits mit sechzehn Jahren aus der Idylle hinterm Deich in die Großstadt Hamburg gezogen war, wo sie die ersten Jahre in einer Wohngemeinschaft gelebt hatte, stellte sich Leonie die Goernes als engstirnige Spießer oder brutale Zuchtmeister vor. Schon in den ersten Minuten ihres Gesprächs erwies sich, dass sie nichts dergleichen waren. Die beiden Menschen, denen Leonie auf der Terrasse des gepflegten Grundstücks gegenübersaßen, waren freundliche, höfliche Durchschnittsbürger, die sich um ihre Familie und vor allem ihre jüngere Tochter sorgten. Als Leonie sich als Dr. Simon vom Rechtsmedizinischen Institut des Hamburger Universitätskrankenhauses vorstellte, die Fragen in Bezug auf Nicola habe, war Frau Goerne ein Schreckenslaut entschlüpft.

«Ach Gott, will Nicola sich etwa doch operieren lassen?»

Ihr Mann warf ihr einen Blick zu, dem Leonie das Adjektiv warnend gegeben hätte.

«Frau Doktor Simon ist Rechtsmedizinerin, das heißt, sie hat mit Verstorbenen zu tun», korrigierte Goerne seine Frau, die in ihrem Schreck nur begriffen hatte, dass Leonie Ärztin war.

«Ich habe häufig auch mit Lebenden zu tun, aber im Prinzip haben Sie Recht», nickte Leonie und wandte sich dann an seine Frau. «Ich wusste nicht, dass Ihrer Tochter eine Operation bevorsteht.»

Astrid Goerne riss sich zusammen. «Ach nein, das war überhaupt ein Missverständnis. Aber ein bisschen war Nicky immer unser Sorgenkind. Deswegen denke ich gleich das Schlimmste, wenn sie es mit Ärzten zu tun hat.»

Leonie nahm den Ball sofort auf. «Ich hatte das Vergnügen, Ihrer Tochter öfter zu begegnen, dabei schien sie mir von beneidenswerter Gesundheit zu sein.»

«Das freut mich zu hören», schaltete sich der Vater ein. «Und warum sind Sie gekommen, wenn ich fragen darf?»

Ja, warum? Leonie wählte die kontrollierte Ehrlichkeit und berichtete von ihrem beruflichen Engagement in zwei Todesfällen aus Nicolas Freundeskreis.

«Sie glauben doch wohl nicht, dass unsere Tochter etwas damit zu tun hat», sagte Herr Goerne mit Empörung in der Stimme.

«Nein, das glaube ich nicht. Deshalb ist es mir auch so wichtig, mehr über den Freundeskreis herauszufinden, in dem sie sich bewegte. Und ich hatte gehofft, Sie könnten mir vielleicht mit Informationen weiterhelfen.»

Leonie setzte darauf, dass die Goernes nicht über die fehlenden Kompetenzen der Rechtsmediziner, selbständig zu ermitteln, informiert waren.

Die beiden tauschten einen Blick, und Herr Goerne neigte zustimmend den Kopf. Seine Frau übernahm die Beantwortung der Frage.

«Unsere Tochter wohnt schon seit vielen Jahren nicht mehr bei uns. Wenn Sie sie kennen, müssten Sie das eigentlich wissen. Wir haben nicht die geringste Ahnung, mit welchen Leuten sie befreundet ist. Leider, wie ich sagen muss.»

Die Antwort hatte Leonie erwartet, aber es ging ja auch nur um den Brückenschlag zu dem Thema, das sie wirklich interessierte.

«Pardon. Ich wusste tatsächlich nicht, dass Sie sich mit Nicola überworfen haben.»

Würden Sie den Haken schlucken? Sie schluckten ihn.

«Von überwerfen kann überhaupt keine Rede sein», sagte Vater Goerne empört. «Wir telefonieren, und gelegentlich besucht sie uns. Sie hatte früh das Bedürfnis, auf eigenen Füßen zu stehen. Das ist heutzutage ja nichts Ungewöhnliches bei jungen Menschen.»

«Natürlich.» Leonie legte Balsam in ihre Stimme. «Ich dachte nur, wenn jemand in so jungen Jahren viel krank ist, macht das ungerecht und erschwert das Zusammenleben. Und Nicola ist eine sehr ungewöhnliche und starke Persönlichkeit, nicht wahr?»

«O ja, das ist sie», sagte ihre Mutter, und Stolz wie Schmerz klangen in ihren Worten auf. «Sie kennen sie anscheinend gut.»

Leonie schaffte es mit einigen Tricks und Volten, aus den Goernes herauszubekommen, dass Nicola als Kind häufig in der Lübecker Kinderklinik behandelt worden war. Leistenbruch und Allergien, nichts Besonderes. Mehr gaben sie nicht preis. Leonie spürte ihr Misstrauen beinahe körperlich, und es schien im Laufe des Gesprächs zu wachsen. Ihre Vorstöße in Richtung Verhältnis Kind–Eltern und der Schwestern untereinander wurden vom Vater völlig abgeblockt.

«Offen gestanden bezweifele ich, dass diese Dinge irgendetwas mit Ihren Ermittlungen zu tun haben könnten.» Und nach einer Gedankenpause: «Verschweigen Sie uns etwas? Hat unsere Tochter Schwierigkeiten?»

«Nein, nein, keineswegs», beruhigte ihn Leonie. «Ich versuche nur, mir ein Bild von allen beteiligten Personen zu machen. Das ist alles.»

Zum Abschied begleitete Astrid Goerne Leonie an die Gartenpforte. Sie rang sich zu der Bitte durch, ihrer Tochter auszurichten, sie möge sich doch bald einmal wieder melden. Das Verhältnis war demnach stärker gestört, als die beiden im Gespräch hatten zugeben wollen.

Auf dem Weg zurück nach Hamburg rekapitulierte Leonie das Gespräch. Es gab für sie keinen Zweifel daran, dass es in dieser Familie ein Tabu gab, das vor allem vom Vater gehütet wurde. Auch glaubte sie bemerkt zu haben, dass er eine größere Distanz zu seiner Tochter hatte. Es musste etwas sehr Schwerwiegendes vorgefallen sein, dass eine Familie wie die Goernes eine Sechzehnjährige allein in die Großstadt Hamburg ziehen ließ. Eingedenk ihrer eigenen Familiengeschichte fiel Leonie als Erstes eine Schwangerschaft ein, sie verwarf die Idee aber sofort. Das hätte Nicolas Lehrerin zweifellos erwähnt. Außerdem verstieß man heutzutage seine Töchter nicht mehr wegen eines unehelichen Kindes, jedenfalls nicht in der modernen deutschen Gesellschaft.

Gegen halb neun erreichte Leonie das Institut, um noch einen Blick auf ihren Schreibtisch zu werfen. Es war bedrückend viel, was sich im Laufe eines einzigen Tages angesammelt hatte. Aber sie hatte nicht die Kraft, mehr zu tun, als das Wichtige vom weniger Wichtigen zu trennen. Sie würde am nächsten Morgen statt um acht schon um sieben Uhr ins Institut fahren. Bei Durchsicht der von Frau Thiele handschriftlich aufgelisteten Mitteilungen fand sich ein Anruf von Kaminski, der schlicht

Nissan gefunden lautete. Das erregte zwar Leonies Interesse, musste aber ebenfalls bis zum nächsten Tag warten.

Der fing mit einem Streit über eine Sekretärin ziemlich unerfreulich an. Professor Meißner stürmte wütend in ihr Büro und beschuldigte Leonie, ihm eine Sekretärin ausgespannt zu haben, die in den letzten Monaten jeweils halbtags für sein Büro in der Toxikologie und für die Untersuchungsstelle gearbeitet hatte. Für ihn unverständlicherweise hatte die Frau die angebotene Vollzeitstelle bei ihm zugunsten einer Dreiviertelstelle bei Leonie abgelehnt. Leonie erklärte ihm schließlich rundheraus, dass sie der Frau das höhere Gehalt durchaus gegönnt hätte, aber auch niemanden zwingen könne, für ihn zu arbeiten. Der unterschwellige Vorwurf, er sei bei seinen Mitarbeiterinnen und Mitarbeitern unbeliebt, kam bei Meißner übel an. Er sprach eine deutliche Warnung an Leonies Adresse aus, bevor er ihr Büro verließ. «Sie machen einen Fehler, wenn Sie glauben, auf mein Wohlwollen verzichten zu können.»

Die Aura seines Zorns hing noch Minuten nach seinem Abgang in der Luft. Leonie bemühte sich, seine Formulierung komisch zu finden, was ihr nicht gelang.

Erst gegen Mittag kam sie dazu, Kaminski anzurufen. Man sagte ihr, er befinde sich ganz in ihrer Nähe auf dem UKE-Gelände. Wo genau, wusste der Kollege nicht. Sie traf Kaminski unerwartet in der Kantine, wo er einsam und verlassen an einem Tisch saß und mit der Gabel das Essen auf seinem Teller hin und her schob.

«Keinen Appetit, oder sind Sie immer noch auf Diät?» Leonie stellte ihr Tablett ab und setzte sich ihm gegenüber. «Was machen Sie überhaupt hier?»

Kaminski hob den Blick und sah sie unter schweren Lidern an. «Können Sie sich nicht woanders hinsetzen?»

Das klang völlig humorlos und passte zu seinem Äußeren.

Bleich und unrasiert, mit Augenringen so groß wie Untertassen, präsentierte er sich nicht in der besten Verfassung.

«Was ist los? Hat Dittberner Sie geärgert?» Leonie bearbeitete den gebratenen Hühnerschenkel auf ihrem Teller und beobachtete gleichzeitig Kaminskis Mienenspiel.

«Das tut er doch dauernd.» Angewidert schob er seinen Teller von sich. «Schlangenfraß.»

«Sie hätten das Huhn nehmen sollen.»

Leonie aß und wartete ab. Kaminski brauchte immer einen längeren Anlauf, wenn es um heikle Themen ging.

«Ich bin krank.»

Leonie betrachtete ihn. «Sie sehen ein bisschen mitgenommen aus. Wahrscheinlich kriegen Sie die Sommergrippe, die gerade grassiert.»

«Sommergrippe.» Aus seinem Mund klang es wie ein Schimpfwort.

Leonie begriff. Sie beugte sich über den Tisch und senkte die Stimme. «Kaminski, Sie sind ein Idiot. Selbst wenn Sie HIV-infiziert wären, und das ist ja noch lange nicht raus, kann die Krankheit so kurz nach der Übertragung unmöglich schon ausgebrochen sein.»

«Woher wissen Sie denn, wann ich diesen Scheißvirus bekommen habe?»

«Na ja, so lange sind Sie mit Tim doch noch nicht zusammen, oder?»

Kaminskis Lächeln schnitt ins Gesicht wie eine Rasierklinge. «Wer sagt, dass es nur Tim gewesen sein kann?»

Touché, dachte Leonie. «Ich hatte Sie einfach für klug genug gehalten, sich zu schützen.»

«Alles graue Theorie, Doc. Alles graue Theorie.»

Leonie konzentrierte sich wieder auf ihr Hühnerbein, und Kaminski wechselte das Thema.

«Haben Sie meine Nachricht erhalten?»

«Sie haben den Nissan aufgetrieben.»

«Bei uns hat sich ein Mann gemeldet, der bis zu seinem Rauswurf in einer Hinterhofwerkstatt arbeitete, wo auch das eine oder andere nicht ganz koschere Geschäft getätigt wird.»

«Was würde die Polizei bloß machen, wenn es das Bedürfnis nach Rache nicht gäbe?»

Kaminski betrachtete die Frage als rhetorisch und fuhr fort. «Ein Nissan mit dem gesuchten Kennzeichen wurde dort verkauft, von einem Mann, der in dem Laden seit kurzem angestellt war.»

Leonie ließ Messer und Gabel sinken. «Sagen Sie bloß, Sie haben den Sniper verhaftet?»

Kaminski raffte sich zu einem müden Lächeln auf. «Das hätten wohl schon die Spatzen von den Dächern gepfiffen. Immer vorausgesetzt, es ist überhaupt der Sniper. Nein, ganz so leicht macht es uns der Mistkerl nicht. Er ist nicht mehr zur Arbeit erschienen. Raten Sie, seit wann.»

«Keine Ahnung», log Leonie.

«Seit dem Tag der Explosion in der Kiesgrube.»

«Gratuliere. Dann hatten Sie ja den richtigen Riecher. Und wo ist der Wagen?»

Kaminskis Gesicht verdüsterte sich wieder. «Daran arbeiten wir noch. Der Werkstattbesitzer behauptet, er kenne den Käufer nicht. Ein Mann mit osteuropäischem Akzent, der bar bezahlt hat.»

«Dann können Sie den Wagen abschreiben. Und der Mann, der ihn verkauft hat?»

«Schwarzarbeiter ohne Papiere. Und der Name, den er angegeben hat, ist natürlich falsch.»

«Das war zu erwarten. Kann dieser Werkstattmensch ihn beschreiben?»

«Das ist eine ganz linke Bazille. Aber er weiß, dass wir ihm jede Menge Ärger machen können, wenn wir ein paar Behörden flüstern, was er in seiner Bruchbude treibt. Er hat uns ein Phantombild geliefert, und er hat uns verraten, welchen Wagen der Sniper jetzt fährt. Einen weißen Van.»

«Jedes zweite Auto in der Stadt ist ein weißer Van.»

«Ein roter Ferrari wär mir auch lieber gewesen.»

«Angenommen, dieser Mann ist wirklich der Sniper, dann hat er Hamburg inzwischen sicher verlassen. Dafür spricht auch, dass er bei seiner Arbeitsstelle nicht mehr aufgetaucht ist.»

«Deswegen läuft die Fahndung auch bundesweit», sagte Kaminski. «Unser Vorteil ist, dass er keine Ahnung hat, wie viel wir wissen. Die Phantomzeichnung wird deswegen auch nicht in den Zeitungen erscheinen.»

Es war das Bild eines Allerweltsmenschen, ohne besondere Merkmale, und die Polizei hätte sich nach Veröffentlichung vor Anrufern nicht retten können. Leonie hingegen bekam einen Anruf. Von Michael. Aus Süddeutschland. Aus dem Dorf, wo der Sniper gewohnt hatte.

27.

AXEL EVERT hatte wieder begonnen, Nicola Goerne zu beschatten. Diesmal nicht aus Neugierde, sondern in seiner angemaßten Beschützerrolle. Die neue Aufgabe, die er sich selbst gestellt hatte, versetzte ihn in Hochstimmung. Ein Freund brauchte ihn, und er war der Einzige, der ihm helfen konnte. Ein Freund, das war Nicola für ihn. Ein Kumpel, ein Kamerad und Mann ehrenhalber. Hätte er darüber nachgedacht, wäre ihm das vielleicht seltsam und fragwürdig vorgekommen, aber Axel Evert handelte lieber und überließ das Nachdenken den Pferden, denn die hatten größere Köpfe, wie er zu sagen pflegte.

Nach der Sache in der Kiesgrube war er nicht mehr zur Arbeit in der Autowerkstatt gegangen und wohnte wieder in wechselnden Unterkünften, in Billigabsteigen, Abbruchhäusern, Lauben, und häufig schlief er einfach in seinem Wagen. Nicola wusste davon nichts. Sie fragte ihn auch nicht, warum er Hamburg nicht wie angekündigt verlassen hatte. Aber sie schien sich aufrichtig über sein Bleiben zu freuen und traf sich fast regelmäßig nach der Arbeit mit ihm auf ein Bier und ein Billardspiel. Manchmal versuchte er, sie vorsichtig auf das Thema hinzulenken, das ihn so brennend interessierte, aber sie biss nicht an und behauptete, sie habe keine Probleme. Er glaubte ihr natürlich nicht. Was ihn beunruhigte, war die Schwierigkeit, ihre Kontakte über Post und Telefon zu kontrollieren. Erst bei einer persönlichen Konfrontation würde er eingreifen können, und dann war es womöglich zu spät.

Aber er hatte das Schicksal auf seiner Seite, wie ihm schien. Denn noch bevor sie mit einer fadenscheinigen Ausrede einen

Angelausflug am Wochenende absagte, erfuhr er, dass sie sich mit jemandem aus Berlin treffen wollte. Bei einem raschen Blick auf ihren Kalender, während sie im Bad war, hatte er den Eintrag *10.50 an Hbf* gefunden. Es war nicht schwer gewesen, herauszufinden, dass es sich dabei um einen Zug aus Berlin handelte, der nur am Wochenende verkehrte. Als sie am Samstagmorgen gegen zehn das Haus verließ, wusste er, wohin sie wollte. Um nicht gesehen zu werden, folgte er ihr nicht, sondern fuhr in einigem Abstand in Richtung Hauptbahnhof. Im Bahnhofstrubel würde sie ihn sicher nicht entdecken, vor allem da sie nicht ahnte, dass er sie überwachte.

Sie stand auf der Treppe, die vom Nordsteg zum Bahnsteig hinabführte, auf dem der Zug aus Berlin einlaufen würde. Axel Evert positionierte sich so, dass er sie im Auge behalten konnte. Ein paar Minuten nach Ankunft des Zuges trat ein Mann auf Nicola zu, der so harmlos wirkte, dass Evert sich zum ersten Mal fragte, ob seine Idee, sie sei bedroht, nicht bloßer Wahn sei. Aber schon Nicolas erste Reaktion auf den Ankömmling bewies ihm, dass es besser war, die Observation nicht abzubrechen. Sie schien unwillkürlich vor dem Mann, der für Evert aussah wie ein besserer Handelsvertreter, zurückzuweichen und übersah seine ausgestreckte Hand. Er sagte etwas und machte eine Handbewegung in Richtung Ausgang. Daraufhin verließen die beiden Seite an Seite den Bahnhof durch den Hinterausgang, der auf die Kirchenallee führte, die dominiert wurde durch das Deutsche Schauspielhaus und einige Hotels und Restaurants. Evert folgte ihnen zum Hotel Europäischer Hof, wo sie sich in eine Ecke der Lobby zurückzogen. Er fluchte leise. Sobald er das Hotel betrat, liefe er Gefahr, dass Nicola ihn entdeckte. Also blieb ihm nichts übrig, als vor der Tür zu warten und nur gelegentlich einen vorsichtigen Blick hineinzuwerfen. Bei diesen Gelegenheiten schien es ihm, dass es kein freundschaftliches

Gespräch war. Aber das konnte natürlich täuschen. Nach fast einer Stunde tauchten die beiden wieder auf. Evert hatte rechtzeitig eine günstige Position bezogen und erhaschte sogar einen Satzfetzen des Mannes.

«… im Zweifelsfall werde ich dich opfern. Das ist dir hoffentlich klar.»

Dann donnerte ein Reisebus vorbei, und Evert konnte nichts mehr verstehen. Noch vor dem Bahnhofsportal ließ Nicola den Mann aus Berlin stehen und eilte davon. Ihre Gesichtszüge waren unbewegt, aber ihre Wangen rot gefleckt. Axel Evert kannte sie inzwischen gut genug, um zu wissen, dass dies bei ihr das Zeichen für Zorn und Aufregung war. Er brauchte nicht lange, um sich zu entscheiden. Er folgte dem Mann in den Bahnhof, wo dieser feststellte, dass er den Zug um 12.08 Uhr nach Berlin um wenige Minuten verpasst hatte. Der Handelsvertreter, oder was immer er war, bummelte die zwei Stunden bis zur Abfahrt des nächsten ICE durch die Innenstadt, aß eine Kleinigkeit im Paquebôt am Gerhart-Hauptmann-Platz und kaufte sich ein Taschenbuch in einer Buchhandlung. Als der Zug um 14.08 Uhr den Bahnhof verließ, war auch Axel Evert an Bord. Er beglückwünschte sich zu seiner Umsicht, die ihn nie ohne Waffe sein ließ. Nicola würde ihm bald sehr dankbar sein.

28.

DAS FLUGZEUG landete pünktlich um 11.10 Uhr in München. Leonie zerrte ihre Jacke und eine kleine Reisetasche aus dem Gepäckfach und fragte sich zum x-ten Male, was sie wohl erwartete und wie sie das alles Kaminski beibringen sollte. Denn irgendwann war die große Beichte fällig. Ihr Bruder hatte sich wie üblich nicht lange mit Erklärungen aufgehalten, sondern ihr quasi den Marschbefehl nach München erteilt, wo er am Flughafen auf sie warten wollte. Sie sah ihn sofort inmitten der anderen Abholer und war erleichtert, dass sein Gesicht die schreckliche Blässe verloren hatte.

«Hallo, Mike, du siehst gut aus. Wie geht's deinem Arm?»

«Täglich besser. Hier entlang.»

Ihr Bruder lotste sie aus dem Gebäude und zu dem Parkplatz, wo er seinen Mietwagen abgestellt hatte. Er warf ihre Tasche in den Kofferraum und öffnete die Beifahrertür.

«Wohin fahren wir?», wollte Leonie wissen.

«Zu einer Massagepraxis.»

«Was hat eine Massagepraxis mit unserem Heckenschützen zu tun?»

Michael musste sich auf den Verkehr konzentrieren und gab keine Antwort. Die Fahrt dauerte nicht lange und endete in einem nordöstlichen Viertel Münchens auf dem Parkplatz eines verhältnismäßig neuen Gebäudes, in dem mehrere Arztpraxen und eine Massagepraxis untergebracht waren. Michael stellte den Motor ab und wandte sich Leonie zu, die noch immer geduldig auf eine Erklärung wartete.

«Du bist für 12.45 Uhr zur Massage angemeldet.»

«Ich hasse es, massiert zu werden», erwiderte Leonie. «Also, was soll das Ganze?»

Michael sah auf die Uhr. «Wir haben noch reichlich Zeit. Gehen wir einen Kaffee trinken.»

Zehn Minuten später saßen sie in einem nahe gelegenen Café und studierten die Karte. Leonie bestellte Pfefferminztee zur Beruhigung ihres Magens, ihr Bruder gönnte sich ein Weißbier. Als die Kellnerin die Getränke gebracht und den Rückzug hinter die Theke angetreten hatte, griff Michael in seine Jackentasche und holte die Patronenhülse hervor, die er in der Kiesgrube gefunden hatte. Er legte sie vor sich auf den Tisch.

«Die Patrone, zu der diese Hülse einmal gehört hat, wurde an die Panzergrenadierbrigade 30 in Ellwangen geliefert.»

«Das hast du über den Hersteller erfahren?»

«So ist es. Ich bin also nach Ellwangen gefahren und habe mich dort umgesehen und mit Soldaten und Offizieren gesprochen.»

«Einfach so? Redet die Bundeswehr heutzutage mit jedem, der was wissen will?»

«Ich war im Besitz eines Journalistenausweises und einer glaubwürdigen Geschichte. Willst du jetzt hören, was ich herausgefunden habe, oder nicht?»

Leonie trank ihren nur lauwarmen Tee in kleinen Schlucken und bedeutete ihm fortzufahren.

«Vor zwei Jahren wurden bei einem Einbruch Waffen und Munition gestohlen, und man vermutete, dass Soldaten die Täter oder zumindest die Tippgeber waren. Es konnte aber niemandem etwas nachgewiesen werden. Einer der Verdächtigen war ein Mann, der bereits ein Verfahren vor dem Truppendienstgericht wegen verschiedener Vergehen anhängig hatte und kurz darauf unehrenhaft entlassen wurde. Ein Zeitsoldat namens Axel Evert.»

«Und die anderen Verdächtigen?»

«Sind beide noch bei der Bundeswehr und seit Monaten in Afghanistan stationiert.»

«Bleibt Evert.»

Michael zückte einen kleinen Notizblock. «Neunundzwanzig Jahre alt. Schulversager, Elektrikerlehre abgebrochen, diverse Jugendstrafen. Mit zwanzig verpflichtet er sich für zwölf Jahre als Soldat. Ausbildung zum Militärkraftfahrer, später Scharfschützenausbildung. Darin scheint er wirklich gut gewesen zu sein. 1999 schickt man ihn zur Infanterieschule nach Hammelburg, dort gibt es ein Ausbildungsgelände für Scharfschützen. Zu dem Zeitpunkt ist er übrigens schon zwei Jahre verheiratet und Vater eines Sohnes. In der Ehe kriselt es von Anfang an.»

«Haben dir das auch die Soldaten erzählt?»

«Was die über seine Frau erzählt haben, lasse ich besser weg. Nein, ich habe natürlich auch mit Nachbarn und Bekannten in Ellwangen und Heidenheim gesprochen.»

«Du meinst Hammelburg.»

«In Heidenheim war er zeitweilig ebenfalls stationiert. Wenn du mich immer unterbrichst, dauert's länger.» Er blätterte eine neue Seite auf. «Im Jahr 2000 wird er für sechs Monate in den Kosovo verfrachtet. Und da beginnen die Probleme. Disziplinarische Verstöße vor allem, auch Prügeleien mit Kameraden und in einem Fall mit jungen Albanern.»

«Lagerkoller?», wollte Leonie wissen. Die Situation in den Militärcamps im Ausland verursachte mitunter enormen Stress bei den jungen Männern, deren privilegierte Kindheit und Jugend im Nachkriegsdeutschland sie nicht auf ein Leben mit Feldbett und Heimweh, Langeweile und Lebensgefahr vorbereitet hatten.

«Möglich. Bekannte beschrieben ihn mir jedenfalls als stark verändert, nachdem er aus dem Kosovo zurück war. Die Ehe ist kurz darauf gescheitert. Evert behielt zunächst die Wohnung in Heidenheim. Nach seiner Entlassung aus der Armee lebte er von Sozialhilfe. Wegen der selbst verschuldeten Dienstunfähigkeit bezog er weder Übergangshilfen noch eine Abfindung. Und dann war er eines Tages verschwunden.»

Leonies Magen meldete sich trotz des Pfefferminztees. «Wann genau war das?»

«Ein paar Tage bevor eine junge Mutter vor einem Supermarkt erschossen wurde. Übrigens in einem Ort, der etwa auf der Mitte zwischen Heidenheim und Ellwangen liegt.»

«Oh», sagte Leonie und legte die rechte Hand auf den Oberbauch. «Ich begreife trotzdem noch nicht, wieso ich mich massieren lassen soll. Hier in München.»

«Die Masseurin heißt Ute Theobald, geschiedene Evert.»

«Glaubst du, sie weiß, was ihr Mann treibt?»

«Das werden wir ja sehen.»

Eine halbe Stunde später saßen sie einer jungen, sehr blonden Frau gegenüber, die als Pin-up jeden Soldatenspind geziert hätte. Den Versuch, mit Michael zu flirten, hatte sie sofort abgebrochen, als der Name ihres Exmannes fiel. Und nun blickte sie mit einem irritierten Lächeln von Michael zu Leonie und legte ihre beiden schön manikürten Hände flach auf die Oberschenkel.

«Sie wollen behaupten, Axel läuft da draußen herum und erschießt Menschen?»

«Behaupten tun wir gar nichts. Aber es gibt eine Spur, die in seine Richtung führt. Die kann natürlich falsch sein.»

Ute Theobald erhob sich von dem großen Gymnastikball, auf den sie sich gesetzt hatte, um ihren vermeintlichen Klienten die beiden einzigen Stühle in dem Raum zu überlassen, in dem sich ansonsten die Massagebank und etliche physiotherapeutische Gerätschaften befanden.

«Aber wieso sollte er so etwas Schreckliches tun?»

«Sagen Sie es uns.» Das kam von Michael. Er sah der jungen Frau in die Augen, und Leonie konnte beobachten, wie fasziniert sie von ihm war. «Sie haben mit ihm gelebt, Sie kennen ihn.»

«Vielleicht kannte ich ihn mal, aber die Zeiten sind vorbei.» Sie setzte sich wieder auf den Ball, mit gespreizten Beinen, um das Gleichgewicht zu halten. Unter der weißen Berufskleidung zeichnete sich ein wohlgeformter Körper ab.

«Wenn ich's mir so überlege, dann glaube ich, dass er fähig wäre, Menschen zu erschießen. Er ist ein Topf, der schnell überkocht.»

«War das schon so, als Sie ihn kennen lernten?», fragte Leonie.

«Na ja, Sie wissen ja, wie Männer sind, wenn sie eine Frau unbedingt haben wollen.» Sie warf Michael einen koketten Blick zu. Er lächelte.

«Er war der hartnäckigste Verehrer, den ich je hatte. Brachte mir jeden Tag Blumen oder ein kleines Geschenk. Und ich dumme Kuh bin voll drauf hereingefallen. Nach der Hochzeit lief es noch ein paar Wochen gut, dann ging der Stress los. Er fing an, mich zu kontrollieren. Und wenn nicht alles so klappte, wie er wollte, gab's Streit. Als dann das Kind kam, der Florian, da wurde es richtig schlimm. Können Sie sich vorstellen, dass ein Vater auf sein eigenes Kind eifersüchtig werden kann?»

Leonie konnte es sich nicht nur vorstellen, sie hatte solche und ähnliche Geschichten von Frauen oft erzählt bekommen. Sie wusste auch, wie es jetzt weiterging.

«Irgendwann rutschte ihm im Streit die Hand aus. Er hat sich entschuldigt, hat mir Geschenke gemacht. Aber es passierte wieder und wieder. Ich dachte, es liegt an mir. Ich bin keine Heilige.»

Michael zwinkerte ihr zu. Mehr brauchte sie nicht, um bereitwillig fortzufahren.

«Aber ich bin kein Opfertyp, verstehen Sie? Ich hab mein Kind und ein paar Sachen gepackt und bin ausgezogen. Ich wollte sowieso wieder nach Ellwangen zurück. Die ewigen Versetzungen hatte ich genauso satt wie seine Wutausbrüche. Als er auf den Balkan geschickt wurde, habe ich ihm geschrieben, dass ich mich scheiden lassen will.»

Leonie tauschte einen Blick mit Michael. Daher rührten also Everts Probleme mit der Disziplin.

«Frau Theobald, Ihr Mann ist wegen diverser Dienstvergehen vorzeitig aus der Armee entlassen worden. Hatte er schon vor seinem Auslandseinsatz solche Probleme?»

Zögerndes Kopfschütteln. «Ich glaube nicht. Na ja, da war schon mal etwas vorher. Er hat sich während einer Übung betrunken. Er war sauer, weil er die Aufnahmeprüfung zum KSK nicht bestanden hatte.»

Das Kommando Spezialkräfte, kurz KSK, war ein Truppenteil des Heeres. Soweit Leonie wusste, wurden die Soldaten speziell geschult und bei besonders gefährlichen und komplizierten militärischen Operationen eingesetzt.

«Der Eignungstest ist außergewöhnlich hart», sagte Michael. «Es ist keine Schande, ihn nicht zu bestehen.»

«Für Axel war's das aber. Er ist ein wirklich guter Schütze, und er war ganz sicher, dass sie ihn nehmen. Aber er ist gleich beim ersten Teil des Tests durchgefallen. Sie hielten ihn für psychisch und mental nicht geeignet.»

«Wie hat er auf Ihren Wunsch nach einer Trennung reagiert?», wollte Leonie wissen.

«Als er noch im Kosovo war, hat er mich mit Briefen bombardiert. Und später abwechselnd mit Geschenken und Drohungen. Einmal hat er mich vor dem Haus meiner Eltern abgepasst und verprügelt. Ich habe ihn angezeigt, auch bei seinen Vorgesetzten. Die sollten wissen, was sie da für einen Irren in der Truppe haben. Er ist dann ja auch rausgeflogen.»

«Ich nehme an, Sie haben das Sorgerecht für den Sohn bekommen?»

Die junge Frau sah Leonie an, als hätte die einen schlechten Witz gemacht. «Na klar, wer denn sonst? Es war schlimm genug, dass er Besuchsrecht gekriegt hat. Wenn er mit Flori unterwegs war, bin ich tausend Tode gestorben. Ich hatte Angst, er bringt ihn mir nicht wieder. Und wissen Sie, was er gemacht hat? Er hat dem Kind eine geladene Pistole in die Hand gedrückt und ihn zu Schießübungen gezwungen. Flori war damals gerade sechs geworden. Das ist doch ungeheuerlich.»

Michael nickte zustimmend. «Hätte er nicht tun sollen. Vermutlich haben Sie ihm daraufhin das Besuchsrecht entziehen lassen.»

«Genau. Und dann hab ich mein Kind und meine Sachen gepackt und bin nach München gezogen.»

«Weil Sie Angst vor Ihrem Mann hatten?», fragte Leonie.

«Er wollte mich erschießen. Ich weiß nicht, ob er es wirklich getan hätte. Aber ich wollte es nicht darauf ankommen lassen.»

«Wann war das?»

«Letzten Sommer im Juni. Anfang Juli bin ich schon weggezogen.»

Kurz darauf hatte der Sniper zum ersten Mal zugeschlagen. Leonie suchte Michaels Blick. Er signalisierte ihr, dass er verstanden hatte. Dann wandte er sich wieder an ihre Gesprächspartnerin.

«Gibt es jemandem, zu dem Ihr Mann …»

«Exmann», korrigierte sie ihn.

«Natürlich. Also, gibt es jemanden, zu dem er regelmäßig

Kontakt hat, bei dem er vielleicht wohnt? Ein Kamerad von der Bundeswehr? Ein Verwandter oder Freund?»

«Eine Geliebte vielleicht?», fügte Leonie hinzu.

Die ehemalige Frau Evert lachte unfroh. «Ich wette, die einzigen Frauen, die er noch anrührt, sind Huren. Im Grunde hat er Frauen immer verachtet. Mich hat er am Anfang für eine Art Jungfrau Maria gehalten. Als er merkte, dass ich aus Fleisch und Blut bin, war's vorbei.»

Michael sah sie unverwandt an. Sie errötete und fuhr fort. «Ich glaube nicht, dass er sich in den letzten Monaten bei irgendjemandem gemeldet hat. Mit seiner Familie hat er vor Jahren gebrochen, und soweit ich weiß, hat er keine Freunde. Er ist ein absoluter Einzelgänger.»

«Was glauben Sie, würde Ihr Exmann tun, wenn er alle Freiheiten hätte? Wo oder wie würde er leben? Was wären seine Träume?»

Leonies Frage kam überraschend, Frau Evert überlegte einen Moment. «Wir haben eigentlich nie über so etwas gesprochen. Ich schätze, er würde am liebsten auf einer einsamen Insel leben. Oder um die Welt reisen. Bestimmt würde er nicht das tun, was alle anderen täten.»

«Noch eine letzte Frage», sagte Leonie. «Hat Ihr Exmann eine Narbe an der rechten Hand?»

«Ja.» Das klang ein wenig erstaunt. «Die hat er tatsächlich. Schon als ich ihn kennen lernte. Sein Vater hat ihn mal im betrunkenen Zustand mit einer abgebrochenen Bierflasche attackiert.»

Eine Abwehrverletzung also, dachte Leonie. Eine abgebrochene Flasche passte auch gut zu dem gezackten, wulstigen Narbenabdruck, den sie in der Kiesgrube gefunden hatten.

Leonie und ihr Bruder verabschiedeten sich bald. Ute Theobald versuchte, Michael eine Visitenkarte zu entlocken, was dieser charmant vereitelte. Ihre eigene, die sie ihm aufdrängte, warf er in den nächsten Papierkorb.

«Ich dachte, du wärst von ihr ganz angetan gewesen. Oder habe ich dich nicht mit ihr flirten gesehen?» Leonie fragte so beiläufig wie möglich. Er grinste.

«Du wirst doch nicht auf deinen eigenen Bruder eifersüchtig sein?»

«Halbbruder», verbesserte ihn Leonie. «Exfrau und Halbbruder. Es sind die Nuancen, die zählen. Und nein, ich bin nicht eifersüchtig. Aber ich fand, sie spielt nicht in deiner Liga.»

«Ich bin ganz deiner Meinung.»

Er betätigte das elektronische Türschloss des Mietwagens und hielt für Leonie die Beifahrertür auf. «Bedauerlich, dass sie kein Foto für uns hatte.»

Leonie setzte sich auf den Beifahrersitz und wartete, bis Michael um den Wagen herumgelaufen war und sich ebenfalls gesetzt hatte.

«Kann ich gut nachvollziehen. Von solch einem Ehemann hätte ich auch keine Fotos mehr im Schrank.»

«Er ist immerhin der Vater ihres Sohnes. Man bewahrt ja nicht nur Zeugnisse schöner Erinnerungen auf. Du hast deine Familienalben auch nicht weggeworfen.»

Auf seinem Krankenlager in Leonies Wohnung hatte er sich gnädig bereit erklärt, die Familienfotos der Reicherts und der Simons anzuschauen. Aber er hatte Leonie nicht täuschen können. Sie wusste, dass er es nicht ihr zuliebe tat, sondern weil er sein Leben lang darauf gewartet hatte, die Familie, die zumindest genetisch auch die seine war, kennen zu lernen.

«Sieht so aus, als wäre dieser Evert tatsächlich der Sniper. Leider haben wir immer noch keinen gesicherten Beweis.»

Er ließ den Wagen an und fädelte sich in den Verkehr ein. «Ist mir klar. Aber die Indizien sind schon ziemlich überzeugend. Die Frage ist, wie wir an ihn herankommen. Ein vagabundierender Täter ohne Fixpunkte ist ein Problem.»

Leonie dachte, dass sie dieses Problem gern an Kaminski delegieren würde. «Wohin fahren wir?»

Ihr Magen knurrte, und Michael warf ihr einen amüsierten Blick zu. «Zuerst muss ich dich wohl füttern, und dann bringe ich dich zum Flughafen zurück. Hast du schon für den Rückflug eingecheckt?»

«Natürlich nicht. War die gewesene Frau Evert der einzige Grund, weswegen du mich nach München beordert hast?»

«Reicht das nicht? Ich meine, außer Adresse und Telefonnummer habe ich dir heute immerhin Hamburgs *Public Enemy Nr. 1* auf dem Silbertablett präsentiert.»

«Heißt das, ich kann mit der Polizei darüber reden?» Sie sah ihn prüfend an.

«Noch nicht.»

«Wann dann? Nachdem du ihn beseitigt und deinem Berliner Mafiafreund zum Beweis ein Ohr abgeliefert hast? Das war nicht der Deal.»

«Ich habe dir nicht versprochen, dass ich ihn ungeschoren lasse, wenn ich ihn als Erster in die Finger bekomme. Dein mürrischer Freund vom LKA muss sich eben mehr anstrengen.»

Genau das schien Kaminski getan zu haben, wie Leonie erfuhr, als sie am nächsten Tag in seinem Büro anrief. Sie wurde informiert, dass der Hauptkommissar sich auf einer Dienstreise befinde und erst in zwei Tagen zurückerwartet werde. Wohin die Dienstreise ging, wollte der Kollege ihr nicht verraten. Sie würde sich also gedulden müssen, bis er es ihr selbst sagte. Im Institut hatte ihre Sekretärin sie mit der Nachricht empfangen, dass Professor Cordes schon in den nächsten Tagen nach Hause entlassen werde. Dementsprechend glänzend war seine

Laune, als Leonie ihm den wöchentlichen Routinebesuch am Krankenbett abstattete. Da er sie täglich mindestens zweimal anrief, war eine höhere Besuchsfrequenz nicht nötig. Auf ihre Frage, ob in einigen Wochen im Institut wieder mit ihm gerechnet werden könne, schaltete der Professor auf einen ernsten Ton um.

«Ich würde lieber morgen als übermorgen wieder antreten. Aber ich glaube, wir sollten uns darüber unterhalten, wie es weitergeht, wenn ich in Pension gehe. Und das wird in absehbarer Zeit passieren.»

Leonie hatte mit dieser Entscheidung gerechnet, trotzdem war es fast ein Schock für sie, als er es aussprach.

«Sie wissen, dass ich Sie mir als meine Nachfolgerin wünsche. Also müssen Sie gehen.»

Er hatte Recht. Sie musste gehen, um zurückkommen zu können. In ihrer derzeitigen Position hatte sie wenig Chancen, von der Berufungskommission gewählt zu werden. Falls sie überhaupt eine Chance hatte.

«Meine Aussichten sind möglicherweise nicht besonders gut. Es gibt viele, denen ich zu unbequem bin.»

Cordes grinste. «Wem sagen Sie das? Ihre diplomatischen Fähigkeiten würde ich nicht als herausragend bezeichnen. Andererseits gehört Kopfnicken nicht zum Anforderungsprofil für Direktionsposten. Lassen Sie mal. Das kriegen wir schon hin. Oder wollen Sie etwa gar nicht?»

Damit hatte er den Finger exakt in die Wunde gelegt. Sie war nicht sicher, ob sie überhaupt die Leitung eines Instituts übernehmen wollte.

«Du willst beides», sagte Vera Kilian, als sie sich am Abend im Al Dente in der Nähe der Kammerspiele bei einem Prosecco in die Augen sahen. «Dich reizt die Aufgabe, und du verrücktes, starrköpfiges Arbeitstier wärst perfekt dafür. Andererseits willst du die Freiheit haben, jederzeit weglaufen zu können. Und das passt nicht zu der Verantwortung, die du in der Position nicht nur für dich, sondern auch für viele andere hättest.»

Leonie betrachtete aufmerksam die schwarzen Linguine auf ihrem Teller, als suchte sie nach dem Tintenfisch, dessen Sepia die Nudeln ihre Farbe verdankten.

«Es wird Zeit, dass du erwachsen wirst.» Vera kostete ihre Gnocchi in Butter-Salbei-Sauce und griff nach dem Salz.

«Wenn euch Psychologen gar nichts mehr einfällt, behauptet ihr, man weigere sich, erwachsen zu werden», verteidigte sich Leonie. «Ich scheue nicht die Verantwortung, ich weiß nur nicht, ob ich mir mein Leben endgültig ruinieren will. Weißt du, was für Schwierigkeiten in den nächsten Jahren auf das Institut zukommen werden? Die Sparwelle ist schon im Anrollen, und sie ist gewaltig. Unnötig zu sagen, dass ich nicht gut im Wellenreiten bin.»

Vera Kilian musste zugeben, dass die Situation nicht rosig war.

«Außerdem», schob Leonie nach, «müsste ich einen Umweg über ein anderes Institut in einer anderen Stadt machen. Das kostet Zeit und Kraft. Und niemand garantiert mir, dass ich zurückkommen kann. Es gibt eine Menge ehrgeiziger junger Kollegen, die sich bewerben werden.»

Vera winkte dem Kellner und bestellte eine Karaffe Weißwein.

«Was ist mit deinem Privatleben? Oder klammerst du das bei beruflichen Entscheidungen aus?»

«Willst du mir ein schlechtes Gewissen machen? Ich bin unverheiratet und habe keine Kinder. Also steht der Beruf klar an erster Stelle.»

«Schon gut. Falls du aus meiner Frage Kritik herausgehört

hast, irrst du dich. Ich dachte nur, die Sache mit Paul könnte deine Entscheidung beeinflussen.»

Leonie wickelte Nudeln auf die Gabel. Gedankenverloren drehte sie und drehte und drehte.

«Tut sie ja auch.»

«Hast du schon mit ihm gesprochen?»

«Nein.»

«Dann solltest du das bald tun.»

Der Kellner brachte den Wein, und Vera übernahm das Einschenken.

«Eine Beziehung auf Distanz ist möglich, aber anstrengend und kostspielig. Damit habe ich ja neuerdings Erfahrung.»

Leonie wusste, dass Vera und ihr Münchner Buchhändler an den Wochenenden pendelten, um wenigstens an zwei Tagen – und Nächten – zusammen zu sein. Nachdem Vera ihre Ängste um den Altersunterschied überwunden hatte und ihre Töchter den neuen Freund der Mutter zumindest duldeten, blieb die räumliche Trennung das Hauptproblem. Weder konnte oder wollte Vera ihre Position als Psychologin beim LKA Hamburg kündigen, noch konnte oder wollte ihr Freund sein Geschäft in München schließen. Leonie konnte von Paul ebenso wenig erwarten, dass er seine Sachen packte und mit ihr durch die Republik zog. Außerdem war da seine kranke Frau. Solange sie lebte, würde er Hamburg nicht verlassen. Es half nichts. Leonie nahm sich vor, am nächsten Abend mit ihm zu reden.

Am folgenden Morgen las sie eine Notiz über einen Mord in der Zeitung, die sie stutzig machte. Ein Geschäftsmann namens Johannes W. war in der Tiefgarage seines Wohnhauses erschossen worden.

«Johannes W.», sagte Leonie laut.

Othello hörte auf, sich zu putzen, und sah sie an.

Leonie griff zum Telefonhörer und tippte eine Nummer ein, die sie auswendig kannte.

«Lotti, ich bin's, Leonie Simon. Es geht um ein Tötungsdelikt bei euch. Ein Mann namens Johannes W. wurde in der Tiefgarage erschossen. Steht das W. für Wagner?»

Noch bevor der Kollege ausgeredet hatte, sagte Leonie «Danke» und warf den Hörer auf. Dann erschreckte sie Frau Thiele mit der Nachricht, dass alle Termine für diesen und den folgenden Tag gestrichen werden müssten, weil sie *stante pede* nach Berlin abreisen werde. Den Protest ihrer Sekretärin wehrte sie ungeduldig ab. Sie wusste, dass Frau Thiele im Institut damit angab, dass sie Dr. Simon voll im Griff habe, und das war nicht einmal gänzlich gelogen. Aber es gab Situationen, da musste Leonie ihr eine Niederlage bereiten.

Nach einer kurzen Besprechung mit Silber, der sie in ihrer Abwesenheit vertreten sollte, machte sie sich auf den Weg nach Berlin, wo sie am frühen Nachmittag ankam. Als Erstes fuhr sie ins Institut für Rechtsmedizin. Ihr Kollege Lottermoser staunte nicht schlecht, als sie sein Büro betrat.

«Was bist denn du für ein Kastenteufel? Eben erst ham wir telefoniert, und schon springst zur Tür herein.»

«Tut mir Leid, wenn ich nerve, Lotti. Aber ich muss unbedingt die Akte Johannes Wagner sehen. Die Obduktion habt ihr doch schon gemacht, oder?»

Sie lehnte sich an seinen Schreibtisch und sah ihn auffordernd an.

«Freilich. Wieso interessiert dich der Mann?»

«Das kann ich so auf die Schnelle nicht erklären. Ich glaube, sein Tod hängt mit zwei Hamburger Mordfällen zusammen.»

Lottermoser überlegte einen Moment und sah dabei zum Fenster hinaus. «Also, weil's das du bist. So unförmlich geht's ja eigentlich nicht.»

Er beugte sich vor, wühlte sich auf seinem Schreibtisch durch mehrere Aktenstapel, bis er eine Kopie seines Gutachtens fand. Blätternd referierte er das Ergebnis der Sektion.

Johannes Wagner war vermutlich mit einer 9-Millimeter-Pistole zweimal in den Kopf geschossen worden. Der Tod musste sofort eingetreten sein. Ein Rechtsmediziner war nicht zum Tatort gerufen worden, die Leiche wurde ins Institut nach Dahlem geliefert. Dem beiliegenden Bericht der Polizei entnahm Lottermoser, dass der Tote eine Rückfahrkarte erster Klasse Berlin–Hamburg in der Tasche gehabt hatte.

«So hat's am Tatort ausg'schaut und so bei uns am Tisch.» Der Kollege zeigte Leonie die Fotos.

Es passierte nicht oft, dass Leonie die Toten, mit denen sie beruflich zu tun bekam, schon zu Lebzeiten gekannt hatte. In den Fällen war professionelle Distanz ungleich schwerer. Wagner hatte bei ihren beiden Gesprächen nicht gerade ihr Herz gewonnen, aber jetzt versetzte es ihr einen Stich, sein ausdrucksloses, blutüberströmtes Gesicht zu sehen. Trug sie mit ihren Recherchen an seinem Tod eine Mitschuld?

«Und was weißt du noch? Tatortspuren? Kontakte in Hamburg?»

Lottermoser klappte die Akte zu. «Ich bin nicht so neugierig wie du. Musst halt die Kriminaler fragen. Den Kallweit musst anrufen, der is da der Leitende.»

Er schrieb eine Telefonnummer für sie auf. «Wär aber vielleicht g'scheiter, du würdst deinen Kommissar herschicken, glaubst nicht?»

«Der ist auf Dienstreise», gab Leonie zurück und griff nach dem Notizzettel, den er ihr reichte.

«Und außerdem machst du's eh lieber selwer, gell?», setzte Lottermoser lächelnd hinzu. «Du hast nicht zufällig einen Termin beim König?»

Leonie war irritiert. «Du hast neulich schon eine Anspielung gemacht. Was ist eigentlich los?»

«Ach, nur aso», wich der Kollege aus.

Leonie hätte nachgebohrt, wenn ihr der Fall Wagner nicht wichtiger gewesen wäre. So aber hatte sie seine Bemerkung bereits wieder vergessen, als sie im Auto saß und die Nummer wählte, die ihr Lottermoser aufgeschrieben hatte. Kriminalhauptkommissar Kallweit war bereit, am nächsten Vormittag mit ihr zu sprechen. Allerdings erst, nachdem sie erwähnte, dass sie den Toten gekannt und zweimal getroffen hatte.

Zu ihrer Erleichterung fand sie ihre Tante, der sie ihr Kommen noch von Hamburg aus angekündigt hatte, in sehr viel besserem Zustand vor als bei ihrem letzten Besuch. «Das Brunochen» hatte Hervorragendes geleistet und seine Patientin im wahrsten Sinne des Wortes wieder auf die Beine gebracht.

«Natürlich muss sie sich noch schonen», wehrte er bescheiden ab, als Leonie ihn kräftig lobte und ihm für seine Fürsorge dankte. «Wunder kann ich nicht vollbringen.»

Dann verschwand er mit den beiden Lebensmitteltüten, die Leonie aus dem KaDeWe mitgebracht hatte, in der Küche. Tante Charlotte fragte, ob bei ihr der Reichtum ausgebrochen sei, als Bruno Lachs, Pasteten und dergleichen Köstlichkeiten mehr auf den Tisch stellte, dazu eine Flasche Champagner.

«Mir war danach», sagte Leonie. «Ich nehme nicht an, dass euch Tiefkühlpizza lieber gewesen wäre.»

Während des Abendessens hielten die drei eine muntere Konversation in Gang, stritten ein wenig über Politik, vor allem Charlotte Reichert mit Brunochen, der damit drohte, bei der nächsten Wahl PDS zu wählen, und klammerten alle Fragen zu Leonies Tätigkeit aus. Zu vorgerückter Stunde, als Bruno darauf bestand, noch die Küche in Ordnung zu bringen, und Leonie ihrer Tante ins Bett half, waren die beiden zum ersten

Mal an diesem Abend allein miteinander. Charlotte Reichert sah Leonie besorgt an.

«Du gefällst mir nicht, mein Kind. Da um deinen Mund herum, das sind Magenfalten. Und abgenommen hast du auch.»

«Ja, weil ich vorher zugenommen hatte. Und das mit den Falten ist sehr uncharmant von dir. Willst du mich in die Midlife-Crisis hineinreden?»

Leonie gab sich locker, aber diesmal ließ sich ihre Tante nicht stoppen.

«Ich weiß, dass es keinen Sinn hat, nach deinen Fällen zu fragen. Du darfst mir nicht antworten. Aber mit deinem Beruf bist du ja immer ganz gut zurechtgekommen.» Sie schwieg einen Moment, dann fuhr sie, ihre Worte vorsichtig wählend, fort. «Dir liegt etwas auf der Seele, das spüre ich. Seitdem du angefangen hast, nach dem Kind zu suchen.»

«Das ist doch Unsinn.» Leonie erhob sich vom Bett der Tante, wo sie neben ihr gesessen hatte. Aber ihre Tante griff nach ihrem Handgelenk und hielt es umklammert. Sie hat erstaunlich viel Kraft, dachte Leonie.

«Hast du den Jungen gefunden?», fragte die Tante und sah ihr in die Augen.

Leonie hielt ihrem Blick stand, verwundert und mit aufsteigender Verärgerung. «Du hast also gewusst, wer er war. Und hast mich suchen lassen.»

Ihre Tante schüttelte den Kopf. «Nein, Leonie, *gewusst* habe ich gar nichts. Und Margot hat mir nie etwas erzählt. Aber dieses Kind, dessen Vormund dein Vater damals war, sah ihr so ähnlich. Ich habe ihn nur einmal gesehen, aber ich habe ihn immer noch genau vor Augen.»

«Er sah ihr ähnlich, meinst du?» Leonie versuchte, sich beide Gesichter, das Michaels und das ihrer Mutter, nebeneinander vorzustellen.

«Oh, nicht so sehr äußerlich. Es war seine Art. Wie Margot im selben Alter. Er war charmant, ganz bezaubernd, aber ich wusste nie, was in seinem Kopf vorgeht.»

Das klang nach Michael.

«Du hättest es mir sagen sollen. Das hätte mir manchen Umweg erspart.»

Leonie meinte das nicht als Vorwurf, sie stellte es nur fest.

«Ich war nicht sicher. Und, ehrlich gesagt, ich wollte nicht, dass du ihn findest.»

«Warum nicht?»

«Er ist nicht gut für dich.» Leonie setzte sich wieder neben ihre Tante. «Was weißt du noch alles?»

Ihre Tante sah sie unverwandt an und schwieg. «Also gut. Der Sohn deiner Schwester ist ein Krimineller. Und ich weiß Dinge über ihn, die ihn für sehr, sehr lange Zeit ins Gefängnis bringen würden. Ich wäre verpflichtet, ihn anzuzeigen. Aber ich habe es nicht getan. Ich verstoße gegen alle meine Prinzipien, gegen alles, woran ich glaube. Ich bin längst mitschuldig geworden. Aber ich kann es nicht tun.»

«Nein, das kannst du nicht.» Sie griff nach Leonies Hand. «Er ist dein Bruder.»

Leonie entriss ihr ihre Hand. «Komm mir jetzt nicht mit Blutsbanden und all diesem Quatsch. Daran glaube ich nicht.»

«So? Und wie erklärst du dir dein Dilemma? Logisch-wissenschaftlich?»

Leonie riskierte ein schiefes Lächeln. «Gar nicht. Ich mag ihn. Ich bewundere ihn. Er hat eine völlig demoralisierende Wirkung auf mich.»

Ihre Tante sah so erschrocken aus, dass Leonies Lächeln sich vertiefte. «Nein, ich bin nicht verliebt in ihn. Es ist keine inzestuöse Libido am Werk. Ich will ihn einfach nur kennen lernen, herausfinden, wer er wirklich ist.»

«Ich hätte nicht gedacht, bei dir noch einmal auf eine romantische Ader zu stoßen. Du träumst den gefährlichen Traum vieler Frauen, die glauben, einen bösen in einen braven Jungen verwandeln zu können. Aber das geht nicht, Leonie. Du weißt längst, wer er wirklich ist. Nur willst du das Schlechte nicht wahrhaben und suchst nach mildernden Umständen.»

Leonie legte in einer unwillkürlichen Geste die Hand auf ihren Magen. «Vielleicht hast du Recht. Vielleicht bin ich ihm sogar ähnlich.»

«Rede nicht so ein dummes Zeug», empörte sich ihre Tante. «Du bist ganz und gar nicht wie dein Bruder. Ach was, Halbbruder. Und am ähnlichsten bist du deinem Vater. Ich weiß, dass du das nicht gern hörst. Aber bei ihm hast du immer nur gesehen, was dir nicht gefiel. Ihm hast du keine mildernden Umstände zugebilligt.»

Leonie erhob sich ein zweites Mal. «Ich glaube, an dieser Stelle brechen wir die Unterhaltung ab. Es bekommt dir nicht, wenn du dich so aufregst. Und wenn es dir schlechter geht, bekomme ich Ärger mit deinem Hausfreund.»

«Eine Frage hätte ich noch.» Tante Charlottes Stimme hielt sie zurück, als sie schon an der Tür war. «Hat er es getan?»

Leonie wusste, was sie meinte. Den Mord an ihrer Schwester. Sie verließ das Zimmer, ohne etwas zu sagen. Für ihre Tante war das Antwort genug.

Als Leonie am nächsten Vormittag um kurz nach zehn Uhr das Büro von Hauptkommissar Kallweit im LKA betrat, schlug ihr ein intensiver Duft von frisch gebrühtem Kaffee entgegen.

«Hm», sagte sie und schloss die Tür hinter sich. «Wenn ich nicht wüsste, dass ich in einer Beamtenstube stehe, würde ich auf eine italienische Bar tippen.»

Der mittelgroße, mittelalte Mann mit der Stirnglatze, der

sich an einer Espressomaschine zu schaffen machte, lächelte erfreut.

«Frau Doktor Simon, nehme ich an? Freut mich, dass Sie etwas von gutem Kaffee verstehen. Wollen Sie auch eine Tasse?»

«Gern.»

Er wies auf einen Stuhl, schenkte einen zweiten Espresso ein und reichte ihr die Tasse und einen Zuckerstreuer.

«Nur damit Sie den Kollegen in Hamburg keinen Floh ins Ohr setzen: Die Espressomaschine habe ich mir privat angeschafft.»

Leonie verzog keine Miene. «Schon klar. Der Berliner Senat hat genug Haushaltsprobleme.»

Kallweit grinste. «Sie interessieren sich also für Johannes Wagner.»

Leonie entschied sich dafür, offen zu sprechen. Alles andere würde Kallweit verärgern und den Deckel auf den Informationen belassen.

«Ich recherchiere in zwei Todesfällen, die als abgeschlossen gelten und in denen die Staatsanwaltschaft nicht weiterermittelt. Ich glaube, dass im ersten Fall der Falsche verhaftet und verurteilt und im zweiten Fall die Akte zu früh geschlossen wurde. Eine Oberstaatsanwältin und ein Senatspolitiker sind persönlich betroffen, das zweite Opfer ist ihre Tochter. Auf ihre Veranlassung darf die Polizei nicht weiter tätig werden. Ich bin nicht weisungsgebunden, riskiere aber mächtig Ärger, wenn ich keine Ruhe gebe. Ich denke, das sollten Sie wissen.»

Kallweit lehnte sich zurück, faltete die Hände über dem Bauch und betrachtete sie. «Fahren Sie fort.»

Leonie erzählte, was sie über Wagner wusste.

«Ich habe mich zweimal in Berlin mit ihm getroffen, um Druck auf ihn auszuüben und dadurch etwas in Gang zu setzen.»

«Scheint Ihnen gelungen zu sein», murmelte Kallweit.

Leonie fühlte sich getroffen. «Ich hatte eigentlich gehofft, Sie könnten mich von meinen Selbstvorwürfen befreien und mir einen Täter präsentieren, der nichts mit den beiden Fällen zu tun hat.»

Kallweit hob die Hände. «Damit kann ich leider nicht dienen. Ich bin im Gegenteil höchst interessiert an dem, was Sie mir gerade mitgeteilt haben, und ich werde die Hamburger Kollegen um Akteneinsicht ersuchen. In Berlin haben wir niemanden gefunden, der ein nachvollziehbares Motiv hat, außer zwei missgünstigen Arbeitskollegen, die aber Alibis nachweisen konnten.»

«Wie hat sich der Mord abgespielt?»

«Blitzschnell vermutlich. Wagner ist einen Tag nach seiner Hamburgreise abends spät aus dem Büro gekommen und hat seinen Wagen in der Tiefgarage seines Wohnhauses geparkt. Er ist ausgestiegen und muss vom Täter angerufen worden sein. Jedenfalls hat er sich umgedreht, die geöffnete Fahrertür im Rücken, und zwei Schüsse in den Kopf bekommen. Einen ins rechte Auge, den zweiten fast in die Stirnmitte. Und das bei der trüben Beleuchtung dort.»

Leonie wunderte sich. «Aus welcher Entfernung?»

«Etwa fünf Meter. Dann hat der Täter die beiden Projektile aus der Wand entfernt. Der Kerl muss Nerven wie Drahtseile haben. Hülsen haben wir natürlich auch keine gefunden.»

«Tatortspuren?»

«Wir haben Haare vom Jackett des Opfers sichergestellt, die nicht von ihm selbst stammen. Der Täter könnte sie verloren haben, als er sich über den Toten gebeugt hat. Wagners Brieftasche war übrigens wohlgefüllt. Es ging dem Täter also nicht darum, etwas zu stehlen.»

«Ist das alles?» Leonie war enttäuscht.

«Besonders sorgfältig haben wir uns natürlich die Stelle angeschaut, wo der Kerl gewartet haben muss. Eine Nische, in der man Fahrräder abstellen kann. Aber falls dort Spuren waren, hat er sie beseitigt.»

Kallweit rollte, ohne von seinem Stuhl aufzustehen, rückwärts zu einem Schrank und griff nach einer Akte. Aus mehreren abgehefteten Klarsichthüllen suchte er einige Fotos heraus und breitete sie vor Leonie aus. Sie zeigten Johannes Wagner und die Nische, in der sein Mörder auf ihn gewartet hatte. Leonie sah, dass dort mehrere Fahrräder nebeneinander standen, eines davon auseinander genommen. Das Vorderrad war abgeschraubt und lag auf dem Boden. Kallweit tippte auf das Foto, das die Szene in der Totalen zeigte.

«Das Vorderrad muss der Täter abgeschraubt haben. Der Junge, dem es gehört, hat glaubhaft versichert, dass das Fahrrad noch völlig intakt war, als er es am frühen Abend dort abgestellt hatte. Der Täter hat sich daran zu schaffen gemacht, als jemand die Garage betrat. Wahrscheinlich um vorzutäuschen, dass er sich dort rechtmäßig aufhielt. Eine junge Frau hat ihn gesehen, konnte ihn aber nicht beschreiben, weil er ihr den Rücken zuwandte.»

«Dann trug er vermutlich auch keine Handschuhe. Das wäre zu auffällig gewesen.»

Kallweit schüttelte bedauernd den Kopf. «Keine Fingerabdrücke. Er hat alles sorgfältig abgewischt.»

Leonie griff nach einem Foto, das das Rad in Großaufnahme zeigte, und hielt es sich dicht vor die Augen. «Kann ich mal eine Lupe haben?»

Kallweit griff in eine Schublade. Er lächelte milde. Leonie konnte sich vorstellen, was er jetzt dachte. Das Fahrrad wie auch das abmontierte Vorderrad waren ziemlich schmutzig, und der Täter musste staubige Hände bekommen haben. Es gab

Stellen, an denen gewischt worden war, um Fingerabdrücke zu zerstören. Eine Stelle auf dem schwarzen Gummi des Reifens fiel Leonie auf.

«Was ist das?» Sie tippte mit dem Fingernagel darauf.

Kallweit beugte sich vor, um zu sehen, was sie meinte.

«Schwer zu sagen. Möglicherweise der Abdruck eines Handballens. Es könnte aber auch ein gemustertes Gewebe gewesen sein, das dort Kontakt zum Reifen hatte.»

Er suchte noch einmal in der Akte und präsentierte Leonie eine Detailaufnahme der Stelle.

«Natürlich wissen wir nicht, ob es überhaupt vom Täter stammt.»

Leonie betrachtete die Aufnahme. Sie zeigte einen Schmutzfleck, dem eine Art Muster eingeprägt war. Eine gezackte, ausgefranste Linie, wie sie Leonie schon einmal gesehen hatte. Im Staub der Kiesgrube bei Hamburg. Dort, wo sich der Sniper neben seinem Gewehr aufgestützt hatte.

29.

OBWOHL FRÜHER Nachmittag, war es fast dunkel, als Leonie von der A24 in den Horner Kreisel und aus dem Kreisverkehr in die Sievekingsallee einbog. Eine schwarze Wolkenschicht schob sich in geringer Höhe über Hamburg. Ab und zu zuckte etwas in der Schwärze, aber noch war kein Laut zu hören. Ungeachtet des Verkehrs hatte Leonie den Eindruck, dass die Stadt den Atem anhielt. Der große Knall kam, als sie an der Alsterschwimmhalle in die Sechslingspforte einbog und auf die Außenalster zufuhr. Ein gigantischer Blitz fuhr direkt vor ihren Augen aus der Wolkenschwärze zur Erde, unmittelbar darauf ein Donnerschlag wie die Detonation einer Bombe. Leonie hatte für einen Moment das Gefühl, schwerhörig geworden zu sein. Nach einer Abfolge weiterer Blitze setzte eine Regenflut ein, die der Gewalt der sich entladenden elektrischen Energie in nichts nachstand. Leonie schaltete hastig ihren Scheibenwischer auf Schnellgang, was aber nicht viel half. Im Schritttempo ging es Stoßstange an Stoßstange weiter. Mit dem Regen setzte auch noch ein heftiger Wind ein. An der Alster flog ein Sonnenschirm über die Straße, und durch die Wasserschleier konnte Leonie Segelboote erkennen, die schwer zu kämpfen hatten bei dem Versuch, ihre Stege zu erreichen. Die ersten Polizei- und Feuerwehrsirenen ertönten in der Ferne. Die Gullys konnten die Regenmassen nicht aufnehmen, der in der Stadt fast überall versiegelte Erdboden erst recht nicht. Am nächsten Tag würden die Zeitungen wieder über voll gelaufene Keller, überschwemmte Straßen und umgeknickte Bäume berichten. Die Fahrt von der Alster zum Institut schien Leonie eine Ewigkeit zu dauern. Wenigstens ließ der Regen ein wenig nach, als sie in den kleinen Parkplatz für Mitarbeiter einbog. Ein kurzer Sprint vom Auto zum Eingang bescherte ihr zwar feuchte Haare, aber wenigstens war sie nicht völlig durchnässt.

Frau Thiele räumte rasch die Frauenzeitschrift beiseite, in der sie blätterte.

«Frau Doktor, ich hatte erst morgen mit Ihnen gerechnet.»

Leonie gab ihr keine Erklärung für ihre verfrühte Rückreise. Sie bat, mit Kommissar Kaminski verbunden zu werden, erhielt aber kurz darauf die Mitteilung, er sei noch nicht von seiner Dienstreise zurückgekehrt. Leonie fand das außerordentlich ärgerlich. Auf der Rückreise von Berlin nach Hamburg hatte sie den Entschluss gefasst, Kaminski über ihre jüngsten Erkenntnisse zu informieren. Sie konnte und wollte nicht länger für sich behalten, was sie wusste. Aber je länger es dauerte, bis sie mit Kaminski sprechen konnte, desto größer wurde die Gefahr, dass sie es sich anders überlegte.

Nach einer kurzen Besprechung mit Silber, der in ihrer Abwesenheit die Stellung gehalten hatte, nahm sie zusammen mit Tabea Daniel, der neuen jungen Ärztin, die Sektion einer siebzehnjährigen Schülerin vor, die von ihrem Bruder erstochen worden war. Leonie, bereits im grünen Kittel, aber noch ohne Mundschutz und Handschuhe, stand neben dem Stahltisch und betrachtete den schmalen weißen Körper des jungen Mädchens, der vom Hals bis zum Schambein mit Stichwunden übersät war. Ein absoluter Overkill. Hilflosigkeit und Wut ließen ihren Blutdruck steigen und ihren Puls rasen. Andresen legte pfeifend die Instrumente zurecht und begegnete dabei ihrem flammenden Blick. Erschrocken verstummte er und überlegte hastig, was er falsch gemacht haben könnte. Dr. Daniel huschte durch die sich automatisch öffnende Tür.

«Tut mir Leid. Ich hatte noch einen Anruf.» Sie trat neben

Leonie und sah ins Gesicht der jugendlichen Toten. «Die kommt mir bekannt vor.»

Leonie räusperte sich, um die Kehle von all den hässlichen Worten frei zu bekommen, die sie gern dem Täter an den Kopf geworfen hätte. «Das ist Aylin. Sie waren dabei, als ich sie vor drei Monaten untersucht habe. Sie war immer wieder von ihrem Vater verprügelt worden, weil sie nicht in die Türkei verfrachtet werden und ihren Cousin heiraten wollte.»

«Ich erinnere mich. Wollte sie nicht Anzeige erstatten und ins Frauenhaus gehen?»

«Das hat sie auch getan.» Das kam von einer stämmigen Frau, die gerade den Raum betrat. Oberkommissarin Schippers aß gern und gern viel und ließ sich auch nicht die Laune verderben, wenn Dr. Hinrichs ihr vorhielt, dass sie um etliche Jahre früher auf seinem Tisch landen würde, wenn sie sich nicht gesünder ernährte.

«Ihr Bruder hat sie in der Nähe des Frauenhauses abgepasst, wo sie sich mit ihrem deutschen Freund getroffen hat. Der Freund liegt noch auf der Intensivstation.»

Während Leonie und ihre Kollegin die junge Türkin sezierten, bereitete Heidi Zenker am Nachbartisch die Leiche eines jungen Mannes vor, der tot aus einem Fleet gezogen worden war. Hinrichs und Matschoss waren zu seiner Obduktion eingeteilt, Hinrichs erschien als Erster. Er trat zu Leonie und warf einen Blick auf die Tote. «Hübsches Mädchen. Jammerschade.» Und leiser an Leonies Ohr: «Machen Sie sich auf was gefasst. Hab gerade von einem Freund aus dem LKA gehört, dass Tobias Böttcher verschwunden ist.»

«Was heißt verschwunden?»

«Weg, fort, futschikato. Wollte angeblich ins Kino und kam nicht nach Hause zurück. Mehr weiß ich nicht. Die Sache wird auch im LKA noch auf ganz kleiner Flamme gekocht.»

«Danke, Hinrichs.»

Es fiel Leonie nicht leicht, sich weiter auf ihre Arbeit zu konzentrieren, und sie war froh, als sie fertig war und sich in ihr Büro flüchten konnte. Auf ihrem Schreibtisch fand sie einen Zettel, abgefasst in der ordentlichen Handschrift ihrer Sekretärin, der sie informierte, dass der ärztliche Direktor der Uniklinik sie am folgenden Morgen um neun Uhr zu sehen wünsche. Grundsätzlich war daran nichts Ungewöhnliches oder Besorgniserregendes, zumal es in letzter Zeit häufiger Anlass zu Gesprächen gegeben hatte. Aber die beunruhigende Neuigkeit über Tobias Böttchers Verschwinden verschärfte Leonies Misstrauen. Sie sah Unannehmlichkeiten auf sich zukommen.

Ihre Nervosität wurde dadurch gesteigert, dass sie weder Kaminski noch Vera erreichen konnte. Und Paul war zu einem Kongress gefahren und würde erst in drei Tagen zurück sein.

Leonie tat, was sie in solchen Fällen meistens tat, sie ging ins Fitness-Studio und baute ihren Stress über körperliche Bewegung ab. Es half auch dieses Mal. Dank erhöhter Serotoninausschüttung im Hirn ging sie in leicht gehobener Stimmung nach Hause. Als sie anderthalb Stunden vorher ihr Trainingszeug geholt hatte, hatte sie vergessen, in den Briefkasten zu schauen. Post und Reklamesendungen von zwei Tagen verstopften den kleinen Metallkasten, und Leonie ärgerte sich zum x-ten Mal, dass die *Bitte keine Werbung*-Aufkleber niemanden kümmerten. Sie fuhr mit dem Aufzug in den vierten Stock und schloss ihre Wohnungstür auf. Jemand hatte einen braunen DIN-A5-Umschlag unter der Tür durchgeschoben. Leonie hob ihn auf und drehte ihn um. Keine Anschrift, kein Absender. Als sie den Umschlag in ihrem Arbeitszimmer mit einem Brieföffner aufschlitzte, dachte sie flüchtig daran, dass in letzter Zeit wieder häufiger Briefbomben verschickt wurden. «Zu spät», sagte sie halblaut und zog ein Foto und einen gefalteten Briefbogen aus dem Umschlag. Das Foto zeigte einen jungen Mann in Soldatenuniform, der an einem Panzer lehnte, ein Gewehr lässig an der Hüfte abgestützt. Er kam ihr vage bekannt vor, aber sie hätte nicht sagen können, warum und woher. Der Brief war von ihrem Bruder.

«Das ist unser Sniper. Was zum Teufel hat der Kerl in Berlin getrieben? M.»

Während ihres Abendessens, das aus einer Dosensuppe und einem Joghurt bestand, betrachtete sie das Foto des jungen Soldaten und durchforschte die Tiefen ihrer Erinnerung nach ihm. Vergeblich. Nach dem Essen versuchte sie, sich mit einem Buch abzulenken, aber ihre Gedanken drifteten immer wieder zu Tobias Böttcher und zum Sniper ab. Schließlich gab sie es auf und ging ins Bett. Ihr letzter Gedanke galt dem Gespräch, das sie anderntags führen musste, und sie hoffte, dass ihre bösen Vorahnungen sich nicht bestätigen würden.

Der ärztliche Direktor empfing sie mit kühler Höflichkeit und bot ihr nicht, wie er es sonst tat, eine Tasse Tee an. Da wusste Leonie, dass sie in Ungnade gefallen war. Fünf Minuten später war auch klar, aus welchem Grund. Angeblich war auf ihre Anordnung für einen unehelichen Erzeuger ein Vaterschaftsgutachten erstellt worden, ohne dass die Mutter des Kindes ihre Erlaubnis erteilt hatte. Es bestand außerdem der Verdacht, so etwas sei nicht das erste Mal vorgekommen. Motiv: Geldgier.

«Ihre private Beziehung zu Doktor Paul Unruh ist ja inzwischen hinlänglich bekannt. Ebenso seine finanziellen Schwierigkeiten als Folge der Krankheit seiner Ehefrau.»

Leonie war sprachlos. Sie konnte nicht glauben, was sie da hörte. Aber es kam noch schlimmer. Man warf ihr illegale Einsicht in Ermittlungsakten der Soko «Sniper» vor und konstruierte den Verdacht, sie zöge daraus Vorteile, um den Täter zu decken.

«Ich kann mir nicht vorstellen, dass Sie diesen hanebüchenen Unsinn ernst nehmen.»

Sie hoffte, er würde ihrer Stimme nicht anmerken, wie aufgeregt sie war.

«Das muss ich sogar. Wenn solche Vorwürfe an mich herangetragen werden, bin ich gezwungen, dem nachzugehen. Ob mir das nun gefällt oder nicht.»

«Darf ich fragen, wer diese Vorwürfe an Sie herangetragen hat?»

«Das steht hier nicht zur Debatte. Stimmen sie oder nicht?»

Leonie fand, dass es durchaus eine Rolle spielte, wer diese Lügen über sie lanciert hatte. Hinter der Geschichte mit den Vaterschaftsgutachten steckte vermutlich Böttchers Parteifreund Professor Meißner, und für die Halbwahrheit über ihre illegale Akteneinsicht war mit Sicherheit Kommissar Dittberner verantwortlich. Nachdem Tobias Böttcher verschwunden war, brauchte Leonie nach einem Motiv für die Verleumdungen nicht lange zu suchen. Man hatte sie gewarnt, sie hatte die Warnungen in den Wind geschlagen. Nun hatte sie die Quittung bekommen.

«Ich würde niemals einer rechtswidrigen Untersuchung zustimmen. Natürlich werde ich mit Doktor Unruh darüber sprechen und klären, wie es zu diesem Vorwurf kommen konnte. Die Unterstellung, ich könne Privates und Berufliches vermengt haben, noch dazu um eines materiellen Vorteils willen, ist so ungeheuerlich, dass ich über rechtliche Schritte nachdenken werde.»

Leonie redete sich in Rage. Es wurde Zeit, wieder einen Gang zurückzuschalten. «Was die Ermittlungsakten der Soko ‹Sniper› anbelangt, so habe ich tatsächlich im Büro von Doktor Kilian einen Blick hineingeworfen. Ich wollte mir ein Bild über die früheren Opfer machen. Als Mitglied der OFA-Gruppe habe ich kurze Zeit später ohnehin Akteneinsicht bekommen. Derjenige, der nun behauptet, ich sei damit einem Mehrfachmörder behilflich, ist entweder nicht ganz richtig im Kopf oder ein Intrigant der allerschlimmsten Sorte. Ich empfinde es als Zumutung, mich rechtfertigen zu müssen.»

Die Miene ihres Gegenübers verdüsterte sich noch um ein paar Schattierungen. Leonie merkte, dass ihr letzter Satz nicht besonders gut angekommen war.

«Es gibt Positionen, Frau Simon, für die fachliche Kompetenz und Durchsetzungsvermögen allein nicht ausreichen. Man muss auch wissen, wie weit man gehen kann. Sie haben ein seltenes Talent, Leute vor den Kopf zu stoßen, die man besser als Freunde hat.»

Er wusste also, was vor sich ging.

«Danke für den Tipp. Aber ich habe nie beabsichtigt, irgendjemanden vor den Kopf zu stoßen. Ich will nur herausfinden, was geschehen ist. Und dafür brauche ich Rückendeckung.»

Leonie sah ihren Vorgesetzten auffordernd an. Er lehnte sich in seinem Ledersessel zurück und blickte sie mit ausdrucksloser Miene an.

«Ich kann Ihnen nur raten, in Zukunft vorsichtiger zu sein, auch im Interesse Ihres Instituts. Danke für Ihr Kommen.»

Damit war sie entlassen. Leonie war beunruhigt, besonders wegen der abschließenden Bemerkung, die wie eine Drohung klang.

Der Tag hielt noch mehr unangenehme Überraschungen für sie bereit. Gegen Mittag, sie wollte gerade ihr Büro verlassen, um sich in der Toxikologie nach dem Ergebnis eines Drogenscreenings zu erkundigen, stürmte Kaminski grußlos herein und schloss die Tür hinter sich.

«Auch Ihnen einen schönen guten Tag», sagte Leonie ätzend.

Kaminski flegelte sich in den Besucherstuhl und zog einen Umschlag aus der Tasche, den er ihr zuwarf. Leonie öffnete ihn. Er war nicht zugeklebt und enthielt zwei Fotos. Beide zeigten den Mann, den sie und ihr Bruder für den Sniper hielten. Es waren private Schnappschüsse, auf denen er Zivilkleidung trug und täuschend harmlos aussah. Leonie schob die Fotos sorgfältig in den Umschlag zurück und sah Kaminski an. Seine zusammengezogenen Brauen bildeten eine dichte schwarze Linie in seinem Gesicht.

«Erkennen Sie ihn?»

«Wieso sollte ich?», fragte Leonie vorsichtig zurück.

Kaminski beugte sich vor und funkelte sie wütend an. «Hören Sie auf, mich für dumm zu verkaufen. Sie halten Informationen zurück und schützen damit einen gefährlichen Irren. Außerdem missbrauchen Sie mein Vertrauen. Ich war noch nie so wütend auf Sie.»

Sein Vorwurf tat ihr weh. Trotz ihrer häufigen Kabbeleien war er einer der wenigen Menschen, auf dessen Meinung sie Wert legte. Aber die einzige Möglichkeit, ihrem Dilemma zu entkommen, wäre, ihm die volle Wahrheit zu sagen, und genau das war ausgeschlossen.

«Ich hatte nicht vor, Informationen zurückzuhalten. Im Gegenteil. Ich habe versucht, Sie zu erreichen, aber Sie waren auf Dienstreise.»

«So ist es. Und raten Sie mal, was ich dabei erfahren habe?» Er machte eine Pause, erwartete aber keine Antwort. «In der Reinhardt-Kaserne in Ellwangen, wo ich nähere Informationen über einen entlassenen Soldaten einholen wollte, der uns bei unseren Recherchen aufgefallen war, hörte ich, dass sich kurz vorher ein Journalist nach ihm erkundigt hatte.»

Er machte wieder eine Pause, Leonie reagierte nicht.

«Das hat mir ziemliches Kopfzerbrechen bereitet. Vor allem, weil es einen Journalisten dieses Namens gar nicht gibt. Derselbe Mann ist auch bei der Exfrau des Soldaten in München aufgetaucht. In Begleitung einer Frau, die sich als Doktor Simon vorgestellt hat.»

Kaminskis Stimme war immer leiser und ruhiger geworden. Leonie wäre es lieber gewesen, er hätte sie angebrüllt.

«Ich habe Erkundigungen über Axel Evert eingezogen, das ist richtig. Und ich wollte Ihnen darüber Bericht erstatten. Wenn Sie mir das jetzt nicht glauben wollen, kann ich es nicht ändern.»

«Wer ist der Mann, der mit einem gefälschten Journalistenausweis unterwegs ist?»

«Das kann ich Ihnen nicht sagen.»

«Das brauchen Sie nicht, ich weiß es.»

Leonies Herzschlag setzte für einen Moment aus und beruhigte sich erst, als er weitersprach.

«Es ist der Kerl aus dem Vandenberg-Fall, den Sie angeblich nicht kennen.»

Leonie war damals von Zivilfahndern zusammen mit Michael fotografiert worden. Kaminski hatte seine Identität nicht feststellen und auch nicht beweisen können, dass er mit dem Friedhofsmord zu hatte.

«Wollen Sie nicht wissen, was ich Ihnen zu sagen habe?»

Kaminski sah sie lange an, ehe er antwortete. «Ich brauche Ihre Informationen nicht mehr. Die Fahndung nach Evert läuft bereits.»

«Er hat in Berlin einen Mann erschossen. Johannes Wagner, aus der früheren Clique um Marlene Böttcher. Ich vermute, dass Tobias Böttcher aus genau diesem Grund verschwunden ist. Er hat Angst.»

Damit hatte sie Kaminski überrascht. Wahrscheinlich wusste er nicht einmal von dem Mord an Wagner.

«Wie kommen Sie darauf, dass Evert jetzt wieder in Berlin ist?»

«Ich weiß nicht, ob er noch dort ist. Ich weiß nur, dass er dort war, um Wagner zu erschießen.»

«Moment mal.» Kaminski wischte sich über die Stirn, als ob er etwas entfernen wollte, das ihn am Denken hinderte. «Wollen Sie damit sagen, dass er mit dem Ziel, Johannes Wagner zu töten, nach Berlin gefahren ist?»

«Sieht so aus. An Wagner als Zufallsopfer kann ich nicht glauben.»

«Evert und Böttcher? Nein, das ist ja kompletter Schwachsinn, zu der Zeit kann Evert gar nicht in Hamburg gewesen sein. Als Marlene Böttcher verschwand, war er im Kosovo stationiert.»

Leonie schüttelte den Kopf. «Ehrlich gesagt, damit bin ich überfordert. Aber es muss einen Zusammenhang geben, wir erkennen ihn nur noch nicht.»

«Welches Indiz haben Sie eigentlich für Everts Täterschaft?» Kaminski war gerade eingefallen, dass er danach noch gar nicht gefragt hatte.

«Er hat am Tatort den Abdruck einer Narbe hinterlassen. Einen solchen Abdruck habe ich schon einmal gesehen.» Leonie korrigierte sich hastig. «Ich meine, von der Narbe hat mir seine Exfrau erzählt. Das Ergebnis eines Familienstreits.»

Das Erlebnis in der Kiesgrube behielt sie besser für sich. Es hatte keinen Stellenwert mehr für die Ermittlungen.

«Ihre Berliner Kollegen haben Haare an der Leiche sichergestellt. Damit haben wir möglicherweise endlich eine DNA-Spur zum Vergleich.»

Kaminski machte sich Notizen.

«Werden Sie die Fotos von Evert veröffentlichen?»

«Erst mal nicht. Wir benutzen sie nur für die Fahndung. Vielleicht irren wir uns, und der Mann ist völlig harmlos. Und falls nicht, möchten wir ihn nicht zu irgendwelchen Kurzschlusshandlungen verleiten. Ein Blutbad könnte niemand von uns verantworten.»

«Was ist mit Tobias Böttcher? Haben seine Eltern Vermisstenanzeige erstattet?»

«Keine Ahnung.» Kaminski stand auf. Leonie erhob sich mit ihm und trat auf ihn zu.

«Es tut mir Leid, dass Sie sauer auf mich sind. Ich möchte Ihr Vertrauen zurückhaben.»

Kaminski sah sie aus zusammengekniffenen Augen an. «Wer ist der unbekannte Mann?»

«Das ist die einzige Frage, die ich nicht beantworten kann.»

Kaminski ging zur Tür. «Ich hoffe, er ist es wert.»

«Für mich ist er das», flüsterte Leonie. Aber da war Kaminski schon außer Hörweite.

Den vielleicht letzten warmen Spätsommerabend mochte Leonie nicht in ihrer Wohnung verbringen. Sie wies auch nach Beendigung der Renovierung noch immer eine hohe Luftfeuchtigkeit auf, was sich vermutlich erst mit Beginn der Heizperiode spürbar bessern würde. Da weder Paul Unruh noch Vera Kilian greifbar waren, marschierte Leonie allein um die Außenalster. Als allein konnte man sie allerdings nur bezeichnen, wenn man ignorierte, dass halb Hamburg an der Alster unterwegs war. Leonie war ständig in Gefahr, von Radfahrern angefahren und Joggern umgerannt zu werden. Sie fiel in einen flotten Trab und versuchte dabei, die jüngsten Ereignisse in Bezug zu den Fakten zu setzen, die sie in den letzten Wochen gesammelt hatte. Ihren Verdacht gegen Marlenes Bruder und seinen Freund Johannes musste sie nun mit einem dicken Fragezeichen versehen. Die beiden schienen selbst Opfer geworden zu sein. Warum, wenn nicht aus Angst um sein Leben, war Tobias kurz nach Johannes' Ermordung abgetaucht? Aber was hatte der bundesweit gesuchte Heckenschütze Evert mit alldem zu tun? War er gemietet worden? Leonie blieb abrupt stehen, sodass beinahe ein Mann in sie hineinlief. Nicola Goerne. War sie vielleicht auch in Gefahr? Leonie setzte sich wieder in Bewegung. Sie hatte ihr Auto an der Schönen Aussicht geparkt, unweit der Stelle, wo die ersten Hamburger Opfer des Sniper gestorben waren. Mit leichten Seitenstichen kam sie dort an. Zwanzig Minuten später parkte sie vor dem Restaurant, in dem Nicola Goerne arbeitete. Oder besser gesagt, arbeiten sollte, denn sie hatte sich am Tag zuvor krankgemeldet. Leonie setzte sich wieder ins Auto und fuhr zu ihrer Privatwohnung. Wenn sie krank war, müsste sie sich dort aufhalten.

Nicola Goerne öffnete erst nach dem vierten Klingeln. Sie war sehr blass, und ihr linker Unterarm war bandagiert. Nicht die Arbeit eines Profis, dachte Leonie.

«Was ist denn mit Ihnen passiert?»

Nicola Goerne schloss die Wohnungstür hinter ihr. «Ich habe mich verbrüht.»

«Hat Ihnen ein Arzt diesen dilettantischen Verband verpasst?»

«Ein Arzt wäre der Letzte, zu dem ich gehen würde.»

Da war so viel leidenschaftliche Ablehnung, ja Abneigung in ihrer Stimme, dass Leonie sich persönlich davon berührt fühlte.

«Ich bin auch Ärztin.»

«Aber Sie können niemandem mehr wehtun. Ihre Patienten haben das Schlimmste schon hinter sich.»

Nicola Goerne war ihrer Besucherin ins Wohnzimmer vorausgegangen und setzte sich vorsichtig auf eine Stuhlkante, den verletzten Arm in ihre rechte Hand gebettet.

«Solche Verletzungen bilden ein offenes Tor für Infektionen. Sie sollten vorsichtiger sein», mahnte Leonie.

«Ich habe schon Schlimmeres erlebt», wehrte Nicola Goerne ab. «Warum sind Sie gekommen?»

Leonie betrachtete die junge Frau und spürte erneut die Anziehungskraft, die von ihr ausging. Mit einem ihr gar nicht bewussten Kopfschütteln wehrte sie sich gegen das Verlangen, sie zu berühren.

«Sie wissen, dass Tobias Böttcher verschwunden ist?»

Nicola Goerne zögerte, dann nickte sie mit dem Kopf. «Seine Mutter hat mich angerufen und nach ihm gefragt, aber ich weiß leider auch nicht, wo er sein könnte. Glauben Sie, es ist ihm etwas passiert?»

«Ich weiß nur, was mit Johannes Wagner passiert ist. Haben Sie dafür auch keine Erklärung?»

Wenn die Überraschung gespielt war, die sich auf Goernes Gesicht abzeichnete, sollte sie sich am Theater bewerben.

«Er ist in der Tiefgarage seiner Berliner Wohnung mit zwei Schüssen getötet worden. Es gibt Anhaltspunkte, die auf einen gewissen Axel Evert als Täter hindeuten.»

War Nicola Goerne noch um eine Schattierung blasser geworden?

«Erst Sven und Marlene, dann Johannes und vielleicht auch Tobias. Jetzt sind nicht mehr viele aus Ihrer alten Clique übrig.»

«Warum Johannes? Ich verstehe das nicht.» Die junge Frau sprach mit sich selbst. «Es ist vollkommen sinnlos.»

«Wieso sagen Sie das?»

Keine Antwort. Nur Kopfschütteln.

«Es muss einen Grund geben.»

Nicola Goerne hob leicht die Schultern. «Ich weiß es nicht.»

«Wirklich nicht?» Leonie blickte in wachsame Augen. «Ich möchte Sie nicht ängstigen, aber auch Sie könnten in Gefahr sein. Denken Sie bitte darüber nach.»

«Werde ich tun.»

Leonie erhob sich. «Aber nicht zu lange. Und gehen Sie zum Arzt.»

Als sie zu ihrem Auto ging, sah sie Nicola Goerne am Fenster stehen und ihr nachblicken.

Zu Hause fand sie ihre Wohnungstür unverschlossen vor. Michael saß bei zugezogenen Vorhängen im Wohnzimmer und wartete auf sie. Er war sehr besorgt, und er hatte eine Idee.

30.

DIE SACHE MIT dem angeblich rechtswidrig erstellten Vaterschaftsgutachten klärte Leonie mit Paul Unruh, sobald er von seinem Kongress zurückgekehrt war. Leider war es keine Klärung zum Positiven. Ein nichtehelicher Vater hatte um ein Gutachten gebeten und die DNA des Kindes in Form eines Schnullers mitgeliefert. Unruh hatte ihn über die rechtliche Seite aufgeklärt und um die Einwilligung der Mutter gebeten. Dies war in einem Telefonat geschehen, woraufhin Unruh die Untersuchung vorgenommen und den vermeintlichen Erzeuger informiert hatte, dass er nicht der Samenspender gewesen sein konnte. Inzwischen hatte es sich die Kindsmutter anders überlegt und schriftlich ihre Zustimmung verweigert. Da Unruh für die telefonische Einwilligung keinen Beweis hatte, galt die Untersuchung als rechtswidrig. Fehler Unruh. Leonies Fehler war, dass sie das Memo, das er über den Vorfall geschrieben hatte, nicht gelesen hatte. Es lag wahrscheinlich noch irgendwo in den Papierstapeln auf ihrem Schreibtisch. Unruh hatte die Sache nicht an die große Glocke gehängt, trotzdem hatte Meißner irgendwie davon erfahren.

«Wieso hast du mich nicht darauf angesprochen, als ich auf das Memo nicht reagiert habe?» Leonie war sauer auf Paul, weil er dafür verantwortlich war, dass sie jetzt sauer auf sich selbst sein musste.

«Ich habe nicht mehr daran gedacht.»

«Wie kann man so etwas vergessen? Das kann ein juristisches Nachspiel haben.»

Der vom Kindsvater heimlich in Auftrag gegebene DNA-

Test war bisher nicht im strafrechtlichen Sinn illegal, konnte aber als rechtswidrige Handlung zivilrechtliche Folgen nach sich ziehen.

«Ich hab's eben vergessen. Tut mir Leid. Aber du solltest in Zukunft deine Post lesen.»

Verstimmt hatten sie sich getrennt, und Leonie hatte brieflich beim ärztlichen Direktor den Kotau machen müssen.

«So ein Idiot», schimpfte sie beim Abendessen in Veras Küche. «Bevor die Einwilligung nicht schriftlich vorliegt, darf er nicht tätig werden.»

Melanie und Rebecca, die Töchter des Hauses, waren mit ihrem Vater im Kino, und Vera hatte keine Lust gehabt, richtig zu kochen. Sie hatte Wurst und Käse auf dem Isemarkt gekauft, dazu zwei verschiedene Brotsorten, Tomaten, Kapernäpfel und Schokoladenkuchen. Sie hielt Leonie zwei Weinflaschen unter die Nase, einen Rheingauer Riesling und einen italienischen Rotwein.

«Weiß oder rot?»

Leonie tippte auf den Italiener. Vera öffnete die Flasche und schenkte ein.

«Er hatte die mündliche Einwilligung und dachte, es könne nichts mehr schief gehen. So was passiert eben.»

«Nur hat er damit den Leuten, die mich absägen wollen, eine Steilvorlage geliefert.»

Vera ließ sie noch eine Weile Luft ablassen, ehe sie wissen wollte, warum sie eigentlich gekommen sei. «Oder willst du mich den ganzen Abend mit deiner schlechten Laune langweilen?»

«Na ja», Leonie spielte mit dem Käsemesser. «Ich wollte wissen, ob du dir zu Axel Evert schon eine Meinung gebildet hast.»

Vera Kilian war von Dittberner mit den Ergebnissen von

Kaminskis Recherche gefüttert worden, mit dem Hinweis auf strengste Vertraulichkeit. Im Gegensatz zu Kaminski wusste Dittberner nicht, dass Dr. Simon sich vor Ort selbst informiert hatte.

«Er passt schon fast zu perfekt auf das erstellte Profil. Alter 29 Jahre, viertes von zehn Kindern einer Unterschichtsfamilie, Vater meist arbeitslos, beide Eltern Alkoholiker. Hauptschulabschluss, zwei Lehren geschmissen, danach Hilfsarbeiterjobs.»

Einige der Details waren Leonie neu.

«So was wie Karriere macht er erst bei der Bundeswehr. Er verpflichtet sich für zwölf Jahre, heiratet, bekommt einen Sohn. Endlich hat er sein Leben im Griff. Die hierarchische Befehlsstruktur des Militärs gibt ihm Halt, der soldatische Machismo wertet ihn auf. Er versucht, das auch in seiner Familie durchzusetzen. Aber seine Frau widersetzt sich. Dann der berufliche Misserfolg, er muss wegen Fehlverhaltens die Bundeswehr verlassen. Ich vermute, dass seine Erlebnisse bei seinem Auslandseinsatz dabei ebenfalls eine Rolle gespielt haben. Die Erfahrung ständiger Wachsamkeit und Anspannung, weil überall Lebensgefahr droht, führt bei vielen Rückkehrern zu erhöhter Reizbarkeit und plötzlichen Aggressionsausbrüchen. Manche bekommen ihr Leben nicht mehr in den Griff. Axel Evert kann seine Ehe nicht retten, er reagiert mit Gewalt. Daraufhin entzieht ihm seine Frau auch noch den Sohn. Ich vermute, das hat das Fass zum Überlaufen gebracht. Der Mord an der jungen Frau vor dem Supermarkt geschah kurze Zeit später und nur wenige Kilometer von der Stadt entfernt, wo Axel Evert mit seiner Familie gewohnt hat. Ich denke, er ist unser Mann.»

«Aber wieso erschießt er fremde Menschen? Warum nicht seine Frau oder seine Eltern?»

«Er braucht die Illusion, die Situation völlig zu beherrschen.

Das Gefühl kann er sich bei vertrauten Personen, bei denen er sich als Versager erlebt hat, nicht verschaffen.»

Vera nahm ein zweites Stück Schokoladenkuchen. Seitdem ihr Münchner Buchhändler gestanden hatte, dass er Renée Zellweger als Bridget Jones unwiderstehlich sexy fand, hatte sie ihre Bemühungen, sich auf Kleidergröße 38 herunter zu hungern, eingestellt.

«Und wie passt der Mord an Johannes Wagner ins Bild? Everts Vorgehensweise ist vollkommen anders. Er benutzte eine Pistole und kein Gewehr und trat seinem Opfer sozusagen Auge in Auge gegenüber. Und er ging ein hohes Risiko ein, gesehen zu werden.»

«Falls es wirklich Evert war, muss es für die Tat ein anderes Motiv gegeben haben. Ein direkter, sehr persönlicher Racheakt. Eine Bestrafung. Eine Hinrichtung. Nicht Machtdemonstration, sondern die Ahndung eines Fehlers.»

Leonie schob den Teller von sich. Im Gegensatz zu Vera hatte sie nicht viel gegessen. Sie hatte nur noch selten Hunger, Appetit fast gar nicht mehr.

«Unmöglich. Es gibt nichts, was die beiden verbindet. Evert kann Wagner unmöglich gekannt haben. Vielleicht ein Auftragsmord?»

«Das kann ich nicht ausschließen.»

«Wagner war zwei Tage zuvor in Hamburg. Und Tobias Böttcher ist verschwunden. Wie hängt das alles zusammen?»

«Vielleicht gar nicht.»

Ähnlich antwortete Kaminski auf dieselbe Frage. Sie traf ihn bei einer Veranstaltung des Opferschutztages im Polizeipräsidium. An seinem reservierten Verhalten merkte sie, dass er immer noch gekränkt war. Und erst als sie den Berliner Kollegen Kallweit ins Spiel brachte, war er bereit, ihre Fragen zu den dortigen Ermittlungen zu beantworten. Kallweit hatte inzwischen seine Fühler nach Hamburg ausgestreckt. Abgesehen von Leonies Aussage, ergab die Überprüfung von Wagners Telefonaten der letzten Wochen eine Verbindung nach Hamburg. Wagner hatte mehrmals mit Tobias Böttcher und Nicola Goerne telefoniert und einmal mit Böttcher senior, was Leonie bemerkenswert fand. Kaminski hatte die Befragung dieser Personen übernommen. Leonie wäre gern dabei gewesen, vor allem bei dem Gespräch mit Nicola, aber sie war nicht verwegen genug, ihn zu fragen.

Die Analyse der bei Wagners Leiche gefundenen Haare war noch nicht abgeschlossen, was Leonie auch nicht erwartet hatte. Es handelte sich um ausgefallene Haare, das heißt Haare ohne intakte Haarwurzel. Sie enthielten nur wenig oder gar keine intakten Zellkerne und damit keine genomische DNA. Bis vor einigen Jahren hatte man deshalb nur ausgerissene Haare analysieren können. Inzwischen gab es neue Verfahren, wie zum Beispiel die Sequenzanalyse mitochondrialer DNA, die aber sehr aufwändig und fehleranfällig waren und im Ergebnis nicht die fast hundertprozentige Aussagekraft genomischer DNA-Untersuchungen erreichten. Aber es war besser als nichts, und in Berlin war man bemüht, das bestmögliche Ergebnis zu erzielen.

Im Institut war die Stimmung angespannt. Es hatte sich das Gerücht verbreitet, dass für die Rechtsmedizin nachteilige Reorganisationen geplant seien. Einige gaben Leonie und ihren wenig ausgeprägten diplomatischen Fähigkeiten die Schuld, was unsinnig war. Die Uniklinik hatte seit Jahren mit strukturellen und finanziellen Schwierigkeiten zu kämpfen, woran die Rechtsmedizin den geringsten Anteil hatte. Leonie beriet sich mit Professor Cordes, der ihr wie immer empfahl, sich keine Blöße zu geben und keine Fehler zu machen. Das Problem bestand in der Definition des Wortes Fehler. Es gab Leute, die fanden praktisch alles falsch, was Leonie tat. Das betraf auch den neuen kaufmännischen Direktor des Klinikums, dessen arrogantes Auftreten Leonie schon beim ersten Zusammentreffen bis aufs Blut gereizt hatte. Nach einem dieser unangenehmen Termine – ihre Phantasien kreisten um Vivisektion und Herz-Lebendspende – wurde sie beim Betreten des Instituts vom Pförtner abgefangen. Ein misshandelter Jugendlicher warte schon seit mehr als einer halben Stunde im Behandlungsraum auf sie. Er habe speziell nach ihr gefragt. Es war nicht so, dass Leonie mit Max gerechnet hätte, aber sie wunderte sich nicht, dass er das Opfer der Misshandlung war. Der Junge sah aus, als hätte er mindestens drei Runden im Boxring mit einem der Klitschkos hinter sich.

«Hallo, Max.» Leonie setzte sich auf einen der beiden Stühle. Max hockte auf der Untersuchungsliege. «Ich hoffe, der andere sieht genauso aus.»

Max verzog die Lippen zur Karikatur eines Lächelns. «Es waren zwei.»

«Kennst du sie?»

Max nickte.

«Gehören sie zu deiner Wohngruppe?»

Kopfschütteln.

«Jetzt lass dir die Würmer nicht so mühsam aus der Nase ziehen. Ich will wissen, was mit dir los ist.»

«Sie sagen, ich kann mich nicht vor ihnen verstecken. Sie finden mich überall. Und sie bringen mich um, wenn ich nicht den Mund halte.»

«Was du ja brav getan hast. Und warum haben sie dich jetzt so zugerichtet?»

Max senkte den Kopf und pulte an einer Blutkruste, die sich an der Unterlippe gebildet hatte.

«Ich wollte nicht mehr klauen. Ich wollte meine letzte Chance nicht kaputtmachen.»

Die ersten Tränen liefen, und Leonie nahm ihn einfach in den Arm. Als er sich beruhigt hatte, gab sie ihm ein Kleenex und besorgte ihm ein Glas Mineralwasser.

«Ich schlage vor, ich untersuche dich erst mal, so wie jeden anderen meiner Patienten. Und dann reden wir darüber, wie es weitergehen soll.»

Max nickte, ein wenig beschämt wegen seiner Schwäche. Die Untersuchung fand er spannend und hörte interessiert dem Befund zu, den sie unmittelbar ins Diktiergerät sprach.

Als sie fertig war, setzte sie sich wieder vor ihn auf den Stuhl. «So, das wird in den nächsten Tagen von einer Sekretärin abgetippt und gilt dann als gerichtsverwertbares Gutachten, mit dem du zur Polizei gehen kannst.»

Max schüttelte heftig den Kopf. «Nee, zur Polizei gehe ich nicht. Beim nächsten Mal stechen die mich ab.»

«Das soll die Polizei ja gerade verhindern.»

«Wie denn?», fragte Max verächtlich. «Die Bullen lassen sie bestimmt gleich wieder laufen.»

«Wie alt sind die denn?»

«Weiß nich. Älter als ich jedenfalls.»

«Also strafmündig. Wenn ich recht begriffen habe, dann erpressen die dich schon seit Monaten und zwingen dich, für sie zu stehlen. Dazu kommt schwere Körperverletzung.»

«Na und? Die Typen in meiner Wohngemeinschaft haben viel Schlimmeres gemacht, und ihnen ist nichts passiert. Und den Betreuer verarschen die nach Strich und Faden.»

Leonie wusste sehr wohl, wie sich das deutsche Jugendstrafrecht in der Praxis auswirken konnte, vor allem wenn es von Papa Gnädigs exekutiert wurde. Nur gab es eben keine rechtsstaatliche Alternative.

«Du hast keine Wahl, Max. Wenn es so ist, dass sie dich nicht in Ruhe lassen, musst du dich wehren. Das heißt, du musst Anzeige erstatten.»

Erneut traten Tränen in seine Augen, Tränen der Enttäuschung diesmal.

«Ich dachte, Sie würden mir helfen.»

«Wie hast du dir denn meine Hilfe vorgestellt? Soll ich mich auf die Lauer legen und die Burschen erschießen, wenn sie das nächste Mal auf dich losgehen?»

Sein Schweigen sagte ihr, dass es ungefähr das war, was er sich erhofft hatte.

«Weißt du ihre Namen und wo sie wohnen?»

Er sah sie misstrauisch an. «Wenn ich Ihnen das sage, gehen Sie dann zur Polizei?»

«Wir gehen nur gemeinsam zur Polizei. In Ordnung?»

«Einer heißt Murat, der andere Stefan. Wo sie wohnen, weiß ich nicht. Die waren beide auf der Schule in Rahlstedt, sind aber rausgeflogen.»

Nette Früchtchen, dachte Leonie.

«Haben sie dich vor der Schule abgepasst?»

Max nickte.

«Wissen sie auch, wo du jetzt wohnst?»

Schulterzucken. «Schon möglich.»

Leonie überlegte fieberhaft, was sie tun sollte. «Ich bringe dich jetzt erst mal zu unserer Kinderklinik, wo du behandelt und in den nächsten Tagen zur Beobachtung bleiben kannst. Das ist medizinisch gerechtfertigt. Du könntest eine Gehirnerschütterung haben. Deiner Schule schicke ich ein Attest, und mit deinem Betreuer werde ich natürlich ein offenes Wort reden müssen. In der Zwischenzeit denke ich darüber nach, was wir machen können. Einverstanden?»

Max lächelte sie mit wiedergewonnenem Vertrauen an.

Das Problem Max beschäftigte Leonie den Rest des Tages und darüber hinaus. Sie telefonierte mit dem zuständigen Sozialpädagogen, der ihr genauso hilflos erschien wie sie selbst. Max' Klassenlehrerin war insofern dienlich, als sie sich bereit erklärte, die Identität von Murat und Stefan zu recherchieren. In der Nacht lag Leonie wach und grübelte, was sie mit der Information anfangen würde, falls sie sie bekam. Mit den Jungen und deren Eltern reden? Das schien ihr das Einzige, was außer einer Anzeige Sinn hatte.

Der nächste Tag war ungewöhnlich hektisch, und als am frühen Abend ein Rechtsmediziner zu einer Tatortbesichtigung angefordert wurde, war außer Leonie niemand frei. Glücklicherweise musste sie nicht weit fahren. Die Adresse, zu der sie gerufen wurde, lag in Niendorf, nicht weit von Hagenbecks Tierpark entfernt. Es war ein Einfamilienhaus der Mittelklasse, wo der Hausherr seine Ehefrau laut seiner Aussage bei der Rückkehr von einer Dienstreise tot aufgefunden hatte.

Leonie wurde von einem uniformierten Polizisten ins Haus geleitet. Die Tote lag am Fuß der Kellertreppe, neben ihr eine Axt. Zwei Todesermittler von der Kripo standen auf dem oberen Treppenabsatz, einer telefonierte mit dem Präsidium. Der andere begrüßte Leonie und begleitete sie die Treppe hinab.

«Sie hat eine Kopfwunde, und aus ihrem Mund ist ziemlich viel Blut ausgetreten. Sieht so aus, als wäre sie mit dem Beil erschlagen worden. Wir haben den Ehemann in Verdacht. Die Frau hat vor kurzem die Scheidung eingereicht.»

Leonie untersuchte die Tote wie auch das Beil und nahm eine Probe der Flüssigkeit, die sich unter dem Kopf gesammelt hatte. Dann zog sie die Handschuhe aus und erhob sich.

«Letzte Sicherheit werden wir erst nach der Sektion haben, aber ich gehe davon aus, dass die Frau entweder als Folge eines Unfalls oder sogar eines natürlichen Todes gestorben ist.»

Der Kripobeamte, ein junger Mann, mit dem sie bisher noch nicht zu tun gehabt hatte, schüttelte ungläubig den Kopf.

«Und die Axt und das Blut?»

«An der Axt kleben weder Haut noch Haare. Und die dunkle Lache unter ihrem Kopf ist kein Blut, sondern Fäulnisflüssigkeit.»

«Das gibt's doch nicht.»

Leonie deutete auf die Treppe. «Ich nehme an, sie hat die Axt aus dem Keller geholt oder wollte sie zurückbringen, dabei ist sie gestürzt und hat sich eine tödliche Kopfwunde zugezogen. Vielleicht war sie auch schon tot, als sie hier unten ankam. Ein Herzinfarkt zum Beispiel. Die Flecken auf der Treppe stammen sicher von dem Sturz.»

«Na, das ist ja ein Ding.»

Leonie verschloss ihren Tatortkoffer. «Ja, manchmal sind die Dinge anders, als sie auf den ersten Blick zu sein scheinen.»

Vom Offensichtlichen durfte man sich nicht täuschen lassen. Eine Erfahrung, die Leonie häufig machte und ihren Studenten zu vermitteln suchte. Vorurteile und die eigenen Erwartungen konnten leicht zu falschen Schlussfolgerungen führen. War ihr das womöglich bei Marlene Böttchers Fall selbst passiert? Schon seit Tagen hatte sie das unbestimmte Gefühl, irgendwann und von irgendwem eine Information bekommen zu haben, die sie nicht richtig eingeordnet hatte. Aber sie kam zu keinem Ergebnis, sosehr sie auch grübelte.

Wenige Tage nach seinem Verschwinden tauchte Tobias Böttcher wieder auf. Offiziell war er niemals vermisst worden. Seine Eltern hatten keine Vermisstenanzeige erstattet, weil sie die Presse nicht aufmerksam machen wollten. Leonie nahm an, dass es dennoch eine diskrete Suchaktion gegeben hatte. Angeblich hatte Marlenes Bruder nur vergessen, seine Eltern zu informieren, dass er seinen Freund Pascal in Paris besuchen wollte. Leonie war erleichtert. Die Angst, auch er könne Opfer des «Fluchs der Mumie» geworden sein, wie der Kollege Fuchs unkte, hatte ihr Schlaf und Appetit geraubt. Von Vera Kilian erfuhr sie, dass er unmittelbar nach seiner Heimkehr von Kaminski verhört worden war, wie auch Nicola Goerne und Böttcher senior. Was das im Detail erbracht hatte, wusste sie nicht. Aus Kaminskis schlechter Laune hatte sie geschlossen, dass es nicht viel gewesen war.

Leonie traf Kaminski in der Bibliothek des Unikrankenhauses. Wie sie mit einem flüchtigen Blick sehen konnte, informierte er sich in einer medizinischen Zeitschrift über den neuesten Stand der Aids-Forschung. Darin würde er keinen Anlass zu besserer Laune finden.

«Darf ich Ihnen einen Kaffee spendieren?»

«Ich hab zu tun.»

«Ich bin also immer noch in Ungnade.»

«Reden Sie keinen Blödsinn.»

Als sie sich später in der Cafeteria gegenübersaßen, bemühte sich Leonie um einen versöhnlichen Ton und mied strittige Themen. Da sich Kaminski außer für seinen Beruf nur für Fußball und Motorräder interessierte, hatte es Leonie nicht leicht. Kaminski brachte schließlich selbst die Rede auf das Thema, das sie am meisten interessierte.

«Ich habe die Ergebnisse der Haaranalyse von Kallweit bekommen.»

«Und?» Leonie brannte vor Neugier.

«Eindeutig männlich.»

«Also möglicherweise vom Sniper. Und wie geht's weiter?»

«Sicherheitshalber machen wir einen Vergleich mit Wagners DNA. Seine Haare haben allerdings einen helleren Braunton und sind viel kürzer. Ich glaube nicht, dass es seine sind. Und ich habe Tobias Böttcher um eine Speichelprobe gebeten.»

«Das wird schwierig.»

«Überhaupt nicht», sagte Kaminski und tunkte einen Butterkeks in seinen Kaffee. Eine Angewohnheit, die er wohl aus dem Ruhrgebiet mitgebracht hatte.

«Er hat's ohne mit der Wimper zu zucken über sich ergehen lassen. Obwohl sein Alter es ihm praktisch verboten hat. Wollte unbedingt eine richterliche Anordnung haben.»

«Wetten, dass Sie die nicht bekommen hätten? Und was hat er ausgesagt?»

«Er hat zugegeben, was er nicht leugnen konnte. Wagner und er hätten telefoniert, aber nur Small Talk betrieben. Sein Alter konnte sich angeblich nicht mehr erinnern, was Wagner von ihm wollte. Irgendwas Geschäftliches. Die Goerne hat schon etwas mehr ausgespuckt. Wagner habe wissen wollen, was die Polizei über Marlene rausgefunden hat. Er sei besorgt gewesen.»

«Interessant. Wissen Sie endlich, ob die zerbrochene Brille aus Marlenes Wohnung Wagner gehört hat?»

Kaminski sah sie spöttisch an. «Ich habe seinen Optiker aufgetrieben. Aber so Leid es mir tut, Sie enttäuschen zu müssen. Um Wagners Brille kann es sich damals nicht gehandelt haben. Seine Werte liegen wesentlich höher.»

Leonie war enttäuscht. Wagner war neben Tobias Böttcher trotz aller Zweifel noch immer ihr Hauptverdächtiger. Daran hatte auch sein Tod durch die Hand des Sniper nichts geändert.

«Außer mit Wagners und Böttchers DNA lasse ich natürlich auch einen Abgleich der Haaranalyse mit der Dachbodenprobe machen.»

«Evert war im Kosovo, als Marlene verschwand.»

Kaminski zuckte mit den Schultern. Es war eine Frage der Gründlichkeit, nicht mehr und nicht weniger.

«Ich habe übrigens die Freundin gefunden, die nach Australien gegangen ist. Diese Julia Winkelmann.»

Das war eindeutig ein Friedensangebot. Leonie hatte nicht damit gerechnet, dass er ihrem Vorschlag folgen würde.

«Ich habe sie um eine erneute Aussage gebeten.»

«Danke, Kaminski.»

Beide hingen schweigend ihren Gedanken nach.

«Ich habe Tim getroffen», begann Kaminski und räusperte sich. «Hier auf dem Gelände. Bei ihm ist die Krankheit ausgebrochen.»

«Tut mir Leid», sagte Leonie. Es war nicht nur eine automatisch vorgebrachte Floskel. Es gab Diagnosen, die jeden Schreck und Mitleid empfinden ließen.

«Ich war unheimlich wütend auf den Kerl. Aber jetzt ...» Kaminski rührte in der leeren Tasse. «Seinen Tod habe ich mir nicht gewünscht.»

«Noch lebt er ja», tröstete Leonie. «Er hat vielleicht noch viele Jahre vor sich.»

«Reden Sie kein Blech, Doc. Und selbst wenn. Sie wissen doch besser als ich, wie die aussehen können.»

Dagegen konnte sie nichts vorbringen. «Seien Sie trotzdem weiter wütend auf ihn, Kaminski. Und nehmen Sie es um Himmels willen nicht als Memento mori.»

«Genau.» Kaminski bemühte sich um ein Lächeln. «Außerdem müssen sich auch Leute ohne Aids irgendwann die Radieschen von unten angucken.»

Einige Tage später faxte er ihr Julia Winkelmanns neue Aussage, die sie per Brief aus Australien geschickt hatte, handschriftlich und von einem dortigen Notar beglaubigt.

Widerruf meiner Aussage, den Tod von Sven Johannsen betreffend.

In der Nacht zum 15. Mai 1998 war ich bis kurz vor drei Uhr mit Marlene und Tobias Böttcher, Pascal Bertram, Johannes Wagner, Florian Schmücker, Nicola Goerne und Sven Johannsen auf St. Pauli unterwegs. Im Laufe des Abends hatte es Reibereien gegeben. Es ging um Sven, den Tobias, Johannes und auch Pascal nicht mochten. Es wurde ziemlich unangenehm, und Marlene wurde deswegen wütend. Nach einem Discobesuch standen wir an der Reeperbahn, als es wieder Streit gab. Marlene sagte, ihr reiche es jetzt. Sie wollte ein Taxi suchen und ging weg. Nicola Goerne folgte ihr. Ich habe die beiden danach nicht mehr gesehen. Sven ging auch fort. Tobias sagte, es werde höchste Zeit, dem Typen seine Grenzen zu zeigen. Er, Johannes und Pascal sind Sven gefolgt. Florian und ich wollten damit nichts zu tun haben. Ich hatte Hunger und bin mit Florian in eine Kneipe am Hans-Albers-Platz gegangen, wo man auch spät noch etwas zu essen bekommt. Dort sind wir hängen geblieben, ich schätze bis circa fünf Uhr. Als ich hörte, dass Sven ermordet worden war, habe ich natürlich an die drei gedacht. Ich habe Marlene angerufen, und sie hat gesagt, sie seien es nicht gewesen. Das habe ihr Bruder geschworen. Ich dachte, wenn sogar Marlene das sagt, werde es wohl stimmen. Sven war ja ihr Freund. Sie hat Florian und mich beschworen, bei der Vernehmung durch die Polizei zu sagen, dass wir noch alle zusammen in eine Disco gegangen seien, nachdem Sven sich von uns getrennt hatte. Ich hatte kein gutes Gefühl dabei, aber ich wollte den anderen auch keinen Ärger machen. Später habe ich dann erfahren, dass jemand verhaftet worden war, gegen den deutliche Indizien sprachen. Das hat mich sehr erleichtert, und ich habe versucht, alles zu vergessen. Ich bedauere zutiefst, dass ich damals nicht die Wahrheit gesagt habe. Es war nicht meine Absicht, irgendjemandem Schaden zuzufügen.

Julia Connors-Winkelmann
Sydney, den 3. September 2004

In der Presse war kurz darauf zu lesen, dass sich ein bekannter Hamburger Anwalt und Spezialist für Wiederaufnahmeverfahren für den Fall Rüdiger Stoll interessierte.

31.

DER HIMMEL war grau. Trübes Licht sickerte zwischen den Wolken hindurch. Axel Evert stand auf einer grasbewachsenen Düne und blickte auf die Boote, die im Hamburger Yachthafen sanft an ihren Liegeplätzen schaukelten. Die Saison ging dem Ende entgegen. Bald würden die Boote in ihre Winterquartiere gebracht werden. Auch für Evert wurde es Zeit. Längst war ihm klar, dass er nicht ewig so weitermachen konnte. Nicht in Hamburg. Wahrscheinlich nirgendwo in Deutschland. Er war beunruhigt, denn er hatte zu zweifeln begonnen. Nicht an dem, was er in den letzten Monaten und Jahren getan hatte. Das war gerechtfertigt. Seine Zweifel bezogen sich auf die Zukunft. Soweit er sie überhaupt geplant hatte, war damit die vage Idee eines Big Bang verbunden gewesen, eines gigantischen, Aufsehen erregenden Showdowns im Angesicht einer staunenden Öffentlichkeit. Alle würden begreifen, wie viel Leid und Ungerechtigkeit ihm widerfahren waren. Aber seit er Nicola Goerne kannte, tauchte immer wieder die absurde Hoffnung auf einen Neuanfang in seinen Überlegungen auf. Er verachtete sich dafür, aber er konnte den Gedanken nicht mehr verdrängen. Weiterleben war eine Alternative geworden. Bis zum gegenwärtigen Tag wagte Evert nicht, seine Gefühle exakt zu analysieren. Nicola war ein Kumpel, ein Mensch, der einzige, der ihn verstand, der ihm ähnlich war. Sie gab wenig und forderte nichts, und trotzdem war eine große Nähe zwischen ihnen. Wenn sie nur einwilligen würde, mit ihm zu gehen. Ganz flüchtig schien das Wort Erlösung im Mahlstrom seiner Gedanken auf und ging ebenso rasch wieder darin unter.

Aber sie würde nicht mit ihm gehen. Ihr Nein war unumstößlich. Er hatte sie enttäuscht. Ihre letzte Begegnung hatte im Streit geendet.

«Hast du Johannes Wagner getötet?»

Sie war nicht umgekleidet gewesen, als er sie zum Joggen abholen wollte.

«Und lüg mich ja nicht an.»

Er war so dumm gewesen, zu glauben, dass sie froh war und sich bei ihm bedanken wollte.

«Warum sollte ich lügen?»

«Du kanntest den Mann gar nicht. Wieso hast du das getan?»

«Ich habe euch beobachtet. Er hat dich bedroht. Ich wollte dir einen Gefallen tun.»

«Ich hatte keine Angst vor ihm. Er hatte Angst vor mir. Wie kannst du es überhaupt wagen, wieder hinter mir herzuschnüffeln?»

Da merkte er, dass er einen großen Fehler gemacht hatte.

«Dank deiner Hilfe interessiert sich die Polizei wieder für mich.»

Er hatte ihr angeboten, sich um jeden zu kümmern, der ihr zu nahe trat. Er wollte seinen Fehler wieder gutmachen, aber er machte es noch schlimmer.

«Was für eine Art Irrer bist du eigentlich? Du kannst doch nicht herumlaufen und jeden umbringen, der dir nicht passt.»

Noch immer fühlte er Zorn, wenn er an ihre Worte dachte. Und Ernüchterung. Zum ersten Mal reagierte sie wie all die anderen.

«Hast du nicht dasselbe getan?», hatte er sie gefragt.

Ganz ruhig war sie geworden, ihre Wut verflogen. «Wie kommst du darauf, dass ich getötet habe?»

«Weil wir uns ähnlich sind. Du und ich.»

«Das habe ich bis jetzt auch geglaubt. Aber wir sind uns nicht ähnlich, ganz und gar nicht.»

Sie würde nicht mit ihm gehen. Niemals. Er hatte sie enttäuscht. Aber sie hatte ihn noch mehr enttäuscht. Noch viel mehr.

Die Yachten zerrten an ihren Tauen. Es würde stürmisch werden.

32.

MIT EINEM jähen Temperatursturz hatte sich der Sommer verabschiedet, und in ersten größeren Auswanderungswellen verließen Vögel ihre Sommerresidenzen in den norddeutschen Wäldern. Von ihrem Fensterplatz im ICE auf der Fahrt von Berlin nach Hamburg blickte Leonie Simon in die Trübnis des Frühherbsttages. Sie hatte in Berlin an einer Fachtagung «Interventionsprogramm gegen häusliche Gewalt» teilgenommen, wo sie das Konzept ihrer Hamburger Untersuchungsstelle vorstellte. Am Rande der Tagung traf sie Professor König, der ihr zu ihrer Überraschung eine Oberarztstelle im Berliner Institut anbot. Unter den Berliner Kollegen war die Personalie ein offenes Geheimnis, wie auch die Einflussnahme von Professor Cordes, der die Sache für Leonie eingefädelt hatte. Sie war darüber alles andere als glücklich gewesen, im ersten Moment hatte sie Mühe gehabt, Haltung zu bewahren. Es war ein starkes Stück, hinter ihrem Rücken ihre Zukunft zu verhandeln. Aber sie hätte es wissen müssen. Abgesehen von der Frage um seine Nachfolge war Cordes der Meinung, es sei gut für sie, Hamburg für eine Weile zu verlassen. In letzter Zeit war sie einigen Leuten zu anstrengend geworden. Bevor es zu Weiterungen kam, die jede Hoffnung auf den Direktionsposten zunichte machen würden, war ein Rückzug ratsam. Leonie war empört gewesen und hatte ihn daran erinnert, dass sie noch nicht entschieden hatte, ob sie sich überhaupt bewerben wollte. Aber ihr Chef gehörte zu den Menschen, die ignorierten, was ihnen nicht passte.

Drei Rehe wanderten über ein abgeerntetes Feld und sahen dem Zug hinterher. Der Berliner *Tagesspiegel* lag noch immer zusammengefaltet auf Leonies Knien. Vieles sprach dafür, das Angebot anzunehmen. Der derzeitige Inhaber der Planstelle würde im nächsten Jahr die Leitung eines Instituts in Süddeutschland übernehmen, sie würde niemanden verdrängen, allerdings ein paar Aufstiegswillige enttäuschen. Ihre Tante wäre erleichtert, sie wieder in der Nähe zu wissen. Andererseits gab es in Hamburg die Untersuchungsstelle, die sie aufgebaut hatte. Sie befürchtete, dass sie niemanden finden würde, der bereit wäre, das Projekt zu übernehmen. Die Arbeit von Jahren wäre umsonst gewesen. Und Paul? Würde sie ihn vermissen? Ja, das würde sie. Sogar sehr. Aber er wäre bei ihrer Entscheidung nicht das größte Gewicht in der Waagschale.

Sie dachte an Kaminski. Sogar er würde ihr fehlen. Obwohl er es immer wieder schaffte, sie auf die Palme zu bringen, und vice versa, schätzte sie ihn als einen Fels in der Brandung. Ihr wurde bewusst, dass sie sich bereits jetzt in eine Abschiedsstimmung hineindachte. Sie schloss die Augen und schlief ein.

Es waren die Nachwirkungen dieser sentimentalen Zugfahrt, die Kaminski am nächsten Tag eine besonders freundliche Begrüßung einbrachten.

«Hallo, Kaminski. Schön, Sie zu sehen.»

Kaminski kam ihr auf der Treppe, die zum Eingang des Polizeipräsidiums führte, entgegen.

Er kniff misstrauisch die Augen zusammen. «Wieso? Wollen Sie was von mir?»

«Ich wollte einfach nur nett sein.»

«Genau das irritiert mich ja.»

Leonie schüttelte den Kopf und setzte ihren Weg fort. Er lief ein paar Stufen hinter ihr her.

«He, Doc, warten Sie mal.»

Leonie blieb stehen.

«Ich hab die Ergebnisse der DNA-Vergleichsproben.»

«Ja?» Leonie versuchte, nicht allzu neugierig zu klingen.

«Die Haare von Wagners Jackett stammen sehr wahrscheinlich weder von ihm selbst noch von Tobias Böttcher.»

Er sah aus, als hätte er noch ein As im Ärmel. «Sie wissen ja, dass DNA-Proben von ausgefallenen Haaren schwer zu analysieren sind und die Ergebnisse ziemlich unsicher ...»

«Machen Sie's nicht so spannend, Kaminski.» Leonie sah auf die Uhr, sie hatte einen Termin im Labor.

«Mit sechzigprozentiger Wahrscheinlichkeit stimmt die DNA der Person, die die Haare verloren hat, mit derjenigen der Person überein, deren Taschentuch wir bei Marlene Böttchers Leiche gefunden haben und deren Blut in den Ritzen der Bodendielen ihrer Wohnung war.»

Leonie vergaß ihren Termin. «Der Sniper soll auf Marlene Böttchers Dachboden gewesen sein? Und in ihrer Wohnung? Das ist doch verrückt.»

Kaminski grinste. «Eine Erklärung kann ich Ihnen dafür nicht geben. Aber ich bin gespannt, was Böttcher junior dazu zu sagen hat.»

Zu Kaminskis Ärger hatte er mit dem Widerruf von Julia Winkelmann zunächst nichts weiter anfangen können. Keinesfalls durfte er selbständig die Ermittlungen wieder aufnehmen. Der Fall war mit einem rechtskräftigen Gerichtsurteil abgeschlossen worden, und bevor ein Richter einem Antrag auf Wiederaufnahme des Verfahrens stattgeben würde, hatte er für eine Zeugeneinvernahme keine Handhabe. Aber als Ermittler der Soko «Sniper» konnte er Böttcher vorladen und befragen.

«Bei der Befragung wäre ich gerne dabei.»

«Geht leider nicht, Doc.» Er holte tief Luft. «Aber ich muss zugeben, dass Sie möglicherweise den richtigen Riecher hatten, was diesen Stoll betrifft. Und vielleicht auch bei Marlene.»

«Danke, Kaminski.»

Als sie schon fast auf dem oberen Treppenabsatz angekommen war, drehte sich Leonie noch einmal um und rief Kaminski hinterher. «Kaminski?»

Er blieb stehen. «Ja?»

«Ich habe mich wirklich gefreut, Sie zu sehen.»

Vera Kilian, mit der Leonie wegen einer möglicherweise in Haft misshandelten Drogenabhängigen verabredet war, hatte gerade Besuch. Eine kleine schlanke Frau in mittleren Jahren blickte Leonie unter schweren Augenlidern an und reichte ihr eine blasse, schlaffe Hand, als Vera sie vorstellte. Madeleine Quast, von Vera nur «Q» genannt, war eine alte Freundin und Studienkollegin und arbeitete als Psychotherapeutin in Berlin.

«Q versucht zu verhindern, dass ihre Klienten bei uns landen. Beziehungsweise ihre Opfer.» Vera grinste. «In puncto Horrorgeschichten kann sie es locker mit uns aufnehmen.»

Madeleine Quast strich in einer unbewussten Geste ordnend über ihr dünnes, grau gesträhntes Haar. «Vera übertreibt ein wenig. Aber unter meinen Patienten gibt es naturgemäß ein paar seltsame Gestalten.»

Die Psychotherapeutin verabschiedete sich bald. Sie hatte einen beruflichen Termin genutzt, um ihrer alten Freundin einen Besuch abzustatten, und musste nun nach Berlin zurück. Leonie bemerkte, dass sie ein Bein nachzog, als Vera sie hinausbegleitete, und fragte nach dem Grund.

«Vor etwa fünfzehn Jahren wurde sie von einem ehemaligen Patienten überfallen, misshandelt und schwer verletzt. Sie war damals schwanger und verlor das Kind. Ihr Lebensgefährte verließ sie einige Zeit später. Er fühlte sich von der Situation überfordert. Sagte er.»

«Ja, wir dürfen unseren Männern nicht zu viel zumuten.»

Vera griff nach der Akte des Falles, der der Grund ihres Treffens war. «Q meint, für ihre therapeutische Arbeit sei das eine wertvolle Erfahrung gewesen. Sie arbeitet übrigens gelegentlich mit dem LKA zusammen. Wenn du nach Berlin wechselst, wirst du sie bestimmt irgendwann treffen.»

«*Wenn* ich nach Berlin wechsele.» Leonie blätterte in ihrem Gutachten und wollte gerade beginnen, daraus zu referieren, als ihr einfiel, wo sie Axel Evert, den jungen Mann auf Kaminskis und Michaels Fotos, schon einmal gesehen hatte. Ihr Gehirn hatte im Hintergrund ihres Bewusstseins an dem Problem gearbeitet und spuckte jetzt die Lösung aus.

«Nicola», sagte sie laut.

Vera blickte von ihrer Akte auf. «Nein. Andrea. Der Vorname ist Andrea.»

«Entschuldige. Die meinte ich nicht. Mir ist gerade etwas Wichtiges eingefallen. Ich habe den Sniper gesehen. Zusammen mit Nicola Goerne.»

«Mit der Freundin von Marlene Böttcher? Das verstehe ich nicht.»

«Ich auch nicht», sagte Leonie. «Aber das muss ich sofort klären. Tut mir Leid, wir müssen unsere Besprechung verschieben.»

Sie war aus der Tür, bevor Vera reagieren konnte, und lief zum Fahrstuhl. Schon auf dem Weg nach unten wählte sie Nicola Goernes Privatnummer, die sie inzwischen auswendig wusste. Es meldete sich nur der Anrufbeantworter, auf dem sie eine dringliche Nachricht hinterließ. Ihr zweiter Versuch galt dem Restaurant, aber dort war Nicola noch krankgemeldet. Leonie fühlte sich in voller Fahrt ausgebremst. Sie überlegte gerade, zu Vera zurückzukehren, als ihr Handy klingelte. Zu ihrer Enttäuschung war es nicht Nicolas Rückruf, sondern ihre Sekretärin mit einer Nachricht, die Leonie wenig Freude bereitete.

«Max Lifka hat versucht, Sie zu erreichen. Ich hatte den Eindruck, es sei dringend.»

Also wieder Max. Leonie ging zu ihrem Wagen. Sie hatte inständig gehofft, dass Ruhe einkehren würde, nachdem es ihr gelungen war, in kürzester Zeit eine neue Schule und eine neue Wohngemeinschaft für ihn zu finden. Sie hatte alle Hebel in Bewegung gesetzt, als ihr Versuch gescheitert war, seine beiden Quälgeister beziehungsweise deren Eltern zur Vernunft zu bringen. Max' Lehrerin hatte ihr, wie versprochen, Namen und Adressen besorgt. Aber den Gang zu den beiden Familien hätte sie sich sparen können. Mit den Eltern des türkischen Jungen hatte sie sich kaum verständigen können und entsprechend wenig erreicht. Murat wurde anscheinend traditionell erzogen und gab zu Hause eine beeindruckende Vorstellung als braver, unterwürfiger Sohn. Sein Kumpel Stefan brauchte sich nicht zu verstellen. Sein Erzeuger war ein dummer, brutaler Mensch, der seinem Sohn erfolgreich eingeprügelt hatte, dass man sich mit Gewalt nehmen musste, was man wollte. Die Unterhaltung mit ihm fand zwischen Tür und Angel statt und war extrem kurz. Der im Hintergrund feixende Stefan zeigte Leonie zum Abschied den Mittelfinger.

Sie ahnte, was auf sie zukam, als sie Max an der verabredeten Stelle, am Haupteingang des Botanischen Gartens, traf. Der Junge wartete schon auf sie. Sie winkte ihm und bog in den Parkplatz ein. Er trabte zu ihr und setzte sich auf den Beifahrersitz. Leonie blickte ihn prüfend an. Er sah noch ein wenig mitgenommen aus, aber die Hämatome waren stark abgeblasst.

«Wie geht's dir?», eröffnete sie das Gespräch.

«Geht so», war die ebenso wenig originelle Antwort.

«Hast du wieder Ärger?»

«Die haben mich gefunden.»

«Das kann nicht sein. Deine Adresse hat sich geändert, und du gehst in eine neue Schule. Am anderen Ende der Stadt. Das konnten sie nicht rausfinden.»

«Haben sie aber. Die haben einfach im Krankenhaus gefragt.»

«Solche Auskünfte darf dort niemand geben.» Leonie war empört.

Max zuckte nur mit den Schultern. Er hatte seine Erfahrungen mit Regelverstößen.

«Haben sie dir gedroht?»

Max drehte den Kopf weg und sah aus dem Fenster.

«Max, was wollen die von dir?»

Er schwieg.

«Max!»

Max wandte sich ihr wieder zu. «Ich soll mir einen Schlüssel zu Ihrer Wohnung verschaffen und den beiden aufmachen.»

Leonie sah ihn ungläubig an.

«Und dann wollen die alles kaputtmachen, was sie nicht klauen.»

«Reizend. Ist das alles?»

«Wenn ich's nicht mache oder jemandem davon erzähle, stechen sie mich ab.»

Er sprach mit ruhiger Stimme, aber Leonie vermutete, dass er große Angst hatte.

«Du bist ein sehr mutiger Junge.»

«Bin ich gar nicht. Und ich weiß, dass sie nicht bluffen. Aber ich hab eine Stinkwut. Ich will, dass sie endlich aufhören. Umbringen könnte ich die.»

Leonie legte ihm eine Hand auf die Schulter und rüttelte ihn sanft. «Das lass mal lieber sein. Aber ich versteh dich. Ich bin auch sehr wütend auf die beiden. Es wird Zeit, dass ihnen jemand den Hintern versohlt.»

Max sah sie voller Hoffnung an. «Vielleicht Ihr Bekannter. Is 'n cooler Typ. Der bringt das locker.»

«Nein, ich meinte Hauptkommissar Kaminski. Auch ein cooler Typ. Was habt ihr verabredet?»

«Ich soll mir den Schlüssel besorgen und mich dann bei Stefan melden. Polizei find ich aber voll blöd. Die müssen die beiden sowieso wieder laufen lassen. Da kann ich mir gleich die Kugel geben.»

Leonie wurde unsicher. Das von Max entworfene Szenario war nicht so unwahrscheinlich. Trotzdem würde sie mit Kaminski darüber reden. Vielleicht hatte er eine Idee.

«Okay, ich denk nochmal drüber nach.» Sie zog den Jungen kurz an sich. «Mach dich nicht verrückt vor Sorge. Dir wird nichts passieren. Und wenn ich die beiden eigenhändig erwürge.»

Diese Vorstellung entlockte Max ein flüchtiges Lächeln. Leonie lud ihn zu einem Eis ein und brachte ihn anschließend in sein neues Heim. Vermutlich nicht das letzte, bevor seine Mutter ihre Haftstrafe abgesessen hatte. Von Mitleid für den Jungen angetrieben, überlegte sie auf dem Weg ins Institut ihre Handlungsoptionen. Leider hatte Max Recht mit seiner Befürchtung, dass die beiden Jungkriminellen bald wieder auf freiem Fuß sein würden. Kaminski konnte sie ein paar Stunden festhalten, ihnen die Hölle heiß machen und ein bisschen im eigenen Saft schmoren lassen. Und selbst wenn es zur Anklage wegen Einbruchs, Nötigung oder was auch immer kam, hätten sie kaum eine Haftstrafe zu befürchten, und auch keine Untersuchungshaft.

Allein konnte Leonie die Situation nicht bewältigen, daran brauchte sie keinen Gedanken zu verschwenden. Mit den beiden Halbstarken, die wahrscheinlich bewaffnet waren, würde sie nicht fertig. Und Michael? Was würde er tun? Leonie dachte an die Szene mit den Jungen auf dem Parkplatz. Ohne Zweifel würde Michael Gewalt anwenden. Vielleicht tatsächlich die einzige Sprache, die die zwei verstanden. Aber auch die einzige Option, die sie nicht wählen wollte und durfte.

«So was nennt man ein Dilemma», erzählte sie sich selbst mit einem Blick in den Rückspiegel. Als sie beim Institut ankam, hatte sie einen Entschluss gefasst. Ihre Wohnung würde den Speck darstellen, mit dem die beiden Ratten gefangen werden sollten. Wer sie dort erwarten würde, wusste sie noch nicht.

Sie traf Paul auf dem Institutsparkplatz. Seit seiner Eifersuchtsszene hatten sie sich nicht mehr privat getroffen. Wenn sie sich bei der Arbeit begegneten, waren sie höflich und freundlich miteinander umgegangen. So locker, wie es zwei Menschen möglich war, die einander verletzt haben, obwohl sie sich lieben. Paul war nicht allein. Zusammen mit einem uniformierten Polizisten umkreiste er sein Auto. Der Uniformierte machte Fotos. Leonie parkte direkt neben ihm und stieg aus.

«Wollen Sie das Auto kaufen?»

Der Polizist zeigte keinen Humor. «Leider geht es um etwas Ernsteres.»

«Ich soll ein Auto angefahren und Fahrerflucht begangen haben», erklärte Paul. «Am vorletzten Sonntagabend. In der Nähe des Flughafens. Jemand hat mein Kennzeichen angegeben.»

«Und wer ist dieser Jemand, der so einen Unsinn behauptet?»

Der Uniformierte zog die Augenbrauen hoch. «Woher wollen Sie wissen, dass es sich um eine falsche Behauptung handelt? Waren Sie zur fraglichen Zeit mit dem Beschuldigten zusammen?»

Ich hätte es sein sollen, dachte Leonie. «Nein. Das war ich nicht.»

«Hm», sagte der Polizist und fuhr fort, Pauls Auto von allen Seiten abzulichten.

Leonie sah Paul fragend an, er hob die Schultern. «Ich war an dem Abend allein zu Hause. Kein besonders gutes Alibi. Aber mein Wagen müsste ja beschädigt sein.»

«Na ja», sagte der Polizist wenig begeistert. «Eine Beschädigung kann ich tatsächlich nicht feststellen. Es scheint auch nichts repariert worden zu sein.»

«Gut, dass du dein Auto so selten wäschst.» Leonie betrachtete Pauls schmutzstarrendes Gefährt, an dem jede saubere Stelle sofort ins Auge gefallen wäre.

Paul musste eine Unterschrift unter ein kurzes Protokoll mit seiner Aussage setzen, dann verabschiedete sich der Polizist. Paul und Leonie sahen sich an.

«Wieso gibt einer dein Kennzeichen an, wenn du gar nicht dort warst? Will dich jemand in Schwierigkeiten bringen?»

Paul lächelte. «Das ist typisch. Du hast sofort eine negative Erklärung parat. Wahrscheinlich war's einfach ein Versehen. Oder ein Zahlendreher.»

«Oder einer, der auf die Schnelle Geld verdienen will.»

Seitdem die Versicherungen nicht erst nach erfolgter Reparatur bezahlten, sondern bereits auf einen Kostenvoranschlag hin Geld auf das Konto des Geschädigten überwiesen, wurden immer häufiger völlig Unschuldige der Fahrerflucht bezichtigt. Die Gauner notierten sich irgendwelche Autokennzeichen, traten sich selbst eine Beule in ihre Rostlauben und kassierten vierstellige Summen für Reparaturen, die sie nicht durchführen ließen.

«Falls es zu einem Verfahren kommt, nehme ich mir einen Rechtsanwalt. Wird schon gut gehen.»

Oder auch nicht, dachte Leonie. Paul war manchmal rührend naiv. Einem Impuls folgend, hob sie sich auf die Zehenspitzen und gab ihm einen Kuss auf die Wange. Beide schauten sich daraufhin gleichzeitig um, ob sie nicht von einem Fenster des Instituts aus beobachtet worden waren. Paul grinste über ihre instinktive Reaktion, und Leonie kam sich blöd vor.

«Wie albern. Außerdem weiß anscheinend jeder über uns Bescheid.»

«Dann wissen die ja mehr als wir», sagte Paul. Es war nicht als Vorwurf gemeint.

Er ging zurück in den Anbau, wo sein Büro lag, und Leonie wandte sich dem Hauptgebäude zu.

«Doktor Simon.»

Die Hände in den Taschen ihrer Lederjacke, stand Nicola Goerne in der Auffahrt.

«Er sieht nett aus. Ihr Freund?»

Leonie ignorierte die Frage. «Haben Sie meine Nachricht erhalten?»

«Deswegen bin ich hier. Ich wollte sowieso mal sehen, wo Sie arbeiten.»

Leonie betrachtete die junge Frau, die ihr so viele Rätsel aufgab. Sie war blass, und unter ihren Augen lag ein Schatten, der Leonie früher nicht aufgefallen war. Aber sie lächelte und strahlte Energie aus.

«Gehen wir in mein Büro. Vielleicht hat meine Sekretärin einen Kaffee für uns übrig.»

Auf dem Gang kam ihnen Othello entgegen. Der kleine Kater machte seine übliche Nachmittagspatrouille durchs Haus.

«Nanu? Hast du dich verlaufen, mein Kleiner?» Nicola Goerne ging in die Hocke und streckte die Hand nach Othello aus, der sich jedoch nicht locken ließ und Distanz wahrte.

«Othello gehört zum lebenden Inventar», klärte Leonie sie auf. «Er ist ein wenig eigen.»

Fünf Minuten später, von Frau Thiele als letzte Amtshandlung des Tages mit lauwarmem Kaffee versehen, saß Leonie ihrer Besucherin gegenüber. Nicola Goerne hatte ihre Jacke ausgezogen, und Leonie sah, dass sie noch immer einen Verband trug.

«Waren Sie beim Arzt?»

Nicola Goerne schüttelte den Kopf. «Ich sagte doch, ich meide Ärzte, wo ich kann.»

Leonie schob ihre Kaffeetasse zur Seite und beugte sich ein wenig vor. Als könnte sie so Nicolas Reaktion auf ihre nächste Frage besser beobachten. «Seit wann kennen Sie Axel Evert?»

Nicola Goerne zuckte nicht mit der Wimper. «Seit ein paar Wochen. Woher wissen Sie das?»

«Ich habe Sie einmal, nein, zweimal mit ihm gesehen. Er hat Sie in seinem Wagen mitgenommen.»

«Ja, kann schon sein.»

«In welcher Beziehung stehen Sie zu ihm?»

«Wir gehen zusammen angeln, treffen uns auf ein Bier. Was man mit Bekannten so tut.»

«Als ich Sie informierte, dass er in Verdacht steht, Johannes Wagner getötet zu haben, haben Sie die Bekanntschaft mit ihm verschwiegen. Warum?»

Nicola Goerne zuckte nur mit den Schultern.

«Haben Sie ihn beauftragt, Ihren alten Freund zu töten?»

«Nein.» Die Antwort kam schnell und heftig. «So etwas würde ich niemals tun.»

Sie sah Leonie freimütig an. Leonie glaubte ihr.

«Und welchen Grund könnte er für den Mord gehabt haben? Den Mord an einem Mann, den er nicht kannte?»

«Ich habe keine Ahnung. Er hat nicht mit mir darüber gesprochen.»

Nicola schlug ein Bein über das andere; ihr Blick schweifte ab. Leonie war sicher, dass sie diesmal gelogen hatte.

«Axel Evert steht außerdem in Verdacht, der Mann zu sein, der in der Öffentlichkeit als Sniper bekannt ist. Nach derzeitigem Wissensstand hat er mindestens zwölf Menschen getötet. Wagner nicht mitgerechnet.»

Nicola Goernes Hand zitterte, als sie die Kaffeetasse abstellte, aus der sie gerade noch getrunken hatte.

«Zwölf», wiederholte sie automatisch.

Leonie spürte ihre Verstörung, aber gerade jetzt durfte sie nicht lockerlassen. «Wo hält er sich zurzeit auf?»

«Das weiß ich nicht.»

«Frau Goerne», Leonie hielt inne, setzte erneut an, wurde persönlich. «Nicola, der Mann ist eine tickende Zeitbombe. Auch wenn Sie Gefühle für ihn hegen, dürfen Sie ihn nicht länger decken. Frust, Ärger, Langeweile, alles kann zu weiteren Opfern führen.»

Nicola Goerne betrachtete Leonie und lächelte plötzlich. «Gefühle? Für Axel? Seit Marlenes Tod habe ich für niemanden mehr etwas gefühlt. Außer vielleicht für Sie, Leonie.»

Leonie mied ihre leuchtenden Augen. Die Situation war unmöglich. Unerträglich! Othello rettete sie durch sein Erscheinen. Er schlenderte durch die halb offene Tür, strich zur Begrüßung an Leonies Wade vorbei und umrundete den Besucherstuhl, um zu seinem Körbchen zu gelangen. Unversehens griff Nicola Goerne zu und hob ihn auf ihren Schoß.

«Na, mein Hübscher», schmeichelte sie und strich mit beiden Händen seinen Körper entlang. Othello grollte leise und zuckte heftig mit der Schwanzspitze, ein sicheres Zeichen für einen bevorstehenden Temperamentsausbruch.

«Setzen Sie ihn lieber wieder runter.»

Aber Leonies Warnung kam zu spät. Othello schlug zu und hinterließ an Nicolas unverletztem Unterarm und auf ihrem Handteller tiefe blutige Risse. Erschrocken schubste sie ihn von ihrem Schoß, und er jagte wie ein schwarzer Blitz aus dem Büro. Leonie riss eine Packung Papiertaschentücher auf und breitete zwei Tücher über die blutenden Kratzer.

«Tut mir Leid. Aber ich sagte ja, Othello ist ziemlich eigen. Kommen Sie mit in den Behandlungsraum. Dort kann ich Ihre Wunden versorgen.»

Die Goerne wehrte ungeduldig ab. «Ach, Unsinn. Machen Sie wegen der kleinen Kratzer doch keinen Aufstand.»

«Seien Sie nicht unvernünftig. Wissen Sie, was Katzen alles unter ihren Krallen haben? Sie riskieren eine gefährliche Sepsis, wenn die Wunden nicht desinfiziert werden.»

Sie schaffte es schließlich, die unwillige Patientin zu überreden. Sie folgte ihr in den Behandlungsraum, wo normalerweise Gewaltopfer untersucht wurden. Leonie zog eine Tetanusspritze auf, was fast Panik bei Nicola auslöste. Die Reinigung der Wunden war die nächste Hürde. Leonie musste beinahe Gewalt anwenden, um ihre Arbeit tun zu können. Dabei entdeckte sie alte vernarbte Schnitte, Zeugen von mindestens zwei Selbstmordversuchen. Unwillkürlich sah sie auf und begegnete Nicolas Blick. Keine von beiden sagte etwas, und Leonie setzte schweigend die Wundversorgung fort. Als Letztes sprühte sie einen flüssigen Verband auf.

«So müsste es gehen.» Sie erhob sich und räumte das Material und die blutigen Tücher beiseite. «Und natürlich entschuldige ich mich in aller Form für meinen übellaunigen Kater.»

Auch Nicola erhob sich. «Mein Fehler. Ich hätte ihn nicht überrumpeln dürfen.»

Sie versuchte, sich normal zu geben, aber ihre Anspannung war mit Händen zu greifen.

«Haben Sie noch Fragen? Ich würde ansonsten gern nach Hause gehen.»

Leonie überlegte. «Nein, aber ich denke, Sie sollten wissen, dass ich die Polizei über unsere Unterhaltung in Kenntnis setzen muss.»

Die Goerne nickte. «Das habe ich mir gedacht. Ich kann Sie nicht daran hindern. Oder?»

Leonie tauchte noch einmal in ihren Blick ein, sekundenlang. Minutenlang? Dann riss sie sich los. «Ich bringe Sie zur Tür.»

Schweigend geleitete sie ihre Besucherin zum Ausgang. Der Abschied verlief ohne Worte.

Langsam ging Leonie zurück in ihr Büro. Gedankenverloren überhörte sie den Gruß eines Studenten. Der letzte Blick aus nächster Nähe hatte ihr enthüllt, dass Nicola Goerne Kontaktlinsen trug. Wie lange schon? Ihre besinnungslose Angst vor der Spritze. Die Narben an ihren Handgelenken. Eine Kindheit voller Krankheiten. Eine Allergie gegen Kirschen. Leonie ergriff das intensive Empfinden, dass all das eine Bedeutung hatte.

Sie blieb auf der Schwelle zum Sekretariat stehen und starrte blicklos auf Frau Thieles ordentlichen Schreibtisch. Wieder quälte sie der Gedanke, dass sie etwas Wichtiges übersehen oder vergessen hatte. Situation für Situation ging sie die Ereignisse und Gespräche der letzten Wochen durch, spulte sie ab wie einen Film. An einer Szene blieb sie hängen. Der Besuch bei Nicolas Eltern. Leonie ließ sich auf den Stuhl ihrer Sekretärin sinken. Nein, das war zu abwegig! Außerdem hatte sie von diesem Fachgebiet keine Ahnung. Es musste gar nichts bedeuten.

In ihre Überlegungen drang das Rattern des Wagens, den die Putzfrau vor sich herschob. Leonie sprang auf und eilte in den Behandlungsraum. Der Abfalleimer war noch nicht geleert. Mit einer Pinzette fischte sie die Tücher heraus, die rot von Nicola Goernes Blut waren und alle Informationen bereithielten – vorausgesetzt, man verstand es, den Code der Chromosomen zu entschlüsseln.

33.

BEI IHREM LETZTEN Treffen mit Michael hatte Leonie beklagt, dass sie keine Möglichkeit habe, von sich aus mit ihm Kontakt aufzunehmen. Was wäre, wenn sie ihn dringlich sprechen musste? Er war nicht ständig in ihrer Nähe und konnte nicht ahnen, wann er gebraucht wurde. Sie hatten sich schließlich darauf geeinigt, dass er sich in unregelmäßigen Abständen, aber häufiger als bisher bei ihr melden würde, auch wenn er nicht in Hamburg war. Denn sosehr er sich bei der Suche nach dem Sniper engagierte, verlor er nie seine eigenen Angelegenheiten aus dem Auge. Mehrmals war er in der Zwischenzeit tage- oder wochenweise verschwunden gewesen. Wohin und in welcher Angelegenheit, verriet er Leonie nicht, nur dass er sich im Rahmen der Legalität bewegte.

Es war nach acht Uhr abends, als er anrief. Die Leitung war schlecht, es knisterte und rauschte.

«Rufst du aus Übersee an?»

«Sei nicht so neugierig. Ich habe gerade mit einem Freund telefoniert. Es gibt Neuigkeiten.»

Axel Evert, so Michaels Überlegung, konnte kein finanzielles Polster haben und war deshalb auf Arbeit angewiesen. Und die konnte sich nur in der Illegalität abspielen. Auch ein reguläres Wohnverhältnis kam für ihn nicht in Frage. Michael hatte dementsprechende Kontakte bemüht und Fotos von Evert verteilen lassen. Als Anreiz winkten großzügige Belohnungen des Berliner Paten. Zwei Rückmeldungen waren bis jetzt gekommen. Die erste betraf den weißen Lieferwagen, den Evert fuhr. Er hatte ihn ebenso abgestoßen wie vorher den Nissan. Beim

Verkauf hatte er einen falschen Namen angegeben. Welchen Wagen er zurzeit fuhr, wusste Michaels Quelle nicht. Die zweite Information war noch interessanter. Evert hatte sich nach dem Preis eines Passes erkundigt und versucht, die Summe herunterzuhandeln.

«Das heißt also, er will ins Ausland verschwinden», meinte Leonie.

«Sobald er das nötige Geld hat», stimmte Michael zu. «Er wird es sich besorgen und dabei nicht zimperlich sein.»

Leonie erzählte ihm daraufhin, was sie von Nicola Goerne erfahren hatte, wobei sie die medizinischen Details aussparte. Das würde er ihr ohnehin nicht glauben. Sie glaubte es ja selbst noch nicht.

«Angeblich weiß sie nicht, wo er wohnt. Aber sie haben gelegentlichen Kontakt. Und dabei müssten wir ihn erwischen. Oder die Polizei. Ich kann das nicht vor Kaminski verheimlichen. Morgen werde ich mit ihm sprechen.»

«Okay.»

«Du bist damit einverstanden?»

«Natürlich. Ich habe kein Verlangen danach, dieser Frau vierundzwanzig Stunden am Tag aufzulauern. Das sollen ruhig die Jungs vom LKA machen.»

«Oder dein kriminelles Fußvolk», pikste Leonie, bekam aber keine Antwort. «Wann kommst du wieder nach Hamburg?»

«Das habe ich noch nicht entschieden. Aber zum letzten Akt werde ich zurück sein.»

Nach einer schlaflosen Nacht fuhr Leonie zunächst ins Institut und suchte Paul Unruh. Es war sehr früh und sein Büro noch verwaist. Leonie legte ihm den braunen Umschlag mit den von Nicolas Blut befleckten Tüchern auf den Schreibtisch und fügte einen erklärenden Zettel hinzu. Auf den Umschlag schrieb sie seinen Namen, unterstrich das Wort *persönlich* und schrieb daneben *dringend!!*. Dann fuhr sie zum Polizeipräsidium nach Alsterdorf.

Sie fand Kaminski an seinem Schreibtisch, die Füße hochgelegt und über einem Becher Kaffee meditierend. Leonie fegte einen Stapel alter Zeitungen von einem Stuhl und setzte sich.

«Haben Sie eine Spur von Evert?»

«Ja», sagte Kaminski.

Leonie hätte durch die Zähne gepfiffen, wenn sie das gekonnt hätte. Sie hatte ein Nein erwartet und ein triumphierendes «Aber ich» schon auf den Lippen.

«Ist nicht wahr.»

«Ich sehe vielleicht schläfrig aus, aber das täuscht.»

Er nahm die Füße vom Tisch und suchte ein Papier auf seinem Schreibtisch. «Eine Zivilstreife hat einen Mann an einem Zeitungskiosk gesehen, auf den Everts Beschreibung passt. Sie sind ihm zu einem Hausboot an der Billwerder Bucht gefolgt, wo er offensichtlich wohnte.»

«Dann haben Sie ihn also festgenommen? Und das erfahre ich jetzt erst? Wieso stand nichts davon in der Zeitung?»

«Nur die Ruhe. Er ist abgehauen, bevor sie ihn schnappen konnten.»

«Das glaube ich einfach nicht.» Leonie starrte ihn an. «Sie wissen, wo er wohnt, und lassen ihn wieder laufen?»

«Die Jungs, die's verbockt haben, sind nicht zu beneiden. Er hat offenbar bemerkt, dass er verfolgt wurde. Bevor die Verstärkung eintreffen konnte, ist er seelenruhig in seinen Wagen gestiegen und hat Gas gegeben. Er fährt übrigens schon wieder einen neuen.»

Weiß ich, dachte Leonie. «Und dann?»

«Nichts und dann. Er hat die beiden im Stadtverkehr abgehängt.»

«Nicht zu fassen.»

«Die Spurensicherung hat das Hausboot auf den Kopf gestellt. Jede Menge Fingerabdrücke und DNA-Material. Und Zeitungsausschnitte über die Sniper-Morde.»

«Waffen?»

«Negativ. Wahrscheinlich kutschiert er sie im Auto herum. Wieder ein Geländewagen. Ist in der Fahndung.»

«Observieren Sie Nicola Goerne. Früher oder später wird er bei ihr auftauchen, nehme ich an.»

Damit war es ihr gelungen, ihn zu überraschen. Leonie gab ihm eine Kurzfassung über ihr letztes Zusammentreffen mit Nicola.

«Was soll das denn sein? Bonnie und Clyde?»

Leonie zuckte mit den Schultern. «Ich glaube nicht, dass sie ihn zu einem Mord angestiftet hat. Aber die Frage bleibt natürlich, warum er Wagner getötet hat.»

«Das wird uns Frau Goerne erklären müssen. Ich werde sie ab sofort observieren lassen, aber ich vermute, dass sie Evert nach dem Gespräch mit Ihnen schon gewarnt hat.»

Das war also der wahre Grund, warum Michael kein Interesse an einer Beschattung hatte. Leonie fiel auf, wie selbstverständlich sie davon ausging, dass Nicola ihr die Wahrheit gesagt hatte.

«Das nächste Mal, wenn Sie einen ähnlichen Geistesblitz haben, kommen Sie gefälligst gleich damit zu mir. Himmel, Arsch und Zwirn.» Kaminski sprang auf und lief ein paar Mal auf und ab.

«Tut mir Leid.» Die Erkenntnis, die ganze Zeit voreingenommen und blind gewesen zu sein, war bedrückend.

Kaminski blieb vor ihr stehen. «Immerhin sind wir jetzt einen Riesenschritt weiter.»

Leonie blieb sitzen.

«Sonst noch was?»

Es war nicht der beste Zeitpunkt, mit ihm über Max zu sprechen. Aber die Sache brannte ihr auf den Nägeln.

«Ich brauche einen Rat. Es geht um Max Lifka. Er wird von zwei älteren Jungen zum Stehlen gezwungen.»

Sie berichtete Kaminski von ihrer Idee, die beiden in die Falle laufen zu lassen.

«Wenn man sie in meiner Wohnung erwischt, können sie sich wenigstens nicht mehr rausreden.»

Kaminski schüttelte den Kopf. «Juristisch heikel. Wenn Sie den geplanten Einbruch der Polizei melden, müssen die zuständigen Kollegen im Vorfeld tätig werden. Keinesfalls dürfen sie den beiden Jugendlichen eine Falle stellen und sie quasi zu dem Einbruch animieren.»

«Genau so habe ich mir das vorgestellt», sagte Leonie desillusioniert. «Kein Wunder, dass so wenige Jugendliche bereit sind, ihre Quälgeister anzuzeigen.»

Kaminski überlegte. «Es gibt zwei Möglichkeiten. Entweder Sie rufen die 110 an, sobald die Bengel die Wohnung betreten, und melden einen Einbruch.»

«Und wenn ich Pech habe, ist meine Wohnung ein Trümmerhaufen, ehe sich eine Uniform bei mir blicken lässt.»

«Oder», fuhr Kaminski fort, «Sie melden den geplanten Einbruch, sobald Max die Verabredung getroffen hat, behaupten aber, nicht zu wissen, wer die Täter sind. Dann werden die Kollegen rechtzeitig vor Ort sein und sich die Burschen greifen.»

«Gut, darüber muss ich nachdenken. Und was passiert anschließend mit den Jungen?»

«Nicht viel. Das wissen Sie doch.»

«Genau davor hat Max Angst. Den Verrat werden sie ihm nicht verzeihen.»

«Wieso Verrat? Er wird ebenfalls verhaftet werden. Und die

Polizei wurde von Nachbarn informiert, die etwas Verdächtiges beobachtet haben.»

Leonie war nicht überzeugt. «Glauben Sie, die schlucken das?»

«Kommt auf den Versuch an. Hat Ihr Schützling eine Alternative?»

«Danke, Kaminski.» Leonie erhob sich und ging zur Tür.

«Doc.»

«Ja?»

«Sagen Sie mir Bescheid, wann die Sache steigen soll. Vielleicht komme ich auf einen Sprung vorbei.»

Im Institut lief alles seinen gewohnten Gang, aber Leonie wusste, dass die Kolleginnen und Kollegen mit Sorge in die Zukunft blickten. Leonie hatte sie informiert, dass Professor Cordes in absehbarer Zeit das Institut verlassen würde. Zum denkbar ungünstigsten Zeitpunkt, wie viele fanden, denn dem Rechtsmedizinischen Institut drohten Streichungen von Stellen und Geldern. Leonie würde um jeden Arbeitsplatz feilschen, aber ihre Ausgangsposition war nicht gerade blendend. Die Situation der Untersuchungsstelle von Gewaltopfern war ebenso wenig erfreulich. Die Finanzierung durch die Justizbehörde würde in einigen Monaten auslaufen, Zuwendungen anderer Behörden waren fraglich. Ohne Sponsoren, die verlässliche Unterstützung über die nächsten Jahre hinweg versprachen, würde Leonie die Arbeit zurückfahren und vermutlich in einigen Monaten ganz einstellen müssen.

«Man müsste eine große PR-Aktion aufziehen», sagte Silber, mit dem sie sich über die Leiche eines nicht identifizierten Mannes beugte, die aus einem Fleet geborgen worden war.

«Fabelhafte Idee», murmelte Leonie. «Wenn Sie mir noch verraten, woher ich das Geld dazu nehmen soll.»

«Sie müssen ja nicht gleich ganzseitige Anzeigen in der *Zeit* schalten. Holen Sie die Medien ins Boot.»

«Als ob das so leicht wäre.»

Leonie schälte sich gerade aus ihrem Kittel, als ein Anruf kam, sie möchte bitte sofort Paul Unruh aufsuchen. Fünf Minuten später stand sie in seinem Büro und beugte sich über die Ergebnisse der DNA-Analyse von Nicola Goernes Blut.

«Bist du sicher, dass die Probe von Frau Goerne stammt?»

Leonie nickte mit dem Kopf. «Natürlich.»

«Kann es zu einer Kontamination der Probe gekommen sein?»

«Unmöglich.»

«Dann verstehe ich das nicht.»

«Ich glaube, ich schon.» Leonie setzte sich, ihr war ein wenig schwindelig. «Ich möchte, dass deine Kollegen vom LKA den Test wiederholen. Nur zur Sicherheit. Es ist wirklich wichtig.»

Sie überlegte einen Moment, ehe sie fortfuhr. «Und sie sollen einen Vergleich mit allen anderen DNA-Proben aus dem Sniper-Fall und dem Fall Böttcher machen.»

Paul sah sie fragend an.

«Ich erklär's dir, wenn ich ganz sicher bin, was das bedeutet.»

Gerade ist wieder ein Zebra durch das Institut galoppiert, dachte Leonie, als sie in ihr Büro ging. Aber noch fehlte ihr die letzte Gewissheit. Es kostete sie ein paar Telefonate, bis sie sie hatte. Eine Kollegin der Lübecker Kinderklinik besorgte ihr die gewünschte Information. Es war die Diagnose, die sie erwartet hatte, aber es war trotzdem ein Schock. Und sie brauchte einen halben Tag und eine Nacht, um ihn zu verarbeiten.

Vor dem Frühstück tauchte, wie immer unerwartet, Michael bei ihr auf. Sie kam gerade aus der Dusche und trug noch den Morgenmantel, als er vor der Tür stand.

«Es ist erst acht Uhr», sagte sie vorwurfsvoll.

«Ich dachte, du wärst ein früher Vogel. Ehrlich gesagt hatte ich kaum gehofft, dich noch anzutreffen.»

«Ich habe verschlafen», gab sie zu. «Woher kommst du?»

«Vom Flughafen», antwortete er kurz angebunden. «Was macht die Observation dieser Frau?»

Leonie ging in die Küche und setzte die Kaffeemaschine in Gang.

«Ich habe noch nichts gehört.» Dass Zivilfahnder den Mann schon einmal gefunden hatten, erwähnte sie nicht.

«Dachte ich mir.» Das klang verdächtig zufrieden.

Leonie betrachtete ihn misstrauisch. «Hast du was gehört?»

«Möglich.»

«Ja was?»

«Ist noch nicht spruchreif.»

Leonie war sauer. «Du willst nicht, dass ich es an die Polizei weitergebe, aber das ist nicht fair.»

«Was ist schon fair? In diesem Stadium hat das LKA dieselbe Chance wie ich. Vielleicht sind sie schneller als ich. Dann ziehe ich meinen Hut. Und wenn nicht … Ich finde, ich habe genug für die Polizei getan.»

Natürlich wollte er den Sniper als Erster fassen. Das hatte er von Anfang an vorgehabt. Und Leonie wusste es. In dem Moment beschloss sie, ihm nichts von Nicola zu erzählen. Sie würde ihm überhaupt keine Information mehr weitergeben. Und sie würde ihn nicht mehr schützen. Sie konnte es nicht mehr.

«Wie du meinst. Ich muss ins Institut.»

Leonie ging in ihr Schlafzimmer und kleidete sich rasch an. Er stand in ihrem Arbeitszimmer, als sie ihre Tasche holen wollte.

«Kann ich deinen Laptop benutzen? Ich muss kurz ins Internet.»

«Help yourself.» Sie griff nach ihrem Handy. «Ich nehme an, wir sehen uns heute zum letzten Mal.»

«Das ist möglich.» Michael sah auf sie herab. Unerwartet zog er sie an sich und küsste sie auf die Stirn. «Mach's gut, Zuckerschnute. Pass auf dich auf.»

Und wieder gelang es ihm, ihre Gefühle zu verwirren. Noch immer lagen ihr seine Unversehrtheit und sein Wohlergehen am Herzen. «Du auch.»

Rasch verließ sie das Zimmer, ergriff im Laufen ihre Jacke und riss mit Schwung die Wohnungstür auf. Vor ihr stand Max, einen Schlüssel in der Hand. Hinter ihm Murat und Stefan. Für einen Moment standen sich die vier verblüfft gegenüber. Stefan reagierte zuerst. Er sprang auf Leonie zu und schubste sie in die Wohnung zurück. Murat folgte, langsamer Max.

«Wieso ist die Alte noch da, Mann?» Die Frage galt Max.

Leonie hätte gern gewusst, wieso sie nicht zu der Zeit kamen, die sie mit Max verabredet hatte. Hatten die Burschen die Falle etwa gerochen? «Was soll das bedeuten, Max?»

Max wand sich. «Tut mir Leid.»

«Fresse.» Das war Murat.

Er knallte die Wohnungstür hinter sich zu. Stefan trat auf Leonie zu, so dicht, dass er fast auf ihren Schuhen stand.

«Okay, Schnüfflerin. Dann darfst du zugucken, wie wir deine Bude platt machen.»

Leonie zog blitzschnell das Knie hoch und traf ihn an seiner empfindlichsten Stelle. Stefan sackte mit einem Schmerzenslaut zusammen und interessierte sich in den nächsten Minuten nicht mehr für die Hausherrin. Das besorgte Murat für ihn. Bevor Leonie die Arme zum Schutz hochreißen konnte, hatte er sie hart mit der Faust im Gesicht erwischt, der zweite Hieb traf ihre Schläfe. Leonie wurde schwarz vor Augen. Als sie wieder zu sich kam, lag sie auf dem Boden.

«Scheiße, Murat, sie blutet», jammerte Max.

Stefan stöhnte und fluchte und zog sich an der Tischkante hoch. Das lenkte Murats Aufmerksamkeit für einen Moment von ihr ab. Leonie nutzte das, um in ihrer Tasche nach ihrem Handy zu suchen. Es gelang ihr, die Taste zu drücken, auf der sie Kaminskis Nummer eingespeichert hatte. Dann betete sie, dass sie sich nicht ausgerechnet jetzt in einem Funkloch befand. Kaminski meldete sich. Statt einer Antwort stöhnte sie leise und hoffte, er würde es nicht für einen unsittlichen Anruf halten und gleich wieder auflegen.

«Ich stech die Alte ab», brüllte Stefan. Das Gesicht blass und schmerzverzerrt, die Hände schützend vor seiner Männlichkeit, hinkte er auf sie zu.

Das war bis zu Kaminski gedrungen. «Doc?», piepste seine Stimme aus dem Handy. «Was ist los bei Ihnen?»

Hatte der Idiot nicht kapiert, dass sie nicht antworten konnte?

Leonie tat so, als wäre sie immer noch bewusstlos.

«Bitte, tu ihr nichts.» Das war wieder Max.

«Dazu wird er keine Gelegenheit haben.»

Damit war Leonies Frage beantwortet, wo Michael geblieben war. Sie riskierte einen Blick. Er stand in der Tür zum Wohnzimmer und hielt eine Pistole in der Hand. Ein zweiter Blick in Richtung der Jungen zeigte ihr, dass die beiden ihre Messer gezogen hatten. Stefan wandte sich wütend und irritiert an Max.

«Wart's ab. Dich kriegen wir noch.»

Leonie wagte es, sich aufzurichten. Kaminski meldete sich nicht mehr.

«Messer auf den Boden», befahl Michael. «Her zu mir.»

Den Blick auf die Pistole gerichtet, legten die Jungen vorsichtig ihre Kampfmesser auf den Boden und gaben ihnen einen Tritt. Michael bückte sich und hob sie auf. Murat hielt das für eine gute Gelegenheit, ihn anzugreifen. Der Pistolengriff traf sein Kinn, und er ging geräuschvoll zu Boden. Stefan hinkte so schnell er konnte zur Tür, aber Michael war schneller. Er packte ihn im Genick und schüttelte ihn wie einen jungen Hund heftig hin und her, bis er schlaff in seinem Griff hing. Dann schleifte er ihn zurück und ließ ihn neben Murat fallen. Max hatte das Geschehen mit offener Bewunderung verfolgt. Leonie hielt es für höchste Zeit, sich einzumischen. Sie kämpfte sich auf die Füße.

«Schluss jetzt. Die Polizei wird gleich hier sein. Und ich möchte, dass sie die beiden jeweils in einem Stück vorfindet.»

Michael nickte grimmig. «Ich muss nur noch etwas klarstellen.»

Er packte die beiden Jungen und zerrte sie auf die Füße. Murat blinzelte mühsam.

«Soweit ich das beurteilen kann, habt ihr zwei Idioten eine hübsche Knastkarriere vor euch. Davon will ich euch keinesfalls abhalten. Aber was immer ihr demnächst anstellt, ihr werdet Doktor Simon und Max nicht mehr in die Nähe kommen. Ich könnte euch dann nicht mehr so nachsichtig behandeln wie heute. Ist das angekommen?»

Murat und Stefan sahen ihn hasserfüllt an, nickten aber.

«Möglicherweise habt ihr begriffen, dass ich weder der Polizei noch der Justiz angehöre. Das bedeutet, ich bin gefährlich. Klar?»

Wieder ein Nicken.

«Gut.» Michael wandte sich an Leonie. «Schaffst du alles Weitere allein?»

«Ich denke schon.»

«Dann verabschiede ich mich.»

Er übergab Leonie die beiden Messer, tastete die Jungen rasch nach weiteren Waffen ab und hielt den Daumen hoch zum Zeichen, dass alles in Ordnung war. Dann strubbelte er Max über den Kopf und verließ die Wohnung.

«Cool», seufzte der. Er beäugte ängstlich seine beiden Quälgeister, die geknickt und ratlos an den Esszimmertisch gelehnt dastanden. «Was machen wir jetzt?»

«Warten», antwortete Leonie. Sie ging zur Wohnungstür, schloss ab und steckte den Schlüssel ein. «Setzen wir uns so lange.»

«Warum lassen Sie uns nicht laufen?», versuchte es Stefan. «Ist doch nix passiert.»

Leonie antwortete nicht. Mit Max an ihrer Seite, ein Messer angriffsbereit in der Hand, horchte sie auf das Geräusch der Türklingel. Lange musste sie nicht warten. Kaminski hatte die Strecke in Rekordzeit geschafft.

Er stürmte in die Wohnung, als sie aufschloss. «Was zum Teufel …»

Sein Blick fiel auf Murat und Stefan, die inzwischen resigniert am Boden hockten.

Murat sprang auf. «Ich will Anzeige machen. Die Frau und ihr Macker wollten uns fertig machen. Meinem Kumpel hat sie in die Eier getreten. Ihr Kerl wollte uns abknallen.»

«Unsinn», sagte Leonie fest und sah Max mit zusammengezogenen Augenbrauen an. «Wenn hier einer Anzeige erstattet, dann bin ich das.»

«Doktor Simon hat keinen Macker», stimmte Max zu.

«So», sagte Kaminski schleppend. «Dann gehörte die Männerstimme, die ich durchs Telefon gehört habe, also einem von euch, was?»

«Telefon?» Stefan sah schafsdämlich aus.

Leonie zog ihr Handy aus der Tasche, drückte einen Knopf, und in Kaminskis Jackett vibrierte es.

Murat fluchte auf Türkisch.

«Die beiden wollten bei mir einbrechen, dummerweise bin ich heute später zur Arbeit aufgebrochen als gewöhnlich. Sie haben mich bewusstlos geschlagen und hätten mich zweifellos mit dem Messer attackiert, wenn Max nicht so geistesgegenwärtig gewesen wäre, sie ihnen abzunehmen.»

«Max, ah ja.» Kaminski betrachtete die Messer, die Leonie auf den Tisch gelegt hatte.

Murat und Stefan beschränkten sich aufs Fluchen. Als zwei uniformierte Beamte auf Kaminskis Aufforderung hin die beiden festnahmen, flüsterte Stefan im Vorbeigehen Max etwas zu, das für Leonie wie «Wir sehen uns» klang. Sie hoffte, dass es nur die leere Drohung eines schwer Gekränkten war.

Nachdem Leonie ihre Sekretärin informiert hatte, dass sie die Vormittagstermine verschieben müsse, fuhr sie mit Max und Kaminski zum nächsten Polizeikommissariat und erstattete Anzeige. Ihre Aussagen wurden protokolliert, dann waren sie entlassen. Leonie setzte Max in ein Taxi und nannte die Adresse seiner neuen Schule.

«Damit du wenigstens die letzte Stunde noch mitbekommst.»

Max grinste. «Die letzte Stunde fällt aus.»

«Kein Wunder, dass ihr Blagen immer dümmer werdet.» Leonie gab dem Taxifahrer einen Geldschein. Sie wandte sich wieder an Max. «Übrigens habe ich uns zum nächsten Besuchstag bei deiner Mutter angekündigt. Du hast doch keine Einwände?»

Max schüttelte den Kopf. «Das ist in Ordnung. Ich habe auch ein Geschenk für sie.»

«Gekauft oder geklaut?»

«Gekauft natürlich», sagte Max gekränkt. «Einen Kugelschreiber und ein Notizbuch. Zum Schreibenüben.»

«Das ist eine tolle Idee», fand Leonie und gab das Zeichen

zur Abfahrt. Sie drehte sich zu Kaminski um, der sich im Hintergrund gehalten hatte. «Haben Sie eine halbe Stunde Zeit?»

Das Café Christiansen an der Hoheluftchaussee gehörte zu den Lichtblicken unter den Hamburger Konditoreien. Leonie fand, es sei der richtige Ort, um Kaminski eine ungewöhnliche Lektion in Sachen Genetik beizubringen. Als die Bedienung sie mit Kaffee und Croissants versorgt hatte, verblüffte Leonie ihn mit der Frage, ob ihm schon mal der Begriff Gonadendysgenesie begegnet sei.

«Was?»

«Oder vielleicht XY-Frau?»

«Ich kenne nur *Aktenzeichen XY … ungelöst*. Was soll das Quiz?»

Sie musste wohl etwas weiter ausholen, um ihm zu erklären, worum es ging.

«Bei der Zeugung eines Kindes wird das chromosomale Geschlecht schon bei der Verschmelzung von Ei und Samenzelle festgelegt. Von den sechsundvierzig Chromosomen beziehungsweise dreiundzwanzig Chromosomenpaaren, die unsere DNA bilden, ist das Paar Nummer dreiundzwanzig dafür zuständig, ob wir als Frau oder Mann angelegt sind. 46,XX steht für Mädchen, 46,XY für Junge. Wenn alles gut läuft, schaltet sich bei einem 46,XY-Embryo am Ende des zweiten Schwangerschaftsmonats das SRY-Gen auf dem Y-Chromosom an und sorgt für die Ausbildung von Hoden, die wiederum mit der Produktion von Androgenen wie zum Beispiel Testosteron beginnen. Der ursprünglich weibliche Embryo vermännlicht sich. Penis und Samenstränge statt Gebärmutter und Eierstöcken. Wenn es schief geht, das heißt, wenn sich das SRY-Gen nicht anschaltet oder wenn ein bestimmtes Gen auf den mütterlichen X-Chromosomen defekt ist und eine Androgenresistenz oder Androgenunempfindlichkeit bewirkt, setzt diese Vermännlichung gar nicht oder nur unzureichend ein. Und dann entsteht ein Embryo, den man mit dem Wort intersexuell bezeichnet.»

«Sie reden von einem Zwitter.» Kaminski hatte ihr aufmerksam zugehört.

«Zwitter oder Hermaphrodit, wie Sie wollen. Betroffene würden das heute allerdings als diskrimierend empfinden. Mediziner und Genetiker reden von Intersexualität oder von XY-Frauen. Es gibt übrigens auch XX-Männer. Dabei ist die Androgenproduktion, die auch bei weiblichen Embryos stattfindet, ein bisschen außer Kontrolle geraten, reicht aber natürlich nicht, um einen echten Jungen zu erzeugen.»

«Wollen Sie mir Angst einjagen?»

«Keineswegs. Sie sind ein Prachtexemplar Ihres Geschlechts. Ihre Homosexualität steht auf einem anderen Blatt Papier.» Leonie grinste. «Der Vorgang, den ich versucht habe, mit wenigen Worten zu schildern, ist natürlich hochkompliziert, und die Erscheinungsformen sind vielfältig. Es gibt XY-Frauen, die sich äußerlich in nichts von anderen Frauen unterscheiden, nur keine Kinder bekommen können, weil ihnen die inneren Organe dazu fehlen. Es gibt Kinder, die erst in der Pubertät auffällig werden, weil ihnen kein Busen wächst und die Regel ausbleibt. Andere fallen schon kurz nach der Geburt auf, weil sie eine stark vergrößerte Klitoris haben. Früher hat man den Eltern zur Operation geraten, wobei man die Kinder grundsätzlich zu Mädchen gemacht hat, nach dem Motto: ‹Es ist leichter, ein Loch zu graben, als einen Mast zu bauen.› Inzwischen ist man vorsichtiger, weil man herausgefunden hat, dass bei der embryonalen Entwicklung auch unser Gehirn durch Hormone auf das Geschlecht geprägt wird. Man kann einen Jungen nicht einfach zum Mädchen operieren oder umgekehrt.»

Sie machte eine Pause. Kaminski betrachtete sie nachdenklich.

«Sagen Sie, Doc, wollen Sie mich vorsichtig darauf vorbereiten, dass Sie eigentlich ein Kerl sind?»

Leonies Gelächter erschütterte die Konditorei und erfasste die Kellnerin und zwei Gäste, obwohl die nicht die geringste Ahnung hatten, worum es ging.

«Kaminski, Sie sind Gold wert.» Sie wischte sich Lachtränen aus den Augenwinkeln. «Genetisch bin ich eine hundertprozentige Frau, auch wenn ich nicht auf Stöckelschuhen laufen kann und keinen koketten Augenaufschlag hinbekomme.»

Sie wurde wieder ernst. «Die Frau, von der ich rede, ist Nicola Goerne. Ich habe eine Blutprobe von ihr in unserem Labor untersuchen lassen. Das Ergebnis zeigt eindeutig ein XY-Chromosomenpaar.»

Kaminski war so verblüfft, dass ihm nicht einfiel zu fragen, wieso Leonie eine DNA-Untersuchung von Nicolas Blut für nötig gehalten hatte.

«Ich habe Doktor Unruh gebeten, die Ergebnisse der Analyse Ihren Leuten zum Abgleich mit anderen Spuren zu übermitteln.»

«Interessante neue Perspektive.»

«Selbst wenn es zu ihrer DNA einen Match gibt, heißt das noch gar nichts. Tobias Böttcher und auch sein Vater sind für mich noch nicht aus dem Rennen.»

Kaminski sprang auf und legte einen Geldschein auf den Tisch. «Wir werden sehen.» Er hielt inne. «Wie sind Sie überhaupt darauf gekommen?»

Das Bild von Nicola, die ihr Sweatshirt hinten am Kragen packte und über den Kopf zerrte, kam ihr in den Sinn.

«Unwichtig.»

Leonie blieb noch eine Weile sitzen, nachdem Kaminski gegangen war. Die Atmosphäre der Konditorei mit dem Duft nach Kaffee und Schokolade und dem leisen Stimmengewirr schuf die Illusion von Normalität und Sicherheit. An manchen Tagen war es genau das, was Leonie brauchte.

34 ·

WIE BEI IHREM ersten Treffen saßen Leonie und Nicola Goerne auf einer Parkbank auf dem Altonaer Balkon und betrachteten den Hafen.

«Was hat Sie darauf gebracht?»

Die junge Frau an Leonies Seite schien ruhig und entspannt. War sie so abgebrüht oder einfach schicksalsergeben?

«Zunächst kleine Beobachtungen, die mich irritierten. Zum Beispiel, dass Sie Ihren Pullover wie ein Mann ausziehen, nicht wie eine Frau.»

«Tatsächlich?» Nicola lächelte verblüfft. «Ist mir nie aufgefallen.»

«Ihre Angst vor Ärzten, die Narben an Ihren Handgelenken. Alles nur Puzzleteilchen, die für sich genommen bedeutungslos schienen. Aber am wichtigsten war, was Ihre Mutter gesagt hat.»

«Sie haben meine Eltern besucht?»

«Ja.» Leonie gab das nur ungern zu. «Ich wollte mehr über Sie wissen. Sie waren mir von Anfang an ein Rätsel. Und Ihre Eltern waren auffallend abweisend und ängstlich.»

«Ich bin ihr Familiengeheimnis, das Monster im Keller.» Das wurde mit äußerster Bitterkeit hervorgestoßen.

«Ihre Mutter sprach von einer Operation und erwähnte, dass Sie als ganz kleines Kind häufig im Lübecker Kinderkrankenhaus behandelt worden seien, unter anderem wegen eines Leistenbruchs. Leistenbrüche sind sehr selten bei genetisch eindeutigen Mädchen. Und die Lübecker betreiben Forschungen in dem Bereich.»

«Damals auf dem Niveau von Doktor Eisenbart. Können Sie sich vorstellen, wie es ist, vor einer Bande von neugierigen Ärzten und Studenten die Beine spreizen zu müssen und sich angaffen zu lassen wie eine Missgeburt? Immer und immer wieder?»

«Auch unter Ärzten gibt es Voyeure.»

«Zu meinen frühesten Erinnerungen gehören Ärzte, die mich anglotzten, befummelten und mir wehtaten. Und Eltern, die mir auswichen, Lügen erzählten und denen ich peinlich war.»

«Mit Uneindeutigkeit können die meisten Menschen schlecht leben. Sie wollen einen Sohn oder eine Tochter. Etwas anderes können sie nicht akzeptieren.»

Nicola lachte unfroh. «Und ich war eine besonders schlimme Prüfung. Ich kam mit allen Schikanen zur Welt. Meine Mutter hat nach meiner Geburt erst mal rund um die Uhr geheult. Mein Vater hat die Hebamme bestochen, dass sie's ja nicht rumerzählt. Ich wurde operiert, und später kam die Hormonbehandlung. Ich kriegte einen Busen, aber ich wusste trotzdem immer, dass ich kein richtiges Mädchen war. Die Diagnose ‹gemischte Gonadendysgenesie› und was das bedeutet, habe ich erst mit sechzehn rausbekommen.»

«Und sind gleich von zu Hause ausgezogen?»

Nicola nickte und schwieg eine Weile. «Meine jüngere Schwester konnte stundenlang vor dem Spiegel stehen und sich anschauen, sie liebte ihren Körper. Ich hab sie darum beneidet. Ich hasste sie sogar dafür. Mein Körper war mir immer fremd. Ich wollte ihn nicht, weil die anderen ihn nicht wollten. Ein Fremdkörper. Das bin ich geblieben.»

Das Mitgefühl schnürte Leonie die Kehle zu. Sie räusperte sich. «Offenbar nicht für Evert. Und nicht für Melanie Böttcher.»

«Axel Evert ist selbst ein Fremdkörper. Der Unterschied zwischen uns besteht nur darin, dass er sich irgendwann verloren hat. Ich war es von Geburt an.» Ein stilles, introvertiertes Lächeln breitete sich auf Nicolas Gesicht aus. «Melanie war eine ungewöhnliche Frau. Sie gestattete mir eine Weile, sie zu lieben. Bis ich ihr sagte, was ich bin. Ich hatte sie überschätzt.»

«Haben Sie sie deshalb getötet? Weil sie Sie zurückgewiesen hat?»

«Ich habe sie nicht getötet.»

«Wir haben bei Melanies Leiche ein Taschentuch gefunden. Es enthielt DNA, Ihre nehme ich an, und Birkenpollen. Sie sind gegen Kirschen allergisch. Das ist typisch für Birkenpollen-Allergiker.»

«Was beweist das schon?»

«In Melanies Wohnung fanden sich auch nach all den Jahren noch Glassplitter zwischen Bodendielen. Sie stammen von einer Brille. Wie lange tragen Sie schon Kontaktlinsen?»

«Auch das beweist nur, dass mir einmal eine Brille zerbrochen ist.»

«Und wie kam das Glasstück in Melanies Ellbogen, wenn nicht während eines Kampfes?»

Nicola Goerne erhob sich. «Ich muss zurück zum Restaurant.»

«Ich glaube, Sie wollten Melanie nicht töten. Es war ein Unfall. Durch das geplatzte Aneurysma verlor sie das Bewusstsein, aber Melanie lebte noch, als Sie sie auf den Dachboden getragen haben. Sie starb, weil Sie keine Hilfe holten.»

«Nein.» Heftig wandte sich Nicola zu Leonie um und stieß sie vor die Brust, sodass sie ein paar Schritte zurücktaumelte. «Ich will das nicht hören. Das ist nicht wahr.»

Leonie war schon zu weit gegangen, um jetzt noch lockerzulassen.

«Erzählen Sie mir nicht, dass Sie seitdem auch nur einen einzigen glücklichen Tag hatten. Einen Tag, an dem Sie nicht an Melanie gedacht haben. Und an Sven Johannsen.»

«Versuchen Sie nicht, in meinen Kopf zu sehen. Nicht, bevor ich tot bin.» Nicola lief fast den Weg hinab zur Elbe. Leonie folgte etwas langsamer. Nicolas einzige Chance war, sich zu stellen und die Wahrheit zu sagen. Wie hilft man einem Menschen, der sich nicht helfen lassen will?

Leonie folgte ihr die Straße an der Elbe entlang, wo um diese Zeit an einem Wochentag nur wenige Autos parkten.

«Nicola.»

Die junge Frau blieb stehen und wandte sich um. Sie lächelte plötzlich. «Ich weiß, warum Sie gekommen sind. Seit Sie wissen, dass ich intersexuell bin, hoffen Sie, dass es meine männliche Seite ist, die Sie angezogen hat.» Sie trat auf Leonie zu. «Aber Sie sind sich nicht ganz sicher, nicht wahr? Und das beunruhigt Sie.»

Bevor sie weitersprechen konnte, öffnete sich die Beifahrertür eines großen schwarzen Geländewagens direkt neben ihnen. Axel Evert saß am Steuer, und er richtete eine Waffe auf Leonie.

«Na, ihr zwei Hübschen? Ihr habt euch sicher eine Menge zu sagen. So zum Abschied.»

«Was meinst du damit?», wollte Nicola Goerne wissen. Sie wirkte äußerlich vollkommen ruhig, während Leonies Magennerven anfingen, Signale zu senden. Sie blickte nicht gern in die Mündung einer auf sie gerichteten Pistole. Die blieb auch auf sie gerichtet, als Evert sich an Nicola wandte.

«Deine Kollegin hat mir verraten, dass du deinen Job gekündigt hast. Genauso wie deine Wohnung.»

Das fand auch Leonie interessant.

«Das ist richtig. Es ist Zeit für eine Veränderung.»

«Fein. Da sind wir ja einer Meinung. Ich habe beschlossen, dass wir zusammen gehen. Oder untergehen.»

«Nein», sagte Nicola.

«Ich kann euch beide auch hier und jetzt abknallen. Täte ich aber ungern.»

«Okay.» Nicola traf nach einem Blick auf Leonies blasses Gesicht eine schnelle Entscheidung. «Was soll ich tun?»

Evert rutschte auf den Beifahrersitz. «Nicky, du fährst.» Und zu Leonie: «Sie kommen mit.»

Er stieg aus und winkte sie in die Mitte des Sitzes. Leonie kletterte ins Fahrzeug, während Nicola um den Wagen herumging und sich hinter das Steuer setzte.

«Fahr zum Yachthafen nach Wedel», kommandierte Evert. Er saß ganz rechts und drückte Leonie die Waffe in die Seite.

«Okay», sagte Nicola wieder und wendete den Wagen. Leonie überlegte währenddessen fieberhaft, was sie tun sollte. Ihre Panik legte sich ein wenig, als sie bemerkte, dass eine Limousine ebenfalls startete und wendete. Sie hoffte, dass es Zivilfahnder waren, die Nicola Goerne observierten. Die Fahrt nach Wedel war eine der längsten ihres Lebens, so empfand es Leonie wenigstens. Und ihre Hoffnung auf Hilfe sank, als die Limousine, die ihnen folgte, von der Elbchaussee in den Halbmondsweg einbog und verschwand. Evert, dem der Wagen ebenfalls aufgefallen war, atmete aus. Leonie spürte, dass sich seine Muskeln leicht entspannten. Während der ganzen Fahrt beantwortete er keine von Nicolas Fragen. Erst als sie auf das Yachthafen-Gelände einbog und am Wasser- und Schifffahrtsamt vorbeifuhr, wurde er gesprächiger.

«Fahr bis Schuppen zwei.»

Goerne tat, wie ihr geheißen. Sie stellte den Motor ab und lächelte Leonie beruhigend zu.

«Los, aussteigen», kommandierte Evert.

Er dirigierte die beiden Frauen zwischen dem Bootsschuppen und einem Kinderspielplatz hindurch zu der Marina des Yachthafens. Es herrschte wenig Betrieb, und Evert hielt die auf Leonie gerichtete Waffe so, dass sie niemandem auffallen würde.

«Ich nehme an, wir machen eine Bootsfahrt?», fragte Nicola.

«So ist es. Ich habe ein hübsches kleines Boot für uns organisiert.»

«In Ordnung. Aber wozu willst du dich mit ihr abschleppen?» Nicola wies mit dem Kopf auf Leonie.

«Hab ich gar nicht vor. Wenn wir weit genug weg sind, schmeiße ich sie über Bord.»

Schöne Aussichten, dachte Leonie. Ich hätte öfter Schwimmen trainieren sollen.

An der Tankstelle stiegen sie hinab zum Hauptsteg, von dem aus Nebenstege abgingen, an denen die Boote vertäut lagen. Leonie hörte das Geräusch von zwei oder drei Autos, die sich rasch näherten. Erneut keimte eine leise Hoffnung bei ihr auf. Vielleicht hatte ein anderes Fahrzeug die Verfolgung übernommen, als die Limousine abgebogen war. Auch Evert hatte die Wagen kommen hören und zwang sie, schneller zu gehen. Am hintersten Steg, direkt an der Fahrrinne, die die Marina teilte, lag eine eindrucksvolle Motoryacht. Auf diese Yacht strebte Evert im Laufschritt zu.

«Wir sind da. Los, macht schon.»

Nicola musste als Erste an Bord klettern, Leonie folgte. Evert sprang als Letzter an Deck und startete sofort den Motor.

«Mach die Leinen los», rief er Nicola zu und winkte Leonie mit der Pistole. «Sie gehen unter Deck.»

Er wollte sie einschließen. Leonie wurde übel. «Darf ich nicht an Deck bleiben? Ich habe keine Waffe. Was kann ich schon tun?»

«Rein da. Ich sag's kein drittes Mal.»

Bevor Leonie die bezeichnete Tür öffnen konnte, flog diese auf, und Michael trat heraus. Er schoss sofort. Everts Waffe flog davon und schlug dröhnend auf dem Steg auf. Gleichzeitig sah Leonie in der Ferne mehrere Männer, darunter Kaminski, auf das Hafenbecken zulaufen. Einer trug ein Gewehr und lief oberhalb des Beckens parallel zum Hauptsteg in Richtung Motoryacht. Kaminski und die anderen rannten auf dem Steg auf sie zu.

Evert hatte sich rasch von seinem Schock erholt und hielt plötzlich eine zweite Waffe in der Hand. Er richtete sie auf Michael, der sich gerade auf den Entwaffneten stürzen wollte, und schob mit der anderen Hand die Jacke zur Seite. Leonie sah, dass er einen Sprengstoffgürtel um die Hüften geschnallt trug.

«Das war keine gute Idee von Ihnen», sagte er ganz ruhig zu Michael, der zum oberen Ende des Niedergangs zurückwich.

«Axel.» Das kam als Warnruf von Nicola. Leonie wusste nicht, ob sie ihn von Dummheiten abhalten oder auf die Polizisten aufmerksam machen wollte, die sich rasch mit erhobenen Waffen näherten.

Evert setzte das Boot für alle unerwartet so heftig zurück, dass Michael rückwärts den Niedergang hinabfiel. Leonie hatte sich irgendwo festhalten können, ebenso Nicola. Es folgten ein Knall und das Pfeifen einer Kugel, die ihr Ziel verfehlte. Ehe der Polizist, der sich oben an Land postiert hatte, einen zweiten Schuss abgeben konnte, hatte Evert einen Alarmstart gemacht und schoss in die Fahrrinne. Michael erschien wieder auf der Bildfläche und stürzte sich auf ihn. Nicola taumelte auf Leonie zu.

«Los, springen Sie.»

«Was?»

«Springen Sie über Bord.»

«Das kann ich nicht.» Leonie sah sie entsetzt an.

«Wollen Sie das hier überleben oder nicht?», rief Nicola ihr ins Ohr.

Das Boot schoss durch die Hafeneinfahrt auf den Fluss hinaus. Leonie sah Michael mit Evert ringen. Der versuchte, an den Zünder seiner Sprengladung zu kommen.

«Nicht ohne Sie», schrie Leonie zurück.

Nicola sah ihr in die Augen und schüttelte lächelnd den Kopf. Dann packte sie Leonie und stieß sie mit großer Kraft über die Reling. Leonie machte den verzweifelten Versuch, sich gegen sie zu stemmen, aber Nicola war stärker als sie.

Das Wasser war kalt und hart wie Beton. Das Nächste, was Leonie wahrnahm, war das Brennen ihrer Lungen, als sie sich nach einer Ewigkeit an die Wasseroberfläche emporgekämpft hatte. Sie hustete und keuchte und war für einen Moment völlig orientierungslos. Dann sah sie ein Boot der Wasserschutzpolizei auf sich zukommen. Ein Polizist stand an der Reling und hielt einen Rettungsring für sie bereit. Leonie ruderte wild mit den Armen, um sich an der Wasseroberfläche zu halten. Durch den Wasserschleier in ihren Augen blickte sie in die entgegengesetzte Richtung, wo die Motoryacht sich rasend schnell elbaufwärts entfernte. Der Knall einer gewaltigen Detonation erreichte sie fast gleichzeitig mit dem Rettungsring, der ihr zugeworfen wurde. Dann erschienen Feuer und Rauch über dem Horizont.

Als helfende Hände Leonie an Bord zogen, wurde sie ohnmächtig.

35.

DIE MASCHINE der Bundeswehr, die Leonie Simon und etwa drei Dutzend weitere BKA-Beamte und Kollegen anderer Institute nach Bangkok flog, war gegen Mittag verspätet gestartet. Inzwischen war es vor dem Kabinenfenster, durch das Leonie sah, dunkel geworden. Sie flogen der Nacht entgegen. Und einer Katastrophensituation, deren Ausmaß sie zu dem Zeitpunkt nur erahnen konnten. Einige Tage nachdem gigantische Tsunamis die Küsten Südostasiens in Trümmer gelegt und eine unvorstellbar hohe Zahl von Menschen getötet und verletzt hatten, war an Leonie der Ruf ergangen, sich der Identifizierungskommission des BKA anzuschließen. Auf den *killing fields* des Balkans hatte sie bereits einschlägige Erfahrungen gesammelt und Massakeropfer aus Massengräbern exhumiert und untersucht. In Absprache mit Professor Cordes, der so weit genesen war, dass er seinen Chefsessel, wenn auch mit reduzierter Stundenzahl, wieder einnehmen konnte, hatte sie zugesagt. Wochen härtester Arbeit in glühender Hitze und unter erschwerten Bedingungen erwarteten sie. Und das Leid der Überlebenden, die ihre Familie und ihre Freunde verloren hatten oder verzweifelt nach ihnen suchten.

Es war still geworden im Flugzeug. Die Gespräche waren nach und nach verstummt, die meisten schliefen. Leonie hatte ebenfalls ihren Sitz in eine halb liegende Position gebracht und die Augen geschlossen, aber sie schlief nicht. Ein leichter Druck an ihrem linken Ringfinger erinnerte sie an Paul, mit dem sie das Weihnachtsfest verbracht hatte. Er hatte ihr einen Ring geschenkt, einen schmalen Reif mit einem Brillanten, den er im

Scherz als Verlobungsring bezeichnet hatte. Aber beide wussten, dass er eher einen Abschied als einen Anfang markierte. Wenn sie aus Asien zurückkam, würde sie nach Berlin übersiedeln, um dort ihre neue Stelle anzutreten. Sie hatte sich für Professor Königs Angebot entschieden. Den Entschluss jedoch, sich zu gegebener Zeit als Direktorin des Hamburger Instituts zu bewerben, hatte sie noch nicht gefällt.

Der Wechsel nach Berlin war nicht allein ihre Idee gewesen, aber inzwischen hatte sie die Vorteile erkannt. Ein Kapitel würde geschlossen werden, das ziemlich turbulent gewesen war und ihr viel abverlangt hatte. Natürlich würde sie einiges vermissen. Othello zum Beispiel, den sie in Frau Thieles Obhut zurücklassen würde. Und Menschen wie Vera Kilian, die Heiratspläne wälzte und sich nicht traute, mit ihren Töchtern darüber zu sprechen. Oder Max Lifka, der eine Lektion gelernt hatte und sie hoffentlich nicht so bald vergessen würde. Paul Unruh würde sie in Berlin besuchen und sie ihn, wenn es ihre Zeit erlaubte. Wie lange würde ihre Beziehung die Entfernung wohl aushalten?

Am meisten und schon jetzt betrauerte sie das Schicksal der Untersuchungsstelle für Gewaltopfer, für die sie so lange gekämpft hatte. Die neue Kollegin, Dr. Daniel, würde mit Unterstützung von Professor Cordes die Leitung übernehmen, aber wohl nicht mehr für lange. Die Zeichen an der Wand waren nicht günstig, die finanzielle Austrocknung hatte bereits begonnen. In Berlin war an ein solches Projekt erst recht nicht zu denken, die Situation war dort noch ungünstiger. In Asien erwartete Leonie die Neugier der Korrespondenten an ihrer schaurigen Arbeit inmitten verstümmelter und verwesender Körper. So wie sich die Medien auf sie gestürzt hatten, als sie die menschlichen Überreste untersucht hatte, die nach der Explosion der von Evert entwendeten Motoryacht aus der Elbe geborgen werden konnten.

Mit Hilfe einer Kollegin aus der Anthropologie hatte sie versucht, die Fleischfetzen und Knochenstücke zuzuordnen. Zusammen mit vergleichenden DNA-Untersuchungen – für Axel Evert hatte man DNA-Proben seines Sohnes eingeholt – kam sie zu dem Ergebnis, dass es sich um drei Personen männlichen Geschlechts handelte. Eindeutig identifiziert werden konnten aber lediglich Axel Evert und Nicola Goerne. Die dritte Person, von der nur das oberste Glied des linken Mittelfingers gefunden werden konnte, war in der Gendatenbank des BKA nicht registriert und blieb deshalb mangels Vergleichsmaterials unbekannt. Leonie sah keinen Grund, jemanden über die Identität des dritten Toten in Kenntnis zu setzen. Es war Michael, und sie wollte in Ruhe um ihn trauern können.

Sie trauerte auch um Nicola Goerne, die ihr das Leben gerettet hatte, wo sie sich selbst hätte retten können. Aber wollte sie das überhaupt? Eine der vielen Fragen, die nie beantwortet werden würden. Leonie war davon überzeugt, dass Nicola an Marlenes Tod die Schuld trug, auch wenn sie ihn nicht beabsichtigt hatte. Zwischen ihr und Marlene musste es zu einem handfesten Streit gekommen sein, bei dem Nicolas Brille zerbrach und sich die Freundin die Kopfverletzung zuzog. Nicolas Seelenzustand in der Situation konnte Leonie nur erahnen. Die Geliebte auf den Dachboden zu tragen konnte keine rationale Entscheidung gewesen sein. Wahrscheinlich hatte sie noch Stunden neben der vermeintlich Toten verbracht und um sie getrauert. Das Taschentuch zeugte davon. Vielleicht hatte sie die Leiche sogar noch Tage und Wochen später immer wieder besucht. Was wirklich passiert war, würde sie nie erfahren. Die Staatsanwaltschaft hatte die Akte endgültig geschlossen, auch mit Zustimmung der Böttchers.

Tobias Böttchers Aussage hatte geholfen, den Fall Sven Johannsen zu klären, zumindest so weit, dass Rüdiger Stoll bis zum endgültigen Freispruch aus dem Gefängnis entlassen wurde. Wie Stoll immer wieder beteuert hatte, war er zum Zeitpunkt von Svens Tod noch in der Kneipe, wofür er Zeugen hatte. Tobias, Johannes und Pascal waren Sven, nachdem er sich von der Gruppe getrennt hatte, gefolgt und hatten ihn zusammengeschlagen. Es war die Eifersuchtstat dreier betrunkener und psychisch labiler junger Männer gewesen, deren sie sich schon kurze Zeit danach schämten. Tobias wollte zurückgehen, weil er Angst hatte, Sven könne schwer verletzt sein. Außerdem hatte er bemerkt, dass er sein Jagdmesser, ein Geschenk seines Vaters, verloren hatte. Wie Pascal in einer korrigierten Aussage bei der Pariser Polizei zu Protokoll gab, waren er und Johannes ihm widerstrebend gefolgt. Tobias sei als Erster wieder bei Sven gewesen. Als sie dazukamen, starrte er auf den blutüberströmten Toten, dem sein Messer in der Brust steckte. Wagner habe gesagt: «Ach, du Scheiße, jetzt sind wir dran», und dann seien sie alle drei abgehauen. Weil sie Angst hatten, wegen der Schlägerei auch für die Mörder gehalten zu werden, logen sie bei ihren Zeugenaussagen. Die anderen, die nicht wussten, was wirklich passiert war, logen aus Freundschaft und weil sie Stoll für den Täter hielten. Wagner nutzte schließlich sein Wissen, um sein Londoner Studium mit Hilfe von Böttchers Geld zu finanzieren. Dietrich Böttcher wollte auf alle Fälle vermeiden, dass die Polizei erfuhr, mit wessen Messer der Freund seiner Tochter ermordet worden war.

«Laut Tobias Böttchers Aussage hat sein Vater immer geglaubt, er sei tatsächlich der Täter gewesen», wusste Leonie von Kaminski.

Seine Mutter erfuhr von der Erpressung und dem Verdacht ihres Mannes erst, als sie selbst die Ermittlungen wieder aufleben lassen wollte. Damit erklärte sich ihr widersprüchliches Verhalten im Nachhinein.

«Die Beziehung zu seiner Schwester hat wohl auch gelitten», glaubte Leonie.

«Ja, nach einem Mord ist die Welt nicht mehr dieselbe», kommentierte Vera Kilian. Leonie hatte mit ihr über die beiden wichtigsten offenen Fragen spekuliert. Wer, wenn nicht Tobias, hatte Sven erstochen? Und wieso musste Wagner sterben? Leonie glaubte, die Antwort zu kennen, sie lautete in beiden Fällen Nicola. Auch sie hatte damals gelogen. Sie war nicht mit Marlene in ein Taxi gestiegen, wie Tobias wusste. Leonie nahm an, dass auch sie Sven gefolgt war und die Schlägerei beobachtet hatte. Und dann war sie allein mit dem Objekt ihrer Eifersucht gewesen. Da war der halb bewusstlose Sven, und da war das Messer.

«Das ist ein durchaus wahrscheinliches Szenario. Aber nicht zu beweisen, da sie offenbar die Geistesgegenwart hatte, ihre Fingerabdrücke vom Messer zu wischen», hatte Vera gesagt.

Wagners Tod hatte sie wohl nicht geplant, obwohl er ihr sicher auf die Nerven gegangen war. Wegen Leonies Nachforschungen war er vermutlich in Panik geraten und hatte befürchtet, Nicola, die letzte noch in Hamburg lebende Zeugin, könnte ihre damalige Aussage widerrufen.

«Sein Tod war ein makabrer Freundschaftsdienst des Snipers», hatte Leonie behauptet, und niemand hatte ihr widersprechen können.

Die Akte Johannsen blieb offen. Von Zeit zu Zeit würde sich wieder jemand damit beschäftigen, ohne etwas zu erreichen. Nicolas sterbliche Überreste moderten dann längst im Familiengrab der Goernes, die den Tod der Tochter, ohne Fragen zu stellen, hingenommen hatten. Ihr Sterben war so skandalös wie ihre Geburt und wurde ebenso behandelt – mit Schweigen.

«Ist da vielleicht noch etwas, das Sie mir erzählen wollen, Doc?», hatte Kaminski sie bei einem Treffen an der Bar ihres

Fitness-Clubs gefragt. Er war milde gestimmt, weil er kurz zuvor erfahren hatte, dass auch sein zweiter Aids-Test negativ war.

«Nein, wie kommen Sie darauf?»

«Ich dachte, vielleicht wollen Sie endlich Ihr Gewissen erleichtern und mir verraten, wer der dritte Tote ist. Und wieso er mir bei den Recherchen immer einen Schritt voraus war. Bis ganz zum Schluss.»

Leonie hatte erklärt, dass sie nicht beabsichtige, ihm darauf zu antworten.

Kaminski ergriff daraufhin das Bierglas, aus dem sie gerade getrunken hatte.

«Was meinen Sie, würde ich herausfinden, wenn ich Ihren Speichel von diesem Glas untersuchen und mit der DNA unseres lieben unbekannten Toten vergleichen lassen würde?»

Leonie war noch immer erstaunt über den Instinkt, den er damit bewiesen hatte. Oder war es mehr als nur Instinkt? Sie hatten seitdem nie wieder darüber gesprochen. Es war auch nicht nötig. Michael war tot.

Leonie stellte den Sitz in eine aufrechte Position. In wenigen Minuten würde das Flugzeug in Bangkok landen. Sie schloss wieder die Augen und versuchte, sich Michaels Gesicht vorzustellen. Schon jetzt verblassten seine Züge in ihrer Erinnerung. Sie bedauerte, kein Foto von ihm zu haben. Als sie ihm die Familienfotos gezeigt hatte, bat sie ihn um eines, aber er hatte sie nur gefragt, ob sie noch bei Trost sei. Kürzlich hatte sie in einem Anfall von Sentimentalität das Album wieder hervorgeholt, das sie mit ihm zusammen durchgeblättert hatte, als er krank war. Es fehlte ein Foto. Eine Aufnahme, die etwa ein Jahr vor dem Tod ihrer Mutter gemacht worden war und sie selbst und ihre Mutter festlich gekleidet bei ihrer Konfirmation zeigte. Leonie erinnerte sich, dass ihre Mutter auf dem Foto lächelte und sehr schön aussah. Michael hatte das Bild lange betrachtet, ehe er weiterblätterte. Das Foto war später, als er schon wieder fort war und sie es sich noch einmal ansehen wollte, an seinem Platz im Album gewesen. Die ganze Wohnung hatte sie danach abgesucht, es blieb verschwunden. Es gab nur eine Erklärung. Michael hatte es genommen. Aber wann?

Das Flugzeug war gelandet, und Leonie Simon betrat die Gangway. Die Sonne ging gerade auf über Bangkok. Es würde ein sehr heißer Tag werden.

DANKSAGUNG

Auch bei diesem Buch war ich auf die Unterstützung von Menschen angewiesen, die mir mit ihrem Fachwissen eine unschätzbare Hilfe waren. Einige begleiten mich bereits seit meinem ersten Roman mit Rat und Tat. Ihnen gilt mein besonderer Dank.

Professor Dr. Klaus Püschel, Direktor des Instituts für Rechtsmedizin der Universitätsklinik Hamburg-Eppendorf, und Priv.-Doz. Dr. Michael Tsokos haben mir als Berater und Ideengeber zur Seite gestanden und für meine Fragen stets ein offenes Ohr gehabt. Dr. Dragana Seifert, die Leiterin der rechtsmedizinischen Untersuchungsstelle für Gewaltopfer, hat mich an ihrer Arbeit teilhaben lassen, die auch ein ständiger Kampf um die finanzielle Ausstattung ist. Ich hoffe sehr, dass sie den Kampf gewinnt und diese für Hamburg so wichtige Institution überlebensfähig bleibt. Dr. Augustin, die Leiterin des DNA-Labors, hat mir immer bereitwillig meine Fragen beantwortet. Ich weiß ihre Geduld zu schätzen.

Professor Dr. Volkmar Schneider, Direktor der Rechtsmedizinischen Institute in Berlin, bin ich zu Dank verpflichtet für seine freundliche Unterstützung bei meinen dortigen Recherchen. Wichtige Hinweise für meine Arbeit bekam ich auch von Professor Hertha Richter-Appelt, Abteilung für Sexualforschung der Universitätsklinik Hamburg-Eppendorf.

Große Mühe hat sich Rudy Lück mit mir gegeben, dessen umfassendes Wissen über Waffen und Militär mich sehr beeindruckt hat. Ich hoffe, ich war keine allzu schlechte Schülerin.

Vor Verirrungen in der großen weiten Welt der Paragraphen bewahrt mich seit Jahren RA Daniella Wutz, gleichzeitig meine Korrektorin für das wienerische Idiom. Dank dir schön! Für die Seite der Ankläger war beratend zuständig Monika Starosta. Merci beaucoup!

Gudrun Gläser-Janetzke hat mir geholfen, psychologische Zusammenhänge besser zu verstehen, was einigen Figuren sehr gut getan hat.

Noch viele andere haben mit ihrem Wissen und ihren Ratschlägen zum Entstehen dieses Buches beigetragen. Besonders auch jemand, der aus nachvollziehbarem Grund nicht namentlich genannt werden möchte. Ich danke ihnen allen.

Sollte sich jemand in einer der Figuren oder der Geschichte des Buches wiedererkennen, ist das Zufall und von mir nicht beabsichtigt. Abgesehen von Fakten und Orten ist alles ein reines Produkt meiner Phantasie.